MILLIE CRISWELL

Ein Anwalt zum Verlieben

Buch

Angela DeNero hat es im Augenblick wirklich nicht leicht: Soeben hat sie ihrem untreuen Verlobten den wohlverdienten Laufpass gegeben. Und außerdem ist der engagierten Anwältin gerade klar geworden, dass ihre geliebte Kanzlei kurz vor dem Bankrott steht. Und als ob das alles noch nicht schlimm genug wäre, muss sie ausgerechnet im wichtigsten Prozess ihrer bisherigen Laufbahn ihrem alten Schwarm von der Uni gegenübertreten: dem unerreichbaren, blendend ausehenden Mistkerl John Franco. Dieser Mann ist arrogant und unerträglich eingebildet. Außerdem schneidet John ihr ständig das Wort ab und bringt sie damit wirklich zur Weißglut. Mit nichts als seinem beruflichen Erfolg vor Augen hat der ehrgeizige John überhaupt keine Zeit für romantische Verwicklungen. Solche Nebensächlichkeiten würden ihn nur von seiner Arbeit ablenken. Doch plötzlich geraten Johns feste Grundsätze gehörig ins Wanken. Denn je länger die dickköpfige, dreiste und hineißende gegnerische Anwältin ihn zornig aus ihren wunderschönen Augen anfunkelt, desto mehr beginnt John sich zu fragen, ob er die Prioritäten in seinem Leben nicht vielleicht doch noch einmal überdenken sollte…

Autorin

Millie Criswell ist für ihre Liebesromane bereits mehrfach mit hochdotierten Preisen ausgezeichnet worden. Sie ist Mutter zweier erwachsener Söhne und lebt mit ihrem Mann in Virginia.

Außerdem von Millie Criswell lierferbar:

Alles über Mary. Roman (35580)
Eine Sünde wert. Roman (35579)

Millie Criswell

Ein Anwalt zum Verlieben

Roman

Übersetzt von Getrud Wittich

blanvalet

Die Originalausgabe erschien 2002 unter dem Titel
„The Trials of Angela“ bei The Ballantine Publishing Group,
a division of Random House, New York.

FSC
Mix
Produktgruppe aus vorbildlich
bewirtschafteten Wäldern und
anderen kontrollierten Herkünften

Zert.-Nr. SGS-COC-1940
www.fsc.org
© 1996 Forest Stewardship Council

Verlagsgruppe Random House FSC-DEU-0100
Das für dieses Buch verwendete FSC-zertifizierte Papier
Holmen Book Cream liefert Holmen Paper, Hallstavik, Schweden.

Sonderausgabe Februar 2009
bei Blanvalet, einem Unternehmen
der Verlagsgruppe Random House GmbH, München.

Published by Arrangement with Millie Criswell
c/o Jane Rotrosen Agency L.L.C. 318 East 51 Street,
New York, NY 10022 USA
Dieses Werk wurde vermittelt durch die Literarische Agentur
Thomas Schlück GmbH, 30827 Garbsen.

Umschlaggestaltung: HildenDesign, München
Umschlagmotiv: © mauritius images/age
HK · Herstellung: wag
Druck und Einband: GGP Media GmbH, Pößneck
Printed in Germany
ISBN 978-3-442-37179-2

www.blanvalet.de

Meine Mutter hat immer zu mir gesagt, es schwimmen viele Fische im Teich. Natürlich habe ich ihr nicht geglaubt, bis ich selbst meinen Fisch an Land gezogen hatte. Das war vor dreiunddreißig Jahren. Er heißt Larry, und ich liebe ihn über alles. Dieses Buch ist ihm gewidmet. Was wieder einmal beweist, dass Mütter für gewöhnlich Recht haben.

1

Was ist der Unterschied zwischen einer Rechtsanwältin und einem wilden Stier? Lippenstift.

Angela DeNero hatte einen ausgesprochen abstoßenden Tag.

Wenn man's genau nahm, war nicht nur dieser Tag abscheulich, sondern ihr ganzes Leben.

Ebenso gut hätte sie Zellulite haben können, im Kühlschrank nichts als Kaninchenfutter und im Schrank nur Jeans, in die sie nicht mehr hineinpasste.

Was Schlimmeres gab's nicht.

Wenn man ihr Leben außer Acht ließ.

Das war nämlich der reinste Albtraum.

Na ja, mit der Zeit würde es sicher besser werden. Sie war schließlich kein Mimöschen. Sie war zäh, sie würde es durchstehen, bis bessere Zeiten anbrachen.

Was mit Sicherheit nicht heute geschehen würde.

Ihre Vermieterin, dieser Drachen namens Mrs. Foragi, hinterließ ihr andauernd Heftnotizen an der Haustür. Es waren Beschwerden – eine weniger großzügige Seele hätte sie als massive Drohungen bezeichnet – über ihre etwas übereifrige Bulldogge Winston. Ihre neu eröffnete Anwaltspraxis lag noch in den Geburtswehen – Klienten hatte sie zwar, doch die Zahlungsmoral war mau. Und um dem Ganzen die Krone aufzusetzen, fühlte sie sich seit Anfang der Woche hundsmiserabel, als ob sie eine schwere Grippe ausbrütete. Da fiel es schon kaum mehr ins Gewicht, dass ihre Haare, in der Früh noch dicht und glänzend, sich beim ersten Schritt ins regnerische Wetter in eine krause Zottelfrisur verwandelt hatten. Sie hätte Harpo Marx Konkurrenz machen können.

Das auch noch.

Es war daher kein Wunder, dass Angelas Stimmung beim Betreten des Polizeireviers so mies war wie das Wetter. Eigentlich war ihre Laune schon in dem Moment in den Keller gepurzelt, als sie am Morgen diesen Anruf von Sophia Russo erhielt.

Sophia war die schlimmste Klatschbase von ganz Little Italy und obendrein die unausstehlichste Person, der Angela je begegnet war, voreingenommen und tyrannisch. Angelas Mutter war im Vergleich zu ihr die reinste Heilige, und das wollte schon etwas heißen, wenn man bedachte, dass Rosalie DeNero auch nicht gerade ein verschämtes Veilchen war. Sobald es darum ging, eine Meinung zu äußern oder ungebetene Ratschläge zu verteilen, war sie zur Stelle. Sie war allerdings damit ein bisschen subtiler.

»Sie haben meine Schwiegermutter, diese Irre, verhaftet, weil sie in einem Laden was geklaut hat! Dio mio! *Wir sind entehrt. Du musst sofort bei der Polizei vorbeifahren und sie rausholen. Meinetwegen kann sie ruhig dort verrotten, aber mein Mann macht sich große Sorgen und hat mich gebeten, dich zu benachrichtigen. Er zahlt alles, was du verlangst.«*

Ah, das Zauberwort: *Geld.*

Dollarzeichen vor Augen, überlegte Angela, dass Flora Russo, ein passionierter Langfinger, höchstwahrscheinlich nicht zu Unrecht in ihrem derzeitigen Schlamassel steckte. Das war auch nicht das erste Mal, dass die alte Dame wegen solcher Delikte mit der Polizei in Konflikt geriet. Bisher jedoch hatten sie die Gesetzeshüter, die Floras unselige Neigung, sich gelegentlich anderer Leute Eigentum »auszuborgen«, kannten, stets direkt ihrem Sohn übergeben. Diesmal offenbar nicht.

Oma Flora besaß eine Gaunerseele, auch wenn sie nur selten etwas für sich selbst klaute. Aber sie war Joes Großmutter, und Joe Russo hatte ihr immerhin die Stelle als Teilzeit-Rechtsberaterin in dem Krisenzentrum, das er leitete, gegeben. Sie konnte ihn also schlecht hängen lassen.

Außerdem, wie sähe das aus, wenn die Großmutter eines Expriesters wegen Ladendiebstahls verhaftet würde? Nicht gut, fand sie.

Angela erspähte Oma Flora gleich beim Eintreten. Die alte Frau, wie üblich von Kopf bis Fuß in Witwenschwarz gehüllt, saß auf einem Klappstuhl, eine Handtasche auf dem Schoß, in die ganz Minnesota reingepasst hätte, den Gehstock zwischen die Knie geklemmt. Sie wirkte eher einschüchternd als eingeschüchtert und alles andere als erfreut. Neben ihr stand der Polizeibeamte, der sie verhaftet hatte.

»*Vaffunculo! Bastardo!* Wie können Sie es wagen, eine alte Dame wie eine gemeine Kriminelle zu behandeln! Ich werde den Präsidenten der Vereinigten Staaten anrufen. Ich hab für ihn gestimmt. Er schuldet mir was.«

»Beruhigen Sie sich, Ma'am«, beschwichtigte sie der Beamte. »Und Sie sollten aufhören, mich auf Italienisch zu beschimpfen, denn ich spreche diese Sprache und mag es nicht, wenn man mir den Stinkefinger zeigt, auch wenn's nur verbal ist.«

»Oma Flora«, rief Angela warnend, als diese schon den Mund aufmachte, um etwas zu erwidern. Zweifellos etwas, das einer Etiketteprüfung nicht standgehalten hätte.

Oma Flora schaute zu Angela auf. »Die haben mich verknackt. Diese Bullenschweine wollen mich in den Knast stecken.« Oma Flora hatte offensichtlich zu viele Mafiaserien geguckt. »Ich hab überhaupt nichts getan. Ich will jetzt nach Hause. Sprich mal mit denen, Angela, die sollen mich nach Hause lassen. *Capisce?*«

Angela seufzte tief auf. Sie verstand durchaus, aber das hieß noch lange nicht, dass sie so einfach wegzaubern konnte, was Oma da angerichtet hatte. Obwohl, sie würde sich alle

Mühe geben. Sie wandte sich Bobby Malcuso, dem »Bullenschwein«, zu, der Joes Oma aufs Revier gebracht hatte. »Hier liegt bestimmt nur ein Missverständnis vor, Officer Malcuso. Das lässt sich sicher leicht klären.« *Missverständnis* war Rechtskauderwelsch für »Meine Klientin hat Scheiße gebaut, wie kriegen wir das wieder hin?«

Der Mann schüttelte bedauernd den Kopf. »Nein, Ma'am. Mrs. Russo wurde auf frischer Tat ertappt, als sie versuchte, etwas in Gepettos Spielwarenladen mitgehen zu lassen. Der Inhaber hat Anzeige erstattet. Mir blieb keine Wahl, ich musste sie festnehmen. Es tut mir wirklich Leid, Miss DeNero, ich habe selbst eine Großmutter. Aber Mrs. Russo hat gegen das Gesetz verstoßen, ich musste sie aufs Revier mitnehmen.«

Angela, die die Sachlage sehr gut verstand, nickte und erklärte: »Mrs. Russos Schwiegertochter meint, dass Mrs. Russo öfter etwas in Gepettos Spielwarenladen mitgehen lässt. Der frühere Besitzer hat immer aufgepasst, was sie sich nahm, und Mrs. Russos Sohn ist dann später vorbeigekommen und hat dafür bezahlt. So haben sie das normalerweise gehandhabt. Anscheinend wusste sie nicht, dass der Inhaber gewechselt hat.« Sie wünschte, dass Sohn und Schwiegertochter der alten Dame jetzt hier wären, um ihre Geschichte zu bestätigen, aber Floras Schwiegertochter hatte am Telefon erklärt, dass Frank krank war, und sie, Sophia, konnte nicht Auto fahren.

Der junge Beamte strich sich das schon schütter werdende hellblonde Haar zurück. »Mr. Patels Anwalt will mit dem Staatsanwalt sprechen; er ist auf dem Weg hierher. Wenn Mr. Patel die Anzeige danach nicht fallen lassen will …« Er zuckte mit den Schultern und deutete damit an, dass die Angelegenheit dann nicht mehr in seinen Händen läge.

Angela setzte sich neben die alte Dame, um sie ein wenig zu beruhigen, obwohl diese mehr sauer als ängstlich schien. »Ich fürchte, wir stecken in der Klemme, Oma Flora. Wir müssen noch ein bisschen hier warten, bis der Anwalt des Ladenbesitzers kommt.«

»Nazis sind das! Alles Nazis! Haben die denn nichts Besseres zu tun, als einer alten Frau das Leben schwer zu machen? He, Sie Hitler«, sagte sie zu dem Beamten, »bringen Sie mir ein Glas Wasser, ich muss meine Tabletten nehmen. Vielleicht falle ich ja tot um, und dann wird Sie mein Sohn verklagen, dass es sich gewaschen hat. Das wünsche ich mir bei Gott.«

Der Beamte, sichtlich erleichtert, von dem Feuer speienden Drachen wegzukommen, eilte fort, um zu tun, wie ihm geheißen, doch Angela bezweifelte, dass sie ihn so bald wieder sehen würden. Sie holte Oma Flora eine kalte Limo aus dem Getränkeautomaten.

Einige Minuten später betrat ein großer, dunkelhaariger Mann das Revier. Er trug eine braune Lederjacke, darunter ein marineblaues T-Shirt, ausgewaschene Jeans und einen Drei-Tage-Bart. Angela erkannte ihn sofort und wurde von jäher Freude erfasst.

John Franco war kein Mann, den man so schnell vergaß, selbst wenn man süße achtzehn war, als man ihn zuletzt gesehen hatte. Sie und John waren zusammen auf der Highschool gewesen, und Angela war eine Zeit lang mit Tony Stefano, seinem besten Freund, gegangen.

Tony war ein ausgesprochen netter Kerl gewesen, eine viel bessere – und sicherere! – Wahl für ein Mädchen, das in sehr behüteten Verhältnissen aufwuchs und noch keinerlei Erfahrung mit Männern besaß. Und obwohl Angela insgeheim für John Franco geschwärmt hatte, obwohl sie sich die verbotensten Dinge ausgemalt hatte, erotische Dinge, die sich kein anständiges Mädchen ausmalen sollte, hätte sie es nie gewagt, ihm zu zeigen, dass er ihr gefiel.

John Franco war das, was man eine verbotene Frucht nennt.

Er war der Bad Boy der Bridgemont High gewesen – ein richtiger Unruhestifter ohne Manieren. Und er hatte sie nie auch nur im Geringsten beachtet. Tatsächlich war er ihr gegenüber immer ein wenig feindselig gewesen, obwohl sie sich beim besten Willen nicht vorstellen konnte, warum.

Er sah nach wie vor verflucht gut aus, nicht wie ein Schönling, sondern robust und viril, eher wie Russel Crowe. Der Mann war ein Ausbund an Männlichkeit.

»Ach, da ist ja Johnny. Der wird dir helfen, das in Ordnung zu bringen. Ein guter Junge, mein Enkel Johnny.«

Enkel! Angela klappte den weit aufgerissenen Mund zu, riss den Blick von dem Ausbund an Männlichkeit los – lechz! – und konnte nur hoffen, dass sie sich nicht vollständig besabbert hatte.

Verdammt! Wieso hab ich nicht gleich daran gedacht, dass John Franco mit den Russos verwandt ist?

Er trat zu ihnen und gab seiner Oma einen Schmatz auf die Wange. Ein liebevoller Ausdruck lag in seinen Augen, wohl auch ein wenig Bewunderung. »Du warst ein böses Mädchen, stimmt's, Oma Flora?«

Flora zwinkerte ihm zu, und er grinste. Offenbar war ihm ein solches Verhalten nichts Neues. »Sprich mit meiner Anwältin, Johnny. Angela bringt das wieder in Ordnung. Ist sie nicht *bellissima*? Und blitzgescheit noch dazu. Sie hat studiert wie du.«

John musterte Angela ein paar Sekunden lang, und sie konnte exakt sagen, wann bei ihm der Groschen fiel. Er schenkte ihr ein 100-Watt-Lächeln, bei dem ihr Puls in nie geahnte Höhen schnellte. Angela musste ihren ersten Eindruck korrigieren. Floras Johnny sah nicht nur gut aus. Er war das reinste Sahnestück, mit Nougat gefüllt und auch außen alles dran, was man sich nur wünschen konnte.

»Sehr sogar«, meinte er auf die Frage seiner Oma und sagte dann zu Angela: »Freut mich sehr, dich wieder zu sehen, Angela.« Er gab ihr die Hand, und dreihundert Volt Starkstrom rasten ihr den Arm rauf. »John Franco. Wir waren zusammen auf der Highschool, weißt du noch?« Als sie stumm nickte, fuhr er fort: »Ich bin wegen meines Klienten hier. Mr. Patel gehört das Geschäft, das Oma ausgeraubt hat.«

Angelas Begeisterung zerbröselte wie eine trockene Sandburg. Einen Moment lang starrte sie ihn mit offenem Mund an, dann fand sie ihre Fassung wieder. »Du bist *sein* Anwalt? Aber wie ist das möglich? Die Frau, gegen die dein Klient Anzeige erstattet hat, ist deine Großmutter. Und ›ausgeraubt‹ ist wohl ziemlich übertrieben, findest du nicht?« Herr des Himmels! Das Ganze wurde ja von Minute zu Minute schlimmer.

Jetzt käme eine gute Ohnmacht gerade recht.

Komapatienten wussten ja gar nicht, wie gut sie es hatten. Sie brauchten sich nicht darum zu scheren, ob sie noch in ihre Jeans hineinpassten oder ob ihre Haare zerrupft aussahen. Und verrückte alte Damen, die aus reinem Vergnügen alles Mögliche mitgehen ließen, stellten auch kein Problem für sie dar, ebenso wenig wie Highschool-Bad-Boys, aus denen respektable Anwälte geworden waren. Die schwelgten einfach im süßen Vergessen, ohne zu merken, welche Prüfungen und Torturen das Leben für die armen Schweine, die wach sein mussten, bereithielt.

Angela seufzte. Zweifellos war sie die einzige Komapatientin der Geschichte, die unter Schlaflosigkeit litt.

John rieb sich unbehaglich den Nacken. »Das ist mir klar, Angela. Aber hier liegt ein Gesetzesverstoß vor, und es ist meine Pflicht als Mr. Patels Anwalt …«

»Sie ist deine Großmutter, verdammt noch mal! Kennst du kein Mitgefühl? Keine Loyalität? Sie ist 'ne alte Frau, Menschenskind.«

»Und ob, Johnny«, warf Oma Flora ihren Senf dazu, das Kinn kampflüstern vorreckend. »Wie kannst du dich gegen dein eigen Fleisch und Blut verschwören? Was wird deine Mutter sagen, wenn sie das erfährt? Adele ist 'ne gute Tochter. Hat zwar eine ziemlich große Klappe, aber sie behandelt ihre Mutter mit Respekt. Das wird sie gar nicht freuen. *La Familia!* Die Familie ist alles.«

Sie schüttelte ihren grauen Lockenkopf. Die Korkenzieherlöckchen waren so eng aufgedreht, dass man ihre rosa Kopfhaut durchschimmern sah. »Die jungen Leute heutzutage sind so dumm. *Stupido*. Keine Achtung vor dem Alter. Wer weiß, wie lange ich noch lebe? Und du tust mir das an! Pah!«

»Jetzt sei doch mal vernünftig, Oma«, versuchte John sie zu beschwichtigen, ging vor ihr in die Hocke und nahm ihre runzligen Hände in die seinen. Angela konnte nicht umhin, seine Geste zu bemerken, und sie gefiel ihr, sosehr er ihr sonst auf den Geist ging. »Ich habe mit meinem Klienten geredet. Mr. Patel ist ziemlich aufgebracht und besteht auf der Anzeige. Ich werde mit dem Staatsanwalt reden und …«

»Und was? Sie auf den elektrischen Stuhl schicken? Was bist du nur für ein Mensch?« Angela wurde zunehmend wütender. John Franco war ein Peiniger alter Damen. Das sagte sie ihm auch.

Seine blauen Augen wurden eisig. »Ich benehme mich wie ein vernünftiger Mensch, was man von dir nicht gerade behaupten kann, Angela DeNero. Hast du auf deiner schicken Uni denn gar nichts gelernt?«

Ihre Wangen wurden flammend rot. »Wie kannst du es wagen! Ich bin nicht unvernünftig. Ich bin …« Angela merkte, wie ihr die Galle hochkam, und presste rasch die Hand auf den Mund. Auf seinen fragenden Blick schüttelte sie nur den Kopf und zischte in Richtung Toilette davon. Dass die Leute hinter ihr herstarrten, kümmerte sie wenig. Sie schaffte es gerade noch, bevor ihr das Frühstück hochkam.

Mein Gott! Ich muss schon wieder kotzen!

John Franco hatte ihr buchstäblich den Magen umgedreht. Kein sehr viel versprechender Anfang eines Arbeitsverhältnisses. Passte aber zu diesem ausgesprochen schwarzen Tag.

Einige Minuten später stand sie am Waschbecken und spritzte sich kaltes Wasser ins Gesicht. Es ging ihr zwar schon wieder besser, aber eine peinliche Demütigung war der Vorfall trotzdem. Sie spülte sich den Mund mit dem minzfrischen Mundwasser aus, das sie für solche Notfälle dabeihatte. Als sie zurückkam, sah sie, dass dieser unmögliche Mensch – dieser Verräter! – den Arm um ihre Klientin gelegt hatte. Er war größer, als sie es in Erinnerung hatte, und neben ihm wirkte Oma Flora noch verhutzelter als gewöhnlich.

»Tut mir Leid«, entschuldigte sie sich, atemlos vor den beiden stehen bleibend. »Ich glaube, ich brüte was aus. In letzter Zeit geht's mir nicht so gut.«

Oma schürzte besorgt die Lippen. »Du musst mehr essen, Angela. Du bist viel zu dünn. Eine dünne Frau wird leicht krank. Dein Blut ist viel zu dünn. Du musst mehr Fleisch essen.«

In italienischen Familien war Essen das Allheilmittel. Wenn man krank war, aß man, um schneller wieder gesund zu werden. Wenn es etwas zu feiern gab, dann traf man sich zu einem opulenten Essen. Und wenn man deprimiert war … tja, Essen half da zuverlässig, besonders wenn es sich dabei um etwas Süßes handelte.

So gesehen hätte Angela eigentlich hundertfünfzig Kilo wiegen müssen und nicht die fünfundfünfzig, die sie tatsächlich auf die Waage brachte.

Flora wandte sich an ihren Enkelsohn. »Johnny, warum lädst du Angela nicht auf ein saftiges Steak ein? Ich mag sie. Sie ist Anwältin, und du bist Anwalt. Ihr kennt euch von früher. Was könnte besser sein?«

John lächelte amüsiert, und Angela wurde rot wie eine Tomate. Abermals drohte ihr der Mageninhalt hochzukommen, aber es gelang ihr, die Anwandlung niederzukämpfen und so zu tun, als hätte sie den durchsichtigen Verkupplungsversuch überhaupt nicht mitbekommen. Sich der Würde ihres Berufsstands entsinnend sagte sie: »Wenn Ihr Klient auf seiner Vorgehensweise besteht, Mr. Franco, dann sehen wir uns eben vor Gericht.«

Er überragte beide Frauen wie der Fujijama, und Angela sah sich gezwungen, zu ihm aufzuspähen. »Würde mich freuen, Miss DeNero«, sagte er, über ihre Förmlichkeit grinsend. »Aber ich bezweifle, dass es dazu kommt. Wir bleiben in Verbindung.« Er beugte sich vor und gab seiner Großmutter einen Kuss aufs Lockenhaar. »Auf bald, Oma. Grüß Onkel Frank und Tante Sophia von mir.«

»Pah!« Die alte Dame schüttelte empört den Kopf. »Sophia Grazianos Herz ist vergiftet. Ich spreche nur mit ihr, wenn ich unbedingt muss. Der wäre es nur recht, wenn ich im Knast vergammeln würde. Sie sagte, ich bin *pazzesca nella testa*. Jetzt sagt mir eins, wer könnte verrückter sein als meine Schwiegertochter?«

John schwieg dazu, schien seiner Großmutter jedoch im Stillen beizupflichten.

Angela machte große Augen. Kopfschüttelnd dachte sie, dass Oma Flora ihr viel normaler vorkam als die meisten Leute, die sie kannte, einschließlich ihres eigenen Vaters, aber daran wollte sie jetzt lieber nicht denken. Das hieße, in die *Twilight Zone* einzudringen – *Akte X* mit einem schlechten Drehbuch.

»Ach, Mrs. Russo war sicher nur erschrocken über das alles. Ich rede mit ihr.«

»Meine Schwiegertochter ist eine herzlose *puttana*. Ich verfluche den Tag, an dem sie meinen Frank geheiratet hat. Er ist viel zu gut für sie. Der Mann ist ein Heiliger. Nur ein Heiliger konnte es all die Jahre mit ihr aushalten.«

John verschwand für einen Moment, sprach kurz mit Officer Malcuso und kam dann mit einem Nicken wieder zu ihnen zurück. Ja, Oma durfte gehen.

Angela ergriff die alte Dame bei der Hand, eine winzige, dürre, kleine Hand, die sich anfühlte, als könne sie bei der kleinsten Berührung brechen, und sagte: »Komm, Oma Flora. Ich fahre dich nach Hause. Du siehst völlig fertig aus.« Dank Johns Intervention beim Staatsanwalt wurde Flora vorläufig auf freien Fuß gesetzt.

Die Augen der alten Dame blitzten fröhlich. Es war klar,

dass sie ihr Abenteuer genossen hatte, auch wenn sie jetzt erschöpft war. »Haut ihr mit mir ab wie in den Filmen? Das ist toll, denn ihr müsst wissen, ich hab in der alten Heimat so meine Verbindungen. Habt ihr *Goodfellas* gesehen? Oder *Der Pate*? Luca Brasi ist jetzt Fischfutter.« Sie fuhr sich mit dem Finger über die Kehle. »Das heißt, der Mann kann sein Testament machen.«

Eindeutig zu viele Mafiafilme.

Angela und John tauschten ein nachsichtiges Lächeln, und Angela vergaß kurzfristig, wie sehr er ihr auf den Keks ging. Ihr Puls beschleunigte sich, und in ihrem Kopf erklang ein gewisser Marsch von John Philip Sousa. »Äh … man lässt dich erst mal gehen.«

»Und keine Gaunereien mehr, Oma, *capisce*?«, ermahnte John sie von der Tür aus, wobei er Angela keck zuzwinkerte, die prompt erneut eine reife Tomatenfarbe annahm.

Die alte Dame lächelte mysteriös, was für die Einzelhändler von Little Italy nichts Gutes verhieß.

»Wir sehen uns sicher bald wieder, Angela«, sagte er.

»Das will ich doch nicht hoffen«, konnte diese es sich nicht verkneifen zu antworten.

John fiel es schwer, sich auf das zu konzentrieren, was Tony zu ihm sagte. Immer wieder tauchte Angela DeNero vor seinem geistigen Auge auf. Die schwarzäugige Schönheit hatte ihn von Anfang an fasziniert. Auch fand er ihre Empörung über die Verhaftung seiner Großmutter recht amüsant – das heißt, wenn sie nicht so anmaßend und voreingenommen ihm gegenüber aufgetreten wäre. Das ging ihm nämlich gewaltig gegen den Strich.

Anmaßende Frauen waren ein rotes Tuch für ihn. Davon hatte er zu Hause schon genug.

Hält sie mich wirklich für ein solches Ekelpaket, dass sie mir zutraut, meine eigene Oma im Knast schmoren zu lassen?

Patel würde die Anklage fallen lassen. Dafür würde er sorgen. Er brauchte keine besserwisserischen Bemerkungen von hochnäsigen Harvard-Absolventinnen. Er wusste selbst, was er seiner Verwandtschaft schuldig war.

»Hörst du mir überhaupt zu, John? Ich sagte, wir müssen über Rothburg gegen Gallagher reden. Du weißt schon, der Sorgerechtsfall. Rothburg besteht darauf, dass wir ihn vertreten. Das ist der größte Fisch, den wir je an Land gezogen haben, Mann. Ich hab ihm bereits zugesagt.«

Aus seinen Tagträumen gerissen, widmete John nun seinem Freund und Geschäftspartner, Tony Stefano, seine volle Aufmerksamkeit. Tony saß hinter seinem Schreibtisch und rauchte. John schüttelte entschieden den Kopf und versuchte, sich von dem verführerischen Duft der Zigarette nicht allzu sehr ablenken zu lassen. »Ich hab's dir doch schon mal gesagt, Tony, ich will nichts mit diesem Fall zu tun haben. Himmel, Mary ist schließlich meine Kusine! Ich kann mich doch nicht gegen meine eigene Verwandtschaft stellen. Hast du sie nicht mehr alle? Meine Tante Sophia wäre imstande, mir einen Killer auf den Hals zu hetzen. Sie hat doch diesen verrückten Bruder, du weißt schon. Onkel Alfredo behauptet, gewisse Verbindungen zu haben.« John glaubte kein Wort von dem, was Onkel Alfredo sagte. Angeblich hatte er gute Connections zum Gotti-Clan.

»Jetzt sei doch vernünftig, John. Sharon Gallagher-Rothburg will ihr Kind wiederhaben. Du weißt, dass Charles sich in diesem Fall nicht selbst vertreten kann. Damit käme er in einen schweren Interessenskonflikt.« Er drückte seine Zigarette aus und zündete sich prompt eine neue an, die er an den Rand des Aschenbechers legte und qualmen ließ. Auf dem nicht gerade geschmackvollen Kippenfänger prangte in großen Lettern FRANCOS SCHNELLREINIGUNG.

»Und ich etwa nicht? Nein, ich will mit der Sache nichts zu tun haben. Das musst du schon allein durchziehen, alter Knabe.«

Tonys Gesicht lief dunkelrot an. Der Schweiß stand ihm in

dicken Tropfen auf der Stirn, und er rieb sich die Brust, als hätte er Schmerzen. »Aber ich brauche nun mal deine Hilfe. Außerdem sind wir wohl kaum in einer Position, den hübschen Vorschuss zurückzuweisen, den Rothburg hat rüberwachsen lassen. Wir kommen doch so schon kaum über die Runden, und ich muss an meine Familie denken. Ich hab zwei Kinder zu ernähren, und Rothburg bedeutet Futter.« Er schlug mit der flachen Hand auf den Schreibtisch. »Wir übernehmen diesen gottverdammten Fall, und damit hat sich's!«

John, der merkte, wie sehr Tony sich in Rage geredet hatte, versuchte es mit Vernunftargumenten. »Sharon Rothburg hat das Sorgerecht für ihren Sohn schon vor Monaten an ihren Exmann abgetreten. Hat ihren Sohn wie einen Sack Müll vor der Türschwelle ihres Göttergatten abgeladen und sich mit ihrem Aerobictrainer, diesem dämlichen Muskelpaket, aus dem Staub gemacht. Welche Mutter tut so was?«

Tony lehnte sich in seinem Drehstuhl zurück und lockerte den Knoten seiner grünen Seidenkrawatte und den obersten Knopf seines Hemds. Erst dann erwiderte er: »Du weißt doch, wie das ist. Sie hat sich gelangweilt, sich nach ein bisschen Aufregung gesehnt. Diese männliche Hupfdohle hat ihr ein paar süße Worte ins Ohr gezwitschert, und ab ging sie. Sie hat mir versichert, dass sie nie vorhatte, ihren Sohn ganz wegzugeben. Das mit dem Sorgerecht sollte von vornherein eine vorübergehende Sache sein.«

»Das ist ausgemachter Blödsinn, und das weißt du sehr gut! Dan Gallagher ist ein verantwortungsbewusster Mensch, er sorgt gut für seinen Sohn, bietet ihm ein stabiles Zuhause. Und eine liebevollere Stiefmutter als Mary gibt es nicht. Der Anwalt der Gegenpartei macht dich zur Schnecke, wenn du ihm damit kommst. Und ich werde im Publikum sitzen und ihm applaudieren.«

Tonys Gesicht verzerrte sich vor Wut, und er rieb sich erneut die Brust, was Johns Stirnrunzeln vertiefte. Tonys Cholesterinspiegel hatte ungeahnte Höhen erklommen, er rauchte wie ein Schlot, und seinen letzten Gesundheitscheck hatte er übersprungen. Die Ärzte hatten ihm klipp und klar gesagt, dass er unbedingt abspecken und auf seinen Blutdruck achten musste. Aber natürlich hatte Tony den Rat ignoriert. Sein Freund hatte die unangenehme Eigenart, nicht hinzuhören, wenn er etwas nicht hören wollte, so wie jetzt, wo John ihm beizubringen versuchte, dass er den Fall unter keinen Umständen übernehmen wollte.

»He, Mann, geht's dir gut? Du siehst nicht danach aus.«

Tony ignorierte Johns Frage. »Diesen Fall zu gewinnen wird kein Zuckerschlecken, das ist mir klar. Aber mit uns geht's bergauf, John. Man hält uns für Gewinner. Wenn wir Rothburg versus Gallagher gewinnen, haben wir alle Chancen, die Topklienten zu kriegen. Rothburg wird uns sicher weiterempfehlen.«

John verzog verächtlich das Gesicht. »Rothburg ist ein Halunke, das weiß jeder. Er ist ein Blutsauger, das ist er. Von einem wie ihm sollten wir sowieso die Finger lassen.«

»Mag sein, aber er ist *unser* Blutsauger. Wir brauchen ihn. Hast du in letzter Zeit einen Blick in unsere Finanzen geworfen? Wir stecken bis zum Hals in Schulden.«

John, der wusste, wie Recht sein Partner damit hatte, versuchte es mit einer anderen Taktik. »Weißt du überhaupt, wer der Vertreter der Gegenpartei ist?«

»Man munkelt, dass es Angela DeNero sein soll. Sie ist aus Boston wieder hierher gezogen. Erinnerst du dich noch an Angela? Bin in der Highschool 'ne Zeit lang mit ihr gegangen. Mann, die war vielleicht heiß!« Tony lächelte nostalgisch, was John auf die Palme brachte.

»Na, jedenfalls, sie hat in Harvard studiert, war unter den Besten ihres Jahrgangs, und sie hat Erfahrung mit solchen Fällen.«

Miss Harvard würde also die Vertreterin der Gegenpartei in Rothburg versus Gallagher sein? Höchst interessant.

Im Gegensatz zu John, der sich jeden Cent seines Studiums

selbst hatte verdienen müssen und es daher nur zur schnöden University of Maryland gebracht hatte, hatte Angela nach dem Abschluss der Highschool ein Stipendium für Harvard bekommen. Das hatte ihm für lange Zeit die Laune verhagelt. Nicht, weil sie das Stipendium nicht verdient hätte – Angela war stets unter den Klassenbesten gewesen –, sondern weil er sie hatte fragen wollen, ob sie mit ihm gehen würde, nachdem es zwischen ihr und Tony aus gewesen war. Aber sie war verschwunden, bevor er dazu die Gelegenheit gehabt hatte. Was ihn bis heute wurmte.

Er war während der ganzen Schulzeit in sie verknallt gewesen, hatte aber nie etwas unternommen, weil Angela ihm immer viel zu perfekt erschienen war – zu klug, zu hübsch, zu jungfräulich und zu verflucht einschüchternd mit ihren Einsern und den Fremdwörtern, mit denen sie um sich schmiss.

John war zu keiner Zeit unter den Klassenbesten. Wenn das der Fall gewesen wäre, hätte er sich ja ebenfalls um ein Stipendium bewerben können. Aber die Schule und das Lernen waren ihm nie leicht gefallen. Eigentlich hatte er es nur Tony zu verdanken, dass er es am Ende doch geschafft hatte. Tony hatte ihm unermüdlich geholfen, hatte ihn immer wieder ermutigt. Dafür stand er ewig in seiner Schuld.

Sein Bruder Michael, Tausendsassa und Herzchirurg, hatte die ganze Intelligenz geerbt – und auch den ganzen Ruhm abgesahnt –, aber John hatte dafür das sture Durchhaltevermögen und den unbeugsamen Willen der Francos mitbekommen.

»Ja, ich erinnere mich an sie«, sagte er. »Hab sie sogar heute früh zufällig auf dem Polizeirevier getroffen. Scheint mir mehr der emotionale Typ zu sein. Wahrscheinlich werden ihr die Nerven durchgehen, und sie wird vor dem Richter und den Geschworenen ihr Frühstück rückwärts essen, so wie heute auf dem Revier.« Jeder Mensch hatte Schwächen. Angelas Knackpunkt war wohl ein nervöser Magen. Es war offensichtlich, dass sie mit Stress nicht besonders gut fertig wurde.

Tony erhob sich mit einem zuversichtlichen Lächeln und begann auf und ab zu gehen. »Na, siehst du? Das wird ein Kinderspiel für uns.«

John unterdrückte einen Fluch, riss sein Jackett von der Stuhllehne seines Stuhls und fuhr hinein. »Hast du mir denn nicht zugehört, Stefano? Es gibt kein ›Wir‹. Ich helfe dir nicht bei diesem Fall. Und damit basta!« Er strebte eilig zur Tür.

»Verflucht noch mal, John!«

»Du bist Italiener, Tony. Du weißt sehr gut, dass Italiener eins nicht verzeihen: Und das ist Untreue und Illoyalität. Und es wäre definitiv illoyal von mir, mich gegen meine Kusine und ihren Mann zu stellen.«

»Dann fahr doch zur Hölle. Ich mach's selbst und …« Tony griff sich mit einem Mal an die Brust, sein Gesicht verkrampfte sich vor Schmerzen und wurde so weiß wie sein Hemd. »Ich …«

Erschrocken hastete John auf ihn zu. »Tony!« Noch bevor er ihn auffangen konnte, fiel sein Freund mit einem dumpfen Aufprall zu Boden und hätte sich dabei noch um ein Haar den Kopf an der Ecke des massiven Schreibtischs angeschlagen. John hockte sich neben ihn und fühlte seinen Puls. Als er spürte, dass er noch schwach schlug, atmete er erleichtert auf. »Halt durch, Stefano.«

Mit zitternden Fingern holte John sein Handy aus der Jackettasche und wählte die Notrufnummer, wobei er Tonys Kopf in seinen Schoß legte. »Dass du mir ja nicht stirbst, du blöder Mistkerl! Dass du mir ja nicht stirbst!«

2

Was ist der Unterschied zwischen Gott und einem Rechtsanwalt?
Gott hält sich nicht für einen Rechtsanwalt.

»Ach du meine Güte! Was ist denn mit dir passiert, Schätzchen? Du siehst ja aus wie der aufgewärmte Tod. Hat dich jemand durch den Fleischwolf gedreht oder was?«

Angela, die sich mindestens so mies fühlte, wie sie aussah, schenkte der schick angezogenen Frau hinter dem schwarz lackierten Schreibtisch ein schwaches Lächeln. »Herzlichen Dank! Es gibt nichts, was sich eine Frau mehr wünscht, als schon vormittags zu hören, dass sie beschissen aussieht.« Unwillkürlich fragte sie sich, ob John Franco das Gleiche gedacht hatte, schalt sich dann jedoch dafür, dass sie überhaupt noch einen Gedanken an den unsensiblen Klotz verschwendete.

»Hab 'nen Anruf von Levins, unserem knickrigen Vermieter gekriegt. Er will den Teppichboden nächste Woche erneuern lassen.«

»Halleluja!« Angela streifte den abgetretenen kotzgrünen Teppich mit einem angewiderten Blick. Sie hatten ihren Vermieter förmlich belagert, um ihm die Renovierung dieses muffelnden Monstrums schmackhaft zu machen.

Angela teilte sich seit ihrer Rückkehr nach Baltimore die Bürofläche mit Wanda Washington. Ihre Anwaltspraxis lag in einem an der Eastern Avenue gelegenen heruntergekommenen Backsteinbau, dessen beste Tage wohl in den Fünfzigerjahren lagen. Doch die Räume waren groß, und durch die hohen Sprossenfenster fiel jede Menge Licht und Sonne herein.

Obwohl eine Art Kellergeruch in den Büros hing und der Teppichboden dringend ersetzt werden musste, waren die Wände mit Walnussholz paneeliert, und es gab jede Menge eingebauter Bücherregale. Also konnten sie sich eigentlich nicht übermäßig beschweren. Außerdem hatte sie das Gefühl, dass der modrige Geruch verschwinden würde, sobald der Teppich verschwand.

Die beiden Anwältinnen teilten sich Miete und Nebenkosten und waren darüber hinaus gute Freundinnen geworden. Jede unterhielt zwar ihre eigene Anwaltspraxis, doch halfen sie sich in schwierigen Fällen schon mal gegenseitig aus.

Wanda, die ihren Universitätsabschluss im selben Jahr wie Angela gemacht hatte und außerdem im selben Alter war – Angela hasste die Vorstellung, dass sie heuer dreiunddreißig wurde –, war eine ausgezeichnete Anwältin. Sie hatte sich auf Fälle von Diskriminierung spezialisiert, und das passte zu ihr, denn sie war absolut nicht scheu, ihre Meinung kundzutun, ging sie doch von der Überzeugung aus, dass das, was sie zu sagen hatte, wert war, gehört zu werden.

Angela war die offene, unerschrockene Frau mit der dunklen, schokoladenbraunen Haut in der kurzen Zeit, seit sie sich kannten, ans Herz gewachsen. Deshalb bezweifelte sie auch keine Sekunde, dass sie tatsächlich wie der aufgewärmte Tod aussah, ganz besonders, nachdem sie sich vorhin im Polizeirevier die Seele aus dem Leib gekotzt hatte. Nicht gerade einer der glänzendsten Auftritte ihres Lebens. Von demütigend gar nicht zu reden!

Wieso musste mir das ausgerechnet vor diesem John Franco passieren? Angela schauderte bei der Vorstellung, welchen Eindruck sie hinterlassen haben mochte. Nicht, dass es ihr was ausmachte. Seit Bill sie so schnöde verlassen hatte, traute sie den Männern nicht mehr über den Weg.

»Ich glaube, ich krieg eine Grippe. Mir ist schon seit heute früh schlecht.«

Als hätte Angela gesagt, sie habe Typhus und nicht nur eine

gewöhnliche Grippe, stieß sich Wanda entsetzt vom Schreibtisch ab und ließ sich zu dem hohen Fenster in ihrem Rücken zurückrollen. »Steck mich bloß nicht an! Ich kann's mir im Moment nicht leisten, krank zu werden. Bunny der Klops ist bald dran.«

Wanda hatte die Angewohnheit, all ihren Klienten – und auch ein paar Freunden – treffende Spitznamen zu geben. Neben Bunny gab es noch Larry »Schlabberlippe« Goldstein, der jedem, den er zu fassen kriegte, nasse, schlabberige Küsse aufdrückte; Marty »der Schniedel« Verrazano, der in seiner Jugend in über dreiunddreißig Pornos mitgespielt hatte, und dann noch Bertha »das Euter« Washington, eine mehr als üppig ausgestattete entfernte Kusine der Anwältin.

Angela war bis jetzt ein Spitzname erspart geblieben. Natürlich hätte sie niemand auch nur im Entferntesten als »das Euter« bezeichnen können. Sie war zwar nicht flachbrüstig, aber mit Pamela Anderson konnte man sie auch nicht gerade verwechseln. Na ja, andererseits brauchte sie kein Busenwunder als begabte Anwältin zu sein.

Wanda vergab die Spitznamen nicht etwa aus Böswilligkeit – sie war eine ausgesprochen gute Seele. Nein, sie tat es aus Spaß. Denn Wanda war der festen Überzeugung, dass das Anwaltsein Spaß machen und nicht so steif und staubtrocken sein sollte. Sie verwies mit Stolz darauf, selbst eine konformistische Nonkonformistin zu sein, was sich am besten an ihrer ziemlich unorthodoxen Aufmachung vor Gericht verdeutlichen ließ. Sie trug zwar schicke, aber nichtsdestotrotz würdige Kostüme, hatte darunter jedoch meist nur Strapse an und sonst nichts, außer einem Fetzchen Spitze, das sich kaum als BH bezeichnen ließ. Sie war der Überzeugung, dass ihr das vor Gericht einen Vorteil verschaffte, wusste sie doch etwas, das ihr Gegner nicht wusste.

Angela hätte sich so was nie getraut. »Bunny? Du meinst diesen 200-Kilo-Kerl, der letztens seinen Job bei Clyde's Abschleppdienst verloren hat?«

»Genau der. Aber du übertreibst. Bunny bringt's vielleicht auf Hundertachtzig, aber ein Klops ist er trotzdem, *capisce*?« Angela nickte, und Wanda meinte grinsend: »Clyde behauptet, Bunny passt in keinen Abschleppwagen.«

»Und – stimmt das?«

»Na ja, nicht ganz. Er passt nur nicht hinters Steuer. Bunny ist süchtig nach Creme-Donuts – ernährt sich praktisch ausschließlich davon –, aber das ist nicht der einzige Grund für sein Übergewicht. Er hat was mit den Drüsen und hätte deshalb nicht gefeuert werden dürfen. Und das werde ich vor Gericht beweisen.«

Wenn es überhaupt jemand schaffte, aus einem Klops einen gestählten, missverstandenen Krieger zu machen, dann Wanda. »Zumindest weiß Bunny, was gut ist, das muss man ihm lassen.« Obwohl ihr beim Gedanken an die leckeren Kalorienbömbchen nicht wie sonst das Wasser im Munde zusammenlief, eher im Gegenteil, was ein schlechtes Zeichen war.

Angela liebte Junkfood. Alles, was jede Menge Fett, Zucker und Kohlehydrate enthielt – die drei Hauptnahrungsgruppen der Familie DeNero –, verschwand in ihrer Futterschleuse, nur um sich umgehend auf ihren Hüften niederzulassen. Sie machte Jogging, um sich von den Kalorien nicht ganz überholen zu lassen.

»Also, gehst du jetzt heim oder nicht? Du solltest dich wirklich hinlegen. Hast in letzter Zeit viel zu hart gearbeitet, und das rächt sich jetzt. Mit den Ringen unter den Augen könntest du jedem Brillenäffchen Konkurrenz machen, Mädel.« Wanda grinste breit und enthüllte dabei eine Reihe makelloser, blendend weißer Zähne. Das Lächeln dieser Frau war reinstes Dynamit.

»Ständig nur Arbeit, Arbeit und nie Vergnügen, das macht unglücklich – und unbefriedigt obendrein«, fügte sie mit einem dreckigen Feixen hinzu.

Wie aus dem Nichts tauchte John Francos sexy Lächeln vor Angelas Augen auf, und sie musste ein paar Mal blinzeln, um den ungebetenen Gast zu verscheuchen. Sie hatte echt keine Ahnung, warum der Typ sie derart verfolgte.

Womöglich war sie ja tatsächlich überarbeitet, wie ihre Freundin meinte.

Und mit unbefriedigt lag sie sowieso nicht daneben.

Das einzige Wesen, das ihr Bett seit Bills schuftigem Abgang wärmte, war ihre Bulldogge Winston.

Wenigstens log Winston sie nicht an oder behauptete, er liebe sie und wolle sie heiraten. Und er würde ihr nie das Herz brechen, so wie Bill McElroy. Bill »der Bastard« McElroy, wie sie in Gedanken hinzufügte. Erklärungen überflüssig.

Sie warf seufzend einen Blick auf ihre Minnie-Maus-Uhr – ein Weihnachtsgeschenk ihrer Schwester – und schüttelte den Kopf. Schnee von gestern, kein Sinn, sich deswegen fertig zu machen.

Ja, jetzt hinlegen, das wäre himmlisch. In letzter Zeit war sie fast ununterbrochen müde und ausgelaugt. *»Das ist Eisenmangel, Schatz, wie in dieser Geritol-Werbung, du weißt doch«*, sagte ihre Mutter stets, sobald Angela sich über Müdigkeit und Erschöpfung beklagte. *»Du landest noch mal im Krankenhaus, wie das Kind meiner Freundin Phyllis.«*

Angela glaubte nicht, dass ihre Müdigkeit irgendwas mit Eisenmangel zu tun hatte. Sie arbeitete vierzehn Stunden am Tag – das erklärte doch alles. Außerdem sah ihre Mutter pausenlos überall Gespenster. Sie hatte nie einen Menschen kennen gelernt, der sich mehr über alles und jedes Sorgen machte als ihre Mutter. Laut Rosalie DeNero – der »Königin der Katastrophen«, wie Angela und Mia sie heimlich nannten – stand der Weltuntergang unmittelbar bevor.

Nur weiter so, lieber Gott. Schlimmer kann's kaum werden.

»Erde an Angela. Gehst du jetzt heim oder nicht?«

Angela lächelte Wanda zerknirscht an; sie wusste, dass sie in letzter Zeit unaufmerksam war. »Geht nicht. Die Gallaghers werden in ein paar Minuten da sein. Wir wollen den

Sorgerechtsfall noch mal in allen Einzelheiten durchsprechen. Sicher haben sie eine Million Fragen. Kann 'ne Weile dauern.« Und sie wollte Mary und Dan nicht hetzen, da sie wusste, was für eine schwierige Zeit sie im Moment durchmachten, egal wie ausgelaugt sie sich fühlte.

Sie mochte die beiden sehr. Mary Gallagher, der das *Mama Sophia's* gehörte, ein italienisches Restaurant im Erdgeschoss des Gebäudes, in dem sie wohnte, war Joes jüngere Schwester und der reizendste Mensch, den man sich vorstellen konnte.

Mary kam andauernd hochgeschnauft und brachte ihr irgendwas Leckeres aus dem *Mama Sophia's*. Wenn sie nicht daheim war, stellte sie es einfach vor die Tür. Bei diesen Gelegenheiten war Angela aufgefallen, dass manchmal etwas von dem Essen fehlte, wenn sie zurückkam. Sie verdächtigte ihre fette, zu allen Zeiten hungrige Vermieterin.

Mrs. Foragi hatte sich ihre gut hundert Kilo auf die altmodische Art und Weise verdient: durch gnadenloses Fressen. Angela hatte die gute Frau mal dabei beobachtet, wie sie eine ganze Salamipizza in der Zeit verschlang, die Angela brauchte, um vom Restaurant in ihre Wohnung hochzusteigen.

Unter fünf Minuten!

Kaum zu glauben, wie ein Mensch in der Geschwindigkeit sich so voll stopfen konnte.

Mary Gallagher war, wie Angela auch, geradezu süchtig nach Schokolade, was sie in deren Augen noch liebenswerter machte. Angela war jedoch, im Gegensatz zu der hochschwangeren Mary, die auf Schokoladenkugeln abonniert war, mehr Schokoriegeln verfallen, und sie bewahrte einen beruhigenden Vorrat in ihrer Schreibtischschublade auf, da man nie wissen konnte, wann die Gier einen überfiel.

Marys Mann Dan war Sportredakteur bei der *Baltimore Sun*, dazu Teilinhaber des *Danny Boy's*, einer/einem Sportbar/Restaurant, das in Bälde in Little Italy eröffnet werden würde. Sharon, Dans Exfrau, war es, die das Sorgerecht für

NÜTZLICHE INFORMATIONEN

für jede Mitteilung

Ihre Kundennummer

41 218 423 804

Nummer Ihrer nächsten Lieferung

0342

Mitteilungsfrist zum Überspringen Ihrer nächsten Lieferung

20/03/09

Für die Bestellung von Zusatzangeboten bitte die Ihrer Größe entsprechende Artikel-Nummer angeben (siehe beiliegenden Faltprospekt)

Beleg/Quittung für den Kontoinhaber

Konto-Nr. des Kontoinhabers

Begünstigter	
Stadtkasse Bad Hombu	
Konto-Nr. des Begünstigten 0002512609	
bei (Kreditinstitut) Postbank Frankfurt	
EUR	Betrag: Euro, Cent 15,00
Kunden-Referenznummer - noch Verwendungszweck (nur für Begünstigten) 9001811723551	
Kontoinhaber/Einzahler: Name	

Aktenzeichen:

018.117235.5

ihren Sohn wiederhaben wollte, obwohl sie dieses erst letzten Winter an Dan abgetreten hatte.

»Hab gestern Abend im *Mama Sophia's* gespeist«, erklärte Wanda und riss Angela aus ihren Gedanken. »Marys Restaurant ist Oberklasse. Ich würde alles tun, um so kochen zu können. Oder überhaupt kochen zu können. Ich bin eine herbe Enttäuschung für meine Mutter. Mama hält die Mikrowelle für eine Erfindung des Teufels; sie sagt, wir Frauen in den Dreißigern wären alle irgendwie behindert, was das Kochen betrifft.«

Angela hob eine schwarze Braue. »Ich dachte, du hast nichts übrig für die italienische Küche.«

»Wenn ich bei Mary esse schon, Schätzchen.« Wanda klopfte sich auf ihren flachen Bauch. »Aber ich muss aufpassen. Von diesen Köstlichkeiten wird man blitzartig dick.«

Angela, die aus einer großen italienischen Familie stammte, wusste das nur zu gut. Ihre Mutter war eine ausgezeichnete Köchin, ihr Vater ebenso, obwohl sie vermutete, dass sich seine Liebe zum Kochen hauptsächlich auf der Tatsache gründete, dass er dann die Rüschenschürzen seiner Frau tragen konnte.

»Essen ist die zweite Religion der Italiener. Nichts geht über Lasagne, Spaghetti und Co«, verkündete Angela mit typisch italienischer Theatralik, und Wanda verdrehte amüsiert die Augen.

»Mann, ihr Einwanderer seid vielleicht bekloppt. Da lob ich mir doch unser gutes altes Backhühnchen mit jeder Menge selbst gestampftem Kartoffelbrei. Das ist zumindest amerikanisches Essen und macht genauso dick wie eures.«

»Und so was sagst du, die unermüdliche Kämpferin gegen Voreingenommenheit? Du solltest dich was schämen, Wanda Washington.«

»Schätzchen, du kannst dein Tiramisu behalten. Wenn's um Nachspeisen geht, schlägt nichts den Apfelkuchen meiner Mutter.«

Der Warteraum der Kardiologie des Mercy Hospitals war gesteckt voll. Es warteten jede Menge Menschen mit sorgenvollen Gesichtern auf Nachricht über den Zustand ihrer Lieben – John mitten unter ihnen. Noch wusste er nicht, ob sein Freund überleben würde.

Die anderen Anwesenden kaum wahrnehmend, tigerte er nervös auf dem dünnen graugrünen Teppichboden auf und ab. In Zeiten wie diesen vermisste er die Zigaretten am meisten. Es war jetzt einen quälend langen Monat her, seit er das Rauchen aufgegeben hatte. Und täglich Tonys Zigarettenqualm einatmen zu müssen hatte ihm den Entzug auch nicht gerade erleichtert.

Nein, er machte sich nichts vor. Ihm fehlte das Rauchen, ihm fehlte die Zigarette in der Hand, der tiefe Zug am Glimmstängel, die Nikotin-Euphorie. Aber er wusste verdammt gut, wenn er das Rauchen nicht aufgegeben hätte – er hatte zuletzt zwei Schachteln am Tag gepafft –, würde er vermutlich jetzt neben Tony auf der Intensivstation liegen.

Er hatte keine zwei Stockwerke mehr steigen können, ohne wie eine Dampflok zu schnaufen und das Gefühl zu haben, seine Lungen würden sich gleich verabschieden. Seine morgendlichen Joggingrunden waren zur reinsten Folter und schließlich unmöglich geworden. Und da ihm das Laufen wichtiger war als Rauchen, hatte er schließlich aufgehört.

Tony unglücklicherweise nicht.

Sein Freund hatte totenbleich und weit älter als vierunddreißig ausgesehen, als sie ihn in die Intensivstation brachten. Seine Frau Marie war jetzt bei ihm, ihre zwei Kinder in der Obhut von Nachbarn. John fragte sich unwillkürlich, was aus ihnen werden sollte, falls das Schlimmste geschah und Tony es nicht schaffte.

Wer würde sie lieben, sich um sie kümmern? Wer würde für sie sorgen? Er, John, würde tun, was in seinen Kräften stand, doch das wäre natürlich kein Ersatz.

Er fühlte sich schuldig. Wenn er nicht mit Tony gestritten hätte …

»Mr. Franco?«

John blieb jäh stehen. Aufblickend sah er, dass ihm eine Schwester winkte. Sie wirkte streng, selbstsicher und befehlsgewohnt. Ihre strahlend weiße Uniform passte zur Farbe ihrer Haare. »Mr. Stefano ist jetzt stabil. Sie dürfen kurz zu ihm, aber wirklich nur ganz kurz. Er steht unter Beruhigungsmitteln, damit sein Herz nicht so schwer arbeiten muss.«

John eilte sofort in Tonys Zimmer und gab Marie beim Eintreten einen Kuss auf die Wange. Tony hatte Sauerstoffschläuche in der Nase, EKG-Sensoren auf der Brust und eine Infusion im linken Arm. Bei diesem Anblick wurde John endgültig klar, wie ernst der Zustand seines besten Freundes war.

Tony sah nicht viel besser aus als bei seiner Ankunft im Krankenhaus, außer dass seine Wangen nun, aufgrund der künstlichen Sauerstoffzufuhr, grau statt weiß waren. Der Herzmonitor gab ein stetes, beruhigendes Piepen von sich.

»Gott sei Dank warst du bei ihm, John«, sagte Marie leise, griff Hilfe suchend nach seiner Hand und drückte sie. Tränen standen in ihren dunklen Augen. »Wenn du nicht da gewesen wärst! Ich weiß nicht, ob ich genauso effektiv gehandelt hätte. Womöglich wäre Tony nicht mehr am Leben. Der Kardiologe, Dr. Winters, meint, dass in dreiunddreißig Prozent aller Herzattacken keine vorherigen Brustschmerzen auftreten. Ich …« Sie brach in Tränen aus und tupfte sich leise schluchzend die Augen mit dem Taschentuch ab, das er ihr reichte. »Tut mir Leid. Ich mache mir nur so schreckliche Sorgen.«

»Ich weiß, dass du Angst hast, Marie.« Er legte ihr den Arm um die schmalen Schultern und versuchte sie, so gut er konnte, zu trösten. »Ich mache mir auch Sorgen. Aber bestimmt kommt Tony wieder auf die Beine. Du weißt doch, was für ein zäher Kerl er ist.« Das musste er einfach glauben, oder er würde durchdrehen.

Sie schniefte. »Ja, einen Dickkopf hat er, das kann man nicht anders ausdrücken. Wie oft habe ich ihm gesagt, er soll mit dem Rauchen aufhören, sich besser ernähren? Aber er wollte nie hören. Tony hört auf niemanden.«

Das konnte John nur bestätigen. Sein Freund war ein verfluchter Sturkopf, aber er hatte nicht die Absicht, sich in Maries und Tonys Meinungsverschiedenheiten reinziehen zu lassen. Er mochte beide von Herzen und wollte nicht Partei ergreifen.

Um das Gespräch auf sichereren Boden zu lenken, fragte er daher: »Was hat der Arzt sonst noch gesagt?«

»Dass bei Tony drei Arterien blockiert sind und dass er morgen früh operiert wird. Dein Bruder wird das machen, und darüber bin ich sehr froh.«

Michael war ein hoch begabter Chirurg, und diesmal war John sogar froh über seine Erfahrung im OP. Falls es überhaupt jemand schaffte, Tony durchzubringen, dann sein großer Bruder.

Aber es war verdammt beschissen, sich so was eingestehen zu müssen, wenn auch nur im Stillen.

Der Schatten seines Bruders war riesig, und John hatte die meiste Zeit seines Lebens darunter verbracht. Nie konnte er mit irgendwas glänzen. In den Augen seiner Eltern war Michael der perfekte Sohn, der niemals irrte oder gar etwas falsch machte. Nichts ging über ihren Ältesten, den Einserschüler, den Star-Quarterback des Schulfootballteams, den Jungen, dem seine Klassenkameraden beim Abschluss die Auszeichnung »Der Mann mit den meisten Erfolgschancen« verliehen hatten. Und dass er dann auch noch Arzt wurde, war sozusagen der Zuckerguss auf der Torte.

Er, John, dagegen war der Versager, der Rebell und das schwarze Schaf der Familie. Er hatte alles getan, um diesen Ruf zu rechtfertigen, um wenigstens so die Aufmerksamkeit seiner Eltern zu erringen. Funktioniert hatte es, zumindest eine Zeit lang – er hatte seine Eltern als Jugendlicher ganz schön in Atem gehalten. Aber am Ende war ihm diese Rolle langweilig geworden. Das war es nicht, was er wollte. Er wollte die Bewunderung, Achtung und Liebe seiner Eltern, so wie Michael sie erhielt, und nicht Strafen und Verachtung, die logische Folge seines rebellischen Verhaltens.

Natürlich war er damals noch zu jung gewesen, um zu verstehen, dass man sich Liebe und Achtung verdienen musste. Doch obwohl er sich geändert hatte, wurde er von seinen Eltern nach wie vor als Bürger zweiter Klasse behandelt, der dem heiligen Michael nicht mal ansatzweise das Wasser reichen konnte.

Ein Dr. jur. war bei weitem nicht so beeindruckend wie ein Dr. med., das dachten jedenfalls Robert und Adele Franco. Seine Eltern hielten Anwälte für Menschen, die aus anderer Leute Unglück Kapital schlugen, Ärzte dagegen für Menschen, die halfen und Leben retteten.

John bemühte sich sehr, ihnen das nicht übel zu nehmen, aber das war verdammt schwer. Selbst jetzt noch, mit vierunddreißig, gab es ungeklärte Dinge zwischen ihm und seinen Eltern, was ihnen, da war er ziemlich sicher, nicht einmal bewusst war.

»Dann wird Michael also einen dreifachen Bypass vornehmen, ja?« Er trat ans Bett und blickte auf den schlafenden Tony hinab. Marie nickte, und sein Hals war auf einmal wie zugeschnürt.

John und Tony waren miteinander aufgewachsen, in der Schule im selben Footballteam gewesen und waren oft zu viert ausgegangen, wenn sie Mädchen hatten, aber nie, als Tony noch mit Angela ging. So viel hatten sie in ihrem Leben schon miteinander durchgestanden, die guten wie die schlechten Zeiten. Stefano kannte Johns Fehler in- und auswendig, was seiner Zuneigung zu ihm jedoch keinen Abbruch tat. Tony war sein bester Freund, sein Geschäftspartner und sein Angelbegleiter. John war auf Tonys Hochzeit Trauzeuge gewesen und Pate ihrer beiden Kinder, Katy und Antony. Er könnte es nicht ertragen, ihn zu verlieren.

»Wie lautet die Prognose?«, fragte er und musste sich dabei räuspern, um sich seine Gefühle nicht anmerken zu lassen. John war gut darin, seine Gefühle zu verbergen; er hatte jede Menge Übung gehabt.

»Gut, vorausgesetzt, er überlebt die Operation.«

»Ich muss mit Tony reden, muss ihm sagen, dass alles gut wird.« *Und wie Leid es mir tut, dass wir uns gestritten haben.*

Aber das würde er nicht, das wusste er.

Er konnte doch nicht seine Schuldgefühle bei einem Schwerkranken abladen. Da rief er schon lieber seinen Bruder an, um herauszufinden, wie genau die Chancen für Tony standen. Über etwas so Wichtiges würde Mike ihn bestimmt nicht belügen.

»Ja, Tony wollte auch mit dir reden«, meinte Marie mit ratloser Miene. »Er hat dauernd was vor sich hin gemurmelt, was sich wie Rosenburg oder Rothstein oder so ähnlich anhörte.« Sie schüttelte den Kopf. »Ich weiß es nicht genau, aber es schien ihm wichtig zu sein.«

»Rothburg.«

»Es gibt kein ›Wir‹. Ich helfe dir nicht bei diesem Fall. Und damit basta!«

Lahm fügte John hinzu: »Einer seiner Fälle.«

Abermals nahm sie seine Hand und drückte sie. »Ich bin so froh, dass er dich hat. Tony braucht sich nicht zu sorgen, weil er weiß, dass du dich um alles kümmern wirst. Die Ärzte sagen, er darf sich vorerst nicht aufregen, besonders nicht über seine Arbeit, und du weißt ja, wie besessen er sein kann. Sein Herz braucht unbedingt Ruhe.«

»Ich bearbeite den Rothburg-Fall nicht, Marie. Das ist Tonys Baby. Aber ich werde versuchen rauszukriegen, ob schon ein Termin anberaumt wurde, und wenn ja, um eine Vertagung bitten.«

Sie schaute mit großen vertrauensvollen Augen zu ihm auf, in der Gewissheit, dass er auf jeden Fall das Richtige tun würde, was ihren Mann betraf. »Was immer du für das Beste hältst.«

Als er das hörte, fühlte er sich noch schlechter. »Ich komme morgen wieder. Aber ruf mich an, falls was sein sollte oder falls ihr irgendwas braucht, du und die Kinder. Egal was, verstehst du?«

Marie lächelte schwach und nickte. »Du bist ein wahrer Freund, Johnny. Danke.«

Er gab ihr einen Kuss auf die Wange, warf, als wäre es sein letzter, noch einen Blick auf Tony und ging.

»Ich hab dir etwas Tiramisu mitgebracht.« Mary betrat mit Dan Angelas Büro und reichte ihr das in Alufolie gewickelte Päckchen. Die Anwältin saß hinter dem massiven Mahagonischreibtisch, den sie von ihren Eltern als Geschenk zum bestandenen Juraexamen bekommen hatte.

Ihre Schwester Mia hatte dagegen nach Abschluss ihres Kunststudiums am Boston College ein entzückendes feuerrotes Mustang-Cabrio bekommen. Angela fuhr einen schnöden Saturn. Die praktische, konservative Tochter der Familie zu sein hatte definitiv Nachteile.

»Marco hat es heute früh ganz frisch gemacht, also solltest du mit dem Essen nicht zu lange warten«, empfahl Mary. »Ich kann dir persönlich versichern, dass es köstlich schmeckt. Schau nur meine Fettpölsterchen, die sind Beweis genug.« Die Schwangere ließ sich auf einen Sessel vor dem Schreibtisch plumpsen.

Gegen eine Welle der Übelkeit ankämpfend – beim bloßen Gedanken an das pappsüße, alkoholgetränkte Dessert hätte sie sich übergeben mögen –, pflasterte Angela ein dankbares Lächeln auf ihr Gesicht und rückte das Tiramisu an die entfernteste Ecke des Schreibtischs, damit sie es nicht riechen musste. »Danke. Echt nett von dir, an mich zu denken. Wieder einmal. Du darfst aber nicht glauben, dass du mich andauernd durchfüttern musst, Mary, obwohl ich deine ›milden Gaben‹ sehr zu schätzen weiß.«

Dan, der neben seiner Frau Platz nahm, schenkte Mary ein nachsichtiges Lächeln. »Meine Süße ist nicht glücklich, wenn sie nicht alles und jeden mästen kann, Angela. Ich vermute, sie versucht alle Frauen in Little Italy so süß pummelig zu machen, wie sie es ist.« Er tätschelte den leicht gewölbten Bauch seiner Frau, und sie streckte ihm die Zunge raus, worauf sein Grinsen noch breiter wurde.

»Dafür werde ich später wohl büßen, stimmt's?«, sagte er gespielt zerknirscht.

»Darauf kannst du wetten, du Ire.«

»Wann soll das Baby kommen?«, erkundigte sich Angela, die angesichts der Verliebtheit, mit der sich die beiden ansahen, fast neidisch wurde. Bill war diesbezüglich eher zurückhaltend gewesen. Gewöhnlich hatte er einen Zettel irgendwo hinterlegt:

»Angela, du siehst heute Morgen besonders hübsch aus, aber ich habe vorhin einen Fleck an deinem Blusenkragen entdeckt. Du solltest das in Ordnung bringen, bevor dich noch einer unserer Klienten sieht.«

Bill versorgte einen stets mit einem »Aber«. Der Mann war ein ausgesprochener Pedant und Ehrgeizling, was Angela, die ähnliche Züge bei sich feststellte, ursprünglich zu ihm hingezogen hatte.

Jetzt wusste sie, dass das ein gravierender Fehler gewesen war.

»Anfang Frühling, aber wenn's nach mir geht, könnte es gleich rauspurzeln. Auf die Übelkeit in der Frühe könnte ich auch glatt verzichten. Außerdem komme ich mir langsam wie 'ne Elefantenkuh vor. Was natürlich auch an den Tonnen Schokokugeln liegen kann, die ich in letzter Zeit so verputzt habe.« Ihre dunklen Augen funkelten vergnügt. »Fressanwandlungen, du weißt schon. Und ich bin ständig hundemüde, das ist das Ärgerlichste. Früher war ich nicht totzukriegen, aber momentan könnte ich andauernd schlafen.«

Angela wurde ganz anders bei dem Gedanken, dass Marys Symptome den ihren verdächtig ähnelten. »Echt? Mir ist seit Tagen auch pausenlos entweder leicht oder definitiv schlecht. Und wenn ich ans Bett nur denke, klappen mir die Augen zu. Muss mir irgendeinen Virus eingefangen haben.«

»Hast du erhöhte Temperatur? Das ist normalerweise das erste Anzeichen einer Grippe.«

»Nein, ich ...« Angela runzelte die Stirn angesichts dieser durchaus logischen Frage; doch dann schüttelte sie den Kopf. Nein, in die Richtung wollte sie im Moment nicht denken. Unmöglich.

»Na, ist ja egal. Meine Gesundheitsprobleme sind nicht unser Gesprächsthema. Wichtiger ist der bevorstehende Sorgerechtsstreit. Bestimmt habt ihr jede Menge Fragen. Aber bevor wir damit anfangen, will ich euch eine ungefähre Vorstellung davon geben, wie diese Dinge im Bundesstaat Maryland gehandhabt werden.«

Beide wirkten nervös, und Angela lächelte ihnen aufmunternd zu. »Der Richter wird sich also die Frage stellen: Was dient den besten Interessen des Kindes?«

»Aber Matt fühlt sich wohl bei uns, es geht ihm gut«, insistierte Mary sofort.

»Genau das wird der Richter berücksichtigen.«

»Sharon bekam bei unserer Scheidung das Sorgerecht zugesprochen«, meinte Dan und warf seiner Frau einen unbehaglichen Blick zu. »In meinem Beruf als Sportreporter bin ich sehr viel unterwegs. Und ich dachte, dass es wegen Matts Alter – er war bei der Scheidung vier – besser wäre, wenn er bei Sharon bliebe, die sich besser um seine Gesundheit, Erziehung und Ausbildung kümmern könnte. Also habe ich ihr das volle Sorgerecht abgetreten, mir aber ein Besuchsrecht vorbehalten. Jetzt ist mir klar, dass ich damals einen schweren Fehler gemacht habe.« Er holte ein Röllchen Magentabletten aus seiner Tasche und nahm ein paar davon.

Angela tappte nachdenklich mit dem Kuli auf ihren Schreibtisch. »Das könnte ein Problem werden, vielleicht aber auch nicht. Deine erste Frau hat ihr Kind verlassen und ist abgehauen mit …« Sie warf einen Blick auf die Notizen in ihrem gelben Notizblock. Ihre Miene war unbewegt, obwohl es ihr schwer fiel, ihre Ressentiments in Bezug auf Sharon Gallagher-Rothburg im Zaum zu halten. Diese Frau war als Mutter total ungeeignet. Leider konnte nicht sie das entscheiden, sondern nur das Gericht. »… ihrem Aerobictrainer«, beendete sie ihren Satz.

»Der Richter wird sich also eine Meinung bilden, ob Mrs. Rothburg eine gute Mutter ist oder nicht. Man wird ihren Charakter auf den Prüfstand stellen, ebenso wie ihren Ruf. Wir werden die Zuteilung des vollen Sorgerechts beantragen.«

»Aber sie ist mit einem bekannten Anwalt verheiratet, einer aufrechten Säule der Gesellschaft«, gab Mary zu bedenken. »Wir haben Angst, dass man das zu ihren Gunsten auslegen könnte.«

»Du und Dan, ihr habt mindestens genauso viel, was für euch spricht. Ihr habt Matt ein stabiles, liebevolles Heim gegeben. Er ist glücklich bei euch und will bleiben, wo er ist. Und wie ihr mir bei unserem letzten Gespräch erzählt habt, hat sich Mrs. Rothburg nach ihrem Verschwinden kein einziges Mal bei ihrem Sohn gemeldet, was ihn seelisch ziemlich aus der Bahn geworfen hat.«

Mary nickte. »Das stimmt. Matt war ein sehr trauriger kleiner Junge, als ich ihn kennen lernte. Ein paar von den Fragen, die er zum Verschwinden seiner Mutter gestellt hat, waren geradezu herzzerreißend.«

Dan, den die Erinnerung offenbar ebenfalls quälte, stieß einen tiefen Seufzer aus. »Ich hoffe nur, dass mein Sohn nicht auch noch vor Gericht erscheinen muss. Er hat schon genug durchgemacht, und ich will nicht, dass Matt gezwungen ist, sich zwischen mir und Sharon zu entscheiden. Das wäre unfair ihm gegenüber. Er ist doch noch ein kleines Kind. Und er liebt seine Mutter.«

Es war offensichtlich, dass Dan Gallagher das Wohl seines Sohnes vor alles andere stellte. Angela bezweifelte, dass Sharon Rothburg dasselbe von sich behaupten konnte. »Kann sein, dass der Richter mit Matthew reden will, Dan, was aber mit ziemlicher Sicherheit in der Abgeschiedenheit seines Amtszimmers geschehen wird. Also brauchst du dir deswegen keine Sorgen zu machen.

Vorläufig möchte ich dich und Mary bitten, euch Leute zu suchen, die etwas über Matts seelischen Zustand, kurz nachdem ihn seine Mutter verlassen hat, aussagen können und auch, wie es ihm seitdem bei euch ergangen ist.

Seine Lehrerin und sein Kinderarzt zum Beispiel könnten sicher ein Urteil über Matts emotionalen Zustand nach dem Verlassenwerden durch seine Mutter und der Anfangszeit bei dir abgeben. Ich möchte sie in den Zeugenstand rufen und jeden anderen, dessen Aussage ihr für hilfreich haltet.

Ich möchte eine qualifizierte Therapeutin hinzuziehen, um das Verhalten deines Sohnes und seinen emotionalen Zustand zu beurteilen, und diese Beurteilung dann dem Gericht vorlegen. Eine Expertenmeinung wiegt in solchen Fällen manchmal schwer. Das alles wird nach Eröffnung des Falles ungefähr fünf bis sechs Wochen in Anspruch nehmen.«

»Was glaubst du, wie stehen unsere Chancen zu gewinnen, Angela? Wir könnten es nicht ertragen, Matt zu verlieren.« Mary packte Schutz suchend die Hand ihres Mannes und drückte sie.

»Ich habe vor zu gewinnen. Ich hätte diesen Fall nicht übernommen, wenn ich unsere Chancen nicht für gut halten würde. Doch ich will euch auch nichts vormachen und ein zu rosiges Bild malen.

In den meisten Fällen wird der Mutter das Sorgerecht zugesprochen. Aber ihr habt Glück, in Maryland gibt es keine automatische Bevorzugung der Mutter. Wir haben es hier mit einer Ausnahmesituation zu tun, und ich glaube, das wird das Gericht berücksichtigen.« Mary kamen die Tränen, und Angela blutete das Herz bei diesem Anblick. Sorgerechtsfälle waren stets eine schwere Belastung für alle Beteiligten.

»Jetzt mach dir mal keine Sorgen, Mary, das ist nicht gut für dich, besonders in deinem Zustand. Überlass die Sorgen und die Arbeit mir. Dafür bezahlt ihr mich schließlich.«

»Aber ich komme mir so hilflos vor. Ich will helfen.«

»Wenn du wirklich helfen willst, dann bete. Ich habe festgestellt, dass das nie schadet.«

Über Marys Gesicht flog ein zittriges Lächeln. »Früher hatte ich einen direkten Draht zu dem Herrn da oben. Du weißt ja, dass mein Bruder Priester war. Aber jetzt hat Joe Annie geheiratet, und ich bin auf mich allein gestellt.«

»Nicht ganz«, sagte Dan und wischte seiner Frau mit einem zuversichtlichen Lächeln, das ganz und gar nicht seiner wahren Stimmung entsprach, die Tränen aus dem Gesicht. »Du vergisst deine Mutter und deine Großmutter. Mir ist noch keine Katholikin untergekommen, die den Rosenkranz schneller und mit mehr Inbrunst betet als diese beiden. Diese Weiber könnten jeden das heilige Fürchten lehren.«

Und hatten es anscheinend. Marys Mann klang, als würde er aus Erfahrung sprechen. Es gab Dinge, die waren universal, wenn es um gläubige Italienerinnen ging. Und jemanden das heilige Fürchten zu lehren stand im unsichtbaren Handbuch für italienische Mütter. Zu den wichtigsten Regeln gehörten:

1. Wie verhöre ich künftige Schwiegersöhne oder -töchter? Begutachtet wird jeder, der sich innerhalb der häuslichen Mauern blicken lässt.
2. Man lässt sich endlos und bis zur Peinlichkeit über die (ehelichen) Qualitäten des Sohnes/der Tochter aus.
3. Dem jungen Paar wird vor jeder Verabredung eingebläut, dass außereheliche Aktivitäten Sünde sind und umgehend mit dem Zorn Gottes bestraft werden. Das Gesag-

te wird, wenn nötig, mit treffenden Bibelzitaten unterstrichen.

4. Die Namen hochgestellter geistlicher Würdenträger werden eingestreut – Priester, Rabbi, etc. – und/oder Verbindungen zur Mafia, real oder fiktional.

Natürlich gab es noch andere Gebrauchsanweisungen, die ihr momentan jedoch nicht einfielen.

»Sophia geht erst gar kein Risiko ein«, sagte Mary und musste nun doch lächeln. »Sie betet nicht nur täglich einen Rosenkranz für uns, sie hat Sharon Rothburg jeden bekannten Fluch an den Hals gewünscht. Diese Frau hat damit zu tun bis ans Ende ihrer Tage. Keiner kann das besser als meine Mutter.«

Ah, der Fluch. Den kannte Angela nur zu gut. Sophia hatte ihr Bestes versucht, Angela und Joe zu verkuppeln, und war am Boden zerstört gewesen, als sie damit scheiterte. Joes tyrannische Mutter war mit Joes Wahl – Annie Goldman – alles andere als einverstanden gewesen und hatte entschieden, dass Angela und nicht Annie die perfekte Ehefrau für ihren Sohn abgäbe. Glücklicherweise hatte Joe eigene Vorstellungen gehabt und Annie geheiratet.

Annie hätte es nicht besser treffen können. Joe Russo war ein guter, liebevoller Mann. Und auch Mary hatte, wie es schien, das große Los gezogen. Dan hing ihr förmlich an den Lippen, und es war nicht zu übersehen, wie verrückt er nach ihr war.

Wie es wohl wäre, eine solche Liebe zu finden?, fragte sie sich mit einem tiefen Seufzer.

Jetzt reiß dich zusammen, DeNero!

So ist das nun mal: Glück im Spiel und Pech in der Liebe. Du hast studiert. Nicht jeder stolpert über die große Liebe. Sei froh, dass du deine Karriere hast, eine dich liebende Familie und einen Hund, der dir buchstäblich zu Füßen liegt.

Doch die Worte klangen hohl, selbst für Angelas Ohren.

3

Woher weiß man, wann ein Anwalt lügt?
Wenn sich seine Lippen bewegen.

John betrat Tonys Krankenzimmer. Es war der erste Tag nach seiner Operation. John hatte einen großen bunten Blumenstrauß dabei und trug ein erleichtertes Grinsen zur Schau.

Der Patient saß an die aufgestellten Kissen gelehnt und sah sich ein Footballspiel im Fernsehen an. Doch sein verärgerter Gesichtsausdruck ließ darauf schließen, dass es ihn von Minute zu Minute mehr aufregte.

Tony und Football, das war keine sehr gute Kombination, ebenso wenig wie Tony und Baseball, Tony und Wrestling …

»Du solltest dir wirklich kein Spiel ansehen, Stefano. Du weißt, wie dich Football regelmäßig auf die Palme bringt. Das ist alles andere als 'ne beruhigende Aktivität, selbst wenn die Ravens mit zwei Touchdowns vorne liegen.«

Beim Klang von Johns Stimme wandte Tony den Kopf und strahlte so erleichtert, als hätte man ihn aus dem Fegefeuer geholt. »Hallo, Johnny! Mann, bin ich froh, dich zu sehen. Mir ist so langweilig, dass ich's kaum aushalte, dabei ist die Operation erst einen Tag her. Gott sei Dank leistest du mir jetzt Gesellschaft. Meine eigene ist nämlich kaum zu ertragen.«

Sein Freund schaute derart bekümmert drein, dass John ein Lächeln nicht ganz unterdrücken konnte. »Das sage ich dir doch schon die ganze Zeit, Stefano.«

»Ja, aber ich hätt's nicht geglaubt.«

»Du hast mir eine Scheißangst eingejagt, weißt du das? Ich sollte dir die Hucke voll hauen. Bin um zehn Jahre gealtert, du Idiot!«

Tony versuchte Johns Lächeln zu erwidern, doch es wurde eher eine Grimasse daraus. »Danke für das nette Angebot, Franco, aber ich glaube, da ist dir schon jemand zuvorgekommen. Meine Brust sieht aus, als hätte Dr. Frankenstein oder Jack the Ripper dran rumgesäbelt. Hab mal von einem Wunderheiler gehört, der den Leuten die Brust mit bloßen Händen öffnet. So was in der Art müssen die mit mir auch gemacht haben. Mensch, das tut vielleicht weh.«

Mit einer schmerzlichen Grimasse griff er sich an die dick einbandagierte Brust. »Dein Bruder ist 'n Metzger. Die müssen verrückt sein, ihn ständig so über den grünen Klee zu loben. Sogar Lou Santini hätte es besser gemacht, und der hätte mir wahrscheinlich noch ein paar Pfund Salami und Mortadella dazu spendiert.«

»Mike musste deine Rippen aufsägen«, erklärte John und zuckte allein bei der Vorstellung zusammen. »Wird sicher 'ne Weile recht unbequem sein.« Dass es obendrein höllisch jucken würde, sobald die Heilung begann, wie Mike ihm versichert hatte, das verschwieg John wohlweislich.

»Du siehst auf jeden Fall besser aus als beim letzten Mal. Hab schon geglaubt, du würdest mir von der Schippe springen, Kumpel.« Blicke, die tiefe Zuneigung und Erleichterung ausdrückten, wechselten zwischen den beiden, doch ging selbstverständlich keiner direkt darauf ein. Ein Mann sagt nicht zu dem anderen »ich hab dich gern«, was auch gar nicht nötig war. John und Tony wussten um die Gefühle des anderen.

»Marie sagt, du wärst während der Operation da gewesen und auch später im Aufwachraum. Hab ich gar nicht mitgekriegt. War wohl anderweitig beschäftigt.«

»Michael hat dir Morphium gegeben. Du warst ganz schön abgereist. Aber die gute Nachricht ist, mein Bruderherz sagt, dass du's überlebst, vorausgesetzt, du achtest auf deine Ernährung, treibst ein bisschen Sport und hörst mit dem Rauchen auf. Und du darfst dir nicht mehr alles so zu Herzen nehmen, darfst dich nicht mehr so aufregen, besonders was den Sport angeht.«

Tony griff nach der Fernbedienung und schaltete verächtlich schnaubend den Fernseher ab. »Was das Rauchen betrifft, damit geht mir Marie schon genug auf die Nerven. Und das ist nicht das Einzige. Sie hat ’ne Million Beschwerdepunkte. Und dann diese verdammten Schwestern. Zerren mich jede Stunde aus dem Bett und zwingen mich rumzugehen. Diese Weißhaarige ist die Schlimmste. Andauernd versucht sie, mir beim Pinkeln zu helfen. Typisch, kaum liegt ein Mann auf Eis, reißen sich die Weiber drum, ihm an den Schwanz zu gehen.«

John grinste, unterbrach die Tirade aber nicht.

»Hier kriegt man keine Nacht richtig Schlaf. Kann’s kaum erwarten, hier rauszukommen und mich ein bisschen zu erholen.«

Tony warf einen Blick auf den Strauß, den John in einer Vase auf dem Nachtkästchen abgestellt hatte, und versuchte erst gar nicht, seinen Unmut zu verbergen. »Hier sieht’s schon aus wie in ’nem beschissenen Blumenladen. Könnte ebenso gut tot sein, denn ich liege ja hier schon wie aufgebahrt. Wer immer den Spruch ›Sag’s mit Blumen‹ geprägt hat, war ein Sadist.« Ein schwerer, betäubender Geruch nach Rosen und Gardenien hing im Raum und verlieh den Worten einige Glaubwürdigkeit.

Tony war nie ein besonders guter Patient gewesen. Schon mit zehn, als ihm die Mandeln rausgenommen wurden, war er der Albtraum jeder Schwester und jedes Doktors auf der Station gewesen, hatte mit Dingen um sich geworfen und sich geweigert zu essen, ja, hatte sogar ins Bett gekotzt, um seinen Standpunkt klar zu machen. Der alte Doc Colombo hatte ihn zwei Tage früher entlassen, da sonst sämtliche Schwestern auf der Kinderstation in Streik getreten wären.

»John«, sagte Tony, auf einmal ernst werdend, »Marie hat mir erzählt, dass du dich um den Rothburg-Fall kümmerst.

Ich wollte nur, dass du weißt, wie dankbar ich dir dafür bin. Ich weiß, du wolltest nicht und ... na ja, ich bin dir sehr dankbar, das ist alles.«

Tony war kein Mensch, der Gefühle offen zeigte, es fiel ihm schwer zuzugeben, wenn er Unrecht hatte. Und sich verwundbar zu zeigen, indem er Dankbarkeit eingestand, geschah höchst selten. Das war halt nicht seine Art. John wusste also, dass die Worte seines Freundes von Herzen kamen. Was seine Schuldgefühle nur noch verschlimmerte. »Tony ...«

»Ich wollte es dir nicht sagen – war zu stolz, schätze ich –, aber wir haben ein paar finanzielle Probleme, seit Marie ihre Stellung in der Bücherei verloren hat«, fuhr Tony fort, ohne John die Gelegenheit zu geben, sein Gewissen zu erleichtern. »Nichts Ernstes. Wir kommen schon zurecht, aber ...«

John schluckte. Tonys Geständnis traf ihn total unvorbereitet. »Wieso hast du nichts gesagt? Ich hätte euch helfen können.« Kein Wunder, dass Tony derart versessen auf diesen Sorgerechtsfall war. Jetzt begriff er.

»Nicht nötig. Wir lernen, uns nach der Decke zu strecken. Und jetzt, wo du Rothburg gegen Gallagher übernimmst, fällt mir ein großer Stein vom Herzen. Es geht mir schon viel besser.«

Hitze kroch in Johns Hals. Er kam gerade vom Gericht, wo er um eine Vertagung ersucht hatte, aber das würde er seinem Freund nicht auf die Nase binden. Tony durfte sich nicht aufregen, durfte überhaupt nicht an die Arbeit denken. »Ich kümmere mich um alles. Du brauchst dir keine Sorgen um Rothburg oder sonst wen zu machen. Werde einfach wieder gesund. Das ist alles, woran du im Moment denken solltest.«

»Ich weiß zu schätzen, dass du das sagst, John, aber ...« Tonys dunkle Brauen zogen sich zusammen, und er zögerte kurz, bevor er weitersprach. »Es kann 'ne Weile dauern, bis ich wieder hinter meinem Schreibtisch sitze. Marie besteht darauf, dass ich mir nach der Entlassung aus dem Krankenhaus noch eine Weile freinehme. Bist du sicher, dass du bis dahin allein fertig wirst? Ich fühle mich richtig schuftig, dir das alles auf die Schultern zu packen.«

»Meine Schultern sind breit, keine Sorge. Und Marie hat absolut Recht. Du hast viel zu hart gearbeitet und musst leiser treten. Dieser Herzanfall war ein Warnschuss. Nutze die Zeit, um über dein Leben und deine Prioritäten nachzudenken. Man hat nur ein Leben, Tony, und sollte das Beste draus machen.« John beugte sich über seinen Freund und gab ihm eine verlegene Umarmung. »Ich muss weiter. Und sieh zu, dass du auf die Beine kommst, du Mistkerl, verstanden?«

Tonys Grinsen war voller Zuneigung. »Ja, hab verstanden, Franco. Und, Johnny ...« John, der schon an der Tür war, drehte sich mit fragend hochgezogenen Brauen zu seinem Freund um. »Danke, dass du mir das Leben gerettet hast.«

Als John die Tür hinter sich zuzog, kam er sich vor wie der größte Halunke auf Gottes Erdboden. Tony glaubte, er würde den Rothburg-Fall übernehmen. Er wollte seinen Partner nicht in einem falschen Glauben lassen, aber die Wahrheit konnte er Tony ebenso wenig sagen, sonst bekam er möglicherweise einen zweiten Herzanfall.

»Wenn ich's ihm sage, sitze ich in der Scheiße, und wenn ich's ihm nicht sage, ebenso«, murmelte er, während er durch den Krankenhauskorridor zum Ausgang ging und sich dabei wünschte, aus dem Rothburg-Fall ebenso leicht rauskommen zu können.

Er konnte nur verlieren, egal wie er die Sache drehte und wendete.

Und John hasste es, zu verlieren.

Angela saß in der Cafeteria des Krankenhauses, deren mausgraue Wände einen zu ersticken drohten, und dachte über ihre neueste Klientin, Mrs. Thomas, eine ältere Dame, nach, die heute Morgen einen schrecklichen Autounfall erlitten hatte.

Sie kam gerade von der Intensivstation und war sich nicht sicher, ob Mrs. Thomas die Nacht überstehen würde. Offenbar dachte Mrs. Thomas dasselbe, denn sie hatte Angela gebeten, ihren Nachlass zu ordnen – eine äußerst unangenehme Aufgabe für jeden Rechtsanwalt.

Diesen Gedanken noch im Kopf, blickte Angela auf, weil plötzlich ein Schatten auf ihren Tisch gefallen war. Vor ihr stand John Franco, dieses sexy Grinsen auf dem Gesicht, die großen blauen Augen funkelnd auf sie gerichtet. Ihr Herz machte unwillkürlich einen Hüpfer. Es schien sich nichts geändert zu haben. Trotz all der Jahre, die seitdem vergangen waren: Sie war dämlicherweise nach wie vor in ihn verliebt.

»Darf ich mich setzen?« Ohne eine Antwort abzuwarten, zog er einen Stuhl heran und setzte sich, als wäre es sein gottgegebenes Recht, sich ihr aufzudrängen.

»Hätte nicht erwartet, Sie so schnell wieder zu sehen«, grummelte sie.

»Na ja, ich war oben auf der Kardiologie und hab Tony Stefano besucht. Er hatte neulich einen Herzanfall.«

Angela riss entsetzt die Augen auf und rief: »Mein Gott, wie schrecklich! Wie geht es ihm? Hat er einen bleibenden Schaden davongetragen, Mr. Franco?«

John grinste. »Nein. Und ich denke, diese Förmlichkeiten können wir beiseite lassen, findest du nicht, Angela? Immerhin kennen wir uns schon eine ganze Weile.«

»Ja, aber nur flüchtig. Hast mich in der Highschool ja nie beachtet.«

Seine Braue schoss in die Höhe. »Hättest du das denn gewollt? Du warst mit einer ganz anderen Clique zusammen als ich, bis auf Tony. Allerdings konnte ich nie begreifen, was ihr aneinander gefunden habt. Du warst doch überhaupt nicht Stefanos Typ.« Tony hatte Angela selbstverständlich für den Inbegriff der perfekten Frau gehalten. Stundenlang hatte er ihm von ihr vorgeschwärmt, während er, John, dasaß und mit knirschenden Zähnen zuhörte. Er war eifersüchtig gewesen, hatte das aber bis heute für sich behalten.

Sie versteifte sich. »Ach ja? Und wer wäre Tonys Typ?« Sie

und Tony hatten keinerlei Gemeinsamkeiten gehabt, außer der Tatsache, dass sie beide Anwälte werden wollten. Aber sie hatte nicht vor, das zuzugeben.

»Na die, die er geheiratet hat. Marie hat nichts dagegen, nur Hausfrau zu spielen und Tony ihr Ein und Alles sein zu lassen. Er ist in dieser Hinsicht ziemlich altmodisch. Hätte nie eine Karrierefrau geheiratet. Dafür ist ihm die Familie viel zu wichtig.«

»Im Gegensatz zu dir, ja?«

Er zuckte mit den Schultern. »Ich war 'ne Zeit lang verheiratet, aber es hat nicht funktioniert. Zwei Anwälte in der Ehe waren einer zu viel. Macht keinen Spaß, dauernd mit der eigenen Frau konkurrieren zu müssen. Grace war, gelinde gesagt, sehr ehrgeizig.« Tatsächlich war sie ein egoistisches, selbstsüchtiges Miststück gewesen, aber das verschwieg er. Er wollte keine alten Wunden aufreißen. Auch ihm war die Familie sehr wichtig oder wäre es gewesen, wenn Grace nicht ... Er schob diesen schmerzlichen Gedanken rasch beiseite.

»Was ist daran so falsch?«, fragte Angela, die sich über seine archaische Einstellung ärgerte. Sie stand dazu, dass sie ehrgeizig war und Karriere machen wollte.

»Ansichtssache.«

Konnte eventuell ihr beruflicher Ehrgeiz am Scheitern ihrer Beziehung mit Bill schuld gewesen sein? Nein, dachte sie, er war ebenso besessen gewesen wie sie. Es war seine Unfähigkeit, die Hosen oben zu behalten, was ihrer Beziehung den Garaus gemacht hatte.

»Was hat dich dazu bewogen, nach Baltimore zurückzukehren? Soweit ich mich erinnere, konntest du gar nicht schnell genug diese Stadt verlassen. Alle in der Schule wussten, wie sehr dich Boston gereizt hat.«

»Ein Harvardstipendium lässt man nicht so schnell sausen. Außerdem war meinem Dad eine Stelle bei der Bostoner Polizei angeboten worden, und so hat sich alles perfekt gefügt.«

»Zu schade.«

Sie runzelte die Stirn und sagte spitz: »Ich zumindest war sehr froh über diese Entwicklung.«

»Kann ich mir vorstellen.«

»Was soll das nun wieder heißen?«

Kopfschüttelnd überlegte er, wieso er eigentlich dauernd versuchte, sie zu reizen. Sie hatte schließlich nicht geahnt, dass er in sie verliebt gewesen war. Selbst jetzt noch, nach all den Jahren. »Nichts. Es ist bloß ... na ja, das klingt jetzt vielleicht blöd, aber ich war in der Schule in dich verknallt. Ich hatte vor, dich zu fragen, ob du mit mir gehen würdest, nachdem zwischen dir und Tony Schluss war. Dann bist du jedoch weggezogen, und ich kam nie dazu.«

Angela fiel schier die Kinnlade herunter. »Du machst Witze! Also das hat man dir jedenfalls nie angemerkt.« Wieso wummerte ihr Herz auf einmal so? Die Schule war so lange her. Eine Menge war seitdem passiert – und dennoch: zu denken, dass er in sie verknallt war, sie fragen wollte, ob sie mit ihm ging ...

»Na ja, ich war damals wohl der Meinung, du wärst 'ne Nummer zu groß für mich. Außerdem musste ich meinen Ruf als Bad Boy schützen. Es ging das Gerücht, du wärst ein Blümchen Rührmichnichtan.«

Sie fuhr auf. »Das wird sicher Tony verbreitet haben.«

»Was soll ich sagen? Männer reden nun mal. Und du kannst es Tony nicht verübeln, dass er's versucht hat. Es wurde ja geradezu von uns Typen erwartet, uns an die eisernen Jungfrauen ranzumachen.« Ein breites Grinsen erhellte sein Gesicht.

Angela rang mit knallroter Birne nach Luft. »Willst du damit sagen, dass Tony nur mit mir gegangen ist, um rauszufinden, ob was bei mir läuft?«

»Ich kann nicht für Tony reden, aber wir Kerle sehen die Dinge anders als ihr Mädels, besonders als Teenager, wenn die Hormone Purzelbäume schlagen.«

Da sie nicht wusste, wie sie darauf reagieren sollte, warf Angela einen Blick auf ihre Uhr. »Tja, das war zwar eine höchst erleuchtende Unterhaltung, Mr. Franco, aber jetzt muss ich wieder an die Arbeit.« Sie schob ihren Stuhl zurück und erhob sich.

»Es heißt John.«

Sie schenkte ihm ein zuckersüßes Lächeln. »Ich weiß, Mr. Franco.« Als er schon den Mund aufmachte, um ihr zu widersprechen, fügte sie hinzu: »Und was die Schule betrifft, Mr. Franco, kann ich nur eins sagen: Sie hätten sich mehr anstrengen sollen. Guten Tag.«

Es war schon fast fünf, als Angela Mr. Moressis Apotheke in der Albermarle Street betrat.

Das alte Sandsteingebäude gehörte, wie übrigens die meisten Häuser in Little Italy, schon seit Ewigkeiten zum Stadtbild. Einige wenige Blocks weiter lag der Inner Harbor mit seinen schicken Boutiquen, trendigen Restaurants und hoch aufragenden Hotels. Aber in Little Italy blieben die Dinge meist so, wie sie seit Jahrzehnten waren. Neuerungen gingen nur langsam vonstatten, obwohl es sie durchaus gab – Goldman's Department Store gehörte beispielsweise dazu. Es war nach wie vor ein Viertel, in dem jeder jeden kannte, in dem die Leute – meist Italiener – zusammenhielten, in dem man noch auf den Charme der Alten Welt traf und in dem es, wie es hieß, das beste italienische Essen in der ganzen mittleren Atlantikregion gab.

Angela war in Moressis Laden gekommen, weil sie sich etwas gegen ihre chronische Übelkeit und Erschöpfung kaufen wollte. Es schien mit jedem Tag ärger zu werden, anstatt sich zu bessern.

Der Laden war menschenleer, worüber sie heilfroh war. Sie war nicht in der Stimmung für einen Schwatz unter Nachbarn. Angela erblickte Mr. Moressi, der hinter der Kasse stand und in einer Zeitschrift las. Er sah genauso müde aus, wie sie sich fühlte. Sie winkte ihm grüßend zu, doch er bemerkte sie nicht.

Sie ging durch die Regalreihen, vorbei an den Lippenstiften, den Haartönungen, Nagellack und Gesichtscreme und den zahllosen anderen Kosmetikprodukten. Angela ging normalerweise für ihr Leben gern shoppen. Heute hatte sie nur ein Ziel: den Gang mit den Erkältungsmedikamenten zu erreichen. Mit einem erleichterten Aufatmen blieb sie stehen: Hilfe nahte. Bevor sie jedoch ihre Wahl treffen konnte, hörte sie eine vertraute Stimme, die sie erstarren ließ.

John Franco befand sich auf der anderen Seite des Regals mit den Hustensäften, und sie hoffte inbrünstig, hinter den dicht bepackten Regalen unsichtbar zu bleiben. Sie verspürte nicht den geringsten Wunsch, mit ihm zu reden, besonders nicht jetzt, wo sie sich so mies fühlte und noch mieser aussah. Und nach ihrem letzten peinlichen Gespräch – dem Abstecher in Jugendzeiten – war sie absolut bedient.

Es war besser, die Vergangenheit ruhen zu lassen.

Unglücklicherweise sah John geradezu verboten lecker aus.

Die herrliche Packung zu bewundern war ja nicht strafbar, oder? Was spielte es für eine Rolle, dass er ein arroganter Schnösel, geradezu überirdisch gut aussehend und definitiv der Falsche für sie war? Schokoriegel waren ja auch nicht die ideale Nahrungsergänzung, aber lecker.

Angela konnte nicht widerstehen und schob ein paar Schachteln mit Dimetapp Elixier und Triaminic auseinander und spähte dann durch den schmalen Spalt, um zu sehen, wo er stand.

Und wünschte sofort, es nicht getan zu haben.

»Wie geht's Tony? Eine schlimme Geschichte«, sagte Mr. Moressi gerade zu John. »Er ist viel zu jung für so etwas.«

»Tony geht's schon viel besser, danke der Nachfrage. Mein Bruder hat einen Dreifach-Bypass vorgenommen, und er ist auf dem Wege der Besserung.«

Ein Dreifach-Bypass! Das hatte er gar nicht erwähnt. Tony Stefano und seine Familie taten ihr mit einem Mal sehr Leid, auch wenn die Motive des Mannes, damals mit ihr auszugehen, widerwärtig gewesen waren.

»Gott segne Michael Franco!« Der weißhaarige Apotheker bekreuzigte sich. »Er hat meine Estelle letztes Jahr operiert und ihr das Leben gerettet. Ist ein wundervoller Doktor, dein Bruder. Deine Eltern sind sicher sehr stolz auf ihn, *no*?«

Mit einer ebenso gereizten wie resignierten Stimme erwiderte John: »Ja, unheimlich stolz.«

Offensichtlich ging ihm die Bewunderung, die man seinem – älteren? jüngeren? – Bruder entgegenbrachte, ziemlich auf den Geist.

Angela hatte nie das Gefühl gehabt, mit ihrer jüngeren Schwester konkurrieren zu müssen. Mia war nicht sehr ehrgeizig und wollte nicht dauernd die Beste sein, so wie Angela. Sie war ein lockerer, großherziger Mensch, ein wenig unkonzentriert und schlampig vielleicht, aber unheimlich liebenswert.

Mia war eine Frau, die machte, wonach ihr der Sinn stand – und das mit aller Leidenschaft und Hingabe. Keine halben Sachen für Mia. Sie stürzte sich kopfüber ins Leben, und es war ihr egal, was dabei herauskam.

Ihr jüngster Versuch in Sachen Job war eine Stelle als Bulldozerfahrerin bei einer Straßenbaufirma. Es war ein Rätsel, wie sie diese Stelle bekommen hatte. Mia war eine grottenschlechte Fahrerin, und was das Bulldozen anging, da schauderte Angela schon beim bloßen Gedanken. Ganz zu schweigen davon, dass Mia ein Floh war; sie brachte kaum fünfzig Kilo auf die Waage, und das auch nur, wenn sie gerade viel gegessen hatte und dazu tropfnass war. Kaum eine geeignete Statur für den Straßenbau. Aber Mia hatte einen eisernen Willen; wenn sie sich einmal für etwas entschieden hatte, konnte nichts und niemand sie davon abbringen. Sie verfügte allerdings nur über ein begrenztes Durchhaltevermögen. Die Dinge langweilten sie schnell wieder.

»Was brauchst du denn heute, Johnny?«, fragte Mr. Moressi und kicherte dann vergnügt, als handele es sich um einen Witz, was John in der Hand hielt. Angela, die das Erworbene nicht sehen konnte, kochte fast über vor Neugier.

»Hast wohl 'ne heiße Verabredung, wie?«

Bei John Francos Glucksen lief ihr ein Kribbeln übers Rückgrat, so als würde ihr jemand mit einer Feder über die nackte Haut streichen. Ihr Interesse katapultierte etliche Grade höher.

Zurückhaltung war nicht gerade eine ihrer herausragenden Stärken. Unbedingt wollte sie nun wissen, was Franco hier gekauft hatte. Vielleicht hatte er ja Hämorrhoiden oder sonst so was Grässliches. Oder seine Haare waren gefärbt. Sie sahen viel zu schwarz aus, um echt zu sein.

Sie stellte sich daher auf die Zehenspitzen, beugte sich interessiert vor, verlor die Balance und stieß versehentlich ein paar Flaschen Hustensaft auf der anderen Seite herunter, wo sie mit lautem Klirren auf dem Boden in Scherben gingen. Angela hielt japsend die Luft an. Zu ihrem Glück war der Apotheker gerade im Hinterzimmer am Telefon.

Doch plötzlich merkte sie, dass sie nicht nur hör-, sondern auch sichtbar geworden war. Mit weit aufgerissenen Augen und angehaltenem Atem stand sie da wie ein Reh im Scheinwerferlicht.

Kondome!

Auf einigen von den Päckchen waren drei x abgebildet. War damit die Größe gemeint? Und wieso nur musste er sie dabei ertappen, wie sie hinter ihm herspionierte? Das war sicher Gottes Strafe für die Unterstellung mit den Hämorrhoiden. Und kleine Sünden strafte der liebe Gott ja bekanntermaßen sofort.

Angela erwachte aus ihrer Erstarrung und duckte sich, aber es war natürlich zu spät. John Franco hatte bei dem unüberhörbaren Scheppern über den Tresen gespäht, um nach der Ursache des Lärms zu forschen, und hatte sie prompt entdeckt. Er lächelte, als er sie sah.

»Na, wenn das kein Zufall ist! So sieht man sich wieder, Angela.«

»Mir ist die Handtasche runtergefallen«, erklärte sie, doch sein selbstgefälliger Gesichtsausdruck ließ darauf schließen, dass er ihr diese reichlich lahme Ausrede nicht abkaufte. »War gerade dabei, sie aufzuheben.«

»Ich glaube, diese Entschuldigung hat Oma Flora auch des Öfteren verwendet, Frau Rechtsanwältin.«

Sie keuchte empört auf und erleuchtete in sattem Rot. »Ich wollte nichts stehlen, falls Sie das damit andeuten wollten, Mr. Franco. Wie können Sie es wagen, mir so etwas zu unterstellen? Ich war nur auf der Suche nach … nach ein paar persönlichen Hygieneartikeln.«

Er hob in Ich-ergebe-mich-Manier die Hände hoch und hielt ihr dabei die Lümmeltüten geradezu unter die Augen. *Wieso um Himmels willen kauft er so viele? Braucht er für ein Wochenende wirklich ganze zwei Dutzend?* Ihr wurde schon bei dem bloßen Gedanken daran ganz heiß.

Jetzt reiß dich mal am Riemen, DeNero!

Mr. Moressi kam auf sie zu, doch da schellte erneut das Telefon, und er verschwand seufzend wieder im Hinterzimmer. Gott sei Dank. Dieser ganze Vorfall war so schon peinlich genug, ohne dass auch er noch Zeuge ihrer Demütigungen wurde.

»Wie geht's dem Magen?«, erkundigte er sich scheinheilig und ließ dabei seine Augen auf eine Weise über sie spazieren, dass sie unwillkürlich das Bedürfnis hatte, sich zu bedecken, obwohl sie vollkommen angezogen war. Im Fokus dieser stahlblauen Augen kam sie sich nackt und unvollständig vor.

»Schon besser«, log sie. »Und wenn Sie mich jetzt entschuldigen würden, ich muss meine Erledigungen machen.«

»Und was suchst du genau? Kondome scheinen dich ja geradezu magisch zu interessieren. Möchtest du dir vielleicht mal das betreffende Regal anschauen? Der alte Moressi hat eine gute Auswahl an den Dingern: aus Lammhaut, gerippt, mit Geschmack, in den verschiedensten Farben und …«

»Sie wissen ganz genau, dass ich nicht hier bin, um irgendwelche Verhütungsmittel zu kaufen. Ich habe im Moment keine Verwendung dafür und …«

Halt die Klappe, halt bloß die Klappe!

»Und woher soll ich das wissen? Du bist jung. Und ich nehme an, auch sexuell aktiv, und die nötige Vorsicht würde ich dir ebenfalls zutrauen.«

Angela merkte, wie sie von Sekunde zu Sekunde röter wurde. Wenn sie wirklich so »sexuell aktiv« war, warum wusste sie dann nicht, dass es Kondome auch mit Geschmack gab? »Lassen Sie mich bitte in Ruhe. Sie bereiten mir Kopfschmerzen.«

Da ließ John endlich das Grinsen vom Stapel, das er schon die ganze Zeit mühsam unterdrückt hatte, und sie rang unwillkürlich nach Luft. Der Mann sah sogar noch besser aus als Russel Crowe! Wie war das möglich? Sie schwärmte für den Schauspieler, seit sie ihn in *L.A. Confidential* gesehen hatte.

Bill hatte ziemlich gereizt auf ihr Theater um den Schauspieler reagiert. Natürlich war ihr zu der Zeit nicht klar gewesen, dass Bill seinerseits eine Traumfrau anbetete, die allerdings nichts mit der Kino-Traumwelt zu tun hatte.

Angela fand es unfair, dass er und diese Schnepfe sich um den Verstand gebumst hatten, während sie von einem Mann träumte, den sie eh nie haben konnte.

Ob er farbige Kondome benutzt hat oder noch schlimmer, welche mit Geschmack?

»Sorry«, sagte John, sah aber gar nicht danach aus. »Das hab ich schon öfter gehört. Aber ich würde das sehr gerne wieder gutmachen. Gehen wir doch irgendwo hin und trinken was. Ich lade dich ein. Na, wie wär's?«

Dieses Anerbieten verschlug ihr die Sprache. Franco musste Hintergedanken dabei haben, ganz besonders nach ihrem Gespräch im Krankenhaus. Vielleicht hielt er sie ja für leicht zu haben und fasste ihre Bemerkung, er hätte sich in der

Schule ihretwegen mehr anstrengen müssen, als Wink mit dem Zaunpfahl auf. *»Ich nehme an, du bist sexuell aktiv.«* Oder vielleicht dachte er ja – ach, zum Teufel, sie wusste nicht, was er dachte, und es war ihr auch total schnuppe.

Lügnerin!, brüllte die Stimme ihres Gewissens.

»Ach, halt die Klappe!«

John riss die Augen auf. »Wie bitte?«

Entschuldigend schüttelte sie den Kopf. »Das war nicht für dich gedacht.« Sie war versucht, seine Einladung anzunehmen – sie war gern mit ihm zusammen, wenn er sie nicht gerade bis aufs Blut reizte –, aber sie hatte im Moment viel zu viel zu tun. Rausfinden, ob sie schwanger war, zum Beispiel. »Tut mir Leid, aber das geht nicht. Ich habe schon was vor. Aber trotzdem danke.«

»Hältst es wohl für einen Interessenkonflikt, wie?«

Sie suchte in seiner Miene nach Anzeichen von Enttäuschung über ihre Ablehnung, fand aber keine. Was sie, um ehrlich zu sein, störte. »Ich dachte, die Sache mit deiner Großmutter wäre geklärt. Ich habe einen Anruf vom Büro des Staatsanwalts bekommen; die Anklage gegen Mrs. Russo wird fallen gelassen.«

»Ich rede nicht von Oma Flora. Ich meine damit die Tatsache, dass du die Gallaghers in dem Sorgerechtsstreit gegen Charles und Sharon Rothburg vertrittst.«

»Ich wüsste nicht, was dich das ...« Sie ächzte leise. Zehn Pfund Blei landeten in ihrem ohnehin überempfindlichen Magen. »Sag bloß nicht, du vertrittst die Rothburgs.« Sie konnte sich kaum vorstellen, wie es wäre, dem schönen John Franco jeden Tag vor Gericht gegenübertreten zu müssen. Wie sollte sie sich konzentrieren, wenn ihr sein süßer Knackarsch ...

Reiß dich am Riemen, DeNero!

»Meine Firma vertritt zwar Charles Rothburg, aber es ist Tonys Fall.«

»Und nachdem Tony im Krankenhaus ist, übernehmen Sie

ihn?«, fragte sie, und ihr graute vor der Antwort. Man sagte ihm nach, dass er in der Regel auf der Gewinnerseite stand, aber, so ermahnte sie sich, das behauptete man von mir auch.

John zuckte die Schultern. »Wird sich zeigen.«

Angela hatte genug Erfahrung, um zu wissen, dass in jeder ausweichenden Antwort meist ein Körnchen Wahrheit steckte. Der schlitzohrige Anwalt hatte wahrscheinlich ein ganzes Kartenspiel von Assen im Ärmel. »Das mit Tony tut mir sehr Leid, aber ich hoffe, Sie haben nicht vor, um eine Verschiebung anzusuchen, denn lassen Sie sich versichert sein, ich werde mit aller Macht dagegen angehen. Die Gallaghers verdienen es nicht, noch länger hingehalten zu werden. Eine Verschleppung des Prozesses kommt überhaupt nicht in Frage.«

Typisch Harvardzicke, dachte John. Es wäre wahrscheinlich sogar ganz amüsant, ihr mal vor Gericht zu begegnen und sie bis aufs Hemd zu entblößen. Woraufhin ihm prompt ein Bild von Angela DeNero einfiel, wie sie, nur in BH und Slip, im Gerichtssaal stand, und er schluckte trocken.

Was für Höschen sie wohl trägt?, fragte er sich. Keine Stringtangas jedenfalls. Sie war nicht der Typ dafür. Aber Seidenhöschen, ja, definitiv, knappe Seidenhöschen mit jeder Menge Spitze in kräftigen Farben, was gut zu ihren schwarzen Haaren und ihrem dunklen, olivfarbenen Teint passte.

Er musterte sie genauer. Sie besaß wunderschöne lange und wohl geformte Beine. Und nicht nur die, ihre ganze Figur war ein Meisterwerk – feste Brüste, nicht zu groß, aber auch nicht zu klein. Jep, Angela DeNero hatte alles: einen scharfen Verstand und einen scharfen Körper. Köpfchen gepaart mit Schönheit. Aber das war ja nichts Neues.

Als er merkte, dass er sie die ganze Zeit wortlos angestarrt hatte – ihr Gesicht hatte die Farbe eines prachtvollen Rotweins angenommen –, räusperte er sich verlegen. »Ach, tatsächlich?«

»Ja, Mr. Franco, tatsächlich.«

»Johnny«, rief Mr. Moressi da fröhlich, »ich hab die Gummis, die du wolltest.«

Angelas Gesicht glühte nun wie eine rote Ampel, und John grinste, bevor er antwortete: »Bin gleich da.«

»Bitte lassen Sie sich von mir nicht von einem so überaus wichtigen Kauf abhalten, Mr. Franco.« Die Welt wäre ein besserer Ort, wenn es keine weiteren John Francos darin gäbe, entschied sie, verzichtete jedoch darauf, das laut zu äußern. Sie hatte eh schon zu viel gesagt.

Angela hatte die lästige Angewohnheit, sich zu verplappern, wenn sie nervös war. Besonders schlimm wurde es, wenn sie mit einem Mann ausging. Sobald die Dinge in eine bestimmte Richtung steuerten, fing sie an, das belangloseste Zeug zu quasseln. Wirklich peinlich, ganz zu schweigen davon, dass es das Aus fürs zweite Date bedeutete.

»Du musst was gegen deine Grippe tun, Angela. Kommst mir ein bisschen fiebrig vor.«

Angela war zwar heiß, aber an einem Grippevirus lag's bestimmt nicht. Sie schaute ihm nach, wie er zur Kasse ging, bezahlte und dann verschwand. Sie stieß einen erleichterten Seufzer aus.

»Ich geh jetzt nach hinten zum Abendessen«, verkündete Mr. Moressi. »Brauchst nur auf die Glocke zu hauen, wenn du so weit bist, Angela.«

»Danke, Mr. Moressi, das werde ich.«

»Kann ich noch was für dich tun, bevor ich gehe?«

Sie winkte ab. »Nein, nein, ich finde schon alles. Guten Appetit wünsche ich.«

Als sie schließlich ganz allein war, nahm sich Angela eine Packung Tylenol und, um ganz sicherzugehen, noch eine Schachtel Theraflu. Dann jedoch konnte sie ihre nagenden Zweifel nicht mehr länger verdrängen und schlenderte in die Abteilung mit den weiblichen Hygieneartikeln, wo sie vor den Schwangerschaftstests stehen blieb. Sie musste an ihr Gespräch mit Mary Russo denken.

Ihr Herz begann wie wild zu klopfen; mit Grauen musterte sie die eigentlich unschuldig aussehenden Päckchen. Ihr jedoch kamen sie vor wie Zeitbomben.

Der Herrgott muss mir einen bösen Streich spielen. Ich kann nicht schwanger sein. Das ist unmöglich.

Aber Angela wusste, dass es sehr gut möglich sein konnte.

Zur Hölle mit dir, Bill McElroy! Und verflucht sei meine eigene bodenlose Dummheit! Diese eine Nacht, dieser letzte Versuch einer Versöhnung, konnte verheerende Folgen für sie gehabt haben.

Nun ja, es war besser, Bescheid zu wissen, als weiter im Ungewissen zu bleiben, entschied sie dann in einem Anfall von Pragmatismus. Ja, Pragmatismus war hier wirklich angesagt. Schwanger zu sein war schließlich nicht das Schlimmste, was einem passieren konnte. Es war ja kein Krebs oder Alzheimer. In weniger als neun Monaten wäre sie wieder »kuriert«.

Und wieso war dieser Gedanke alles andere als tröstlich?

Angela fragte sich, ob sie dieses Argument ihren Eltern gegenüber benutzen könnte. Wohl eher nicht. Ein uneheliches Kind war höchst unitalienisch, höchst unkatholisch und nicht zuletzt höchst unmoralisch. Nette Mädchen ließen sich nicht schwängern, selbst wenn sie fast dreiunddreißig waren.

Wenn es nach Sam DeNero ginge, würden seine beiden Töchter in Keuschheitsgürteln herumlaufen. Cops waren von Natur aus misstrauisch und neigten zum Überbehüten. Ihr Vater war darüber hinaus selbst für italienische Verhältnisse ein strenger Vater.

An einen Vorfall konnte sie sich gut aus ihrer Highschoolzeit erinnern: Sie war zu spät von einer Party heimgekommen; höchstens bis Mitternacht hätte sie ausbleiben dürfen, was an sich schon peinlich genug war. All ihre Freunde hatten bis zwei Uhr morgens Ausgang gehabt. Ihr Vater hatte sie in blauseidenen Boxershorts – an deren Saum ihre Mutter weiße Spitzenbordüren genäht hatte – im Hausgang erwartet, die muskulösen Arme über der breiten Brust verschränkt und mit einem ziemlich einschüchternden Ausdruck auf dem Gesicht … na ja, so einschüchternd, wie ein Mann in spitzenbesetzter Unterwäsche eben aussehen konnte.

Er hatte sie mit einem einzigen strengen Blick durchbohrt, als ob ihm allein dieser Blick Aufschluss über den Zustand ihrer Jungfräulichkeit geben könnte, und knapp verkündet: »Wir sprechen uns morgen, junge Dame.« Dann war er zu Bett gegangen. Eine Viertelstunde später bebten die dünnen Wände von seinem Schnarchen, während sie den Rest der Nacht wach gelegen und sich ausgemalt hatte, was er wohl morgen mit ihr tun würde.

Mit ihrem Vater diskutieren zu wollen war schon immer zwecklos gewesen. Angela mochte eine noch so gute Anwältin sein, einem Rededuell mit ihrem Vater hielt sie nicht stand.

Angela nahm einen 20-Dollar-Schein aus ihrer Handtasche und legte ihn zusammen mit der Grippemedizin auf die Kassentheke. Den Schwangerschaftstest ließ sie in ihrer Handtasche verschwinden. Das ist kein Stehlen, sagte sie sich und schlug mit der flachen Hand auf die Glocke, denn sie hatte sowieso vor, das Geld dafür heimlich zu hinterlegen. Sie konnte es einfach nicht riskieren, dass Mr. Moressi jemandem erzählte, was sie da gekauft hatte … Sophia Russo zum Beispiel, der größten Klatschbase von ganz Little Italy.

Sie wollte sich nicht ausmalen, wie ihre Eltern wohl reagieren würden, sollte der Test positiv sein. Eine grauenhafte Vorstellung. Um nicht zu sagen, Übelkeit erregend.

Als sie die Apotheke verließ, war ihr nicht nur speiübel, sondern auch schwindlig.

Aber Angela hätte sich noch viel schlechter gefühlt, wenn sie den hoch gewachsenen Mann bemerkt hätte, der ihr nachstarrte.

John Franco steckte die Sportzeitschrift, hinter der er sich versteckt hatte, erschüttert in den Ständer zurück. Er konnte kaum fassen, was sie da gekauft hatte. Einen Schwangerschaftstest!

Natürlich war es möglich, dass sie den Test für jemand anders, eine Freundin vielleicht, gekauft hatte, aber nach den Symptomen zu urteilen, die er bei ihr beobachtet hatte, war er für sie selbst.

Verdammt! Sie war mit jemandem zusammen, und wie es schien, war es eine ernste Sache.

Umso besser, beruhigte er sich. Er hatte im Moment ohnehin genug am Hals.

Aber wieso war er dann so enttäuscht?

4

*Warum werden Anwälte von Haien immer verschont?
Aus Kollegialität.*

Im *Mama Sophia's* war es laut und voll, als John das Restaurant einige Zeit später betrat. Draußen war es inzwischen dunkel geworden, und die winzigen Lichter, die zwischen den Plastikreben an der Decke hervorblitzten, funkelten einladend. Hier war es, im Gegensatz zum nasskalten Herbstabend draußen, warm und gemütlich.

John nagte noch heftig an der Vorstellung, dass Angela möglicherweise schwanger war. Ein lediges Kind! Das war so untypisch für die Frau oder das Mädchen, das er in Erinnerung hatte. Die perfekte Angela! Macht nie einen Fehler und hat immer alles unter Kontrolle.

Was scherte es ihn? Vielleicht war sie ja wahnsinnig verliebt in den Vater des Kindes und würde ihn bald heiraten. Die verstohlene Art, wie sie diesen Schwangerschaftstest in ihrer Tasche hatte verschwinden lassen, als hätte sie Angst vor Entdeckungen, sprach allerdings gegen diese Annahme. Offen gesagt, er machte sich Sorgen um sie.

»Johnny!«

Die beunruhigenden Gedanken an Angela beiseite schiebend, wandte er sich beim Klang seines Namens um und sah seine Kusine begeistert auf sich zueilen. Mary sah sogar noch besser aus als bei ihrer letzten Begegnung. Sie sah aus, als hätte sie die Gesundheit gepachtet, ihre Augen funkelten, ihr Gesicht leuchtete – all die Klischees eben, die man Schwangeren so nachsagt.

Sie schlang ihre Arme um seine Hüften, wie sie es oft getan hatte, als sie noch Kinder waren, und drückte ihn fest an sich. »Wir haben uns lange nicht mehr gesehen, Johnny. Wie geht's dir denn so?«

Er gab ihr einen Schmatz auf die Wange. »War ziemlich fleißig. Aber nicht so fleißig wie du, *cara*.« Er warf einen bezeichnenden Blick auf ihren gerundeten Bauch und zwinkerte ihr zu. »Hab gehört, dass du schwanger bist. Steht dir richtig gut. Herzlichen Glückwunsch!« Sie strahlte übers ganze Gesicht, und es war klar, dass sie und Dan sehr glücklich miteinander waren.

»Bist du zum Essen gekommen?«, fragte Mary und zog ihn, ohne eine Antwort abzuwarten, mit sich. »Komm, meine Eltern sind auch da. Sie freuen sich bestimmt riesig, dich zu sehen.«

John stöhnte innerlich und war versucht, eilends zu flüchten. Seine Tante Sophia war der letzte Mensch auf Erden, den zu sehen er sich wünschte. Onkel Frank war ein netter Kerl, und er unterhielt sich gerne mit ihm über seine Erfindungen – den beheizten Toilettensitz hatte er sich sogar gekauft und war sehr zufrieden damit, besonders morgens, wenn es kalt war. Sophia dagegen bedeutete selbst für einen Heiligen eine schwere Prüfung. Und er war kein Heiliger.

»Schaut mal, wer da ist«, jubelte Mary und drückte John auf einen Stuhl am Tisch ihrer Eltern. »So, setz dich. Ich bringe dir gleich ein Glas. Wir haben einen neuen Chianti Classico reingekriegt, und ich will wissen, wie du ihn findest.« Und schon war sie fort und ließ ihn allein mit dem Drachen zurück.

Welcher auch keine Zeit verlor. »Siehst ein bisschen dünn aus, Johnny. Isst du nicht richtig? Ich bin erstaunt, dass deine Mutter nicht besser auf dich achtet.« Sie schürzte die Lippen und gab ein missbilligendes Schnalzen von sich, dazu trommelte sie mit den Fingerspitzen auf die farbenfrohen Mosaiksteinchen der Tischoberfläche. »Welche Frau ist schon gern mit einem Gerippe zusammen? Du brauchst mehr Fleisch auf die Knochen, Junge.«

»Deshalb ist Sophia ja auch so verrückt nach mir«, grinste Frank und tätschelte liebevoll seinen Schmerbauch. »Diese Diäten können mir gestohlen bleiben. Ich bin eben vollschlank, wie man heutzutage sagt.«

Seine Göttergattin fand diese Bemerkung kein bisschen witzig und gab ein verächtliches Schnauben von sich. »Du bist fett, Frank. Zu viel *vino* und zu wenig Bewegung.« Er machte den Mund auf, um zu protestieren. »Und Boccia spielen mit deinen feinen Freunden und dazu Wein saufen zählt nicht.« Frank klappte den Mund wieder zu.

»Ich esse was ich will, seit ich zwölf bin, Tante Sophia.« John lächelte, so höflich er konnte, aber seine Tante grunzte nur. Die Antwort gefiel ihr wohl nicht, und es sah aus, als fiele ihr noch jede Menge zu diesem Thema ein.

»Wie geht's Bobby?«, unterbrach Frank hastig Sophias drohende Tirade. Sein Onkel besaß die Fähigkeit, genau zu wissen, wann er den Opfern seiner Frau zu Hilfe eilen musste, wofür John ihm zutiefst dankbar war.

»Das letzte Mal, als ich mit deinem Vater telefoniert habe, machte ihm sein Rücken Probleme«, fuhr sein Onkel fort. »Geht es ihm wieder besser? Eigentlich wollte ich ihn heute Vormittag mal anrufen, aber wenn ich an einer neuen Erfindung arbeite, vergesse ich alles um mich herum.«

»Wie lautet denn der neueste Geniestreich aus dem Russo-Kellerlabor, Onkel Frank?«

»Ich arbeite noch an ein paar abschließenden Handgriffen für eine ferngesteuerte Toilettenspülung. Tolle Idee, *no*? Ich werde sie ›Franks Spülboy‹ nennen. Müsste eigentlich verkauft werden wie die warmen Semmeln. Badartikel sind zurzeit groß in Mode, vermutlich, weil wir Senioren so viel Zeit dort verbringen.« Er zwinkerte spitzbübisch.

John nickte zwar und heuchelte mit einem begeisterten Lächeln Zustimmung, konnte sich jedoch beim besten Willen nicht vorstellen, wieso jemand den Wunsch verspüren sollte, eine Toilettenspülung aus der Ferne zu betätigen. »Dad ist zu einem Chiropraktiker gegangen, der hat ihn im Nu wieder hingekriegt. Dad hält ihn jetzt für einen Wunderheiler.«

»Pah! Diese Quacksalber taugen doch nichts.« Sophia, die zu allem und jedem eine eigene, natürlich richtige Meinung hatte und sich auch nie scheute, diese kundzutun, stieß mal wieder ein verächtliches Grunzen aus. »Praktizieren alle ohne ordentliche Zulassung. Dein Vater sollte zu seinem Hausarzt gehen, nicht zu irgendwelchen Fremden. Richte ihm das von mir aus. Er könnte im Rollstuhl enden, das zeigt man ja andauernd im Fernsehen. Und wer kümmert sich dann um die Schnellreinigung? Deine Mutter bestimmt nicht. Die ist unfähig.«

Adele Franco arbeitete mit ihrem Mann schon seit über dreißig Jahren in der Schnellreinigung und konnte den Laden, wenn nötig, sogar linkshändig leiten. Das Einzige, was sie noch besser im Griff hatte, war ihr Mann.

In diesem Moment tauchte Mary auf und ersparte John die Antwort. Aus alter Gewohnheit und weil seine Tante ihn in den Wahnsinn trieb, suchte er in seinen Taschen nach einer Zigarette. Dann fiel ihm wieder ein, dass er ja aufgehört hatte, und er gab einen tiefen Seufzer von sich. »Danke, Mary«, sagte er, als sie ihm ein Glas mit der tiefroten Flüssigkeit einschenkte, nahm einen Schluck und sagte: »Mmmm, sehr gut. Kräftig und vollmundig. Schmeckt ausgezeichnet. Wo ist eigentlich dein Mann? Noch so spät in der Redaktion?«

Mary nickte und setzte sich auf den Stuhl neben ihn. »Dan ist im Moment ganz schön eingespannt. Footballsaison, du weißt schon. Und da die Ravens ja letztes Jahr den Super Bowl gewonnen haben, ist hier natürlich das reinste Footballfieber ausgebrochen. Außerdem ist unsere neue Kneipe bald fertig – eine Mischung zwischen einem irischen Pub und einem Sportlokal. Wenn alles gut läuft, werden wir in ein paar Wochen eröffnen. Es wird dir gefallen, alles sehr maskulin.

Aber bring ruhig eine Freundin mit, Frauen werden es sicher auch mögen.«

Sophias Radar schlug aus und klinkte sich in ihre Unterhaltung ein. »Mit wem biste denn zusammen, Johnny? Ist es was Ernstes? Ist sie Italienerin? Ist sie von hier? Wird allmählich Zeit, dass du 'ne Familie gründest. Wirst auch nicht gerade jünger. Und je älter ein Mann wird, desto schlechter funktioniert seine Ausrüstung.« Bei dieser Bemerkung kippte John den restlichen Inhalt seines Glases in sich hinein. »Und wenn du eine Frau im Haus hättest, die für dich kocht, würdest du auch nicht aussehen wie ein Hänfling.«

»Jetzt reicht's aber!«, schimpfte Frank und warf seiner Frau einen giftigen Blick zu. »Lass den Jungen in Ruhe. Er versucht sich sein Brot und seinen Wein schmecken zu lassen. Und an einer älteren Ausrüstung gibt's nichts auszusetzen. Hab jedenfalls noch keine Klagen gehört.«

Sophia errötete bis unter ihre karottenrot gefärbten Haarwurzeln und war für den Moment sprachlos.

John tauchte ein Stück des noch warmen italienischen Weißbrots in die Schüssel mit gewürztem Olivenöl, biss ab und versuchte nur an diese Köstlichkeit zu denken – denn Tante Sophia im Bett war eine Vorstellung, die er sich weder jetzt noch in Zukunft je ausmalen wollte. »Ich enttäusche euch ja nur ungern, aber ich habe im Moment niemanden. Bin mit der Arbeit reichlich eingespannt. Eine Anwaltspraxis aufzubauen ist kein Kinderspiel.« Nicht, dass er je seiner Tante gegenüber Einzelheiten über sein Liebesleben enthüllt hätte. Die Frau hatte das größte Mundwerk in ganz Little Italy. Sophia konnte selbst den größten Klatschbasen noch was beibringen, sie war ein Piranha unter den hiesigen Goldfischen.

Klatsch und Tratsch waren das Lebenselixier dieses Viertels. Die Bewohner brauchten ihn wie die Luft zum Atmen. Und keiner wurde davon verschont. Kein Streit und kein Zank blieben verborgen, man konnte weder zunehmen noch sich was Neues zum Anziehen kaufen, ohne dass es jedermann wusste oder erfuhr. Ein Privatleben konnte man sich hier abschminken.

Marys Augen funkelten auf einmal spitzbübisch. »Du solltest Angela DeNero kennen lernen, Johnny. Sie ist auch Anwältin. Und bildhübsch.«

»Wir kennen uns. Sind sogar zusammen auf der Highschool gewesen.«

Ihre Brauen schossen in die Höhe. »Ehrlich? Und – was hältst du von ihr?«

Da er sich nicht in irgendwelche Verkupplungsmanöver hineinziehen lassen wollte, zuckte er nur gleichgültig mit den Schultern. »Hübsch ist sie schon, das stimmt. Aber eigentlich nicht mein Typ.« Mary wäre erst zufrieden, wenn jeder, den sie kannte, verheiratet war – das Erbe ihrer Mutter machte sich bemerkbar –, und John hatte nicht die Absicht, sich noch mal zu binden.

Die Ehe mit Grace hatte tiefe Wunden und einen bitteren Geschmack bei ihm hinterlassen. Mit einer einzigen selbstsüchtigen Handlung hatte seine Frau seine Liebe, sein Vertrauen und sein ungeborenes Kind zerstört. Dieser Verrat brannte noch immer schmerzhaft in seiner Brust.

»Was redest du da für einen Blödsinn?« Sophia schlug sich mit der flachen Hand an die Stirn. »Biste irre? Biste schwul? Angela ist eine Schönheit. Und sie hat was im Köpfchen.« Sie starrte ihren Neffen an, als hätte er den Verstand verloren. »Ich wollte, dass mein Joe sie heiratet. Sie hätten wunderschöne *bambinos* bekommen. Aber er wollte ja unbedingt Annie Goldman. Jetzt sind sie verheiratet. Scheint zu funktionieren.« Sie tat, als würde sie ihre Lippen mit Daumen und Zeigefinger versiegeln. »Mehr kann ich dazu nicht sagen.«

Wäre das nicht himmlisch, wenn sie tatsächlich nie mehr ein Wort sagen würde? »Ich weiß, dass Annie und Joe geheiratet haben, Tante Sophia. Ich war schließlich bei der Hochzeit dabei, weißt du noch? Der Lange im schwarzen Bratenrock.« Es war ein reines Wunder, dass die Hochzeit überhaupt stattgefunden hatte. Sophia war strikt gegen die Heirat gewesen, da sie der Meinung war, Annie Goldman hätte ihren kostbaren Sohn dazu gebracht, sein Priesteramt niederzulegen.

John war schon seit langem mit der ziemlich unkonventionellen Frau befreundet. Er und Annie hatten vor Jahren mal kurz was miteinander gehabt, doch es war nichts daraus geworden, außer einer guten Freundschaft.

»Ach ja, stimmt.« Sophia schlug sich gegen den Kopf. »Ich weiß nicht, wo ich manchmal mit meinen Gedanken bin.«

John war versucht, ihr Klarheit in diesem Punkt zu verschaffen, verkniff es sich aber rechtzeitig und meinte stattdessen: »Um deine vorherige Frage zu beantworten: Nein, ich bin nicht schwul. Aber wenn ich's wäre, würde ich mich deswegen auch nicht schämen.«

»Jetzt werd bloß nicht unverschämt, Johnny Franco. Ich hab ganz vergessen, dass sich dein Bruder ja vor kurzem ›geoutet‹ hat.« Man hatte von nichts anderem gesprochen, an Sophias und Franks dreiundvierzigstem Hochzeitstag vor ein paar Monaten. »*Dio mio!* Was für eine Schande. Ein so hübscher Bursche, dein Bruder. Ich mag ihn. Aber was Peter da tut, ist eine schwere Sünde. Es ist unnatürlich, das steht sogar in der Bibel.« Sie zog ein angewidertes Gesicht. »Gar nicht zu reden, dass es deine Mutter und deinen Vater todunglücklich macht.«

»Mama!«, rügte Mary, die bemerkt hatte, wie rot Johns Gesicht angelaufen war. »Deine Meinung über Schwule und Lesben interessiert uns nicht. Ist eh ungefähr die gleiche wie die über Iren.«

Frank gluckste, als er das hörte. Sophias Irenhass war stadtbekannt, obwohl sie ihren Schwiegersohn Dan inzwischen ganz gern mochte.

»Was Peter macht, ist seine ganz persönliche Angelegenheit«, fuhr Mary fort. »Homosexuell zu sein heißt noch lange nicht, dass er aussätzig ist oder nicht mehr zur Familie gehört.« Sophia wollte etwas dagegen einwenden, doch Mary ließ sie nicht zu Wort kommen.

»Hast du schon gehört, dass Angela mich und Dan im Sorgerechtsstreit gegen seine Exfrau und ihren neuen Mann vertritt? Wir hätten dich ja gerne gefragt, Johnny, aber … na ja, Angela hat mit solchen Fällen Erfahrung, man hat sie uns wärmstens empfohlen. Ich hoffe, das macht dir nichts aus. Wir wollten dich in keiner Weise kränken. Wir wissen, dass du ein sehr guter Rechtsanwalt bist.«

John war nicht im Mindesten gekränkt. Ihm war heiß und alles andere als wohl in seiner Haut. »Nein, das macht mir überhaupt nichts«, erwiderte er.

Jetzt sag's ihnen schon, John. Sag Mary, dass du möglicherweise auf der Gegenseite stehst, wenn's zur Verhandlung kommt. Sag's ihr, bevor's zu spät ist, bevor sie's von Angela DeNero oder sonst wem erfährt.

Er holte schon tief Luft – und atmete stumm wieder aus. Er brachte es einfach nicht fertig.

Seine Tante würde explodieren wie eine Bombe. Und er könnte es nicht ertragen, das Gesicht seiner Kusine zu sehen, könnte es nicht ertragen, in Marys Augen als Verräter dazustehen, obwohl er sich im Moment genauso fühlte.

Das kam noch früh genug. Erst mal musste der Richter entscheiden, ob er einer Vertagung stattgab oder nicht. Bis dahin würde er stillhalten und inbrünstig beten, dass es alle anderen auch taten.

Mit zitternden Fingern hielt Angela das Plastikstäbchen ins Licht der milchigen Kugeln, die ihren Badspiegel umrahmten. Sie rang entsetzt nach Luft: blau! Aus blassrosa war blau geworden! Angela ließ das Stäbchen fallen, als hätte sie sich die Finger daran verbrannt, und sah zu, wie es zu Boden segelte.

»Großer Gott, ich bin schwanger!« Schwer plumpste sie auf den Badewannenrand und steckte erschüttert den Kopf zwischen die Knie. Das Porzellan fühlte sich kalt unter ihrem knappen roten Seidenhöschen an, ebenso kalt wie der Rest ihres Körpers. Sie begann am ganzen Leib zu zittern.

Jeden Moment würde sie anfangen zu hyperventilieren. Sie spürte, wie der Druck in ihrer Brust alarmierend zunahm, so ähnlich wie der Dampf in einem Teekessel oder wie in *Aliens*, als dieses Monster aus Ripleys Brust hervorbrach.

Rasch nahm sie einen Waschlappen, hielt ihn unters kalte Wasser, wrang ihn aus und presste ihn gegen ihre Stirn. Das Wasser lief weiter, ein Symbol für ihr Leben, das sie genauso im Abfluss verschwinden sah. »Jetzt beruhig dich, Angela«, ermahnte sie sich und holte mehrmals tief Luft, um das Rasen ihres Herzens zu beruhigen. »Aufregung ist nicht gut für das Kind. Es …«

»Ein Kind!« Das Blut hämmerte ihr in den Ohren. »Ich kriege ein Kind!«

Winston, der gerade dabei war, seinen Durst in der – sauberen – Toilettenschüssel zu stillen, hob bei diesem Ausruf kurz den Kopf, nur um sich gleich wieder laut schlabbernd übers Wasser herzumachen.

Angela presste die Hand auf ihren Bauch und begann im Geiste nachzuzählen. Das letzte Mal, dass sie mit Bill im Bett gewesen war, war einige Wochen her.

Wieso nur hatte sie noch mal nach Boston fahren müssen? Hätte sie doch bloß der Versuchung widerstanden, sich noch mal mit ihm aussöhnen zu wollen.

Was für ein schlechter Witz. Und er ging total auf ihre Kosten.

»Verdammt sollst du sein, Bill McElroy, du Kondomhasser, du Sexmonster, du hinterlistiges Schwein! Verrotten sollst du in der Hölle oder wenigstens im Ärmelkanal.« Bill war kurz nach ihrem letzten Treffen nach London umgezogen, zur Liebe seines Lebens, der Frau, mit der er Angela betrogen hatte. Sie wusste, dass er nicht vorhatte, je wiederzukommen. Das hatte er ihr sogar ins Gesicht gesagt.

»Ich bedaure, Angela. Glynnis lebt nun mal in London,

und wo sie ist, will auch ich sein. Wir wollen heiraten. Wünsch mir Glück.«

Er hatte das derart gleichmütig gesagt, dass er ihr ebenso gut einen seiner blöden Zettel hätte schreiben können:

»Liebe Angela, hiermit teile ich dir mit, dass ich mit einer anderen Frau bumse. Mit freundlichen Grüßen, Bill.«

»Fahr zur Hölle, du fieser, hinterlistiger Spermienspender!«

Angela hatte schon in den letzten sechs Monaten ihrer Beziehung den Verdacht gehabt, dass Bill sie betrog. Die üblichen Anzeichen waren da: Lippenstiftspuren, der Geruch eines fremden Parfüms an seinen Hemden – Glynnis benutzte Eternity; welche Ironie! –, jede Menge nächtlicher Überstunden und in letzter Minute einberufene berufliche Wochenendtrips.

Natürlich hatte er ihre diesbezüglichen Fragen empört von sich gewiesen, hatte für alles eine plausible Erklärung parat gehabt. Sie musste zugeben: Er hatte sie nach Strich und Faden verschaukelt, so wie es nur Anwälte können. Aus diesem Grund war sie auch so dämlich gewesen, diese »Versöhnungsnacht« zuzulassen.

Sie waren schließlich fast zwei Jahre zusammen gewesen, waren miteinander verlobt und hatten heiraten wollen. Sie hatte gedacht, ihm diesen letzten Versuch schuldig zu sein, ihm und sich selbst.

Du blöde Kuh!

»Ertrinken sollt ihr, alle beide«, wisperte sie und brach in Tränen aus. Eine wahre Flut brach sich Bahn. Angela schluchzte, als wolle ihr das Herz brechen.

Winston leckte ihre Hand, winselte und bellte dann durchdringend, um sie seiner Unterstützung zu versichern.

Wie kann ich mir ein Kind leisten? Ich habe keinen Mann. Ich habe eine aufstrebende Anwaltspraxis.

Und diese Praxis zum Florieren zu bringen erforderte jedes Quäntchen Zeit und Energie, das sie besaß. Zumindest kannte sie jetzt den Grund für ihre Müdigkeit. Eisenmangel wäre ihr allerdings weitaus lieber gewesen.

Angela konnte sich nicht vorstellen, wie ihr Leben aussehen würde, wenn sie versuchte, Beruf und Kind unter einen Hut zu bringen. Sie hatte doch keine Ahnung, wie man mit so einem hilflosen Wesen umging. Der Gedanke an die immense Verantwortung, die auf sie zukam, verpasste ihr einen neuen Übelkeitsschub.

Wie konnte ich bloß so dumm, so naiv sein?

Das kommt davon, wenn man mit dem Herzen denkt statt mit dem Verstand, Angela.

»Ach, halt die Luft an! Wer hat dich gefragt?«

In diesem Moment bimmelte das Telefon, aber Angela hatte nicht die Absicht ranzugehen. War wahrscheinlich eh bloß wieder einer dieser blöden Telefonverkäufer, die einem was andrehen wollten, was man sowieso nicht brauchte, wie zum Beispiel einen Rasenpflegeservice. Sie hatte den Leuten von Miracle Green schon an die hundert Mal gesagt, dass sie in einem Apartment wohnte und keinen Garten hatte, aber die riefen unverdrossen immer wieder an.

Angela nahm ihren zwar potthässlichen, aber umso bequemeren weißen Frotteemantel vom Haken an der Badtür und schlüpfte in flauschige rosa Pantoffeln. Dann lugte sie zu Winston hinunter, der sie in sabbernder Verwirrung anglotzte. »Na, komm, Win. Mal sehen, wer uns da anruft.« Sie ging ins Wohnzimmer, und der treue Winston watschelte schwerfällig hinter ihr drein – immerhin brachte er gute zwanzig Kilo auf die Waage. Vor dem braun lackierten Kaffeetischchen, auf dem der Anrufbeantworter stand, blieb sie stehen.

Sämtliche Möbel – das preiselbeerrote Ledersofa mit passendem Sessel, die tannengrünen Kiefernholzschränke und Tische – waren geliehen. Sie gehörten Mary Gallagher, die sie momentan nicht brauchte.

»Angela, hier ist deine Mutter. Wo steckst du? Ich habe tolle Neuigkeiten.«

»O nein – bloß nicht!« Sie konnte jetzt nicht mit Rosalie reden. Eine solche Strafe verdiente sie nicht. Ihre Mutter war äußerst hellhörig, um nicht zu sagen intuitiv und würde sofort merken, dass etwas nicht stimmte. Sie würde es in Angelas Stimme hören, würde es übers Telefon spüren.

Italienische Mütter besaßen eine Art eingebautes Radar- und Röntgensystem.

»Deine Schwester macht alle verrückt mit diesem blöden Job. Was hat eine Frau auf einem Bulldozer zu suchen, hm? Verrate mir das mal. Dein Vater hat ihr befohlen zu kündigen, aber sie weigert sich. Es ist so gefährlich. Ich bin ganz verrückt vor Sorge. Ich …«

Rosalie machte sich Sorgen? Wohl kaum eine besonders überraschende Nachricht.

Angela ließ sich aufs Ledersofa plumpsen. Winston eroberte den Platz neben ihr und legte den Kopf auf ihren Schoß. Sie streichelte ihn zerstreut, während sie ihrer Mutter zuhörte, die ihr all die wichtigen Familienereignisse anvertraute:

»Du solltest das Kleid sehen, das sich dein Vater gekauft hat. Orange. Nicht meine Farbe, aber ihm steht's gut. Der Mann hat wirklich einen fabelhaften Geschmack. Hat sich auch noch die passenden Pumps dazu gekauft.«

Angela verdrehte die Augen. Schlimm genug, einen Vater zu haben, der gerne Frauenkleider trug, aber eine Mutter, die seine ungewöhnliche Leidenschaft auch noch unterstützte, war zu viel. Rosalie hielt es für einen Skandal, dass ihre Tochter Mia einen Bulldozer fuhr, fand aber nichts dabei, wenn sich ihr Mann mit Fummel und Schminke ausstaffierte.

Eine paradoxe Situation. Angela liebte sie zwar sehr, aber sie machten sie verrückt.

Sie *waren* verrückt.

»Eigentlich wollte ich, dass es eine Überraschung wird, aber ich kann einfach nicht länger warten, ich muss dir unsere aufregenden Neuigkeiten gleich erzählen.«

Angela hielt gespannt den Atem an. *Aufregende Neuigkeiten!* Was meinte ihre Mutter damit? Es klang eher ominös als aufregend. Sie beugte sich vor, lauschte noch aufmerksamer.

»Dein Vater und ich haben beschlossen umzuziehen …«

»Ach du heilige Scheiße! Nein, bitte nicht! Alles, bloß das nicht.« Die Zeit schien stillzustehen für Angela, während sie auf die nächste Bombe wartete.

»Du weißt ja, wie sehr du uns fehlst, also haben wir hier das Haus in der Oliver Street verkauft – ganz gut sogar, muss ich sagen – und ziehen wieder nach Baltimore, um in deiner Nähe zu sein. Wenn alles klappt, können wir in ein paar Wochen bei dir sein. Du bist sicher ganz aus dem Häuschen, wenn du das hörst. Wir sind auch schon ganz aufgeregt. Mia weiß noch nicht, ob sie mitkommt – sie mag diesen merkwürdigen Job –, aber wir werden sie schon noch rumkriegen.«

Sie zogen wieder nach Baltimore. Ihre Eltern zogen nach Baltimore. Schon in ein paar Wochen! Mein Gott!

Du bist sicher ganz aus dem Häuschen, wenn du das hörst.

»Ja, Ma, ich bin so aus dem Häuschen, dass ich mich am liebsten aus dem Fenster stürzen würde«, bemerkte Angela trocken und schaute dabei zu dem großen Wohnzimmerfenster hinüber. Dann seufzte sie, weil ihr einfiel, dass Joe gesagt hatte, das Fenster wäre schon vor Jahren zugestrichen worden und ließe sich nicht mehr öffnen.

Angela hob den Kopf augenverdrehend zur Zimmerdecke. »Womit habe ich das verdient? Sag's mir, du da oben. Gut, ich hatte Sex, ohne verheiratet zu sein. Okay, gesündigt hab ich auch ein paar Mal. Dann verklag mich doch. Als ob ich nicht schon genügend büße. Ich bezahle pünktlich meine Steuern, bin stets fleißig. Und ich bin gut zu meinem Hund.« Sie tätschelte Winstons Kopf, und der schnaufte zustimmend. »Wie kannst du nur so grausam sein?«

»Und dann sind wir wieder alle glücklich vereint«, sagte Rosalie noch, bevor sich der Anrufbeantworter abschaltete.

Angela starrte den Apparat wie betäubt an. Sie fühlte sich

ohnmächtig und vollkommen hilflos. Und zutiefst verzweifelt. Für eine Frau, die alles gerne sauber und geordnet hatte, die Frieden und Unveränderlichkeit liebte, war diese Wendung der Ereignisse untragbar.

Unfassbar.

Inakzeptabel!

Wie der Vesuv in seinen besten Zeiten erbrach sie sich in einem Schwall über Winston und über Marys preiselbeerrotes Ledersofa.

Eine Stunde später, Angela hatte es sich gerade mit einer Tasse Tee und der Fernbedienung auf dem frisch gesäuberten Sofa bequem gemacht, klopfte es an ihrer Haustür. Winston lag intensiv schnarchend nebenan im Schlafzimmer auf ihrem Bett und bellte deshalb nicht, wie er es sonst zu tun pflegte.

So scheußlich, wie sie sich fühlte und aussah, war sie versucht, nicht zur Tür zu gehen. Aber es konnte ja ihre Vermieterin sein, Mrs. Foragi, und diese Frau gab gewöhnlich erst auf, wenn sie ihre Wünsche losgeworden war. Also zog Angela den Gürtel ihres zerschlissenen Frotteemantels stramm und ging zur Wohnungstür.

Zu ihrer grenzenlosen Verblüffung stand John Franco davor.

Er lächelte entschuldigend. »Darf ich kurz reinkommen? Es dauert ganz bestimmt nicht lang. Ich – ich muss nur dringend mit dir über etwas reden.«

Angela warf einen entsetzten Blick auf ihren Bademantel. Und sie war völlig ungeschminkt! Musste er sie so erwischen? Schlimmer ging's nicht. Sie sah aus wie Frankenstein im Bademantel! Und sicher roch sie auch so. Gruftig war wohl noch geschmeichelt. Sie schluckte, gab sich einen Ruck und sagte: »Kommen Sie rein.« Er folgte ihr ins Wohnzimmer. »Ist was passiert?«, erkundigte sie sich besorgt.

John nahm auf dem Sofa Platz, und sie setzte sich ihm gegenüber in einen Sessel. Besser ein wenig Distanz wahren. Man konnte ja nie wissen, ob die damalige jugendliche Leidenschaft mit ihm durchgaloppierte.

Hahaha! Hast du in letzter Zeit mal den Spiegel konsultiert, Angela?

»Ja, äh.« John rieb sich sichtlich unbehaglich den Nacken. »Also, ich war heute in der Apotheke und …«

»Das weiß ich, Mr. Franco. Mein Gedächtnis ist ausgezeichnet.«

»Ich hab gesehen, wie du diesen Schwangerschaftstest in deine Tasche gesteckt hast, Angela.«

Sie erbleichte, und er hoffte, dass er sie nicht zu sehr – und damit eruptiv – aufgeregt hatte.

»Falls Sie vorhaben, mich wegen Ladendiebstahls anzuzeigen, dann lassen Sie mich Ihnen versichern, dass ich das Geld dafür hingelegt habe.«

Angelas Befürchtungen waren schlicht lachhaft. Aus irgendeinem unerklärlichen Grund erwachte jedoch auf einmal ein starker Beschützerinstinkt in ihm. »Teufel noch mal, nein! Ich weiß, das klingt jetzt verrückt, aber ich konnte danach an nichts anderes mehr denken, als daran, wie verzweifelt du ausgesehen hast. Na ja, und ich will nur, dass du weißt, dass ich für dich da bin, falls du einen Freund brauchst, jemanden zum Reden. Ich weiß, wir kennen uns nicht sehr gut, aber das ist manchmal sogar besser.«

Angela war gerührt, wusste jedoch nicht, wie sie reagieren sollte. Sollte sie zugeben, dass sie schwanger war, und seine Freundschaft annehmen? Oder alles abstreiten und sich irgendeine hirnrissige Ausrede einfallen lassen? Unglücklicherweise war Angela noch nie gut im Lügen und Ausredenerfinden gewesen, also entschied sie sich für die Wahrheit.

»Nun, ich sollte Ihnen wohl danken, aber es stört mich, dass Sie mir in der Apotheke nachspioniert haben, wenn ich ganz ehrlich bin.« Er machte den Mund auf, um zu widersprechen, doch sie ließ ihm keine Chance dazu. »Aber da Sie's ja schon mal beobachtet haben, kann ich Ihnen ebenso gut sagen, dass ich schwanger bin – schwanger und unverheiratet. Und kein Mann in Sicht. Ganz schön blöd von mir, in meinem Alter noch so reinzurasseln, nicht?«

Er brauchte einen Moment, um ihre Eröffnung zu verdauen. »Solche Dinge passieren eben. Du solltest nicht zu streng mit dir sein.«

Nein, da hatte er Recht. Die Schelte verdiente Bill McElroy, dieser Mistkerl, aber der war meilenweit weg und verbrachte seine Tage und Nächte in den Armen von Glynnis. Außerdem lag die Schuld genau genommen bei ihr. Sie hätte auf Verhütung bestehen müssen, schließlich war es ihr Körper.

»Ich habe noch keiner Menschenseele etwas davon erzählt, Mr. ... äh, John.« Sie pustete verlegen aus. »Und ich wäre dir dankbar, wenn du meinen Wunsch respektieren und nichts über meinen Zustand verlauten lassen würdest. Ich muss erst mal selbst damit fertig werden. Ich weiß noch nicht einmal, was ich letztlich tun werde.«

Ein schmerzlicher Ausdruck huschte über sein Gesicht, doch er sagte nichts, nickte nur.

Angela lächelte warm. »Danke, dass du vorbeigekommen bist. Deine Besorgnis rührt mich. Sicher ist dir das alles genauso peinlich wie mir.«

»Na ja, ehrlich gesagt, ist es für dich wohl ein klein bisschen peinlicher.« Er zwinkerte ihr zu und erhob sich. »Ich mach mich besser auf den Weg. Dir geht bestimmt eine ganze Menge im Kopf rum. Pass gut auf dich auf, ja? Und ruf mich an, wenn du was brauchst.« Er zog eine Visitenkarte aus seinem Geldbeutel und reichte sie ihr. »Meine Privatnummer steht im Telefonbuch.«

Sie folgte ihm zur Tür. »Weißt du, John, wenn du nicht aufhörst, Damen in Not beizuspringen, ruinierst du noch deinen Ruf als Bad Boy, den du dir in der Schulzeit so hart erarbeitet hast.«

Seine blauen Augen funkelten. »Ach was, ich bin unverändert schlecht bis ins Mark. Man merkt's mir nur nicht mehr so an.«

Angela gluckste, schloss die Tür und lehnte sich dann an den Türrahmen. Wer hätte gedacht, dass John Franco, der größte Raufbold und Unruhestifter der Bridgemont High, ein so netter, rücksichtsvoller und hilfsbereiter Mensch werden würde? Seine Geste rührte sie zutiefst.

Was natürlich nicht bedeutete, dass je mehr als Freundschaft zwischen ihnen sein würde. Oder dass sie nicht alles tun würde, um ihren Fall zu gewinnen, wenn sie im Prozess gegen ihn antreten müsste.

5

Warum sind Anwälte wie eine Darmspülung?
Weil man sie hasst, bis man eine braucht.
Und dann hasst man sie immer noch.

»Sag die Wahrheit, Johnny. Nimm kein Blatt vor den Mund. Hab ich in dieser Hose einen dicken Hintern? Ich hab sie erst gestern gekauft, und sie fühlt sich absolut himmlisch an – feinste Kammwolle, weißt du, aber …«

Peter, der zwei Jahre jünger war als John und seinem älteren Bruder, obwohl ein wenig kleiner und zierlicher, mit eher braunen als schwarzen Haaren, verblüffend ähnlich sah, spazierte im Wohnzimmer seiner trendigen Wohnung auf und ab wie ein von Ameisen befallenes Laufstegmodel.

John konnte nur den Kopf schütteln. »Woher zum Teufel soll ich das wissen, Peter? Dein Hintern sieht aus wie üblich: mager und knochig. Also hör schon auf, wie ein verdammter Transvestit vor mir rumzuwackeln.«

Doch offenbar war bei Peter kein Wort angekommen. Er verdrehte den Hals, um einen Blick auf seine Kehrseite zu erhaschen. »Wolle trägt furchtbar auf, weißt du? Besonders, wenn man einen dicken Hintern hat. Findest du nicht auch?«

»Willst du damit etwa andeuten, dass ich einen dicken Hintern hab?« John fragte sich, was zum Teufel in seinen sonst so reservierten kleinen Bruder gefahren war. Er war stets ein stilles, höfliches Kind gewesen – ein Mensch, der lieber vorm Computer saß, als auf einem Spielfeld rumzuhecheln. Mit anderen Worten, er war der unsportliche intellektuelle Typ. Wozu sein Job in der Personalabteilung einer großen Computersoftwarefirma perfekt passte.

Vielleicht kam dieser plötzliche Persönlichkeitswandel ja daher, dass er sich zu seiner wahren Neigung bekannt hatte. John hatte seinen Bruder sehr gern und konnte seinen Lebensstil ehrlich akzeptieren. Doch wenn die Dinge zu ... na ja, zu schwul wurden, ging ihm das gewaltig auf den Geist.

»Ich brauch ein Bier. Hast du eins?«

»Nein, aber ich habe einen herrlichen Chablis im Kühlschrank. Wie wär's damit?« Peter machte ein hoffnungsvolles Gesicht.

Johns Gesichtszüge entgleisten beim Gedanken, dieses angesagte Edelgetränk schlucken zu müssen. Er fixierte seinen Bruder einen Moment lang und bemerkte dann das freche Funkeln in dessen Augen. Da warf er den Kopf in den Nacken und lachte schallend. »Himmel, Peter, da hast du mich aber gründlich erschreckt! Hab ich mich doch tatsächlich für ein paar Minuten von deinem warmen ›In-Getue‹ täuschen lassen.«

Peter konnte nun sein Grinsen nicht länger unterdrücken und stimmte in das Gelächter seines Bruders ein. »Erwischt.« Dann verschwand er und kam mit zwei eiskalten Dosen Bud Light zurück, von denen er eine John reichte. »Die Erwartungen der Leute zu übertreffen ist nun mal mein Lebensziel, Bruderherz.«

»Warst wohl wieder bei unseren Eltern, wie? Wie haben sie's diesmal angestellt?« Robert und Adele Franco waren Meister darin, Peter bei jeder Gelegenheit in ein emotionales Wrack zu verwandeln.

Bis zu dem Moment, da sein Bruder beschloss, sich zu outen, war John die größte Enttäuschung seiner Eltern gewesen. Jetzt war es Peter. Und die alten Leute hielten mit ihrer Meinung nicht hinterm Berg.

Adele war der Ansicht, dass man den Teufel, der von Peter Besitz ergriffen hatte, mit Gebeten, einem Psychiater oder zur Not auch mit Voodoo austreiben könnte. Robert gab sich noch viel weniger Mühe, seinen Widerwillen zu verbergen.

Einer *seiner* Söhne homosexuell? Undenkbar. Womöglich begannen die Leute, seine eigene Männlichkeit in Frage zu stellen.

Peter war von klein auf sehr sensibel gewesen, und es war ihm unmöglich, die Sticheleien und grausamen Bemerkungen seiner Eltern an sich abgleiten zu lassen – so wie John es zumindest *versuchte*, wenn es ihm auch nicht immer gelang.

»Ich war heute Vormittag dort und habe Dad beim Wegräumen des Grills und der Gartenmöbel geholfen, so wie jedes Jahr.« Peter ließ sich bekümmert auf das goldene Veloursledersofa fallen und nippte nachdenklich an seinem Bier. »Gesagt haben sie diesmal nichts Besonderes. Aber dieser enttäuschte Ausdruck auf ihren Gesichtern und diese abgrundtiefen Seufzer, die sie von sich geben, nur damit ich mich schuldig fühle.«

»Lass sie doch, was scherst du dich darum? Sie sind alt und engstirnig, das solltest du inzwischen kapiert haben. Wieso nimmst du dir das so zu Herzen?«

»Sie benehmen sich, als wäre ich auf einmal ein völlig anderer Mensch geworden, aber das bin ich nicht, John. Ich bin derselbe wie vorher. Außer, dass ich halt einen Mann liebe.«

Der Schmerz in Peters Stimme erfüllte John mit Traurigkeit. Er wünschte, er könnte etwas tun, um ihm die Situation zu erleichtern. Er hatte versucht, mit seinen Eltern zu reden, hatte versucht, ihnen begreiflich zu machen, was sie ihrem jüngsten Sohn mit ihrem Verhalten antaten, aber sie wollten nicht hören.

Wann hatten sie je auf irgendwas gehört?

Sie waren viel zu beschäftigt damit, sich pausenlos zu streiten. Die emotionalen Bedürfnisse ihrer Kinder blieben dabei auf der Strecke. Robert und Adele waren keine schlechten Eltern, aber fehlgeleitet und selbstsüchtig. Sie suhlten sich in ihrem Unglück, und es gefiel ihnen, ihre Umgebung genauso unglücklich zu machen wie sich selbst.

Peter hatte keinen leichten Weg eingeschlagen, und John hoffte nur, dass er mit all den Vorurteilen, Hindernissen und

Grausamkeiten fertig wurde, mit denen er von nun an konfrontiert werden würde. Sein Bruder musste sich auf jeden Fall eine dickere Haut zulegen.

»Apropos Männer, wie geht's Eric? Ich dachte, er würde heute Abend für uns kochen.« Entsetzen überkam John bei dem Gedanken, dass dies möglicherweise nicht der Fall war. »O nein, bitte nicht! Du kochst doch nicht etwa selbst? Dann müsste ich mich schleunigst verabschieden.«

Eric Loudon war Chefkoch in einem der besten Restaurants im Inner Harbor. John, der schon oft dort gespeist hatte, gab ohne Hemmungen zu, dass er vorhatte, so viele Abendesseneinladungen wie möglich rauszuschinden.

»Sei nicht fies, John. Eric ist noch auf dem Markt, frischen Fisch und Gemüse kaufen. Er wird bald hier sein. Außerdem ist es spießig, vor zwanzig Uhr zu essen. Keinen Europäer, Italiener eingeschlossen, wirst du vor dieser Zeit am Esstisch erwischen. Und wieso die Eile? Es ist Samstagabend, und du hast sowieso keine Verabredung.«

»Ich habe Hungerödeme. Und es ist mir schnurzpiepe, wann man sonst wo auf der Welt isst. Ich esse, wenn mir der Magen knurrt. Und nur zu deiner Information, ich hätte durchaus eine Verabredung haben können, mit der kurvenreichen Danielle nämlich, hab mich aber stattdessen entschieden, euch zu beehren. Allmählich kriege ich Bedenken.«

»Du meinst diese Empfangsdame mit den Riesentitten und dem Spatzenhirn?«

Grinsend erwiderte John: »Genau die«, und blickte sich nun genauer im Wohnzimmer um. Er war angenehm überrascht, wie kultiviert und gemütlich es wirkte. Die Möbel waren andere als bei seinem letzten Besuch. Auf den dicken Eichendielen lag ein großer, rotgoldener Orientteppich, und an dem großen Panoramafenster waren hölzerne Jalousien angebracht.

Peter und Eric wohnten seit fast zwei Monaten zusammen, doch dies war das erste Mal, dass John zum Abendessen eingeladen worden war. Sie hatten es wohnlich haben wollen, bevor sie Gäste empfingen. »Habt ihr euch für die Einrichtung einen Innendekorateur geholt? Sieht echt gut aus.« Er strich mit der Hand über den weichen Stoff der Sofakissen. »Toll, wie sich das anfühlt.«

Peter schüttelte mit einem stolzen Lächeln den Kopf. »Eric und ich haben alles selbst ausgesucht. Der schlichte Couchtisch und das Beistelltischchen aus Kiefer waren seine Idee. Er hat einen tollen Geschmack. Ich habe die Couch dazugesteuert und die braunen Ledersessel. Wir wollen die Wände einen Ton heller als die Couch streichen und mit Dunkelrot und Grün akzentuieren.«

»Du solltest mal was Ähnliches mit meiner Wohnung machen. Da sieht's dagegen wie in einer Absteige aus.« John hatte weder das Talent noch die Geduld, sich gut einzurichten und ein behagliches Ambiente zu schaffen. Seine Behausung war groß, mit etlichen Zimmern, praktisch, gelegentlich sauber, und damit hatte es sich. Bei den Gelegenheiten, an denen er Damenbesuch empfing, raffte er rasch alle herumliegenden Zeitungen, Zeitschriften und die Haufen von Schmutzwäsche zusammen, die überall herumlagen, und stopfte alles in den nächstbesten Schrank.

Peter lächelte seinen Bruder liebevoll an. »Deine Wohnung ähnelt dir, John, wirkt also leicht ramponiert. Um es nett auszudrücken. Du würdest dich nicht wohl fühlen, wenn deine Wohnung nicht wie nach einem Bombenangriff aussähe. Ich glaube kaum, dass die von *InStyle* ein Sonderheft darüber herausbringen. Aber ich komme gern mal vorbei und sehe, was sich machen lässt. Es müsste allerdings schon allerhand Neues sein, denn das Zeug, das du jetzt hast, kannst du auf den Müll schmeißen.«

John versuchte sich nicht anmerken zu lassen, dass ihn die Bemerkung seines Bruders verletzte. Doch das wollte ihm nicht so recht gelingen, noch dazu, wo er schon die Stichelei mit dem großen Hintern hatte wegstecken müssen. »Willst du damit andeuten, dass ich ein Penner bin? Mann, also heute bist du aber großzügig mit Beleidigungen, Bruderherz.«

Peter nahm einen Schluck Bier. »Nicht direkt ein Penner. Du bist eben nicht gerade der Fleisch gewordene GQ-Traummann. Ich würde sagen, du siehst eher aus, als hättest du für das neue Hell's-Angels-Poster Modell gestanden.«

»Auf dem Gericht trage ich einen Anzug.«

»Mag sein, aber du siehst immer irgendwie zerknittert und unordentlich aus. Diese Lederjacke, die du da anhast, hat zum Beispiel schon mal bessere Tage gesehen. Und im Übrigen ist sie total aus der Mode.«

John starrte seinen Bruder an, als wären dem plötzlich zwei Köpfe gewachsen. »Ich liebe meine Jacke! Was soll damit sein?«

»Na, nichts, wenn man gern einen auf Indiana Jones macht, schätze ich. Wieso schaust du nicht mal bei Goldman's vorbei und lässt dir von Annie ein paar neue Anzüge raussuchen. Sie hat einen ausgezeichneten Geschmack.«

John ließ sich Peters Vorschlag durch den Kopf gehen. Da war was dran. Er besaß zwar zwei anständige Anzüge, aber die wirkten tatsächlich allmählich ein bisschen abgetragen. Seine Bomberjacke jedoch würde er nie aufgeben. »Ich werd's mir überlegen. Hab Annie seit ihrer Hochzeit nicht mehr gesehen.«

Peter, der pure Romantiker, seufzte nostalgisch. »Sie war eine wunderschöne Braut, findest du nicht? Und Tante Sophias Gesicht, als Annie in diesem Hauch von Nichts zum Altar schritt, war allein schon das Kommen wert. Ich dachte, sie kriegt gleich einen Herzanfall. Annie hat mehr Mumm als die meisten Männer, die ich kenne.«

»Was nicht viel heißen will«, meinte John mit hochgezogener Braue. »Die meisten Männer, die du kennst, könnten etwas mehr Testosteron vertragen.«

»Und du bist bis zum Halskragen voll davon, und was hat's dir gebracht? Nichts. Bist nach wie vor ledig und hast kaum Verabredungen, wenn's stimmt, was Mom sagt. Und das Spatzenhirn zählt nicht, falls du das meinst.«

John verzog das Gesicht. »Entzückend! Erst Sophia, dann Mary und jetzt du. Ich bin von Möchtegern-Wohltätern umgeben, die mich auf dem Altar der Ehe opfern wollen. Was ist bloß in euch gefahren? Hab ich irgendwas verpasst?«

»Es ist einfach schön, jemanden zu haben, mit dem man alles teilen kann, Johnny. Mein Leben ist jetzt, nachdem ich Eric habe, um so vieles erfüllter. Wir verstehen uns blind, wir sind verwandte Seelen. Das ist es, was du brauchst, kein Busenwunder, das nicht mal einen anständigen Satz rauskriegt.«

»Noch 'ne Ehefrau ist das Letzte, was ich brauche. Ich bin nicht mal sicher, ob ich so bald wieder eine ernste Beziehung haben will. Vielleicht nie mehr.« John schüttelte den Kopf. »Du vergisst wohl, was aus meiner ersten Ehe geworden ist.«

»Du und Grace, ihr habt einfach nicht zueinander gepasst. Du warst viel zu vernarrt in sie, um das zu sehen. Menschenskind, sie war ja nicht mal Italienerin!«

»*Falls* – und ich sage ausdrücklich *falls* – ich mich irgendwann einmal wieder ernsthaft auf jemanden einlassen sollte, dann bestimmt nicht auf irgendein karrieregeiles Luder, das buchstäblich über Leichen geht, um nach oben zu kommen.«

»Du darfst die Frauen nicht alle nach Grace Wilkinson beurteilen. Was sie dir angetan hat, war absolut abscheulich, ich weiß, John. Und ich weiß, dass du sehr darunter gelitten hast, aber du darfst dich nicht vor der Liebe verschließen, bloß weil du dir einmal die Finger verbrannt hast.«

John seufzte tief auf. »Also gut, wenn wirklich nicht alle Frauen wie meine eiskalte, berechnende Ex sind, wie kommt es dann, dass Gott jemanden wie Tante Sophia und Mom erschaffen hat? Das erklär mir mal. Diese Frauen wurden geschaffen, um jedem Mann auf Erden das Leben zur Hölle zu machen, einschließlich meiner Wenigkeit.«

»Du verurteilst das ganze Geschlecht wegen der Sünden einiger weniger. Sicher hat Gott leicht über die Stränge geschlagen, als er Tante Sophia und Mom erschuf. Aber bloß weil sie einen starken Willen haben und unerträglich dogmatisch sind, heißt das noch lange nicht, dass sie schlechte Menschen sind. Beide haben auch ihre guten Seiten.« Johns Braue zuckte in die Höhe, und Peter grinste. »Frag mich bloß nicht, welche.«

»Versteh mich nicht falsch, Peter. Ich liebe Mom. Aber bei dem Gedanken, mit jemandem wie ihr verheiratet zu sein, schüttelt mich das kalte Grausen. Schau dir nur an, was sie mit Dad macht. Dauernd hackt sie auf ihm rum, dauernd belehrt sie ihn, was er zu tun und zu lassen hat, was er denken, wie er sich anziehen, wie viel er essen soll. Er muss sich ständig wehren, oder sie verschlingt ihn mit Haut und Haar. Und nicht mal das scheint ihm in letzter Zeit viel auszumachen.«

»Er und Mom liegen sich ununterbrochen in den Haaren, aber am Ende gibt er meist klein bei. Er ist halt nicht stark genug, um's mit ihr aufzunehmen«, fasste sein Bruder zusammen.

»Ja, wer ist das schon? Conan der Barbar?«

»Du. Und genau deshalb hackt sie unentwegt auf dir rum, deshalb rennt ihr beiden euch die Köpfe ein. Michael macht's da schon geschickter. Er gibt Moms Nörgeleien nach und lässt ihr ihren Willen. Zumindest lässt er sie in diesem Glauben.«

»Mike war von klein auf ein Arschlecker und Arschkriecher.«

Peter grinste anzüglich. »Und da ist er nicht der Einzige, Bruderherz, obwohl wir damit wahrscheinlich nicht dasselbe meinen.«

»Igitt, Peter!« John warf mit einem Kissen nach seinem Bruder und brach dabei in Lachen aus. »Du bist ein richtig perverser kleiner Mistkerl, weißt du das?«

»Ja, das sagen alle.«

Angela, den Telefonhörer in der einen, die Kaffeetasse in der anderen Hand, hörte Mrs. Matuci zu, einer neuen Klientin, die ihr gerade von den schlimmen Dingen erzählte, die man der Liebe ihres Lebens, bei der es sich zufällig nicht um Mr. Matuci handelte, angetan hatte.

»Ich will sie verklagen, diese Mistkerle, Miss DeNero. Sie sollten sich mal anschauen, wie mein Hector aussieht. Die haben ihm eine Glatze geschoren! Wie soll er sich jetzt noch in der Nachbarschaft blicken lassen? Er ist zutiefst gedemütigt, sobald wir einen Fuß auf die Straße setzen. Französische Pudel sind sehr empfindlich, was ihr Äußeres betrifft. Und die Nachbarn starren mich an, als wär ich ’ne Rabenmutter. Ich kann nicht mehr. Ich sag’s Ihnen, ich will die von Doggie Delight verklagen, dass es sich gewaschen hat. Die sollen bezahlen für das, was sie meinem Hector angetan haben.«

»Hat man Ihnen einen Grund genannt, warum man Hector ohne Ihre vorherige Zustimmung kahl geschoren hat? Vielleicht hatte er ja eine Hautkrankheit.« Angela nahm sich insgeheim vor, mit Winston nie zu Doggie Delight zu gehen, nicht dass Win viele Haare hätte, aber …

»Ich hab ihn zum Waschen und Scheren hingebracht, so wie immer. Hector ist halt ein sehr gepflegter Pudel und muss mindestens einmal im Monat zum Nachschneiden. Aber als ich ihn abholte, war er ganz kahl! Überall war seine rosa Haut zu sehen. Ich bin in Tränen ausgebrochen, sag ich Ihnen. Er sah so … so gedemütigt aus.

Die von Doggie Delight behaupten, sein Fell wär ganz verfilzt gewesen, man hätte es unmöglich durchkämmen können. Aber ich sag Ihnen, das ist nicht wahr. Mein Hector ist … war …«, sie schniefte mehrmals laut in den Hörer, »… ein schöner Hund. Er hat apricotfarbenes Fell, wissen Sie.«

In diesem Moment tauchte Wanda in ihrer Gemeinschaftspraxis auf, blieb kurz in der Tür von Angelas Büro stehen und flüsterte laut: »Ich dachte, ich wäre die Einzige, die auch samstags arbeitet.« Angela lächelte schulterzuckend und widmete sich dann wieder ihrer verzweifelten Klientin.

»Warum bringen Sie Hector nicht mal mit in mein Büro, Mrs. Matuci? Ich möchte mich mit eigenen Augen von seinem Zustand überzeugen, erst dann kann ich entscheiden, ob sich eine Klage lohnt oder nicht.«

»Natürlich lohnt sich eine Klage. Das ist Tierquälerei! Es gibt doch heutzutage diese Hundepsychiater. Wir könnten einen davon bitten zu bezeugen, dass mein Hector physisch und psychisch misshandelt wurde. Er lässt jetzt dauernd sein Köpfchen hängen und trabt nicht mehr stolz wie ein König herum, wenn ich ihn Gassi führe. Es bricht mir das Herz, sag ich Ihnen. Diese Leute sollten sich schämen – und so was nennt sich Hundesalon.«

Angela hörte den Pudel im Hintergrund jämmerlich winseln und Mrs. Matuci, die ihn zu beruhigen versuchte. Da sie selbst Hunde über alles liebte, konnte sie den Schmerz dieser Frau nachfühlen. Sie würde auf jeden losgehen, der versuchte, Winston auch nur ein Haar zu krümmen.

Hunde waren absolut treu, ganz im Gegensatz zu einem gewissen Rechtsanwalt, den sie nennen könnte. Sie hatten keine Vorurteile und liebten bedingungslos.

Sie kannte eine Menge Männer, die sich an Winston Aloysius DeNero ein Beispiel nehmen könnten.

»Könnten Sie gleich mit dem Hund vorbeikommen, Mrs. Matuci?«, bat sie. »Ich bin ungefähr noch eine Stunde im Büro.«

»Wir sind gleich da. Fünf Minuten, höchstens zehn!«

Nachdem Angela der Frau versichert hatte, dass sie auf sie warten würde, legte sie auf, lehnte sich in ihrem schwarzen Ledersessel zurück und starrte abwesend aus dem Fenster. Dunkle Wolken ballten sich am schiefergrauen Himmel zusammen; es sah nach Regen aus. Der Tag war ebenso trübe und düster wie ihre Stimmung.

Angela hatte viel nachgedacht seit jener gestrigen schockierenden Entdeckung, aber die einzige feste Entscheidung, die sie getroffen hatte, war, das Kind zu behalten. Es war eine reine Herzensentscheidung und hatte nichts mit dem Verstand zu tun.

Angela wollte Kinder, hatte sich immer welche gewünscht, halt nur nicht so bald und nicht ohne einen Ehemann. Aber irgendwie würde sie schon damit fertig werden, irgendwie würde sie es schaffen.

Wie, das war ihr allerdings momentan ein Rätsel.

Aber sie war es gewöhnt, die Erwartungen der anderen zu erfüllen, ja zu übertreffen, zuerst auf dem College, dann auf der Uni. Wieso also nicht auch auf der Universität des Lebens, der Schule der Nackenschläge? Ihr Vater hatte ihr schon früh beigebracht, dass man mit Fleiß und harter Arbeit alles erreicht, alles, was man will, solange man hart genug dafür arbeitet. Für eine fest entschlossene Frau gibt es kein Hindernis, hatte Sam DeNero seiner Tochter eingeschärft.

Und das genau war ihr Lebensmotto.

Angela hatte nicht vor, sich von dieser Entwicklung aus der Bahn werfen zu lassen. Sie würde einfach noch härter arbeiten, noch fleißiger sein. Sie war genügsam, tüchtig und beruflich erfolgreich. Sie brauchte keinen Mann, ganz besonders keinen untreuen. Sie und das Baby würden es prima allein schaffen.

Im Übrigen gab es in ihrem Leben keinen Platz mehr für weitere Komplikationen. Bei diesem Gedanken tauchte unvermittelt John Francos Gesicht vor ihr auf, doch sie verdrängte es sofort wieder. Er hatte ihr seine Freundschaft angeboten; und sie brauchte einen Freund, nicht mehr und nicht weniger. Das Leben hatte die deprimierende Angewohnheit, Highschoolträume dahinschwinden zu lassen wie Schnee in der Sonne.

Die bevorstehende Ankunft ihrer Eltern brachte schon genug Komplikationen mit sich. Sie musste Sam und Rosalie anrufen, musste sie fragen, wann sie kämen. Aber nicht jetzt. Im Moment hatte sie genug am Hals.

»Klopf, klopf«, sagte Wanda, im Türrahmen stehend, und strahlte sie mit ihrem 100-Watt-Lächeln an. »Darf ich reinkommen, oder bist du gerade an einem wichtigen Fall dran?

Du scheinst mit den Gedanken ganz woanders zu sein. Ist alles in Ordnung? Kann ich irgendwas für dich tun?«

Angela winkte ihre Freundin herein. Diese trug, wie sie selbst auch, Freizeitkleidung, Jeans und ein Sweatshirt. Sie hatte zwar die Absicht, sich ihrer Freundin anzuvertrauen, aber noch nicht jetzt. Wanda würde ihr helfen wollen und ihr deshalb jede Menge gute Ratschläge geben, und Angela war sich nicht sicher, ob sie die zurzeit hören wollte.

»Mrs. Matuci kommt gleich mit ihrem kahl geschorenen Pudel vorbei«, erklärte sie, was Wanda prompt ein Grinsen entlockte.

»Jetzt ist mir klar, warum du alles stehen und liegen lassen musstest, um an einem Samstag ins Büro zu kommen.«

»Ich wollte an dem Gallagher-Fall weiterarbeiten.«

»Charles Rothburg ist ein Halunke«, erklärte Wanda, wobei ihr Lächeln einem besorgten Ausdruck wich. »Sei vorsichtig, Angela. Man erzählt sich alles Mögliche über seine Methoden. Rothburg hasst es zu verlieren und spielt oft mit gezinkten Karten. Der macht vor nichts Halt, um zu gewinnen.«

»Danke für die Ermutigung, aber ich glaube nicht, dass es Grund zur Sorge gibt. Rothburg wird von Tony Stefano und John Franco vertreten; die haben den Ruf, ehrlich und integer zu sein. Ich bezweifle, dass er mit irgendwelchen zwielichtigen Manövern durchkommt. Als Anwalt muss er sich an dieselben Regeln halten wie wir.«

Bei der Erwähnung von John Franco leuchteten Wandas Augen auf. »Haaach, dieser John Franco, das ist ein Mann! Den würde ich nicht von der Bettkante schubsen. Der ist erste Sahne, das Beste vom Besten, Mädel.«

»Ist mir noch nie aufgefallen.«

»Du lügst! Man muss schon mausetot sein, um seine blauen Augen und die breiten Schultern nicht zu bemerken. Der Mann könnte sich als *lineman* bewerben. Und von seinem Brustkasten will ich erst gar nicht anfangen. Schweig stille, mein Herz!« Wanda fächelte sich mit der Hand Luft zu. »Mann, mir wird's schon heiß, wenn ich nur an ihn denke.«

Angela unterdrückte ein Lächeln. »Na gut, dann ist es mir auch aufgefallen. Aber nur widerwillig. Wir waren sogar zusammen auf der Highschool, aber er hat mich nie beachtet.« Zumindest hatte sie das geglaubt. Und jetzt, wo's zu spät war, gab er zu, in sie verknallt gewesen zu sein.

Warum kamen die besten Sachen immer zur ungünstigsten Zeit?

»Wahrscheinlich wird John Franco Vertreter der anderen Partei – Tony Stefano liegt im Krankenhaus und erholt sich von einem Herzanfall –, also ist es wichtiger denn je, dass ich meinen Verstand beisammenhalte. Ich habe gehört, er soll gut sein ... als Anwalt«, fügte sie bei Wandas dreckigem Grinsen hinzu.

»Im Bett auch, wie man so hört. Diese Rezeptionistin, Danielle Johnson, die für McKinley/Peters arbeitet, sagt, er wäre unglaublich, der Beste, den sie je hatte. Und lass dir eins sagen, Schätzchen, Danielle hat mehr Männer gebumst als ein Karnickel auf Viagra.«

Kein Wunder, dass er zwei Dutzend Kondome braucht, dachte Angela und merkte, wie ihr Herz zu hämmern begann.

»Was ist mit Kyle?«, erkundigte sich Angela. »Ich dachte, du wärst bis über beide Ohren in den attraktiven Doktor verliebt. Einen Mann, der aussieht wie Denzel Washington, darf man sich nicht durch die Lappen gehen lassen. Finde ich jedenfalls.«

»Ich bin noch mit Kyle zusammen. Ich weiß bloß nicht, wie weit ich gehen soll. Ihm ist alles so ernst.«

Angela zog verwirrt die Brauen zusammen. »Aber ich dachte, ihr schlaft miteinander.«

»Tun wir auch. Ich meine damit, wie weit wir gefühlsmäßig gehen sollen. Sex ist ... na ja, bloß Sex. Und obwohl er gut im Bett ist, weiß ich nicht, ob ich noch weiter gehen will.«

Sie schliefen miteinander. Wie weit konnte man noch miteinander gehen?

In diesem Moment klopfte es an der Tür, und Angela blieb eine Antwort erspart. Eine weibliche Stimme rief: »Huuhuu, Miss DeNero, ich bin's ... Carmen Matuci. Ich habe Ihnen meinen Hector mitgebracht.« Wie versprochen war die Gute innerhalb von zehn Minuten da.

»Kommen Sie rein.« Angela winkte die ganz in pink Polyester gekleidete Frau herein. Sie verkniff sich ein Aufkeuchen, als sie den Hund sah. Die arme Kreatur war tatsächlich total kahl. Sein Fleisch war deutlich zu sehen, ebenso Schnitte und Abschürfungen auf der Haut. Nicht einmal das mit Kunststeinen besetzte Hundehalsband konnte etwas an seinem erbärmlichen Aussehen ändern.

Zorn rötete ihre Wangen. »Mrs. Matuci ... Hector.« Der Hund wandte den Kopf ab, als würde er sich schämen.

Wanda, die vor den meisten Tieren eine Heidenangst hatte, suchte eilig das Weite. Angela bat derweil ihre bekümmerte Klientin, ihr gegenüber am Schreibtisch Platz zu nehmen.

»Da sehen Sie's«, sagte Mrs. Matuci, die Wandas hektischen Abgang verfolgt hatte. »Diese Frau hat Angst vor meinem Hector. Sie hält ihn für eine Art Monster.«

»Wanda fürchtet sich vor jedem Hund. Das hat nichts mit Hector zu tun. Und jetzt erzählen Sie mir alles, Mrs. Matuci, und lassen Sie nichts aus.« Wenn es etwas gab, was Angela beim besten Willen nicht ertragen konnte, dann war es Tierquälerei. Und Hector war offenbar gequält worden, daran bestand kein Zweifel. Jetzt galt es nur noch herauszufinden, ob es vorsätzlich oder versehentlich geschehen war.

»Ich muss Ihnen wohl nicht erst sagen, wie wichtig diese Anhörung für uns ist«, sagte Charles Rothburg zu John und tätschelte dabei tröstend die Hand seiner Frau. Dann rückte er seine rote Seidenkrawatte zurecht, die ebenso schief saß wie seine Moralbegriffe.

»Es stimmt, Sharon hat einen Fehler gemacht, als sie Matthew ihrem Exmann überließ. Aber wie ich bereits Tony erklärt habe, hatte sie von Anfang an vor, ihn wieder zu sich zu holen. Das Kind bei Dan Gallagher zu lassen sollte nie etwas anderes als eine vorübergehende Lösung sein.«

John, der über seinen Schreibtisch gebeugt dasaß und sich die Ausreden anhörte, die Rothburg für das unentschuldbare Verhalten seiner Frau vorbrachte, hätte am liebsten die Augen verdreht. Was für ein Mist. Er glaubte dem Kerl kein Wort. Diese beiden hatten einander verdient, so viel stand fest.

Charles Rothburg wusste sein Geld zu zeigen. Sein anthrazitgrauer Armanianzug hatte bestimmt mehr gekostet, als die Nationalschulden bestimmter Drittweltländer betrugen. Seine Frau trug ein konservatives marineblaues Schurwollkostüm mit Goldknöpfen. Ihr blondes Haar war ebenso konservativ frisiert, und an ihrer linken Hand prangte ein funkelnder Diamantring. Sharon Rothburg war eine attraktive Frau, wenn auch kühl und distanziert, als würde sie ihrem Mann zuliebe nur so tun als ob. Sie war das glatte Gegenteil von seiner Kusine Mary, einer warmen, lustigen und gutherzigen Person.

Wieso übernehme ich diesen Fall?, fragte sich John wohl zum hundertsten Male.

Weil Tony dich braucht, lautete wie ein Mantra die Antwort.

Man brauchte kein Genie zu sein, um zu wissen, wieso Charles Sharon Gallagher geheiratet hatte. Sie war mindestens fünfundzwanzig Jahre jünger als er und erfüllte alle Anforderungen an eine Trophäengattin. Und warum sie ihn geheiratet hatte, lag ebenso auf der Hand. Rothburg war einer der reichsten Anwälte von Baltimore … nein, besser von ganz Maryland.

»Ich will Ihnen nichts vormachen, Mr. und Mrs. Rothburg. Ich bin nicht gerade glücklich über diesen Fall. Ich habe das Gefühl, in einem Interessenkonflikt zu stehen, weil Mary Gallagher meine Kusine ist. Aber Richter Baldridge hat eine

Terminverschiebung leider abgelehnt. Und nachdem mein Partner nach einer Herzoperation im Krankenhaus liegt, bleibt mir wohl keine andere Wahl. Falls Sie sich jedoch nach einem anderen Rechtsbeistand umsehen möchten, würde ich das verstehen …«

Rothburg schüttelte den Kopf. »Ihnen geht der Ruf eines Gewinners voraus, Mr. Franco. Und ich will gewinnen. Wir wollen uns in diesem Fall von keinem anderen vertreten lassen, und ich weiß, dass Sie sich nicht von persönlichen Gefühlen beeinflussen lassen werden. Meine Frau und ich haben vollstes Vertrauen in Ihre Fähigkeiten. Ihre Offenheit schätzen wir.«

Nicht die Antwort, die er sich erhofft hatte. John seufzte. »Stimmt das, Mrs. Rothburg? Sind Sie derselben Meinung wie Ihr Mann?«

Sharon Rothburgs Lächeln wirkte ein wenig leer. »Was immer Charles für richtig hält, soll auch mir recht sein. Er kennt sich in diesen Dingen bestens aus. Er wird genau die erforderlichen Entscheidungen treffen, das weiß ich. Und wenn er Sie haben will, Mr. Franco, bin ich damit einverstanden. Ich habe nichts gegen Mary Gallagher. Ich bin ihr dankbar, dass sie meinem Sohn ein gutes Zuhause gegeben hat. Ich will Matthew nur wiederhaben. Ein Kind gehört zu seiner Mutter.«

»Ich sollte Sie warnen, Mrs. Rothburg, die Anwältin der Gallaghers wird alles tun, um Sie in ein schlechtes Licht zu rücken. Sie haben Ihren Sohn verlassen und sind mit einem zehn Jahre jüngeren Mann durchgebrannt. Und Sie haben nie auch nur ein einziges Mal versucht, mit Ihrem Sohn Verbindung aufzunehmen. Das spricht nicht gerade für Sie.«

»Ich war in dieser Zeit einfach nicht ich selber, Mr. Franco. Ich hatte einen Nervenzusammenbruch, hatte das Gefühl, mein Leben wäre mir völlig entglitten. Mein Beruf als Lobbyistin ist sehr stressig, und das Scheitern meiner Ehe hat mich hart getroffen.«

Nicht hart genug, um dich davon abzuhalten, dir einen jungen Hengst zu nehmen, dachte er, einen Blick in seine Notizen werfend. »Soweit ich weiß, waren Sie und Mr. Gallagher zu dem Zeitpunkt, als Sie Ihren Sohn verlassen haben, bereits vier Jahre geschieden.«

»*Verlassen* ist ein ziemlich starkes Wort, Mr. Franco, oder nicht?« Der Ältere funkelte den jüngeren Anwalt hinter seinem Schreibtisch zornig an.

John zuckte mit keiner Wimper. »Sie haben genug Erfahrung in Fällen wie diesen, um den Jargon zu kennen und auch die Vorwürfe und Anklagen, die sich Ihre Frau wird anhören müssen. Wenn Sie diesen Fall durchziehen wollen, dann gewöhnen Sie sich besser gleich an die nüchternen Realitäten. Ich bin nicht für die Umstände verantwortlich, Mr. Rothburg, aber Sie können sicher sein, dass Miss DeNero diese Tatsachen vor Gericht weidlich ausschlachten wird.«

»Was wissen Sie über Angela DeNero?«, erkundigte sich der ältere Anwalt mit kalter Verachtung im Blick.

John zuckte die Schultern. »Ich bin vor Gericht noch nie gegen sie angetreten, falls Sie das wissen wollen. Aber Miss DeNero steht in dem Ruf, eine ziemlich harte Gegnerin zu sein. Der entgeht so schnell nichts. Offen gesagt, ich bin beeindruckt.« Und nicht bloß von ihrem Verstand.

Angela besaß trotz ihrer Intelligenz, ihres scharfen Verstands und ihrer Kompetenz als Anwältin eine weiche, verletzliche Seite, der er sich nicht entziehen konnte. Das war auch der Grund dafür, warum er ihr seine Freundschaft angeboten hatte. Zweifellos wurde sie mit diesem Schicksalsschlag irgendwie fertig, aber dass sie so etwas ganz allein bewältigen sollte, fand er unfair.

»Das Gleiche sagt man über Sie, Mr. Franco.« Rothburg lehnte sich etwas zurück und verwob die Finger über seiner Brust. »Ihr Ruf eilt Ihnen voraus.«

John konzentrierte sich wieder auf die derzeitigen Notwendigkeiten. »Ich werde mein Bestes tun, das ist alles, was ich versprechen kann. Aber ich erwarte im Gegenzug vollkommene Ehrlichkeit von Mrs. Rothburg. Wenn wir diesen Fall gewinnen wollen, muss ich alles wissen.« Er musterte die Frau aufmerksam.

»Ich muss Einzelheiten über Ihre Ehe wissen, über Ihre Scheidung, wie Ihr Mann mit Ihrem Sohn umging.«

»Dan war ein guter Vater, wenn auch nur selten zu Hause.«

»Deshalb hat man Ihnen das volle Sorgerecht zugesprochen, ist das korrekt?«

Sharon nickte. »Dan dachte, weil er so oft unterwegs ist, wäre es besser für Matthew, wenn er bei mir bleibt. Deshalb hat er auf das Sorgerecht verzichtet.«

»Dann hat er also das Wohl seines Sohnes vor sein eigenes gestellt?«

»Ich weiß, worauf Sie hinauswollen. Dan ist ein Ausbund an Tugend, und ich bin ein herzloses Luder.«

»Sharon, so darfst du nicht reden. Das hat Mr. Franco bestimmt nicht gemeint.« Rothburg starrte John durchdringend an, doch der Jüngere ignorierte den Wink mit dem Zaunpfahl.

»Es spielt keine Rolle, was ich denke, Mr. Rothburg. Wenn die Leute hören, was passiert ist, werden sie Ihre Frau für herzlos und selbstsüchtig halten, gar nicht zu reden von ihrer Qualifikation als Mutter. Es wird einer ganzen Menge von Erklärungen bedürfen, um das wieder hinzubiegen. Richter Baldridge hat selbst acht Kinder. Muss ich noch mehr sagen?«

»Ich erwarte von Ihnen, dass Sie alles in Ihrer Macht Stehende tun, um diesen Fall zu gewinnen, Mr. Franco. Egal, wie viel es kostet oder was Sie tun müssen. Habe ich mich klar genug ausgedrückt?«

John lächelte schmal. »Kristallklar. Aber ich will Ihnen gleich sagen, dass ich nichts Ungesetzliches tun werde.«

Der Ältere tat, als wäre er schockiert. »Darum hat Sie auch keiner gebeten, Mr. Franco. Aber ich möchte, dass Sie sich mit Leib und Seele diesem Fall verschreiben. Ich will, dass Sie zweihundert Prozent geben. Weniger wäre inakzeptabel.«

Sharon legte eine beruhigende Hand auf den Unterarm ihres Gatten und lächelte entschuldigend. »Ich bin sicher, dass Mr. Franco auf unserer Seite steht, Charles. Du musst nicht betonen und ihm vorschreiben, was du von ihm erwartest.«

Sie erhob sich und hielt John ihre Hand hin, der sie pflichtschuldigst drückte. »Ich habe vollstes Vertrauen in Ihre Fähigkeiten, Mr. Franco ... John. Charles und ich stehen Ihnen jederzeit zur Verfügung, stimmt's, Liebling?«

John kam fast der Magen hoch, während er dem frisch verheirateten Paar, das jetzt ging, nachstarrte.

»Herrgott, Tony! In was zum Teufel hast du mich da bloß reingeritten?«

In nichts Gutes. So viel war sicher!

6

Was ist der Unterschied zwischen einem Spleen und einem Anwalt?
Der Spleen ist weg, wenn man tot ist.

Den erfrischenden Herbstwind im Gesicht, joggte Angela durch die High Street Richtung Stiles. Es war noch recht früh, kaum sechs Uhr morgens, die Sonne lugte eben erst über den Horizont, aber sie musste unbedingt die in den letzten zwei Wochen angestaute Energie und Nervosität loswerden.

Jogging klärt den Verstand, schafft Ordnung im Gehirn und in der Gefühlswelt, und die brauchte sie dringend, denn heute war der erste Tag der eidesstattlichen Versicherungen im Fall Rothburg gegen Gallagher.

John Franco würde ebenfalls da sein, was sie schwer nervös machte. Hoffentlich wäre es nicht zu peinlich, jetzt, wo er über ihren Zustand Bescheid wusste. Die schriftlichen Zeugenerklärungen wären zwar Routine für sie, nichts, das sie nicht schon hundert Mal gemacht hatte. Aber sie mischte nicht gern Berufliches mit Privatem.

Matthews Lehrer, sein Verhaltenstherapeut und sein Kinderarzt würden als Erste ihre Aussagen zu Protokoll geben. Und sie würden sich auch den Fragen des gegnerischen Anwalts stellen müssen.

Sie, Angela, wäre zwar da, um zu überwachen, dass die Fragen, die John stellte, fair waren. Obwohl er in diesem Fall so gut wie alles fragen durfte, im Gegensatz zur eigentlichen Anhörung, wo sie Einspruch erheben und den Antrag stellen konnte, Sätze aus dem Protokoll streichen zu lassen.

Warum war sie dann so nervös?

Sie hatte bis jetzt noch keinen Termin beim Frauenarzt vereinbart. Das war ihr irgendwie zu real.

Als ob das allmorgendliche Kotzen nicht Erinnerung genug wäre ...

Und dass ihre Eltern vor ein paar Tagen eingetroffen waren, half auch nicht gerade. Sicher, sie freute sich, sie zu sehen, dennoch wünschte sie sich insgeheim, sie wären in Boston geblieben. So einsam sie hier auch manchmal war, so sehr schätzte sie ihre Unabhängigkeit und die Tatsache, dass sie niemandem außer sich selbst Rechenschaft ablegen musste.

Sie wollte ihre eigenen Fehler machen und auch allein damit fertig werden.

Sam und Rosalie richteten sich derzeit in ihrem neu erworbenen Backsteinhäuschen ein, nur drei Blocks weit von Angelas derzeitigem Apartment entfernt. Mia war noch in Boston geblieben, wollte aber bald nachkommen. Und dann wären sie, wie ihre Mutter schwärmte, wieder eine einzige, glückliche Familie.

Bei diesem Gedanken kam Angela fast die Magensäure hoch, und auf einmal verspürte sie einen wahren Heißhunger. Wie von selber richteten sich ihre Füße in Richtung der Fiorelli's Bäckerei/Café.

Andrea Fiorelli machte den besten Kaffee, die besten Donuts und Bagels in der ganzen Gegend, gar nicht zu reden von den zahlreichen anderen Leckereien. Ja, Angela hatte plötzlich Lust, so richtig zu schlemmen. Um die Kalorien würde sie sich morgen Gedanken machen.

Morgen. Später. Noch nicht. Diese Worte wurden allmählich zu einem Mantra in ihrem Leben, was so gar nicht typisch für eine Frau war, die nie etwas unnötig liegen ließ.

Als sie sich der Bäckerei näherte, sah sie einen Mann dort stehen, den Oberkörper vorgebeugt, die Hände japsend auf die Knie gestützt. Er war offenbar nicht in Form und schien starkes Seitenstechen zu haben. Sie konnte ihm das nachfühlen. Mit einem Sport anzufangen, egal mit welchem, war nie besonders spaßig. Seine Haare waren unter einer schwarzen Baseballkappe verborgen, und seine Jogginghose schien ebenso alt und fadenscheinig zu sein wie ihre. Er drehte sich ein wenig, so dass er ihr den Rücken zukehrte und sie sein Gesicht nicht sehen konnte. Aber muskulös war er, das musste man ihm lassen.

Wahrscheinlich so ein untrainierter Bodybuilder wie Lou Santini, Metzger und Frauenschwarm von Little Italy, der mit seiner Mutter über dem Metzgerladen wohnte. Angela war ein, zwei Mal mit Lou ausgegangen, rein freundschaftlich. Sie hatten nicht genug gemeinsam, um mehr daraus entstehen zu lassen.

Angela hielt neben dem Fremden an, tippte ihm auf die Schulter und fragte: »Entschuldigen Sie, aber fehlt Ihnen was?«

»Außer dass mir die Lungen explodieren, nichts«, keuchte er, richtete sich auf und drehte sich um.

Angela, die ihn nun erkannte, stöhnte innerlich. *Wieso nur musste es John Franco sein?* Meine Güte, sie war ungeschminkt und trug einen Pferdeschwanz! Sie sah ja aus wie eine halbwüchsige Göre. Nicht, dass es sie interessierte, was er dachte, ermahnte sie sich. *Freunden* war es egal, wie schlecht *Freunde* aussahen.

Lügnerin!

Klappe, DeNero!

John Franco grinste schon wieder auf diese umwerfend sexy Art, und Angela musste unwillkürlich an das denken, was Wanda über seine Qualitäten im Bett gesagt hatte. Sie merkte, wie sie prompt rot anlief.

Freundschaft wird soo überschätzt!

»Ach, hallo, Angela! Schön, dich wieder zu sehen.« Sein Blick glitt rasch über sie hinweg, und das Lächeln wich einem Ausdruck der Besorgnis. »Bist du dir sicher, dass du in deinem Zustand joggen solltest? Womöglich ist es nicht gut für das Kind.«

Seine Anmaßung erboste sie. »Ich bin kerngesund. Und deine Besorgnis weiß ich zwar zu schätzen, aber ich kann sehr gut auf mich selbst aufpassen. Das tue ich nämlich seit geraumer Weile.« Das klang natürlich alles etwas schnippisch, aber er hatte mit seiner Frage einen wunden Punkt berührt.

»Warst du schon beim Arzt?«

Abermals lief sie rot an. »Nö, noch nicht. Aber das mach ich bald. Ich habe beschlossen, das Kind auf jeden Fall zu behalten.«

John strahlte vor Freude, als er das hörte. Warum er sich so freute, war ihm nicht ganz klar. »Das finde ich toll!«

»Ich wusste ja gar nicht, dass du auch hier wohnst. Ist dein Büro nicht in Fell's Point?« Das lag zwar auch nur ein paar Blocks entfernt, gehörte aber nicht mehr zu Little Italy.

»Stimmt, meine Wohnung auch. Dachte, ich könnte mein Laufpensum ein bisschen erweitern, ohne mich gleich umzubringen, hab mich aber wohl getäuscht. Meine Brust fühlt sich an, als würde sie jeden Augenblick platzen.«

»Wenn du erst vor kurzem mit dem Laufen angefangen hast, solltest du dich nicht zu sehr überfordern. Lass es langsam angehen. Lass deinem Körper Zeit, sich daran zu gewöhnen.« Sie erlaubte sich einen zweiten lüsternen Blick auf seinen Prachtbody. Der Gute sah aus wie ein Vorzeigeathlet – und da gab *sie ihm* Trainingstipps? Ha! Was für ein Witz!

»Ich laufe eigentlich schon seit ein paar Jahren, aber ich habe zehn Jahre lang geraucht und es erst neulich aufgegeben.« Er zog den Ärmel seines Sweatshirts zurück und zeigte ihr das dicke Nikotinpflaster auf seinem Unterarm. Reichlich stolz, fand sie. *Nun ja, wenn ich als Mann solche Arme hätte, wäre ich auch stolz.*

»Wie schön für dich.«

John sah zum Anbeißen zerknittert aus. Die Baseballkappe gab ihm ein jungenhaftes Aussehen, um sein kantiges Kinn sprossen die Stoppeln, und er wirkte, als wäre er gerade erst aus dem Bett gerollt.

Er sah himmlisch aus, während sie, Angela, verheerend aussah.

Typisch.

Immer das alte Problem: Männer sahen mit zunehmendem Alter zunehmend besser aus, während Frauen dahinschrumpelten wie getrocknete Feigen.

»Also, ich hab einen Mordshunger und …«

»Darf ich dich auf einen Kaffee und ein Donut einladen?«, unterbrach er sie.

Sie überlegte kurz und schüttelte den Kopf. So verführerisch sein Angebot auch war, sie durfte es nicht annehmen. Freundschaft war gut und schön, aber im Gerichtssaal waren sie schließlich Gegner. »Ich halte das unter den gegebenen Umständen für gar keine gute Idee, aber trotzdem danke. In ein paar Stunden werden wir uns an einem Konferenztisch im Gericht gegenübersitzen, wo ein Gerichtsprotokollant alles aufschreibt, was wir sagen. Es ist besser, wenn wir etwas berufliche Distanz wahren.«

»Wieso? Hast du Angst, ich könnte deine Strategie rauskriegen?« Wieder dieses Killergrinsen. Angela stellte fest, dass Männer mit Grübchen gesetzlich verboten sein sollten. Die einzigen Grübchen, die sie besaß, befanden sich auf ihrer Kehrseite, und an denen war absolut nichts Anziehendes.

»Wohl kaum. Ich will nur nicht in einen Interessenkonflikt geraten. Immerhin stehen wir im selben Fall auf gegnerischen Seiten. Und ich glaube nicht, dass gegnerische Anwälte miteinander fraternisieren sollten.«

»Ich bezweifle, dass uns eine Tasse Kaffee und ein Donut gleich korrumpieren werden. Außerdem, ich liebe die Gefahr, du nicht?« Aber wenn man Angela DeNero so betrachtete, wurde klar, dass sie ein risikoloses, geordnetes Leben liebte.

Sie trug zwar Jogginghosen, doch es war nicht zu übersehen, dass sie gebügelt waren. Welcher Mensch, der noch bei Verstand war, bügelte seine Joggingsachen? Er hatte ja kaum Zeit, seine Hemden in die Reinigung zu bringen.

Aus ihrem Pferdeschwanz hatte sich zudem kein einziges Härchen gelöst. Auf einmal verspürte er das dringende Bedürfnis, ihr kräftig den Kopf zu zausen. Selbst ganz ohne Schminke sah Angela umwerfend hübsch und sexy aus. Und sie roch gut, so frisch und sauber, als wäre sie gerade der Dusche entstiegen, obwohl sie doch verschwitzt war.

»Bis heute Nachmittag dann.«

»Du solltest wirklich ein bisschen lockerer werden, Angela. Ich wollte einen Milchkaffee springen lassen. Und zwei gepuderte, marmeladengefüllte Donuts dazu.«

Sie lächelte und gab, wider besseren Wissens, nach. »Wie könnte ich einem solchen Angebot widerstehen? Also gut, eine Tasse Kaffee, aber dann muss ich gehen.«

Sie betraten die Bäckerei, bestellten sich glasierte und gepuderte Marmeladendonuts und Kaffee und setzten sich an den kleinen runden Tisch am Fenster. Sie waren an diesem Morgen die ersten Kunden.

»Ich fürchte, du hast meine Schwäche entdeckt. Ich bin verrückt nach Marmeladendonuts«, verkündete Angela und biss herzhaft in das Objekt der Begierde, obwohl sie es sich am liebsten in einem Stück in den Mund gestopft hätte.

John unterdrückte ein Lächeln. »Ich mag Frauen mit gesundem Appetit.« Sein Blick hing an ihren Lippen, die nun voller Puderzucker waren, und er verfolgte ihre Zungenspitze, wie sie hervorschoss und genüsslich den Zucker ableckte. Ein Knoten formte sich in seinem Magen, den er jedoch zu ignorieren versuchte.

»Na, den habe ich, so viel ist sicher. In letzter Zeit esse ich alles, was lange genug stillhält, nur um es kurz darauf wieder rauszukotzen.« Erschrocken über das, was ihr da rausgerutscht war, hielt sie sich die Hand vor den Mund.

Er lachte. »Glücklicherweise habe ich keinen schwachen Magen, also mach dir keine Sorgen. Hast du's schon jemandem gesagt, außer mir, meine ich, das mit dem Baby?«

Angela schüttelte den Kopf und senkte die Stimme, obwohl sie wusste, dass Mrs. Fiorelli zu weit weg war, um sie zu verstehen. »Nein. Ich besuche heute Abend meine Eltern, aber ich weiß nicht, ob ich schon bereit bin, es ihnen zu verraten. Ich glaube nicht, dass sie allzu glücklich darüber sein werden.«

Er hob verwundert die Braue. »Schwer zu glauben. Wie mein Onkel Frank sagen würde: ›Italiener und ihre Enkelkinder – *nervig*‹.« Er konnte den Dialekt der Italo-Amerikaner perfekt imitieren.

Angela lachte und erklärte dann: »Für meine Eltern war ich von klein auf so was wie die Mustertochter. Hatte in der Schule stets nur die besten Noten, dann das Harvardstipendium und schließlich dieser tolle Job in einer der angesehensten Anwaltskanzleien, wo ich obendrein viel Geld verdient habe. In ihren Augen kann ich gar nichts falsch machen.

Und jetzt bekomme ich ein uneheliches Kind. Glaub mir, das passt überhaupt nicht ins Bild. Meine Mutter ist sowieso schon pessimistisch genug. Diese Nachricht wird für sie endgültig den Weltuntergang einläuten.«

»Dann machst du dir also Sorgen darüber, dass sie rauskriegen könnten, dass du Fehler und Schwächen hast, so wie wir alle? Das solltest du nicht. Ich hatte immer ein recht antagonistisches Verhältnis zu meinen Eltern, eine Art Hassliebe, wenn du so willst. Aber wenn ich nach Hause käme und ihnen sagen würde, dass sie ein Enkelkind bekommen – dann wäre alles vergeben und vergessen.«

Angela bemerkte den schmerzlichen Ausdruck in seinen Augen. »Warum verstehst du dich nicht mit deinen Eltern? Sind sie denn nicht stolz darauf, dass du ein erfolgreicher Anwalt geworden bist?«

»Ich kann meinem Bruder nicht das Wasser reichen. Das habe ich nie und werde es auch wohl nie, zumindest nicht in ihren Augen. Du bist die Mustertochter in deiner Familie; Michael ist der Mustersohn in meiner.«

Auf einmal beschlich sie ein ganz furchtbares Gefühl. Sie

fragte sich, ob Mia auch so sehr unter dem Stolz ihrer Eltern auf ihre Älteste gelitten hatte. Nicht, dass Sam und Rosalie Mia nicht lieben würden, aber Angela wusste, dass sie ihr Schmuckstück war und blieb.

John erriet den Grund für den besorgten Ausdruck auf Angelas Gesicht. »Du hast eine jüngere Schwester, nehme ich an. Mach dir keine Sorgen. Deine Verhältnisse lassen sich bestimmt nicht mit meinen vergleichen.«

Sie hoffte, dass seine Einschätzung stimmte, und stellte dann die Frage, die sie ihm schon seit einiger Zeit stellen wollte. »Wieso bist du so nett zu mir?«

»Ich versuche, meinen schlimmen Fehler, dich in der Schule nicht angebaggert zu haben, wieder gutzumachen.«

Jetzt grinste sie ebenso wie er. »Na, wenn das so ist, dann bestelle ich mir gleich noch einen Donut. Du bist mir noch was schuldig.«

Wieder in seiner Wohnung, duschte John, setzte einen Kaffee auf und zog sich einen dunkelblauen Anzug mit burgunderroten Nadelstreifen an. Danach schenkte er sich den Kaffee ein – schwarz, so wie er's am liebsten mochte.

Den Kaffeebecher in der Hand, ging er raus in den Flur und stellte sie vor dem ovalen Garderobenspiegel ab, wo auch seine Aktentasche stand und ihn daran erinnerte, dass er sich noch vorbereiten musste, bevor er sich heute Nachmittag Angelas Zeugen vorknöpfen konnte. Die Lady war ziemlich auf Zack, und er musste aufpassen, dass er nicht den Anschluss verlor.

Aber er freute sich, Angela so bald wieder zu sehen. Es war schön mit ihr gewesen im Coffee Shop, es war schön, sie näher kennen zu lernen. Sie war echt witzig, wenn sie sich nicht gerade über jede Kleinigkeit Sorgen machte. Sie sorgte sich viel zu viel, hatte jedoch zurzeit wohl auch allen Grund dazu. Schwanger zu sein und keinen Vertrauten zu haben musste ziemlich hart sein.

Den Knoten seiner burgunderrot-grau gemusterten Krawatte zurechtrückend, musterte er sich nochmals prüfend im Spiegel. In Peters Augen könnte er sowieso nie bestehen, aber er fand, dass er ganz akzeptabel aussah.

John wollte gerade gehen, als es an der Tür klingelte. Er warf einen Blick auf seine Uhr und fluchte. Kaum acht. Er musste ins Büro. Wer störte ihn schon um diese Zeit?

Tony war inzwischen aus dem Krankenhaus entlassen, musste aber zu Hause noch das Bett hüten, also konnte er es nicht sein. Seine Eltern hätten inzwischen schon die Reinigung geöffnet, um den Berufstätigen die Möglichkeit zu geben, vor Bürobeginn noch ihre Sachen vorbeizubringen. In diesen Dingen waren sie äußerst penibel. Tatsächlich hatte Franco's Dry Cleaners seines Wissens nur einmal verspätet aufgemacht, und das war, als sein Vater mit einer akuten Blinddarmentzündung ins Krankenhaus eingeliefert worden war.

John war ratlos … Konnte das Angela? …

»Na klar, träum schön weiter, Franco!«

Wieder ertönte die Klingel, diesmal dreimal kurz hintereinander, als würde der Besucher allmählich ungeduldig werden.

Er öffnete.

Und wünschte sofort, er hätte es nicht getan.

»Du solltest dich was schämen, Johnny Franco!«

Eindeutig nicht Angela. Er stöhnte innerlich.

»Wie kannst du dich nur gegen deine eigene Familie verschwören?« Sophia Russo stand wie ein Racheengel im Türrahmen und funkelte ihn wütend an. Dann stupste sie ihre daneben stehende Schwiegermutter mit dem Ellbogen an und – schwups – traten beide ein.

John war zu verblüfft, um zu reagieren, nicht dass man ihm etwa eine Chance dazu gelassen hätte.

»Das stimmt, Johnny, Mary ist außer sich, dass du dich gegen sie und Dan stellst«, erklärte Oma Flora, deren runzliges

Gesicht blass aus ihrem schwarzen Kleid herausragte. Sie stützte sich auf ihren Gehstock.

Flora trug stets Schwarz. Sie betrauerte nach wie vor ihren vor über zehn Jahren verstorbenen Mann Sal. Sophia trug ebenfalls Schwarz; sie war sozusagen in permanenter Trauer – über ihren Mann, ihre Kinder und das Leben im Allgemeinen.

John ließ sich nicht beirren, was gar nicht leicht war, angesichts dieser übermächtigen Gegnerschaft. »Mir bleibt in dieser Sache leider keine andere Wahl.« Er versuchte zu erklären, sah jedoch an den verkniffenen Mienen der beiden, dass dies vergebliche Liebesmühe wäre. »Ich wollte mit Mary über meine Gründe reden …«

Sophia hob die Hände, um ihm das Wort abzuschneiden. »Meine Tochter ist außer sich. Und was ihr Mann von all dem hält, will ich gar nicht erst sagen. *Madonna mia, disgrazia!* Das ist ein schwarzer Tag für die Familie. Wie sollen wir den Leuten noch gegenübertreten, wenn das rauskommt! Du musst sofort damit aufhören, oder du wirst am eigenen Leib spüren, was passiert.«

Sophia hatte diesen Vito-Corleone-Blick aufgesetzt, der nichts Gutes verhieß.

Er bot seiner Tante und seiner Großmutter einen Platz auf dem Sofa an, doch sie lehnten ab. Umso besser, dann brauchte er nicht die Zeitungen der vergangenen Tage wegzuräumen. Sophia verschränkte die Arme vor der Brust, und Oma blieb ebenfalls vor der Eingangstür stehen, um ihn so an der Flucht zu hindern.

»Mein Partner, Tony Stefano, hätte diesen Fall eigentlich übernehmen müssen, aber er hatte einen Herzanfall.«

Oma schnalzte mitleidig, schüttelte den Kopf und bekreuzigte sich. »Er tut mir Leid, Johnny. Aber diese schrecklichen Leute wollen das *bambino* aus seiner Familie reißen. Sie sollen sich jemand anderen für ihr schmutziges Geschäft suchen. *La famiglia*, Johnny. *La famiglia*. Was würde Opa Sal bloß sagen, wenn er noch lebte und das hörte? Möge er in Frieden ruhen. Der Mann war ein Heiliger.«

John fragte sich, wieso Männer – besonders Ehemänner – nach ihrem Tod regelmäßig in den Heiligenstand erhoben wurden. Sie konnten im Leben noch solche Mistkerle gewesen sein, sobald sie mal zwei Meter unter der Erde lagen, war alles vergeben und vergessen, und sie machten in der religiösen Hierarchie kurz vor Jesus Halt.

»Hat Mary euch hergeschickt?« Was allerdings so gar nicht zu seiner Kusine passen würde. Aber Mary war offenbar außer sich. Nicht dass er ihr das vorwerfen konnte.

Herrgott noch mal! Ich hab Tony gewarnt, dass das passieren würde. Was kommt als Nächstes – ein Pferdekopf in meinem Bett?

Sophia schüttelte den Kopf. »Nein, natürlich nicht. Deine Kusine ist viel zu aufgebracht. Deine Großmutter und ich müssen diese Familienangelegenheit selbst in die Hand nehmen. Du brauchst nur zu versprechen, diesen Fall abzugeben, und alles ist wieder gut.«

John wünschte, er könnte ihren Wunsch erfüllen. »Sosehr ich das auch möchte, Tante Sophia, ich kann nicht. Charles Rothburg wird von unserer Firma vertreten, und als derzeit einziger verfügbarer Partner war ich verpflichtet einzuspringen.«

»Und dich gegen Mary zu stellen? Ihr ihren Sohn wegzunehmen?« Sie küsste das kleine Goldkruzifix, das sie um den Hals trug, und bekreuzigte sich zur Sicherheit zusätzlich. »Was denkst du dir bloß dabei, Johnny? Matthews Mutter ist eine *puttana*. Eine Rabenmutter. Sie hat ihren kleinen Jungen verlassen.«

»Ich habe den Rothburgs ja nahe gelegt, sich einen anderen Anwalt zu suchen, aber sie wollten nicht. Mir sind die Hände gebunden. Ich habe keine Wahl. Tut mir Leid.«

Oma Flora trat vor und tätschelte ihrem Enkelsohn die Wange. »Das ist schlimm, Johnny, sehr schlimm, was du da tust. Deine Familie liebt dich. Wir wollen nicht sauer auf dich sein, wir wollen kein böses Blut. Du wirst doch noch mal drüber nachdenken, nicht?«

Er merkte, wie sein Gesicht rot anlief. »Ich …«

»Wenn du diesen Fall nicht ablehnst, Johnny Franco, werde ich's deinem Vater und deiner Mutter sagen, und danach werde ich dich verfluchen.«

Oma Floras schwarze Augen blitzten. »Pah! Das kannst du nicht. Nur ich kann jemanden verfluchen.«

»Schweig, alte Frau! Mary ist meine Tochter, nicht deine. Es ist daher mein gutes Recht.«

John konnte nicht glauben, dass sich die beiden darüber stritten, wer ihn verfluchen durfte.

Himmel! Wenn das ein beschissener Albtraum war, dann wollte er nur eins: aufwachen.

»Ma, es gibt heutzutage selbstklebende Regalfolie. Wieso nimmst du immer noch dieses Wachstuch? Das ist doch so furchtbar umständlich.« Angela, die erst das besagte Tuch, dann die Reißnägel in ihrer Hand anblinzelte, verzog ablehnend das Gesicht, aber ihre Mutter ließ sich nicht beirren.

»Man muss das nehmen, was am besten ist, Angie. Es kostet zwar ein bisschen mehr, das ist wahr, aber was soll's? Dieses Klebepapier taugt nichts. Und in der Küche verbringe ich nun mal die meiste Zeit. Ich möchte, dass alles hübsch ist. Wieso glaubst du, mache ich das alles erst jetzt? Weil ich auf das Wachstuch gewartet habe. Es musste bestellt werden.«

»Dieses Erbsengrün ist abscheulich, Ma. Sieht aus wie Erbrochenes.« Und es war exakt dieselbe Farbe und dasselbe Muster, das Rosalie auch in ihrer letzten Küche verwendet hatte.

Originalität war nicht Rosalie DeNeros Stärke. Einrichten auch nicht. Die DeNeros hatten nach wie vor dieselben Möbel, mit denen Angela aufgewachsen war. Dunkle, schwere Mahagonimöbel, die seit wer weiß wie vielen Generationen in Sams und Rosalies Familien weiter vererbt wurden. Auch wenn das Sofa und der eine oder andere Sessel noch ihren ursprünglichen brokatgrünen Bezug besaßen, so hatte dieser Bezug, dank der scheußlichen Herbstmotiv-Schutzbezüge, die Rosalie benutzte, nie das Licht des Tages erblickt.

Rosalie legte die riesige Schere beiseite – zum Schneiden von Wachstuch brauchte man eine extra große, mit einer normalen Schere kam man nicht weit – und schlang die Arme um ihre Tochter. »Ich bin so froh, dass wir wieder zusammen sind, Angie. Mir sind deine Beleidigungen richtig abgegangen. Aber du bist viel zu dünn. Isst du auch genug? Und diese Schatten unter deinen Augen …« Sie schnalzte mehrmals missbilligend mit der Zunge. »Du arbeitest zu viel. Und wofür? Schon bald wird sowieso alles vorbei sein, und dann hast du dein Leben verschwendet. Ja, bedenke das mal. Die Bibel drückt sich in diesen Dingen ganz klar aus.«

Also konsequent war Rosalie, das musste man ihr lassen. Seit sich Angela erinnern konnte, redete ihre Mutter über den bevorstehenden Weltuntergang. Der bis jetzt glücklicherweise noch nicht über sie gekommen war. Gott war zwar verständlicherweise sicher erzürnt über diese Welt. Aber sie gleich zerstören?

»Ich dachte, du wärst so stolz, dass ich Anwältin geworden bin. Zumindest erzählst du das ständig deinen Freundinnen.«

»Wer sagt, dass ich nicht stolz bin? Sehr stolz sogar. Dein Vater hat auch neulich wieder gesagt, wie stolz er ist, dass du eine so gute Anwältin geworden bist. Und aus dem Munde eines Polizisten ist das ein großes Lob. Du weißt ja, dass er sie nie leiden konnte. Hat zu viele schwarze Schafe erlebt, als er noch auf Streife ging.«

»Apropos Dad, wo ist er eigentlich? Will er seine Lieblingstochter denn gar nicht begrüßen?«

»Stopp!« Rosalie hob mahnend den Zeigefinger. »Du weißt ganz genau, dass euer Vater keine von euch bevorzugt. Er liebt dich und Mia gleich viel. Und ich ebenso. Sam müsste bald wieder da sein. Er ist in den Eisenwarenladen gefahren, um ein paar Nägel zu kaufen. Er will Bilder aufhängen.«

Angela ihrerseits wusste genau, wen oder was sie gerne aufhängen würde.

John hatte sich heute Nachmittag während der Zeugenbefragung absolut scheußlich benommen. Er hatte Fragen gestellt, die ihrer Ansicht nach überhaupt nichts mit dem Fall zu tun hatten, hatte die Qualifikation des Verhaltenstherapeuten in Zweifel gezogen, hatte angedeutet, dass er sich absolut kein Urteil über Matthews emotionalen Zustand erlauben könne, hatte sogar Miss Osbornes Fähigkeit, ihre Schüler korrekt zu beurteilen, in Frage gestellt. Auch der Kinderarzt war durch den Fleischwolf gedreht worden. Franco hatte den armen Mann gefragt, ob er denn neben seiner Ausbildung auch noch Psychiatrie studiert hätte.

Angela war am Ende zutiefst beschämt und verärgert gewesen.

Es brodelte nach wie vor in ihr, und so hatte sie beschlossen, Sam und Rosalie einen Besuch abzustatten. Nichts war besser, einen von den bestehenden Sorgen abzulenken und ein paar neue Ärgernisse hinzuzufügen, als ein Besuch bei den lieben Eltern. Sie hatte lange überlegt, ob sie ihnen von ihrer Schwangerschaft erzählen sollte, hatte sich aber dagegen entschieden.

»Na, hast du schon ein paar interessante Männer kennen gelernt, seit du wieder hier bist?«

Angela ließ sich seufzend auf einen Küchenstuhl sinken. Das Mantra jeder italienischen Mutter seit der Erschaffung der Welt: *Wann wirst du heiraten?* »Fang nicht wieder damit an, Ma. Ich bin fertig mit den Männern. Nach allem, was dieser Mistkerl mir angetan hat – bitte, ich will nicht über Männer reden.«

»Sie sind nicht alle wie Bill, Angie. Und eines Tages wirst du heiraten und Kinder kriegen wollen. Und dafür brauchst du einen Mann.«

»Ich hab einen Hund«, meinte sie lakonisch.

»Ich weiß, dass du einen Hund hast. Eine hässlichere Kreatur ist mir in meinem ganzen Leben noch nicht untergekommen. Ich würde mich schämen, mit so was auf der Straße gesehen zu werden.«

Angela konnte Winston unter dem Tisch knurren hören. »So was solltest du nicht sagen, Ma. Du verletzt damit Winstons Gefühle. Er ist sehr empfindlich, was sein Äußeres betrifft.« Mrs. Matuci hatte Recht – Hunde waren fast so eitel wie Menschen.

»Hat man ihn ausgesetzt? Hast du dir deshalb einen so grässlichen Köter zugelegt? Du und deine Schwester, ihr habt dauernd die Heimatlosen und Verlassenen dieser Welt angeschleppt. Scheint sich nichts dran geändert zu haben.«

»Winston ist eine reinrassige Bulldogge. Ich hab dreihundert Dollar für ihn bezahlt. Das war zwei Tage, nachdem ich hergezogen bin.« In einem schwachen, verrückten Moment, den sie nicht eine Sekunde bereute. Win war ihr Vertrauter. Ihm konnte sie alles sagen, er würde ihre Geheimnisse nie preisgeben.

Rosalie machte große Augen und bekreuzigte sich. Dann hob sie einen Zipfel des Tischtuchs und spähte unter den Tisch. Der Hund begann wieder zu knurren. »Hör sofort damit auf, *te creatura misera*, oder ich hole einen Kochlöffel und brate dir eins über. Ich bin deine Großmutter. Du solltest mir ein bisschen mehr Respekt erweisen.«

Angela lachte, als der Hund daraufhin den Kopf auf die Pfoten legte und zu winseln begann. Win mochte ja unschön sein, aber intelligent war er, um nicht zu sagen ein klein wenig feige. Rosalie würde ihn bald lieb gewinnen. Sie konnte gar nicht anders. Sie brachte es nicht fertig, irgendeiner Kreatur ihre Liebe zu verweigern, und mochte sie sie für noch so erbärmlich halten.

In diesem Moment fiel die Haustür mit einem Knall zu. Ihr Vater war wieder da. »Ist das der Wagen meiner Tochter, den ich da vorm Haus stehen sehe?«

Sam kam in die Küche gestapft, gesammelte zweihundertfünfzig Pfund, ein breites Grinsen auf seinem noch recht attraktiven Gesicht. Zum Glück war Angelas Vater groß, und so fiel das Übergewicht nicht allzu sehr auf, obwohl man es seinem Bauch ansah, dass er das Bier liebte. Seine Haare waren makellos schwarz, nur an den Schläfen zeigte sich allmählich ein wenig Grau.

Er gab seiner Frau einen zärtlichen Klaps auf den Hintern und Angela einen Schmatz auf die Wange. »Wie läuft's so, Angie? Hast dich ja nicht gerade oft blicken lassen.«

»Ihr seid nicht mal eine Woche lang hier, Dad, und ich hatte viel zu tun. Ich arbeite meistens bis in den Abend hinein. Da bleibt mir nicht viel Zeit für etwas anderes.«

»›Für etwas anderes‹? Wir sind deine Familie! Das fällt nicht in dieselbe Kategorie! Hast du auch gute Schlösser an der Tür? Ich werde am besten mal vorbeikommen und sie mir ansehen.«

»Das ist nicht nötig. Meine Vermieterin ist recht geschickt mit dem Schraubenzieher. Sie hat ein neues Vorhängeschloss an der Tür angebracht, und für eine Alarmanlage hatte meine Vormieterin, Mary Gallagher, schon gesorgt.« Sie erwähnte nicht, dass damals bei Mary eingebrochen wurde, weshalb die Alarmanlage überhaupt erst installiert worden war. »Und vergiss nicht, ich habe einen Wachhund.«

»Diesen Fettsack?« Sam verzog das Gesicht und lachte dann. »Ach, geh. Der würde nicht mal seinen eigenen Schwanz erwischen, wenn er einen hätte, geschweige denn einen Einbrecher oder Vergewaltiger.«

Win legte seinen massigen Schädel auf ihren Fuß; Angela spürte seinen Verdruss und ebenso ihren eigenen.

»Hat deine Mutter schon erwähnt, dass Mia gekündigt hat und in ein paar Wochen nachkommen wird? Vielleicht auch früher, wenn sie einen Nachmieter für ihr Apartment findet.«

»Das ist ja toll!« Angela lächelte erfreut. Wenn ihre Schwester da war, dann war sie wenigstens nicht die Einzige, auf die sich die Überfürsorge ihrer Eltern konzentrierte. Als Jüngste war Mia stets verhätschelt worden, was Angela absolut nichts ausmachte, weil ihre Eltern dadurch beschäftigt gewesen waren und ihr nicht pausenlos hinterherschnüffeln hatten können.

»Wird sie hier bei euch wohnen?«

»Selbstverständlich«, erklärte Rosalie, als verstünde sich das von selbst.

Sam und Rosalie waren der festen Überzeugung, dass ledige Töchter bei ihren Eltern zu leben hatten. Der einzige Grund, aus dem sie Angelas Auszug toleriert hatten, war, dass sie eine so noble Universität wie Harvard besuchte. Als schließlich die Zeit fürs Jurastudium kam, war sie ihren Klauen bereits entronnen.

Für Angela war die Freiheit, die ihr das Studium geschenkt hatte, einer der größten Vorteile der akademischen Bildung.

»Wo sollte deine Schwester sonst wohnen? Wir sind ihre Eltern. Wir haben jede Menge Platz.«

Angela hätte Mia gerne zu sich in ihre Wohnung geholt, aber da gab es nur ein Schlafzimmer, und so groß war das Apartment nun auch wieder nicht, besonders nicht für zwei junge Frauen mit jeder Menge Klamotten. Nicht dass Mias Klamotten der Rede wert gewesen wären. Ihre Schwester lief sowieso am liebsten in Jeans und Turnschuhen rum.

»Wie ich sehe, habt ihr schon alles durchgeplant.«

»Du kannst gerne auch wieder zu uns ziehen, Angie«, sagte Sam. »Du weißt, dass wir uns über nichts mehr freuen würden.«

Lieber würde ich mir sämtliche Zähne ohne Betäubung rausreißen lassen.

»Danke, Dad, aber ich mag meine Wohnung. Sie liegt so günstig, auch zu meinem Büro. Und findest du nicht auch, dass ich allmählich ein bisschen zu alt bin, um noch zu Hause zu wohnen?«

»Sei nicht albern. In Italien leben viele Junggesellen in den

Vierzigern – man nennt sie *mammoni* – noch bei ihren Eltern. So ist das bei den Italienern üblich. Eine Mutter wird es nie müde, ihre Kinder um sich zu haben, selbst wenn sie schon erwachsen sind.« Rosalie tätschelte Angelas Wange. »Du wirst immer meine Kleine bleiben, Angela.«

Angela hielt es für klug, um nicht zu sagen genial, schleunigst das Thema zu wechseln. »Und – wie gefällt dir das Rentnerleben bis jetzt, Dad? Wird's dir schon langweilig?«

Sam zog sich einen Küchenstuhl heran und setzte sich, wobei er verneinend den Kopf schüttelte. »Noch nicht. Aber wenn's mal so weit sein sollte, dann dürfte es mir als Expolizist nicht schwer fallen, irgendwo einen Job als Wachmann zu bekommen. Ich schaue jetzt oft Fernsehen – den Shoppingkanal, weißt du.«

»Sam hat sich einen bildhübschen Morgenmantel aus Chenille gekauft und dazu einen atemberaubenden Seidenpyjama.«

»Wie nett«, sagte Angela matt und fragte sich unwillkürlich, wie sie ihrem Kind die Eigenheiten seines oder ihres Großvaters erklären sollte. Nicht viele Kinder konnten verstehen, dass ein Mann, der gerne Frauenkleider anzog, nicht unbedingt homosexuell oder verrückt sein musste. Na ja, verrückt vielleicht schon. Es war eben ein Fetisch, aber ein ziemlich harmloser.

»In welcher Farbe?«

»Ein leuchtendes Saphirblau. Der Stoff ist leider sehr empfindlich; in die Waschmaschine kann ich den Seidenpyjama nicht tun, werde ihn wohl reinigen lassen müssen.«

»Ich habe heute den Postboten kennen gelernt«, warf Rosalie mit leicht geröteten Wangen ein. »Er meint, ich hätte wunderschöne Haut, eine richtige Pfirsichhaut. War das nicht nett von ihm?«

»Hat er dir Avancen gemacht?«, fragte Sam mit finsterem Gesicht, und Angela konnte sich ein Lächeln nicht verkneifen. Ihre Eltern waren seit über vierzig Jahren verheiratet, und noch immer war ihr Vater eifersüchtig auf andere Männer. Sie fand das richtig niedlich.

Bill war nie eifersüchtig gewesen. Natürlich, jetzt wo sie wusste, dass er in eine andere verliebt gewesen war, wunderte sie das nicht mehr.

»Ich sag dir doch dauernd, was für schöne Haut du hast, oder etwa nicht?« Sam ließ nicht locker, doch offenbar war Rosalie von seinem Kompliment nicht so angetan wie von dem des Postboten.

Angelas Mutter benutzte seit jeher die gleiche Gesichtscreme und hatte tatsächlich eine schöne Haut. Rosalies Haut war, im Gegensatz zu Angelas olivfarbenem Teint, sehr hell, und auch ihr dunkelblondes Haar wies auf eine norditalienische Herkunft hin.

Diese hübschen Wangen glühten im Moment. »Himmel, nein! Mr. Castallano hat mir keine Avancen gemacht. Er wollte bloß nett sein.«

»Castallano, so wie diese Verbrecherbande? *Il mio dio!«* Sam ließ ein paar saftige italienische Flüche vom Stapel. »Als Nächstes erzählst du mir, dass er Verbindungen zur Mafia hat. Ich werde diesen Postboten im Auge behalten. Vielleicht ist er ja im Zeugenschutzprogramm oder so was.«

»Woher soll ich wissen, ob er Verbindungen zur Mafia hat? Ich kenn den Mann doch kaum. Bloß weil wir in Little Italy wohnen, heißt das noch lange nicht, dass jeder hier in der Mafia ist. Du solltest dich schämen, Sam! Deine Eltern – mögen sie in Frieden ruhen – wären außer sich, wenn sie dich so reden hörten. Verallgemeinerungen richten nur Schaden an.«

»Na, dann hab ich mich eben geirrt! *Dio!* Pausenlos machst du aus allem ein Riesendrama, Rosalie. Was wird das hier? Eine bühnenreife Vorstellung? Kann ein Mann denn in diesem Hause nie was sagen, ohne dass er gleich zusammengestaucht wird?« Er erhob sich. »Ich muss gehen und ein paar Bilder aufhängen.«

Er beugte sich vor und gab Angela einen Schmatz auf die

Wange. »Mach dich nicht so rar. Wir sind hergezogen, um in deiner Nähe zu sein, also lass dich gefälligst blicken.«

»Werde ich. Versprochen.«

Sobald Rosalie sicher war, dass ihr Mann außer Hörweite war, beugte sie sich vor und flüsterte in verschwörerischem Ton: »Mr. Castallano ist verdammt attraktiv.«

»Ach, wirklich?« Angela war überrascht, dass ihrer Mutter so etwas überhaupt auffiel, so treu, wie sie Sam war.

Ihre blauen Augen funkelten, als sie begeistert nickte. »Ich finde, er sieht aus wie Cesar Romero. Du weißt schon, dieser verstorbene Schauspieler.«

Angela kam das Bild eines braun gebrannten Mannes mit weißen Haaren und einem strahlenden Lächeln in den Sinn. »Freut mich, wenn du hier ein paar neue Bekanntschaften machst.«

»Hingucken ist doch keine Sünde, oder? Ich bin schließlich noch nicht tot.«

Die Vehemenz, mit der ihre Mutter das sagte, überraschte Angela. »Ich bin mir nicht sicher, ob Dad das genauso sehen würde, Ma. Ich finde es süß, dass er nach all den Jahren noch eifersüchtig ist.«

»Der Weltuntergang steht unmittelbar bevor, Angela. Ich hab viel darüber nachgedacht und …«

Das war nichts Neues. »Und was?«

Rosalie schüttelte den Kopf, doch der Ausdruck auf ihrem Gesicht beunruhigte Angela. »Nichts. Komm. Machen wir mit dem Auskleiden der Regale weiter.«

7

Was ist der Unterschied zwischen einem Anwalt und einem Geier?
Der Geier kriegt keinen Vielfliegerrabatt.

Goldman's hatte sich seit Angelas letztem Besuch enorm rausgemacht. Der Bekleidungsladen lag in der Eastern Avenue, nur einen Katzensprung von Little Italy und ihrem Büro entfernt.

Dank Annie Russo, Teilinhaberin des Ladens, zierte nun Designerkleidung die Schaufensterpuppen in der Auslage. Die abscheulichen Sachen, die es vorher dort zu kaufen gab – zum Beispiel weiße Polyesteranzüge à la *Saturday Night Fever* –, waren durch Modischeres ersetzt worden.

Selbst die Schaufensterpuppen waren neu. Die alten waren bei einer Serie von Einbrüchen gestohlen worden. Annie war es jedoch mit ihrem eisernen Willen gelungen, ihren Vater zu überreden, wieder neue anzuschaffen. Das war gar nicht so leicht gewesen. Sid Goldman hatte es nicht so mit anatomisch korrekten Schaufensterpuppen. Und er gab auch nicht gerne Geld aus. Schließlich jedoch hatte er sich den Wünschen seiner Tochter gebeugt.

In ihrer Anfangszeit in Baltimore hatte Angela nicht oft bei Goldman's eingekauft, da sie sich ihre Sachen lieber im Internet bestellte. Aber jetzt, wo Annie für die Warenbestellungen verantwortlich war und zusätzlich Joe geheiratet hatte, wollte Angela Loyalität beweisen.

Sie kaufte sowieso am liebsten in dem Viertel ein, wo sie lebte und arbeitete, da ihr Geld dort ihrer Meinung nach am besten aufgehoben war.

Annie winkte begeistert und kam mit einem strahlenden Lächeln auf Angela zu, als diese den Laden betrat. Sie hatte zwar wie früher eine Schwäche für ausgefallenere Klamotten – heute war es eine rote Lederhose, ein schwarzer Kaschmirpulli und Pumps mit zwölf Zentimeter hohen Bleistiftabsätzen –, doch immerhin war sie wieder zu ihrer natürlichen dunkelbraunen Haarfarbe zurückgekehrt.

Annie hatte sich damals die Haare je nach Lust und Laune färben lassen – pink, rot, lila, egal. Die derzeitige konservative Farbe war ein Hinweis darauf, dass sie seit ihrer Heirat mit Joe etwas vernünftiger geworden war. Und glücklicher, wie es schien.

»Angela, wie geht's dir so?«, fragte Annie und umarmte sie spontan. »Hab dich seit einer Ewigkeit nicht mehr gesehen. Wo treibst du dich bloß rum?«

Angela musste zu ihrer Schande gestehen, dass sie Annie seit deren Hochzeit nicht mehr getroffen hatte. »Ich weiß, tut mir Leid. Ich hatte viel zu tun, musste meine Anwaltspraxis in Schwung bringen, da blieb kaum Zeit für einen Einkaufsbummel. Aber lass dir versichert sein, dass ich von heute nur noch bei dir einkaufen werde und nicht mehr wie bisher im Internet.«

Annie nickte begeistert. »Brav. Sid wird sich freuen, das zu hören. Obwohl wir jetzt auch eine Website im Internet haben, die recht gut läuft. Du kannst also auch auf diese Weise bestellen, falls du mal keine Zeit hast, im Laden vorbeizukommen. Tess ist fürs Internet verantwortlich.«

»Wie geht's ihr? Wohnt sie noch immer bei deinen Eltern?« Tess Romano war eine der Jugendlichen, die Joe unter seine Fittiche genommen hatte, weil die Eltern des Mädchens, beide Alkoholiker, sich nicht mehr um sie kümmerten.

Angela hatte schon viele großartige junge Menschen kennen gelernt, seit sie im *New Beginnings Crisis Center* arbeitete. Das Center lag gleich neben Goldman's, und sie kümmerte sich in Teilzeit um die juristischen Angelegenheiten dieser

Einrichtung, während Joe die Jugendberatung innehatte. Einige von den Jugendlichen waren mit dem Gesetz in Konflikt geraten, während andere, so wie Tess, von ihren Eltern vernachlässigt und/oder misshandelt worden waren. Sie alle brauchten eine Therapie, noch dringender jedoch Menschen, die sich ihrer annahmen und die sie liebten.

Durch die Erfahrungen, die sie dort sammelte, war ihr klar geworden, was ihre Eltern geleistet hatten. Es war sicher nicht leicht gewesen, zwei junge Mädchen großzuziehen und vor den Fallstricken der Heranwachsenden zu bewahren. Nein, Mutter und Vater zu sein war wahrhaftig nicht leicht. Angela hoffte inständig, dass sie ihre Sache wenigstens fast so gut wie Sam und Rosalie machte.

»Ja, sie liebt die beiden abgöttisch«, antwortete Annie. »Und Mama ist im siebten Himmel. Gina hat nichts lieber als eine Tochter, die sie rumkommandieren kann, und Sid ist ganz verrückt nach dem Mädel. Tess hat Papa total um den Finger gewickelt. Wenn sie mal einen Tag freihaben will, kriegt sie ihn sofort, während ich beim selben Ansinnen schier erwürgt werde und am Ende ein schlechtes Gewissen habe.« Sie verdrehte die Augen. »Die lieben Eltern!«

Angela lachte. »Dazu kann ich nur Amen sagen. Ich war gerade bei meiner Mutter und hab ihr geholfen, die Küchenschränke mit Wachspapier auszukleiden, ist das zu fassen? Sie ist und bleibt in mancher Hinsicht schrecklich altmodisch.«

»Joe hat mir erzählt, dass deine Eltern erst kürzlich wieder von Boston hierher gezogen sind. Was hältst du davon?«

»Na, was schon? Ich finde mich damit ab. Nachdem ich sowieso nichts dagegen tun kann, kann ich mich ebenso gut freuen, dass sie da sind. Du kennst das ja.«

»Und ob.«

»Wie geht's deiner Kusine? Jetzt, wo du und Tess ausgezogen seid, muss sich Donna ziemlich allein fühlen.«

»Donna hat jetzt ein eigenes Apartment und sogar einen Job, ob du's glaubst oder nicht. Sie arbeitet bei Santini's, in der Metzgerei.« Annies Grinsen spiegelte Genugtuung. »Es gibt doch noch so etwas wie ausgleichende Gerechtigkeit.«

Angela nahm die Neuigkeiten verblüfft auf. Donna Wiseman war das Gegenteil von ehrgeizig. Tatsächlich hatte sie noch keinen einzigen Tag ihres Lebens arbeiten müssen. »Freut mich zu hören, dass Donna sich auf eigene Füße gestellt hat. Ich frage mich, wie sie und Lou miteinander auskommen.«

»Na, wie Feuer und Wasser. Und Nina Santini ist stinksauer, weil ihr Sohn Donna ohne sie zu fragen eingestellt hat. Sie macht Donna das Leben zur Hölle.« Wieder grinste Annie. »He, was soll ich sagen? Rache ist süß.«

»Hmmmm. Scheint, als sollte ich demnächst mal beim Metzger vorbeischauen.«

»Und wie läuft Marys Sorgerechtsfall?«, erkundigte sich Annie. »Erwartest du irgendwelche Schwierigkeiten? Das will ich nicht hoffen, denn es würde Mary und Dan umbringen, wenn sie Matt verlieren.«

Angela, die Johns verabscheuungswürdiges Verhalten bei der Anhörung noch nicht vergessen hatte, presste die Lippen aufeinander. »Bloß mit dem Anwalt der Gegenpartei. Kennst du John Franco?«

Annie verzog angewidert das Gesicht. »Ja, wir waren mal kurz zusammen. Ungefähr in der Steinzeit«, sagte sie, und Angela machte große Augen. »Ich war zutiefst enttäuscht, als Joe mir erzählt hat, dass John dieses Luder Sharon Gallagher vertritt. Das Weib richtet nur Schaden an. Wie kann er das tun? Um Himmels willen, Mary ist seine Kusine!«

»Du solltest nicht zu hart über ihn urteilen, Annie. Ich vermute, dass John ... äh, Mr. Franco, in der Sache keine Wahl hatte. Sein Partner wurde eben erst aus dem Krankenhaus entlassen, und Charles Rothburg war schon, bevor John den Fall übernehmen musste, Klient der Kanzlei. Ich nehme stark an, dass ihm die Hände gebunden sind.«

»Ich kann nicht glauben, dass du ihn auch noch verteidigst.

Wenn dich meine Schwiegermutter so reden hörte, würde sie dich sofort von dem Podest stoßen, auf das sie dich gestellt hat.« Ein schelmisches Lächeln umspielte Annies Lippen. »Ich könnte versucht sein, es ihr zu sagen. Sophia wollte unbedingt, dass du Joe heiratest. Immerhin bist du Anwältin, Italienerin und katholisch – die goldene Dreifaltigkeit, das Triumvirat, der Traum einer jeden Italo-Mama.«

»Ich verteidige John Franco doch gar nicht.« Na ja, vielleicht ein bisschen. Aber der arme Mann wurde von allen Seiten attackiert. Und obwohl sie nicht in eine Familienfehde geraten wollte, so konnte sie ebenso wenig daneben stehen und zusehen, wie ihn die eigene Familie verurteilte.

»Ich versuche nur, beide Seiten zu sehen. Das ist als Anwältin schließlich meine Aufgabe. Ich darf keine vorschnellen Schlüsse ziehen. Zumindest muss ich es versuchen.

Außerdem wette ich, dass Sophia inzwischen klar geworden ist, dass du die bessere Wahl für Joe bist. Man muss euch doch nur ansehen, um zu merken, wie perfekt ihr zueinander passt und wie glücklich ihr seid.«

»Falls du glaubst, Sophia würde das je zugeben, dann bist du nicht von dieser Welt. Ich glaube, sie lauert nur darauf, dass Joe wieder zu Verstand kommt und in den Schoß der Mutter Kirche zurückkehrt«, sagte Annie und spähte dabei über Angelas Schulter auf den Mann, der soeben den Laden betrat. Ihre Augen weiteten sich bewundernd.

»John ist süß, nicht? Also, der Kerl hat einen Body, dass … na ja, als glücklich verheiratete Frau enthalte ich mich jedes weiteren Kommentars, aber er ist ziemlich beeindruckend.«

Angela, die noch nicht gemerkt hatte, dass der Gegenstand ihres Gesprächs just in diesem Moment näher kam, nickte ahnungslos. »Ja, er ist der reinste Hingucker. Aber das soll mich nicht bekümmern. Für mich zählt nur der Gallagher-Fall. Den will ich um jeden Preis gewinnen.« Und eine Ablenkung wie den schönen John konnte sie wahrhaftig nicht gebrauchen.

»So was höre ich gern! Ich hoffe, dass du es ihnen ordentlich zeigst. Die ganze Familie steht hinter dir, und das ist nicht zu verachten. John dagegen hat weniger Glück.«

»Weniger Glück? Inwiefern?«, fragte er und tauchte neben Angela auf, ein Lächeln auf dem Gesicht, das so umwerfend sexy war, dass sich Letzterer schier die Zehen kringelten.

Wir sind nur Freunde, Angela!, ermahnte sie sich streng.

»Schön, dass wir uns schon wieder treffen, Angela«, sagte er mit seiner tiefen, sonoren Stimme, die ihr, trotz ihrer festen Vorsätze, seine unübersehbaren Attribute zu ignorieren, ein Kribbeln den Rücken hinunterrennen ließ.

»Na, ihr zwei kennt euch sowieso.«

Annies Augen, die die beiden wortlos neugierig musterten, nahmen einen spekulativen Glanz an, was Angela höchst nervös machte. Sie wollte nicht, dass ihre Freundin mehr in diese Bekanntschaft hineininterpretierte, als es gab.

»Einmal abgesehen vom Gericht, scheinen Angela und ich uns andauernd zufällig über den Weg zu laufen.«

»Ist wohl Schicksal.«

Angela, der Annies Bemerkung schrecklich peinlich war, sagte hastig: »Okay, ich muss jetzt zurück ins Büro. Hab furchtbar viel zu tun. Aber es war schön, dich zu sehen, Annie. Wir sollten uns mal demnächst zum Lunch treffen.«

»Du willst schon gehen? Aber du hast doch noch gar nichts gekauft!«, protestierte Annie. »Dabei habe ich gerade eine Sendung toller Wollmäntel reingekriegt.«

»Ein andermal. Ich wollte hauptsächlich dich besuchen. Ich laufe nur noch schnell rüber und begrüße Joe. Ich muss noch ein paar Sachen mit ihm besprechen.« Wie zum Beispiel ihre Schwangerschaft. Als ihr Arbeitgeber und Freund hatte er ein Recht, es zu erfahren.

»Was bist du? Die Familienanwältin der Russos?«, erkundigte sich John mit einem amüsierten Zwinkern.

Angela lächelte. »So was Ähnliches.« Dann drehte sie sich um und verschwand.

»Wieso glaubst du, hat es Angela plötzlich so eilig?«, wollte Annie wissen. »Du scheinst sie total aus der Fassung gebracht zu haben.«

John zuckte die Schultern. »Was weiß ich? Vielleicht ist sie mir gram wegen des Zeugenverhörs heute. Bin ein bisschen grob mit ihren Experten umgesprungen. Aber das ist schließlich mein Job.«

»Ich bin stocksauer auf dich, John Franco. Und du weißt genau, warum.«

Das wusste er, aber er hatte keine Lust, sich zweimal am selben Tag eine Strafpredigt anzuhören. Eine reichte. Ungerührt von seinem Schnauben, fuhr Annie fort: »Du sollst lediglich wissen, wie sehr es mich enttäuscht, dass du dich gegen meine beste Freundin stellst, die zufällig auch meine Schwägerin und deine Kusine ist. Ich bin wütend und fühle mich verraten, und ich bin nicht die Einzige.«

John seufzte und fuhr sich unwillig durch die Haare. »Sophia und Flora haben mir bereits die Ehre gegeben. Sie wollen mir einen Fluch an den Hals hängen.«

Annie strahlte vor Entzücken. »Du steckst ganz schön in der Tinte, Franco. Tust mir fast Leid. Aber du hast dich selbst da reingeritten, also verkneif ich's mir.«

»Tja, das ist Ansichtssache. Also, was ist – bist du zu sauer, um mich zu bedienen? Ich bräuchte nämlich ein paar neue Anzüge. Peter sagt, ich solle dich bitten, mir bei der Wahl zu helfen.«

»Was für Anzüge willst du denn?«, fragte sie mit einem sichtlichen Mangel an Begeisterung.

»Na ja, fangen wir mal mit einem Büßerhemd an, und dann sehen wir weiter.«

»Angela hat mich gebeten, nicht zu hart über dich zu urteilen, John, aber das fällt mir verdammt schwer. Ich berate dich nur, weil du ein gut zahlender Kunde bist und weil mir keine Ausrede einfällt, was ich meinem Vater sagen sollte, wenn ich dich nicht bediene. Aber erwarte nicht, dass ich vergesse, dass du jetzt der Feind bist.«

»Angela hat mich verteidigt?« John zog erfreut die Braue hoch. »Interessant.«

»Dann ist dir also schon aufgefallen, dass sich unter diesen konservativen Kostümen und braven Halbschuhen ein Knüller versteckt, was? Du bist nicht so dumm, wie du aussiehst, Franco.«

»Scheint so. Mir ist ja auch damals gleich aufgefallen, dass du ein kluges, einfühlsames Ding warst, trotz deiner Madonna-Aufmachung und der furchtbaren Haare.«

»Warst immer schon ein Süßholzraspler. Aber du solltest deinen Charme an jemanden verschwenden, der ihn zu schätzen weiß. Du könntest es weit schlechter treffen als Angela DeNero. Hast du wohl schon, schätze ich.«

Annies dreckiges Grinsen brachte John auf die Palme. Zur Hölle mit Peter und seinem großen Mundwerk! Peter hatte ihr anscheinend von Danielle erzählt. »Ich will gar nichts Festes. Mir gefällt mein Leben, so wie es ist – unkompliziert.« Und das mit Angela brächte derzeit nichts als Komplikationen.

»Ja, das sagen alle Männer, bis sie Amors Pfeil trifft, wenn sie's am allerwenigsten erwarten.«

»Und – ist das meinem Cousin passiert?«

Annie schüttelte den Kopf. »Nein, dass Vater Joe den Priesterrock an den Nagel gehängt hat, nehme ich ganz allein auf meine Kappe, recht herzlichen Dank.«

Johns Blick huschte über Annies umwerfende Figur, ihr ebenmäßiges Gesicht und ihr freches Lächeln. Joe, der arme Mensch, hatte nicht den Hauch einer Chance gehabt.

»Ach nein, wenn das nicht der verlorene Sohn ist, der da auf meiner Türschwelle steht! Du weißt ganz genau, wie du deiner Mutter das Herz brechen kannst, nicht wahr?«

Ein mühsames Lächeln auf dem Gesicht, betrat John die Schnellreinigung seiner Eltern. Er war fest entschlossen, freundlich zu bleiben, egal ob es ihn umbrachte. Als er sah, wie sich die Lippen seiner Mutter zu einem dünnen Strich zusammenpressten, wusste er, dass sein Ableben in Reichweite war.

»Hallo, Mom«, sagte er und legte seine weißen Anzughemden auf die Theke. »Leicht gestärkt, so wie immer, bitte.«

»Leicht gestärkt?« Adele Franco riss fassungslos die Augen auf. »Leicht gestärkt? Du richtest verheerenden Schaden in der Nachbarschaft und in unserem Leben an, und alles, was du sagen kannst, ist ›leicht gestärkt‹? Ich bin verflucht unter den Weibern!« Sie bekreuzigte sich, obwohl John wusste, dass seine Mutter seit über dreißig Jahren keinen Fuß mehr in eine Kirche gesetzt hatte. Nicht seit ihr »heiliger« Bruder an Lungenentzündung gestorben war. Sie hatte Gott die Schuld an Onkel Phils viel zu frühem Tod zugeschoben. Und nachdem Peter sich »geoutet« hatte, wurde dies ebenfalls dem Herrn aufs Konto geschrieben.

»Ich nehme an, du hast es von Tante Sophia erfahren?« Er fürchtete sich fast vor der Antwort. Sophia liebte nichts mehr, als jede Menge Wirbel zu machen. Das war ihr Lebensinhalt.

»Natürlich habe ich's von ihr gehört. Oder glaubst du vielleicht, Sophia Russo würde über so etwas Wichtiges den Mund halten? Glaubst du, sie würde sich die Gelegenheit entgehen lassen, mir unter die Nase zu reiben, dass mein Sohn in den Skandal des Jahrhunderts verwickelt ist? Sie hat mir die Ohren voll gegreint, das sage ich dir. Was hast du dir bloß dabei gedacht? Hast du den Verstand verloren?«

John bemühte sich, nicht die Beherrschung zu verlieren. Er wusste aus Erfahrung, dass es sinnlos, um nicht zu sagen höllisch frustrierend war, mit seiner Mutter streiten zu wollen. Sie behielt sowieso immer das letzte Wort. »Nein, mein Verstand ist noch genau da, wo er sein soll. Wo ist Dad?«

»Liefert ein paar Hemden aus. Er wird bald wieder da sein. Wieso? Glaubst du womöglich, er schlägt sich auf deine Seite? Das kannst du vergessen.« Sie schob sich erzürnt die ergrauten Locken aus dem Gesicht. Adele Franco war jetzt vierundsechzig, und man merkte es ihr an. Tiefe Linien hatten sich um Mund und Nase eingegraben, was sie verkniffen und runzlig aussehen ließ – wie eine getrocknete Pflaume, bloß leider nicht so süß.

John hatte keinerlei Zweifel, dass Robert Franco zu seiner Frau hielt. So war es Johns ganzes Leben lang gewesen, wieso sollte es jetzt anders sein? »Ich habe es satt, mich pausenlos zu verteidigen, Mom. Du wirst mir eben einfach glauben müssen, dass ich nur das tue, was ich tun muss, und es dabei belassen.«

In diesem Moment bimmelte die Ladenglocke. Seine Mutter schluckte herunter, was ihr auf der Zunge lag, und begrüßte den weißhaarigen alten Herrn, der soeben eintrat. »Hallo, Mr. Fabrizio. Schön, Sie wieder zu sehen. Was macht die Arthritis?«

»Tut verdammt weh, aber ich atme noch, also kann ich mich nicht beschweren. Ich hab einen Fleck auf meinem neuen Anzug. Kriegen Sie das hin?« Er legte das Kleidungsstück auf die Theke neben Johns Hemden.

»Sicher kriegen wir das hin. Schließlich haben wir schon dreißig Jahre Erfahrung in der Entfernung von Flecken. Sie werden sehen, er ist bald so gut wie neu.« Sie schrieb etwas auf einen Zettel und reichte ihn dem Mann. »Kennen Sie meinen Sohn, Mr. Fabrizio? John ist unser Zweitältester.«

Der alte Mann wandte sich zur Seite und starrte John aus rotgeränderten, wässrigen Augen an, die sich unwillkürlich zu Schlitzen verengten. »Sind Sie der Arzt?«

John schüttelte den Kopf. »Nein, Sir. Ich bin der Anwalt.«

Mr. Fabrizio ließ sich das ein paar Sekunden durch den Kopf gehen, dann sagte er: »Wie nennt man es, wenn fünftausend tote Anwälte auf dem Meeresgrund liegen?« Er legte eine wirkungsvolle Pause ein. »Einen guten Anfang.« Zufrieden vor sich hinkichernd, tippte er sich an den Hut und verschwand.

»Hahaha.« John blickte dem alten Kauz kopfschüttelnd nach. »Als ob ich den nicht schon tausendmal gehört hätte.«

»Die Leute mögen eben keine Anwälte. Sie halten sie für Gauner und Betrüger.«

»Manche sind es auch, so wie manche Ärzte es verdienen, wegen Pfusch vor Gericht gestellt zu werden«, meinte er. »Jeder Beruf hat seine schwarzen Schafe.«

Adele ignorierte die Spitze auf den geheiligten Stand der Ärzte. »Michael, Linda und die Kinder kommen heute zum Abendessen. Willst du auch kommen? Ich mache Tortellini.«

Er schüttelte den Kopf. »Hab zu viel Arbeit.« Das war zumindest nicht ganz gelogen. »Ein andermal, okay?«

»Das sagst du ständig. Aber nie besuchst du deine Mutter zu Hause. Ich sehe dich nur, wenn du deine Hemden in der Reinigung ablieferst.«

»Mit Mike, Linda und den drei Kindern hast du doch das Haus voll genug, da vermisst mich garantiert keiner.« Außer vielleicht als Zielscheibe für Sticheleien.

»Er zeigt uns die Dias vom letzten Italienurlaub mit der Familie. Dein Bruder macht so herrliche Reisen. Die hat er auch verdient. Er arbeitet so hart, rettet so vielen Menschen das Leben. Ein Mann sollte die Früchte seiner Arbeit genießen.«

»Oh, tut mir das Leid, dass mir das entgeht.« *Würg*. »Tja, ich gehe dann wohl besser.«

»Wieso so schnell? Wir haben doch kaum ein paar Worte gewechselt. Wie geht's deinem anderen Bruder? Ist er noch mit diesem Mann zusammen?«

»Pete geht's sehr gut. Er scheint sehr glücklich mit Eric zu sein, der übrigens ein fantastischer Koch ist. Ich war kürzlich dort zum Abendessen eingeladen. Du solltest sehen, was sie aus ihrer Wohnung gemacht haben, Mom. Sieht wirklich toll aus. Pete würde es unheimlich freuen, wenn du ihn mal besuchst.«

Adele schüttelte entsetzt über diese Vorstellung den Kopf.

»Mein Sohn lebt in Sünde. Wie kannst du von mir verlangen, bei ihm vorbeizuschauen und dieses Verhältnis gutzuheißen?«

»Weil er dein Sohn ist und dich liebt.«

»Peter ist eine solche Enttäuschung. Ich weiß nicht, womit ich das verdient habe. Ich habe euch Kindern alles gegeben, war euch stets eine gute Mutter. Wie konnte es ihm bloß einfallen, homosexuell zu werden?«

»Ich glaube kaum, dass ihm das einfach so ›eingefallen‹ ist, Mom.«

»Die ganze Nachbarschaft zerreißt sich deswegen das Maul. Ich kann meinen Kopf nicht mehr hochhalten. Du solltest mal sehen, wie Nina Santini mich anschaut, wenn ich ihre Metzgerei betrete. Als ob es allein meine Schuld wäre, dass mein Sohn abnorm geworden ist.«

John hasste es, wenn sie so redete. Mühsam wahrte er die Beherrschung. »Wenn du Pete wirklich liebst, nimmst du ihn, wie er ist. Er liebt dich doch, Mom. Wieso kannst du nicht ein bisschen verständnisvoller sein?«

Adele wirkte tatsächlich ein wenig zerknirscht. »Selbst wenn ich wollte, dein Vater würde es nie zulassen. Es ist eine Sache, Peter zu uns nach Hause einzuladen, aber zu ihm zu gehen und zu sehen, wie er mit diesem Mann zusammenlebt ... Das bricht einer Mutter das Herz. Wenn du mal Kinder hast, wirst du das verstehen.«

»Dann tust du mir Leid, Mom, denn du wirst deinen jüngsten Sohn verlieren. Lass es nicht darauf ankommen, denn wenn Pete sich zwischen dir und dem Mann, den er liebt, entscheiden muss, wirst du auf jeden Fall den Kürzeren ziehen.«

»Was weißt du schon davon, Johnny? Natürlich stellst du dich auf die Seite deines Bruders. So war das ja von jeher.«

»Ich habe Pete sehr gern. Und ich werde mein Gefühl nicht ausknipsen, bloß weil er schwul ist.«

»Und das sagt ein Mann, der sein eigen Fleisch und Blut in aller Öffentlichkeit verrät?«

»Ja, genau, Mom. Aber ich bin zumindest gezwungen, mich gegen meine Kusine zu stellen. Und was ist deine Entschuldigung dafür, dich von deinem eigenen Sohn abzuwenden?«

8

Was kommt raus, wenn man einen Anwalt mit einem Anwalt kreuzt? Gar nichts. Manche Dinge lässt nicht mal die Natur zu.

»Ich bereue es, dass ich mich von dir dazu habe breitschlagen lassen«, flüsterte Angela Wanda zu, die neben ihr in der Schlange stand. Sie warteten drauf, sich ihre Namensschildchen für das alljährliche Dinner der Anwaltskammer von Maryland aushändigen zu lassen. Angela graute es. »Ich hasse solche Veranstaltungen.« Wegen ihrer Schwangerschaft durfte sie nicht mal Alkohol trinken, um ihre Nervosität zu überspielen.

Allein die Vorstellung, sich all diese gähnend langweiligen Reden stocknüchtern anhören zu müssen, genügte, um einen Anfall von Katatonie auszulösen!

»Die sind nun mal ein notwendiges Übel, wenn man beruflich weiterkommen will«, bemerkte Wanda weise. »Also, lächle und tu so, als amüsierst du dich. Und streck die Brust raus, kann nie schaden. Du siehst übrigens umwerfend aus. Ich bin mir fast sicher, dass du heute Abend die Aufmerksamkeit irgendeines atemberaubend gut aussehenden Anwalts erregen wirst. Ich spür's in meinen Knochen.«

Die Aufmerksamkeit eines atemberaubend gut aussehenden Anwalts habe ich bereits erregt, dachte Angela zerknirscht. John hatte gestern Abend angerufen, um sie zu diesem Dinner einzuladen, doch sie hatte abgelehnt.

Charles Rothburg, der neu gewählte Vizepräsident der Anwaltskammer, würde heute Abend auch hier sein, und sie wollte ihm keinen Vorwand bieten, sie vor Gericht in Misskredit zu bringen. Ihre Freundschaft mit John gäbe bloß Anlass für Spekulationen, und das wollte sie um jeden Preis vermeiden.

John war von ihrer Absage sehr enttäuscht gewesen, was ihr angeschlagenes Ego aus irgendeinem lächerlichen Grund, den näher zu betrachten sie weder den Mut noch die Lust hatte, beträchtlich aufpolsterte. Sie hatten über eine Stunde lang miteinander telefoniert, über alles und nichts geredet, so wie Freunde das eben tun, und sie hatte gemerkt, dass es ihr Freude machte, mit ihm zu plaudern.

»Ach, geh mir bloß mit deinem Voodoo, Wanda. Ich fühle gar nichts, außer dass ich hundemüde bin. Ich hätte nie so hohe Absätze anziehen sollen; meine Füße bringen mich um. Und mein Kleid ist auch zu kurz, finde ich.« Das schwarze Schlauchkleid stand ihr zwar sehr gut, war aber vermutlich degoutant kurz und wahrscheinlich auch zu eng, obwohl man ihr momentan von dem »glücklichen Ereignis« noch nichts ansah.

Aber bald. Und dann müsste sie sich Umstandskleidung zulegen. Doch sie hatte sich fest vorgenommen, nichts zu kaufen, was plissiert war oder was irgendwelche Schleifchen schmückten. Man musste schließlich nicht wie ein mutiertes Baby aussehen, bloß weil man schwanger war.

Wanda warf ihr einen ungläubigen Blick zu. »Schätzchen, wenn ich solche Beine hätte, würde ich mir um die Rocklänge am allerwenigsten Sorgen machen. Freu dich lieber, dass du Beine zum Herzeigen hast. Ich bin der Meinung, dass eine Frau ihre Vorzüge so vorteilhaft wie nur möglich zur Schau stellen sollte.« Wanda wies auf ihren üppigen Busen. »Na, ist das vielleicht ein Dekolleté? Damit hat mir so schnell keine was voraus. Und deines ist auch nicht übel.«

»Das sagst du doch nur, damit ich nicht sauer auf dich bin, weil du mich hergeschleppt hast. Und wieso sollte mir jemand nur die geringste Aufmerksamkeit schenken, wenn du daneben stehst? Du bist die personifizierte Erotik. Dieser Leopardenanzug steht dir einfach fantastisch.«

Seufzend überlegte Angela, dass sie selbst wohl nie den Mut aufbrächte, sich in Leopardenprint zu stürzen. »Ich bin wohl zu konservativ. Das Einzige, was mir einfällt, ist das klassische kleine Schwarze, und daran wird sich wohl nie was ändern.«

»Das liegt daran, weil du nicht gern im Vordergrund stehst, Schätzchen. Du solltest dich ein bisschen mehr trauen. Könnte deinem Selbstbewusstsein nicht schaden.«

Angela schluckte schwer, als sie das hörte. Und gerade weil es stimmte, war es ihr ziemlich unangenehm. Nein, sie hatte es nie gemocht, im Mittelpunkt zu stehen. Außer vor Gericht, vor einer Jury. Dann wurde sie zu einem weiblichen Matlock und war nicht mehr zu bremsen.

»Mein Selbstbewusstsein ist völlig intakt. Wie kommst du bloß auf diese Idee?« Wirkte sie etwa wie ein erbärmliches Häuflein Elend, ein hilfloses, unsicheres Wesen?

»Das war absolut nicht als Kritik gemeint, Angela. Ich will damit bloß sagen, dass, wenn mir mein Verlobter in der Weise abhanden gekommen wäre, mein Selbstbewusstsein leicht beschädigt wäre. Doch dazu hast du keinen Grund. Dieser Riesenidiot hat dir glatt einen Gefallen getan. Du findest noch den Richtigen, und zwar einen Besseren, wirst schon sehen.«

Angela rollte die Augen gen Himmel. »Wanda, du hörst dich ja schon an wie meine Mutter! Und das ist übel, lass dir das gesagt sein. Wieso glaubt nur jeder, dass eine Frau unbedingt einen Mann braucht? Gerade du solltest lieber die Klappe halten. Hast du mir nicht erst neulich gesagt, dass Kyle Stevens eure Beziehung für deinen Geschmack allmählich ein bisschen zu ernst nimmt?«

Bei der Erwähnung von Kyle breitete sich ein Ausdruck tiefster Zufriedenheit auf Wandas Gesicht aus. »Doch. Aber der Typ ist unglaublich gut im Bett. Seine Hände, seine Küsse – die reinste Magie, sage ich dir. Allein schon deshalb sollte ich ihn heiraten.«

»Wieso hat dich dann Kyle nicht begleitet?«

»Kyle kommt später, wenn der langweilige Teil vorbei ist, und bevor sie mit dem Tanzen anfangen. Den Fraß hier und das langweilige Gedöns wollte ich ihm ersparen.«

»Ich frage mich, was sie uns wohl vorsetzen werden.«

»Rinderbraten. Bei solchen Veranstaltungen gibt's traditionsgemäß Rinderbraten. Rinderbraten oder Hähnchenbrust. Meiner Ansicht nach war jeder Hotelkoch irgendwann mal Schiffskoch bei der Marine, deshalb diese Folter.«

In diesem Moment tauchte ein Mitarbeiter der Anwaltskammer auf und führte sie an ihren Tisch. Er schien Anfang, Mitte zwanzig zu sein; Angela hielt ihn für einen Jurastudenten.

Der runde Tisch war für sechs Personen gedeckt und befand sich ziemlich genau in der Mitte des Ballsaals des Radisson Hotels. Sie waren die Ersten, die dort Platz nahmen. Über ihnen hingen etliche Kristalllüster, die den großen Raum in gedämpftes Licht tauchten. Auf der Bühne stand ein Mann und testete das Mikrofon, das ein durchdringendes Pfeifen von sich gab, als er darauf klopfte. Wanda legte ihre Handtasche auf den Stuhl neben sich, um den Platz für Kyle zu besetzen.

»Ich hoffe, man setzt uns nicht irgendeinen alten Knacker an den Tisch, der uns Vorträge über das Rechtssystem hält und wie es heutzutage vor die Hunde geht«, sagte Angela. »Oder noch schlimmer, irgendeinen Schönling, der sich für Gottes Geschenk an die Frauen hält.«

»Apropos Schönling«, stieß Wanda fast atemlos hervor, »schau mal, wer da auf uns zukommt. Also, das ist ein Mann, der sich zu kleiden versteht. Heiliger Strohsack! Meine Drüsen spielen verrückt.«

Angela, der Übles schwante, schloss unwillkürlich die Augen. Sie wollte gar nicht hinsehen, brauchte es auch nicht; so wie die Luft auf einmal um sie herum knisterte, konnte sie sich denken, was – oder wer! – Wanda die Pfützchen im

Mund verursachte. Aber um ganz sicher zu gehen, öffnete sie vorsichtig ein Auge und hielt prompt die Luft an. John. John in einem Smoking. Er strahlte sie auf eine Weise an, dass ihr fast das Herz stehen blieb.

»Du siehst blendend aus, Angela. Ich hoffe, du hast nichts dagegen, dass wir zusammensitzen«, sagte er und zog sich ohne weiteres den Stuhl neben ihr heran. Offenbar ging er davon aus, dass sie ohne männlichen Begleiter gekommen war. Was ja auch stimmte. Trotzdem – fragen hätte er schon können, ob der Stuhl nicht besetzt war.

Sicher war er nur aus Mitleid hier, hielt sie für ein erbärmliches Häufchen Elend. Wahrscheinlich hatte er sie deshalb überhaupt erst einladen wollen. Aus Mitleid. Umso besser, dass sie nein gesagt hatte. Jetzt war sie doppelt froh darüber.

Bloß weil sie ledig und schwanger war – na ja, vielleicht war sie wirklich ein erbärmliches Häufchen Elend, aber …

Angela wollte gerade etwas sagen, als Wanda sich, die makellosen Beißerchen blitzend, an den »Schönling« wandte: »Ich bin Wanda Washington. Angela und ich teilen uns die Büroräume. Nett, Sie kennen zu lernen, John.«

»Angela hat gar nicht erwähnt, dass sie einen Partner hat. Welches Recht praktizieren Sie?«

»Ach, wir sind keine Partner. Wir teilen uns bloß die Kosten für die Räume und helfen uns gelegentlich bei dem einen oder anderen Fall aus. Mein Spezialgebiet ist Diskriminierung am Arbeitsplatz.«

»Interessant«, sagte er.

Zwei Anwälte, die Angela noch nie zuvor gesehen hatte, setzten sich in diesem Moment an ihren Tisch, und so konnte sie John für den Moment ignorieren und sich mit den Neuankömmlingen über so Interessantes wie das Wetter und rechtliche Themen unterhalten. Doch sie konnte nichts gegen die seltsame, fast magnetische Anziehung tun, die sie dazu zwang, ihre Aufmerksamkeit bald wieder dem gut aussehenden Mann an ihrer Seite zuzuwenden.

Er sah echt atemberaubend aus. Diese tiefblauen Augen hätten einen Gletscher zum Schmelzen bringen können.

Zu schade, dass die Dinge lagen, wie sie lagen. Selbst wenn sie nicht schwanger gewesen wäre, stünde der Sorgerechtsfall zwischen ihnen. Manche Dinge sollten halt einfach nicht sein.

John und Wanda unterhielten sich immer noch angeregt, und Angela lehnte sich zurück, um die Resonanz seiner tiefen, klaren Stimme zu genießen. Soeben gab er seiner Meinung zu einer kürzlich gefällten Entscheidung des Obersten Gerichts Ausdruck. Wirklich eine sehr angenehme Stimme, so stark und klar. Sie hatte keinen Zweifel, dass er sie vor Gericht zu seinem Vorteil nutzte. Oder wenn er einer Frau süße Nichtigkeiten ins Ohr flüsterte?

Klappe, DeNero! Klappe!

Wanda griff nach der Weinflasche, die der Kellner soeben auf ihren Tisch gestellt hatte, und begann jedermanns Gläser zu füllen. »Greifen wir ordentlich zu«, sagte sie. »Immerhin zahlen wir ja eine Menge dafür. Ist es zu fassen, dass die Anwaltskammer glatte fünfzig Dollar pro Nase für *das* hier verlangt? Die müssen doch tatsächlich glauben, dass wir von unserem Beruf leben können.«

Angela deckte ihr Glas mit der Hand zu, als Wanda Anstalten machte, ihr einzuschenken. »Für mich nichts, danke. Ich … äh … ich bin auf Diät.« Sie warf John einen flehentlichen Blick zu, der sofort verstand.

»Ja, Wein hat furchtbar viele Kalorien. Das kann dir niemand verübeln, dass du keinen willst.«

»Wie bitte? Aber du liebst doch Zinfandel. Jetzt komm schon, Angela. Bloß ein Glas. So dick macht Wein nun auch wieder nicht, und er hilft dir, dich zu entspannen. Du bist schon den ganzen Abend so nervös.«

»Ich brauche keine Entspannung. Und Wein ebenso wenig.« Warum ließ Wanda sie nicht in Ruhe?

»Also, da bin ich anderer Meinung. Jetzt sei ein braves Mädchen und hör auf Doktor Washington.«

»Lassen Sie es lieber, Wanda. Ich glaube nicht, dass Angela momentan Wein mag«, versuchte John die Situation zu retten.

»Sicher mag sie.«

Angela, die über die Begriffsstutzigkeit ihrer Freundin langsam ärgerlich wurde, holte tief Luft und stieß hervor: »Mir geht's nicht so gut. Entschuldigt mich bitte.« Damit erhob sie sich.

John erhob sich ebenfalls, einen zutiefst besorgten Ausdruck auf dem Gesicht. »Brauchst du Hilfe?«

»Nein! Nein, danke.« Sie war ihm zwar dankbar für seine Unterstützung, hätte aber gleichzeitig vor Scham im Boden versinken können. Immerhin war dies das zweite Mal, dass ihr in seiner Gegenwart schlecht wurde. »Es geht schon.«

John starrte Angela nach, dann wandte er sich Wanda zu, die die überstürzte Flucht ihrer Freundin mit einem ratlosen Blick verfolgte. »Vielleicht sollten Sie ihr nachgehen, Wanda. Angela könnte eine Grippe haben oder so was.«

»Das hat sie neulich auch schon gesagt.« Ein misstrauischer Ausdruck trat in Wandas Augen. »Ja, vielleicht sollte ich wirklich mal nach dem Rechten sehen. Bestellen Sie ruhig noch eine Flasche Wein, John. Angela und ich sind gleich wieder da.«

Wanda fand Angela im Vorraum der Damentoilette. Sie saß auf einem Hocker vor dem Spiegel, bleich wie der Tod. Wanda stellte sich erschrocken hinter sie. »Schätzchen, du bist ja tatsächlich krank. Ich bringe dich sofort nach Hause.«

Angela schüttelte den Kopf. »Ich hab mich schon mal besser gefühlt, ja, aber als du mit dem Wein kamst, da ...«

Wanda setzte sich neben Angela und ergriff ihre kalte, klamme Hand. »Ich bin leicht verwirrt, Schätzchen, weil ich nicht glauben kann, dass du eine Grippe hast. Und wenn ich mir deinen dürren Hintern so betrachte, kann ich mir auch nicht vorstellen, dass du auf Diät bist. Also bleiben nur noch zwei Möglichkeiten: Du hast irgendeine unheilbare Krankheit, oder du bist ...«

»Schwanger. Ich wollte es dir sagen, Wanda, aber ich musste erst mal selbst mit dem Gedanken klarkommen.«

Die dunklen Augen ihrer Freundin waren voller Mitgefühl und Verständnis. »Also deshalb wolltest du keinen Wein? Teufel aber auch, Mädel, ich gratuliere dir!« Wanda packte Angela und zog sie an ihren üppigen Busen. »Wie lange schleppst du dieses Geheimnis denn schon mit dir rum?«

»Ach, ein, zwei Wochen. Zuerst war ich mir nicht sicher. Dachte wirklich, ich hätte so was wie Grippe. Aber als es nicht besser wurde, habe ich mir einen von diesen Schwangerschaftstests gekauft, und das Ergebnis hat meine Befürchtungen bestätigt.«

»Warst du schon beim Gynäkologen?«

»Ich hab Montag früh einen Termin.«

»Gut. Du musst viel Vitamine nehmen, jede Menge Milch trinken und besser auf dich achten als bisher. Um wie viel Uhr musst du hin? Ich begleite dich.«

»Das würdest du wirklich tun? Ach, Wanda, ich …« Angela schlug die Hände vors Gesicht und brach in Tränen aus. Ihr hatte so davor gegraut, allein zum Frauenarzt zu gehen, was vielleicht auch der Grund war, warum sie so lange damit gewartet hatte. »Danke. Du bist eine wahre Freundin, und ich, ich hatte solche Hemmungen, es dir zu sagen. Kannst du mir verzeihen?«

»Da gibt's nichts zu verzeihen. Willst du nach Hause? Ich kann Kyle anrufen und ihm sagen, dass wir unsere Pläne geändert haben.«

Angela wischte sich mit dem Handrücken die nassen Wangen ab. »Wag das ja nicht! Nachdem ich mit dir geredet habe, geht's mir schon viel besser. Ich bin nur gestresst, das ist alles. John macht mich irgendwie nervös. Ich weiß nicht, was ich von ihm halten soll und …«

Wanda lächelte. »Na, wenn er eine solche Wirkung auf dich hat, ist zumindest mit deinen Hormonen alles in Ordnung. Du könntest es schlimmer treffen.«

»Das Letzte, was ich im Moment brauche, ist ein Mann, also komm gar nicht erst auf irgendwelche Gedanken, was John angeht. Wir sind nur Freunde. Ich und das Kind«, dabei klopfte sie sich auf den Bauch, »kommen gut allein klar.«

»Bestimmt, aber du solltest das nicht allein durchstehen. Meine Schwester hat drei Kinder. Ich weiß, wie schwer das ist. In deiner Situation brauchst du auf jeden Fall Unterstützung, Angela, Leute, denen du am Herzen liegst. Mir liegst du am Herzen. Und deiner Familie auch.«

»Sie wissen's nicht.«

Dieses Geständnis schien Wanda zu überraschen. Angela hatte stets mit Hochachtung von ihren Eltern gesprochen. »Tja, wenn du denkst, dass sie sich nicht freuen werden, dann bist du bekloppt. Meine Schwester Charisse hat ihr erstes Kind von einem Typen bekommen, der ihr eigentlich einen Satz Reifen andrehen wollte. Sie hatte anfangs Angst, es meinen Eltern zu sagen, aber als sie dann hörten, dass das erste Enkelkind im Anmarsch ist, waren sie überglücklich. Sie waren zwar nicht gerade erfreut über die Umstände, aber sie haben sie unterstützt. Und das werden deine Eltern auch, wenn du's ihnen sagst.«

Angela konnte Wandas Optimismus nicht recht teilen. Sam DeNero war nämlich mit äußerster Vorsicht zu genießen. Nicht, dass er sie je geschlagen hätte; das hatte er gar nicht nötig. Ein scharfer Blick genügte, und Angela kam sich vor wie ein Wurm.

»Danke, dass du mir eine so gute Freundin bist.« Sosehr sie ihre männlichen Freunde auch schätzte, es ging nichts über eine Freundin, der man unverblümt sein Herz ausschütten konnte.

»Ach, hör auf! Du bringst mich noch zum Heulen, und dann sehe ich aus wie ein Waschbär, wenn Kyle aufkreuzt. Apropos, wir sollten besser wieder reingehen. Ich hab einen solchen Hunger, dass ich Schuhsohlen fressen könnte.«

»Die man uns wahrscheinlich auch vorsetzen wird«, meinte Angela, schon wieder etwas fröhlicher, und gab Wanda einen Schmatz auf die Wange.

»Du hast ja kaum was angerührt, Angela«, sagte John und kratzte sein Schälchen mit Crème Brûlée aus. Sie hatte jetzt zwar wieder Farbe auf den Wangen, wirkte aber nach wie vor nervös, ja deprimiert, und das machte ihm Sorgen. »Geht's dir wirklich besser?«

»Mir geht's gut. Ich habe halt nur keinen Hunger.«

»Möchtest du tanzen? Wanda und Kyle scheint's Spaß zu machen.« John beobachtete den hoch gewachsenen Schwarzen, der die ebenso farbige Wanda zu den Klängen von »Every breath you take« über die Tanzfläche schwenkte. »Für einen Doktor ist er sehr nett.«

»Du hast's wohl nicht so mit den Ärzten?«

»Mein älterer Bruder ist Arzt, Kardiologe. Ich muss mir schon so lange ein Loblied auf die Ärzteschaft anhören, dass ich dagegen allergisch bin.«

»Ich verstehe. Die Geschwisterrivalität, von der du mir erzählt hast.«

Er nickte. »Und ich habe zugelassen, dass das mein Verhältnis zu Mike ruiniert, was ihm gegenüber nicht fair ist. Es ist schließlich nicht seine Schuld, dass er der Augapfel meiner Eltern ist. Ich bin derjenige, der lernen muss, damit umzugehen.«

»Eventuell solltest du mal mit ihm reden, ihm erklären, was in dir vorgeht.«

»Vielleicht werde ich das auch. Doch im Moment möchte ich von dir wissen, ob du mit mir tanzt oder nicht. Es ist zwar keine Countrymusik, aber einen Versuch ist es wert.«

Er mochte genau wie sie Countrymusik? Der Mann war einfach zu perfekt. Sie seufzte.

»John, normalerweise liebend gerne. Ich bin begeisterte Tänzerin. Aber ich finde halt, dass wir außerhalb des Gerichtssaals nichts miteinander zu tun haben sollten.«

Er streckte ihr die Hand hin. »Ach, komm schon. Ich verspreche dir, dich nicht auf der Tanzfläche zu verführen. Was geschieht, wenn ich dich für mich allein habe, steht allerdings auf einem anderen Blatt.«

Diese Deutlichkeit irritierte sie kurz, dennoch wurden ihre Wangen rot vor Freude. »Das wird nie geschehen, also gerate erst gar nicht ins Schwitzen.«

»Wieso nicht? Oder bist du mit jemandem zusammen? Nach dem, was du neulich sagtest, hatte ich nicht diesen Eindruck.«

»Das geht dich zwar nichts an, aber die Antwort lautet nein, bin ich nicht.« Und sie hatte auch nicht die Absicht, sich wieder auf eine Beziehung einzulassen, ganz besonders nicht mit ihm.

Was sie für John Franco empfand, war reine Wollust, nichts weiter, eine überwältigende physische Lust. Ihre letzte Beziehung war sie aus völlig falschen Gründen eingegangen; das sah sie jetzt ein. Sie hatte sich in eine Vorstellung von Bill verliebt, nicht in Bill selber. Und diesen Fehler wollte sie kein zweites Mal machen.

»Dann seien Sie sich mal nicht so sicher, dass es nicht passieren wird, Frau Rechtsanwältin. Ich bin ein sehr beharrlicher Mann. Und ich kriege gewöhnlich, was ich will.«

Wider besseres Wissen und auch weil sie sich schon die ganze Zeit gefragt hatte, wie es sich wohl anfühlte, in seinen Armen zu liegen, gab Angela nach. »Also gut, aber nur ein Tanz. Und schieb nicht mir die Schuld zu, wenn Charles Rothburg dich auf der Stelle feuert, weil du mit der Vertreterin der Gegenpartei das Tanzbein schwingst. Wenn's um Fraternisierung mit dem Feind geht, hat er bestimmt die gleichen Ansichten wie ich.«

»Darüber mache ich mir keine Sorgen. Wenn's Rothburg nicht gefällt, kann er ruhig zum Teufel gehen.«

»Du liebe Güte, Herr Rechtsanwalt, sind Sie vor Gericht auch so überzeugend und dynamisch?«

Sein freches Grinsen drückte unverhohlene Erotik aus. »Vor Gericht und auch an anderen Orten.« Mit diesen Worten führte John Angela auf die Tanzfläche, schlang den Arm um ihre Taille und zog sie an seine breite Brust.

Angelas Puls beschleunigte sich jäh. Sie konnte sich ziemlich gut vorstellen, was er damit meinte, und in seinen Armen zu liegen war geradezu himmlisch. »Du tanzt sehr gut«, lobte sie.

»Nur mit der richtigen Partnerin.«

»Flirten Sie etwa mit mir, Herr Rechtsanwalt?«

Er gluckste. »Verdammt richtig. Wird auch Zeit, dass du's merkst.«

Sie zog verwirrt die Brauen zusammen. »Aber wieso?«

»Wieso was?«

»Wieso die Mühe? Du weißt doch, dass dabei nichts rauskommen kann. Ich bin schließlich schwanger, schon vergessen?«

Er zog sie fester an sich. »Du machst dir viel zu viele Gedanken. Hat dir das schon mal jemand gesagt? Genieße einfach den Augenblick und vergiss das Morgen.«

Ihr Lachen klang zynisch. »Ha! Das habe ich einmal versucht, und du siehst ja, was ich davon habe.«

»Du hast es halt nicht mit dem Richtigen versucht.«

Da endete die Musik, und ihr blieb eine Antwort erspart. »Danke für den Tanz. Ich sollte jetzt besser nach Hause fahren.«

John warf einen Blick auf Wanda und Kyle, die offenbar tief in ein Gespräch versunken am Tisch saßen. »Ich glaube, deine Fahrgelegenheit ist beschäftigt. Wieso lässt du dich nicht von mir heimbringen? Ich verspreche auch, dass ich ganz brav bin.«

Sie schüttelte den Kopf. »Ich glaube nicht …«

»Ich kaufe uns auch noch eine Pizza, und wir können eine kleine Privatorgie feiern.«

Bei der Erwähnung von Essen knurrte Angela prompt der

Magen. »Das ist unfair, um nicht zu sagen Bestechung!« Sie zwinkerte ihm zu. »Also gut.«

»Wie traurig, dass ein Mann eine Frau heutzutage mit Pizza bestechen muss, um sie rumzukriegen.«

Er zog dabei ein derart bekümmertes Gesicht, dass sie lachen musste und ihn bei der Hand nahm. »Dann komm, wir verabschieden uns ganz rasch von unserem Liebespärchen, denn ich habe plötzlich einen Mordshunger.«

»Ich kann keine Sekunde länger warten. Los, jetzt hol's schon raus.«

John lachte und wünschte, Angela würde über Sex reden, nicht über Pizza. Er selbst konnte kaum an etwas anderes denken, als mit ihr zu schlafen, und wusste, dass er damit auf gefährlichem Territorium wandelte. Er hatte ihr seine Freundschaft angeboten, doch allmählich fragte er sich, ob das genügte. Er bezweifelte es stark.

»Mmmm. Das schmeckt einfach himmlisch.« Sie leckte sich Tomatensoße von jedem Finger ihrer rechten Hand, einen nach dem anderen, und ihm hüpfte bei dem Anblick lustvoll der Magen.

»Du bist die einzige Frau, die ich kenne, bei der sogar das Pizzaessen nicht jugendfrei aussieht.«

Sie wurde rot, hörte jedoch nicht auf zu essen. »Du sagst die komischsten Sachen, John.«

»Und alle wahr.« Er rutschte näher, wischte ihr mit der Fingerspitze ein Stückchen Käse von der Unterlippe und steckte es in den Mund. »Schmeckt sogar noch besser, wenn's von deinen Lippen kommt.«

Angela, die das leidenschaftliche Aufblitzen seiner Augen bemerkte, hielt mitten im Kauen inne. »John, hör auf, mich auf den Arm zu nehmen«, ermahnte sie ihn in dem Versuch, den angespannten Moment zu überspielen. »Du bist der einzige Mann, den ich kenne, der mit einer Schwangeren flirtet.«

»Du siehst aber gar nicht schwanger aus, nur unheimlich

sexy.« Er nahm ihr das Stück Pizza aus der Hand und legte es auf den Tisch. »Ich werde dich jetzt küssen, also gerate nicht gleich in Panik.«

Sie schüttelte erschrocken den Kopf, doch er zog sie trotzdem an sich und unterband jeden Protest, indem er seinen Mund auf den ihren drückte.

Als hätte man ein Streichholz entzündet, flammte es zwischen ihnen auf. Johns Hände waren auf einmal überall, in Angelas Haaren, auf ihrem Rücken, auf ihren Brüsten, die er sanft knetete.

Angela kam dumpf der Gedanke, dass das, was sie da taten, nicht richtig war. Aber Himmel, es fühlte sich sooo gut an! Ach, und seine wundervollen Hände, seine Lippen. Es war ihr einfach alles egal.

Jedenfalls bis er den Reißverschluss ihres engen Kleides herunterzog. Dieses Geräusch brachte sie jäh wieder zur Vernunft. Mit weit aufgerissenen Augen fuhr sie zurück.

»Hör auf damit, John!«

»Ich will dich, Angela.«

Sie wollte ihn ja auch, aber sie war nicht dumm genug zu glauben, dass es mehr sein würde als ein One-Night-Stand, und darauf hatte sie keine Lust. Wenn – und falls überhaupt – sie sich wieder auf eine Beziehung mit einem Mann einließ, dann nur dauerhaft.

»Ich dachte, du wolltest, dass wir Freunde sind. Eine wenig dezente Art, seine Freundschaft zu zeigen.«

Zerknirscht ließ John sie los und fuhr sich durch die Haare. »Verdammt! Es tut mir Leid, Angela. Das wollte ich nicht. Meine Sicherungen sind schlicht durchgebrannt.«

Sie strich ihm besänftigend über die Wange. »Ich habe mich nie für den Typ einer Femme fatale gehalten, also danke für die Blumen. Aber mehr Komplikationen kann ich im Moment nicht vertragen und du ebenso wenig. Was mir fehlt, ist ein Freund, kein Liebhaber.«

Lügnerin!

Klappe, DeNero!

Er nickte. »Ich verstehe. Es wird nicht wieder vorkommen.«

Sie wurde richtig traurig, als sie das hörte. Aber es war am besten so. Trotzdem, sie konnte nicht anders, als sich zu fragen, wie es wohl mit ihm …

Klappe, DeNero!

»Alles in bester Ordnung, Angela«, sagte die Gynäkologin, Dr. Adams.

Theresa Adams war ihr von ihrer Ärztin in Boston empfohlen worden, und bis jetzt war sie nicht enttäuscht worden. Dr. Adams war jung, attraktiv und sehr kompetent. Auch besaß sie eine Art, die äußerst beruhigend auf ihre Patienten wirkte, was Angela besonders wichtig war.

»Sie dürften ungefähr in der achten Woche sein. Im Moment schwer zu sagen. Wir könnten einen Ultraschall machen, was ich derzeit jedoch für überflüssig halte. Nächsten Monat, wenn Sie wieder kommen, kann ich Ihnen mehr sagen.« Sie zog einen Rezeptblock aus der Tasche ihres weißen Arztkittels und kritzelte etwas darauf.

»Inzwischen sollten Sie diese Pränatalkapseln nehmen. Sie enthalten Follikelsäure, und das ist gut für das Baby. Ich werde Ihnen auch etwas gegen die Übelkeit verschreiben. Wenn irgendetwas Sie beunruhigt, zögern Sie nicht, mich anzurufen.«

Die Ärztin vereinbarte mit ihr den nächsten Termin und verließ dann den Raum. Angela stieß einen Erleichterungsseufzer aus. Erst jetzt merkte sie, wie viel Angst sie davor gehabt hatte zu hören, dass möglicherweise etwas nicht in Ordnung war. Aber es war alles gut, und trotz der Umstände, trotz der Probleme, die auf sie zukamen, beruflich wie privat, freute sie sich jetzt von ganzem Herzen auf dieses Kind.

Mit Freudentränen in den Augen drückte sie die Hand auf ihren flachen Bauch. Dort wuchs ein Baby heran, ein Kind, das groß werden und sie Mama nennen würde, ein Kind, das ganz allein ihr gehörte.

Sie glitt vom Untersuchungstisch und war gerade auf dem Weg zur Umkleidekabine, als ein kurzes Klopfen an der Tür ertönte. Wanda streckte ihren Kopf herein. »Die Ärztin meint, ich darf dir jetzt Gesellschaft leisten.«

»Komm rein. Ich bin gleich fertig.«

»Du klingst aufgeregt. Ist alles gut gelaufen?«

Angela zog den Vorhang beiseite und grinste breit. »Dr. Adams sagt, mit dem Baby ist alles in Ordnung. Wir wissen nur noch nicht genau, wann es kommt, obwohl ich mir ziemlich sicher bin, dass es passiert ist, als ich das letzte Mal mit Bill zusammen war.«

»Du kommst mir froher und ruhiger vor.«

»Bin ich auch. Ich musste wohl von autorisierter Seite hören, dass das Ganze real ist, schätze ich. Und nun ist es das.«

»Tja, ich wüsste einen hervorragenden Kinderarzt, wenn es mal so weit ist.«

»Ich habe selbst schon an Kyle gedacht, will aber noch ein bisschen warten, bevor ich ihn frage. Erst mal muss ich's meinen Eltern beibringen.« Zuerst diese Hürde, dann die Anwaltspraxis in der Beratungsstelle.

Sie war sich nicht sicher, was ihre Klienten, nicht wenige davon Katholiken, von einer ledigen Mutter als Anwältin halten würden. Italienische Katholiken waren nicht gerade liberal, wenn es um solche Dinge ging. Und dass man ihr eine unbefleckte Empfängnis abnehmen würde, bezweifelte sie stark.

»Meine Lippen sind versiegelt. Aber warte nicht zu lange. Du musst es ihnen sagen, denn jetzt wird's nicht mehr lange dauern, und du kriegst ein Bäuchlein, und dein Körper verändert sich dramatisch. Du wirst dir bald ein paar zeltartige Kleider zulegen müssen und für darunter die klassischen Feinripp-Liebestöter.«

»He, gerade war ich noch so guter Laune. Willst du mich deprimieren?«

Wanda lachte über Angelas konsternierten Gesichtsausdruck. »Komm, wir nehmen uns den Rest des Tages frei und machen einen Einkaufsbummel. Wir können ein paar Umstandskleider für dich besorgen und vielleicht gleich ein paar Sachen für das Kind. Und danach lade ich dich zum Mittagessen ein. Ich werde die Adoptivtante dieses Kindes. Stell dir vor, was die Leute für Augen machen, wenn sie sehen, dass die Tante des Kindes eine Schwarze ist. Ich kann's kaum erwarten.«

Angela lächelte. »Du bist verrückt, weißt du das?«

»Eine durchgeknallte Irre, Schätzchen, klar.« Wanda hakte sich bei ihr ein. »Komm. Du kannst mir auf dem Weg zum Einkaufszentrum alles über John, ›den Hengst‹, Franco und seine Leistungen auf der Tanzfläche erzählen.«

Angela merkte, wie ihr eine verräterische Röte den Hals hinaufkroch. »Wir hatten doch bloß einen Tanz. Wie soll ich da ein Urteil abgeben?« Was sie natürlich konnte, denn da war schließlich noch diese unglaubliche Knutscherei gewesen, und in dieser Hinsicht hatte »der Hengst« eine wahre Glanzleistung hingelegt.

»Du lügst ja! Dein Kopf ist rot wie eine vollreife Tomate. Ich tippe mal, der schöne Anwalt hat dich ein klein wenig aus der Fassung gebracht.«

Wie demütigend, dass es so offensichtlich war. Sie hätte nie mit John tanzen, geschweige denn, sich von ihm heimbringen lassen dürfen. Der Mann hatte magische Hände. Und Lippen.

Reiß dich zusammen, DeNero!

John Franco ist dein Gegner, stachelte Angela sich auf. Außerdem ist er ein Typ, der jede Frau haben kann und das auch weiß. Und sie ginge jede Wette ein, dass sein Interesse an einer Schwangeren, die schon bald Schwangerschaftsstreifen auf den Hüften und ein greinendes Kind an den Brüsten haben würde, schneller verginge, als sie *ciao* sagen konnte.

9

Was ist der Unterschied zwischen einem Anwalt
und einem Gigolo?
Ein Anwalt legt immer mehrere
gleichzeitig aufs Kreuz.

»Tony ist hinten im Garten und spielt mit den Kindern.«

Marie gab John einen flüchtigen Kuss auf die Wange. Sie sah zwar müde, doch um einiges besser aus als das letzte Mal. »Ich bin so froh, dass du gekommen bist.«

Er putzte sich die Schuhe an der Jutematte ab, die vor der Schwelle des bescheidenen Backsteinbungalows der Stefanos lag, bevor er antwortete: »Ich auch.«

Ein himmlischer Duft nach Vanille und Schokolade drang John in die Nase, und er schnupperte sehnsüchtig. Sein Magen knurrte. Tonys Frau buk leidenschaftlich gerne, und bei den Stefanos roch es meistens herrlich nach Schokoladenplätzchen oder sonstigen Köstlichkeiten. Er selbst hatte eine große Schwäche für Süßes, und keiner machte bessere gefüllte Schokoladenplätzchen als Marie.

»Tony ist in letzter Zeit ein bisschen depressiv, aber das ist normal nach einem solchen Eingriff, hat mir der Doktor versichert. Aber ich weiß, dass deine Anwesenheit ihn aufheitern wird.«

John war in letzter Zeit so mit dem Sorgerechtsfall und anderen dringenden beruflichen Angelegenheiten eingespannt gewesen, dass er seit zwei Wochen keine Zeit mehr gehabt hatte, Tony zu besuchen. Sie hatten zwar fast jeden Tag miteinander telefoniert, doch John hatte Hemmungen gehabt, mit Tony über Berufliches zu reden, da er meinte, sein Freund brauche noch Ruhe und sollte nichts hören, das ihn womöglich aufregte. Tony dagegen hatte sich hartnäckig nach den verschiedenen Fällen erkundigt, an denen er vor seiner Herzattacke gearbeitet hatte, und war alles andere als glücklich darüber, dass John sich so bedeckt hielt.

Aber die Arbeit war nicht das Einzige, was John in letzter Zeit ununterbrochen durch den Kopf ging. Seit er Angela geküsst hatte, konnte er nur noch daran denken, wie sehr er sie begehrte. Egal wie oft er sich sagte, dass sie nur Freunde sein sollten, dass er keine feste Beziehung wollte – sie ging ihm nicht mehr aus dem Sinn. Er musste nur die Augen schließen, um sich daran zu erinnern, wie sie sich in seinen Armen angefühlt hatte, wie weich und wie perfekt ihre Brüste unter seinen Handflächen waren, wie süß ihre Lippen schmeckten, so süß wie reife Kirschen.

Eigentlich zu perfekt. Was ihm zusätzlich Angst machte.

Eindeutig lief da eine starke Anziehungskraft zwischen ihnen ab. Er brauchte ihr nur halbwegs nahe zu kommen, und schon spielte sein Inneres verrückt. Er wollte Angela, wollte sie ins Bett kriegen, wollte mit ihr schlafen.

Aber wozu?

Das wusste er nicht so genau. Er wusste nur, dass er sie haben musste.

Er war sich ziemlich sicher, dass Angela ähnlich empfand, auch wenn sie ihr Bestes tat, es zu verbergen. Aber der Ausdruck in ihren Augen, die Lust, die lodernde Leidenschaft, die Erregung, als er sie küsste, ließen sich nicht verleugnen. Wie immer man es auch nennen mochte, es war da.

Mit den Gedanken noch bei Angela, trat John in den Garten hinaus. Tony stand mit dem Rücken zu ihm und schubste seine kleine Tochter Katy auf der Schaukel an. Der vierjährige Anthony jr., von allen nur AJ genannt, spielte derweil friedlich mit seinem gelben Bagger im Sandkasten. »Wie ich sehe, hast du dieser Tage ganz schön was um die Ohren, Stefano.«

Der Mann lugte über die Schulter und begann zu strahlen. »Hallo, Johnny! Hab dich heute überhaupt nicht erwartet. Ich dachte, du steckst in einem Berg Papierkram.«

»Das stimmt auch, aber ich hatte das dringende Bedürfnis, deinen hässlichen Kaffeebecher zu sehen. Ist widerlich einsam im Büro, so ohne dich.« Auch wenn sie sich die meiste Zeit kabbelten und anstichelten, kam ihm der Ort ohne seinen Partner öde und leer vor.

»Kann's kaum erwarten, wieder hinter meinen Schreibtisch zu kommen«, gestand Tony mit einem tiefen Seufzer. »Ich liebe meine Kinder, aber das Ausmalen und Legospielen quellen mir langsam zu den Ohren raus – obwohl ich zugeben muss, dass AJ mir beigebracht hat, eine klasse Raumstation zu bauen. Bin echt stolz auf mich.«

John musste sich bei der Vorstellung von Tony, wie er im Schneidersitz auf dem Boden saß und mit seinem Sohn Lego spielte, ein Grinsen verkneifen. Das passte so gar nicht zu dem Tony, den er kannte.

Mit fliegenden braunen Zöpfen hüpfte Katy von der Schaukel, rannte auf John zu und umschlang seine Beine wie eine Weinranke, wobei sie aufgeregt auf und ab hüpfte, wie es nur Sechsjährige können. »Onkel Johnny! Onkel Johnny! Ich hab ja gar nich gewusst, dass du kommst! Bin ich immer noch dein Lieblingsmädchen?«

»Aber sicher bist du das.« John wirbelte das kleine Mädchen in die Höhe, das dabei entzückt quietschte, gab ihr einen Schmatz auf die runde Wange und erkundigte sich: »Warst du auch schön brav, Katy-Schätzchen?«

»Mhm. Ganz brav, Onkel Johnny.«

In diesem Moment kam AJ angeschossen, Haare und Kleidung voller Sand, was seine Mutter bestimmt nicht sonderlich erfreuen würde, schätzte John. »Ich auch, ich auch, Onk'l Johnny. Ich wa' auch b'av.«

»Hallo, AJ!« John strubbelte dem Jüngsten durch die Haare. »Dann wart ihr also beide brav, hm?« Beide nickten mit todernsten Mienen. Sie wussten, was jetzt kam. John brachte immer eine Kleinigkeit für die Kinder mit, wenn er zu Besuch kam, und heute war keine Ausnahme.

Er griff in seine Jackentasche und holte zwei Snickers heraus. Die Augen der Kinder glänzten begehrlich, und sie begannen erneut, aufgeregt rumzuhüpfen. »Aber fragt erst eure Mama, ob ihr die Schokoriegel essen dürft, ich will euch schließlich nicht vor dem Essen den Appetit verderben.«

»Is' gut, Onkel Johnny«, riefen sie im Chor, schnappten sich die dicken Schokoriegel und liefen kreischend ins Haus, wobei sie sie schon aufrissen. »Mama, Mama! Schau mal, was wir gekriegt haben!«

»Du verwöhnst sie viel zu sehr, Johnny, aber du machst ihnen eine Riesenfreude.«

»Es sind wundervolle Kinder. Kaum zu fassen, dass sie von dir stammen.«

Tony grinste selbstgefällig. »Tja, alles Vererbung, mein Freund. Aber Marie hat auch ihren Anteil daran.« Er führte John zu der großen Eiche, deren Blätter herbstgolden erstrahlten und unter deren dicken Ästen eine Gruppe von Gartenstühlen aus Redwoodholz mit ausgebleichten grünen Polstern stand. John registrierte die sorgfältig aufgestapelten Kürbisse auf der Holzterrasse, die darauf warteten, ausgehöhlt und mit Gesichtern versehen zu werden.

»Also, wie stehen die Dinge im Büro? Ich weiß, die Ärzte und Marie haben dir verboten, dass du mit mir über die Arbeit redest, aber ich muss es wissen. Diese Mauer des Schweigens macht mich total verrückt. Hab Mitleid mit einem alten Freund und erzähl endlich, was sich so tut.«

»Alles läuft prima. Ich hatte die erste Zeugenanhörung im Rothburg-Fall, und Rothburg hat keine Einwände dagegen, dass ich ihn und seine Frau an deiner statt vertrete, also brauchst du dir deswegen keine Sorgen mehr zu machen. Wie gesagt, ich regle das schon.«

»Und der Langley-Fall?«

»Außergerichtlicher Vergleich. Zwanzigtausend Piepen. Die Langleys singen ein Loblied auf uns.«

Tony nickte zufrieden. »Und was ist mit deiner Familie? Machen sie dir Probleme? Ich fühle mich ganz mies deswegen, John. Ich weiß, du wolltest mit dem Fall nichts zu tun haben.«

John überlegte sorgfältig ob er die Wahrheit sagen sollte, entschied sich dann jedoch für eine gefilterte Version. »Nichts, womit ich nicht fertig werde. Meine Tante und meine Großmutter sind mächtig sauer, aber ein paar von den anderen scheinen zu mir zu halten.« Wenn man es so bezeichnen konnte. Zumindest redeten Onkel Frank und Joe noch mit ihm.

»Und wie hat's deine Kusine aufgenommen?«

»Ich habe noch nicht mit Mary gesprochen. Aber ich habe eine Einladung zur Eröffnung ihres neuen Lokals bekommen, also nimmt sie's mir vielleicht doch nicht so übel.« Ein Wunschtraum, das war ihm klar.

»Ja, kann sein«, überlegte Tony. »Sie kann's dir wohl nicht so übel nehmen, wenn sie dich zu ihrer Party einlädt.«

John war völlig platt gewesen, als er den mit leuchtend grünen Kleeblättern verzierten Umschlag aufriss. Er war sich nach wie vor nicht sicher, ob er hingehen sollte. Das Ganze kam ihm wie ein Irrtum vor, ein Versehen.

Wieso sollte Mary ihn zur Eröffnung des *Danny Boy's* einladen, wenn sie so außer sich war, wie Sophia behauptete? Das ergab keinen Sinn. Außer natürlich, seine Tante hatte vehement übertrieben, was durchaus im Bereich des Möglichen lag. Seine Tante war nicht glücklich, wenn nicht ein Hurrikan um sie herum tobte. Von ihr selbst inszeniert natürlich.

»Das wird sich schon wieder einrenken, keine Sorge«, sagte er zu Tony, in einem Ton, der weit zuversichtlicher klang, als es seinen Gefühlen entsprach. Seine Verwandtschaft mochte zwar nicht perfekt sein, aber es war die Einzige, die er hatte.

»Es macht mich wahnsinnig, dass jeder hier versucht, mich vor allem und jedem zu bewahren, so als würde ich sofort wieder mit einem Herzanfall umkippen, sobald ich nur irgendeine neue Nachricht erfahre. Scheiße! Ich bin so gut wie neu und kerngesund. Hat der Doc selbst gesagt.«

»Freut mich zu hören.« Obwohl John es besser wusste. Es würde noch Wochen dauern, bevor Tony nur daran denken konnte, die Büroarbeit aufzunehmen. Marie würde ihm bei lebendigem Leib die Haut abziehen, wenn er auch nur die kleinsten Anstalten machte, frühzeitig in die Berufsmühle zurückzukehren.

»Und wie steht's mit deinem Liebesleben?«, fragte Tony. »Das kannst du mir doch zumindest erzählen. Wird schon nicht zu traumatisch werden, außer es ist wirklich perverses Zeug. Bei mir selbst ist im Moment leider alles jugendfrei.« Tony stieß einen derart frustrierten und enttäuschten Seufzer aus, dass John fast gelacht hätte.

»Mach dir nichts draus. Bei mir ist es nicht viel anders. Danielle ist beleidigt, weil ich sie neulich versetzt hab.« Was ihm ganz recht war. Zu dem Zeitpunkt waren seine Gefühle für sie ohnehin in der Abkühlphase gewesen. Er und Danielle hatten, bis auf die Bettgeschichte, kaum etwas gemeinsam gehabt, auch wenn er seinem Bruder gegenüber etwas anderes behauptet hatte. Nachdem Angela in seinem Leben aufgetaucht war, hatte er sowieso kein gesteigertes Interesse mehr an Danielle.

Tony nickte. »Sei froh, Kumpel, diese Frau hat kein bisschen Hirn.« Er wartete, dass John fortfuhr, doch als der lediglich schwieg, schüttelte er fassungslos den Kopf. »Das ist alles? Keine anderen Frauen, die sich gegenseitig übertrumpfen, den freien Platz einzunehmen? Donnerwetter, du musst aus der Übung sein.«

John wurde nachdenklich, Tony dagegen misstrauisch. »Hah! Komm schon, spuck's aus. Ich bin dein ältester Freund, schon vergessen? Du kannst mir alles sagen. Du hast jemanden kennen gelernt, stimmt's? Du hast diesen geheimnisvollen Ausdruck auf dem Gesicht. Genauso hast du ausgesehen, als du dreizehn warst und zum ersten Mal Darlene Cuisimano befummelt hast.«

John lächelte über die Scharfsicht seines Freundes und über die Erinnerungen, die sie wachrief. Sein dreizehnjähriger, hormongeplagter Körper hatte sich an jenem Tag im siebten Himmel geglaubt. Bis seine Mutter ihn und Darlene hinter der Garage beim Knutschen – und anderem! – erwischte. Es war vor allem das »andere«, was seine Mutter dazu bewog, so zu kreischen. Bis zu diesem Tag hatte er gar nicht gewusst, dass sie zu einer solchen Lautstärke überhaupt fähig war.

»Nein, es ist komplizierter. Außerdem würdest du es sowieso nicht hören wollen.«

Tony zog verwirrt die Brauen zusammen, doch dann glitt ein wissender Ausdruck über sein Gesicht. »Meine Fresse! Du hast dich in Angela DeNero verliebt. Du bist der Opposition erlegen.«

»Ich bin niemandem ›erlegen‹, Stefano, also krieg dich wieder ein. Ich finde Angela bloß interessanter und anders als die Frauen, die ich bisher kannte. Das ist alles.«

Tonys Miene sprach Bände. »Muss daran liegen, dass deine anderen Frauen alle nix in der Birne hatten. Die hier hat dafür zur Abwechslung mal Verstand. Kann mir gut vorstellen, dass du das anregend findest, Franco. Ganz zu schweigen davon, dass Angela umwerfend aussieht. Aber musstest du dir gerade die Vertreterin der Gegenpartei für deine Wollust aussuchen? Rothburg flippt aus, wenn er Wind davon kriegt.«

»Rothburg hat uns bei dem Dinner der Anwaltskammer zusammen tanzen sehen, und er hat kein Wort darüber verloren.«

»Vielleicht wusste er nicht, wer sie ist.«

John zuckte die Schultern. »Kann sein. Ist mir aber ziemlich egal. Es geht den alten Mistkerl einen feuchten Kehricht an.«

»Wem willst du was vormachen, John? Es handelt sich hier

um einen handfesten Interessenkonflikt, das weißt du ganz genau. Ich halte es für eine sehr schlechte Idee, zum jetzigen Zeitpunkt was mit ihr anzufangen. Könnte gefährlich werden, wenn ihr mal übers Tanzen hinaus seid.«

»Sind wir schon.« Jedenfalls was ihn anging. »Ich habe die Absicht, mich weiter mit ihr zu treffen.«

Ein schmerzlicher Ausdruck huschte über Tonys Gesicht, der nichts mit seiner kürzlichen Operation zu tun hatte. »Weißt du, so viel Unterhaltung hatte ich nicht mehr, seit sie mir den Brustkasten aufgesägt haben. Na, wenigstens wird's einem mit dir nie langweilig.« Nach kurzem Nachdenken fügte er hinzu: »Vielleicht sollte ich diesen einen Fall übernehmen, dann gäb's keine Probleme mehr.«

»Netter Versuch, Stefano, aber du weißt sehr gut, dass das nicht in Frage kommt. Erhol dich mal schön und genieße deinen Zwangsurlaub. Wie gesagt, ich regle das schon, kein Grund zur Sorge. Was muss ich noch machen, damit du mir glaubst? Den Offenbarungseid ablegen?«

»Dieser Antistresskurs, in dem ich seit neuestem bin, trägt Früchte. Diese Bombe von dir gerade regt mich gar nicht mehr so auf, wie es früher der Fall gewesen wäre. Offensichtlich mache ich Fortschritte.«

»Wäre schön.«

»Bleibst du zum Abendessen? Marie bringt dich um, wenn du es nicht tust.«

John grinste. »Hab die gefüllten Schokoladenplätzchen für die Nachspeise schon erschnuppert, also ja, ich bleibe. Hab einen Mordshunger.«

»Denkst du wirklich, du kannst Angela DeNero rumkriegen? Soweit ich weiß, ist sie überkorrekt.«

»Du hast wohl noch nie erlebt, wie ich den alten Franco-Charme aufdrehe, hm? Dem kann keine widerstehen.«

Tony verdrehte die Augen und griff sich an die Brust. »Gnade. Noch mehr von diesem Scheiß, und ich krieg einen Rückfall.«

»Das hast du davon, wenn du deine lange römische Nase in meine Angelegenheiten steckst.«

»Ich wusste ja schon immer, dass du der Typ bist, der auf verbotene Früchte steht, Adam … äh … Johnny. Pass bloß auf, dass dir dieser Apfel nicht im Hals stecken bleibt, bevor er dich zusätzlich vergiftet!«

Angela klingelte bei Mrs. Matuci und wartete. Eine steife Herbstbrise blies ihr in den Rücken, riss die Blätter von den Bäumen und wirbelte sie herum wie in einem Mixer. Sie kuschelte sich tiefer in ihren schwarzen Wollmantel und bereute es schon, sich Annies Angebot von Wintermänteln nicht wenigstens angesehen zu haben.

Doch eigentlich musste sie nur an ihre unglaubliche Knutscherei mit John denken, dass ihr warm wurde. Tief aufseufzend dachte sie, dass ihr zumindest der Gedanke daran das kalte, einsame Bett wärmte.

Na ja, sie hatte ja noch Winston, aber in dem Fall zählte er nicht.

Angela konnte Hector bellen hören, und kurz darauf ging die Tür auf – mit einer verwirrt lächelnden Mrs. Matuci. »Na so was, Miss DeNero, was für eine nette Überraschung!«

»Ich hätte vielleicht vorher anrufen sollen, aber ich war ohnehin in der Gegend und …«

»Ach wo, das ist schon in Ordnung. Kommen Sie rein, kommen Sie rein.« Sie winkte Angela herein. »Es ist kalt draußen. Der Wind heult ums Haus, dass einem Angst und Bange wird. Ein richtiger Winnie-Pooh-Tag, würden Sie nicht auch sagen? Ich habe gerade eine frische Kanne heißen Kaffee gemacht. Das wird Sie sofort wieder aufwärmen.«

Bevor sie sagen konnte, dass sie nur einen Moment zu bleiben beabsichtigte, stand sie auch schon im Wohnzimmer, das mit einer grässlichen, ausladenden, rotsamtenen Couchgarnitur mit goldenen Troddeln möbliert war. Es sah ein bisschen so aus, wie sie sich im Geheimen ein Bordell vorstellte: geschmacklos, aber recht elegant. Bloß, dass sie Schwierigkeiten hatte, sich Mrs. Matuci in der Rolle der Puffmutter vorzustellen.

»Bitte machen Sie sich bloß keine Umstände, Mrs. Matuci«, rief sie der Hausherrin nach, die bereits in der Küche verschwand. »Ich möchte Ihre Zeit nur ein paar Minuten beanspruchen.«

Mrs. Matuci kam mit einem großen Silbertablett wieder, auf dem eine Porzellankanne und Tassen mit einem Efeumuster standen. »Mr. Matuci und ich erhalten dieser Tage nicht mehr viel Besuch. Mein Mann ist seit sechs Monaten immer wieder in stationärer Behandlung, Krebs, wissen Sie. Die Prostata. Deshalb kommen unsere Freunde und Bekannten auch nicht mehr so oft vorbei wie früher. Das ist wohl auch der Grund dafür, dass ich so an Hector hänge. Er ist ein wirklich treuer Freund.«

»Tut mir Leid, das mit Ihrem Mann, Mrs. Matuci. Das wusste ich nicht. Aber ich habe Neuigkeiten über Hector, die Sie beide vielleicht ein wenig aufmuntern werden.«

»Tatsächlich? Haben Sie schon Klage eingereicht? Das ging aber schnell.«

Angela schüttelte den Kopf, und die Begeisterung von Mrs. Matuci dämpfte sich spürbar. »Ich hatte mehrere Gespräche mit den Besitzern von Doggie Delight. Als sie hörten, dass wir sie verklagen wollen, haben sie uns ein Schadenersatzangebot gemacht.«

Mrs. Matuci riss die Augen auf. »Ach ja?«

»Deren Anwalt hat mich heute Vormittag angerufen. Es scheint, als wolle Mr. Kolnicki nicht riskieren, sein Geschäft möglicherweise in Misskredit zu bringen. Er ist bereit, Ihnen einen Scheck in Höhe von fünfzehnhundert Dollar als Schadenersatz zu bezahlen.«

»Fünfzehnhundert Dollar!«

»Ich finde, das ist ein großzügiges Angebot, wenn man bedenkt, dass Hector ja nicht dauerhaft geschädigt wurde. Jedenfalls nicht physisch«, fügte sie hastig hinzu, als die Frau schon den Mund aufmachte, um zu widersprechen.

»Na ja, ich weiß nicht so recht … Der Betrag scheint mir angemessen. Was sagst du, Hector?«, fragte sie den Hund, der friedlich vor dem Kamin schlummerte. Als er sich nicht rührte, stellte sie ihre Frage Angela.

»Wenn wir vor Gericht gehen, gibt es keine Garantie dafür, dass wir gewinnen, Mrs. Matuci. Und was an Gerichts- und Anwaltskosten auf Sie zukommt, wenn Sie verlieren, ist beachtlich. Ich empfehle daher, dass Sie das Geld annehmen.«

Angela schaute den Pudel an, den das ganze Drama offensichtlich kalt ließ. Umso besser, dachte sie. Er hatte im Moment genügend Probleme dank seines fehlenden Fells.

»Also gut, ich nehme es. Vor Weihnachten kommt es mir sowieso gerade recht. Und mir hat vor der Verhandlung eh gegraut. Ich habe *Judge Judy* im Fernsehen gesehen, ich weiß also, dass es alles andere als angenehm ist.«

»Eine weise Entscheidung, Mrs. Matuci. Ich rufe Sie an, wenn die Dokumente zur Unterzeichnung bereit sind und der Scheck da ist. Dann kommen Sie am besten bei mir im Büro vorbei, und wir bringen die Sache zum Abschluss. In der Zwischenzeit habe ich eine Kleinigkeit für Hector, um ihm über diese schlimme Zeit hinwegzuhelfen.« Sie griff in ihre Aktenmappe und holte eine rosa Plastiktüte heraus, die sie der überraschten Frau in die Hand drückte. »Ich hoffe, es ist die richtige Größe.«

Verdutzt begutachtete Mrs. Matuci das rot-grün karierte Mäntelchen mit dem dazu passenden schottischen Hütchen. »Du meine Güte! Das ist ja wunderschön!« Sie drückte es an ihre Brust. »Vielen, vielen Dank, Miss DeNero. Wie lieb und umsichtig von Ihnen. Und Hector wird's sehr gefallen, das weiß ich.«

»Ich dachte, wenn Hector Hut und Mantel trägt, hat er wieder eher Lust, stolz durchs Viertel zu marschieren.«

»Ganz bestimmt. Er hat unsere täglichen Spaziergänge

vermisst, aber ich konnte ihn der Demütigung einfach nicht aussetzen, Sie verstehen?«

Die ältere Frau strahlte übers ganze Gesicht, und Angela war froh, dass sie sich die Umstände mit dem Hundemäntelchen gemacht hatte. Sie stellte ihre Kaffeetasse ab und sagte: »Danke für den Kaffee, aber jetzt muss ich dringend weiter. Ich muss schnell noch zum Metzger.«

Mrs. Matuci verzog das Gesicht. »Bei Santini's arbeitet ein neues Mädel, passen Sie ja auf«, warnte sie, »denn sie ist nicht sehr gut. Letzte Woche hatte ich Schweinerippchen bestellt, und sie hat mir stattdessen Kalbfleisch eingepackt. Können Sie sich das vorstellen? Das eine Fleisch hat mit dem anderen überhaupt nichts zu tun, ganz zu schweigen davon, dass mich das Kalbfleisch ein Vermögen gekostet hat.«

»Wahrscheinlich muss sie sich erst einarbeiten«, sagte Angela, die wusste, dass es um Annies Kusine Donna ging.

»Wahrscheinlich. Aber man sollte doch glauben, dass ein Mensch den Unterschied zwischen Hackfleisch und Wurst kennt. Ich hab gestern Abend Hamburger gemacht, und die haben abscheulich geschmeckt.« Sie senkte die Stimme und beugte sich vor. »Mr. Matuci bekam davon die Renneritis.« Sie überlegte einen Moment. »Obwohl, das hätte auch von der Chemo kommen können.«

»Äh, ja, vielen Dank für den Tipp. Ich werde dran denken, wenn ich was bestelle.« Eigentlich war es die Bestellung ihrer Mutter. Rosalie hatte sie am Handy angerufen und gebeten, ihre Fleischbestellung für das Abendessen abzuholen. Angela war heute bei ihren Eltern eingeladen.

»Ach was, gern geschehen. Und Sie sollen wissen, dass ich all meinen Bekannten erzählen werde, was für eine tolle Anwältin Sie sind. Ich habe eine Freundin, Josephine Locarno, die hat eine taubeneigroße Entzündung am linken Fußballen. Sie meint, die kommt von einem Paar Schuhe, das sie bei Wal Mart gekauft hat. Ich hab ihr gesagt, sie soll zu Ihnen gehen. Ich glaube, sie will klagen.«

Angela DeNero, Vorkämpferin für Hunde, Fußballenentzündungen und alles, was sonst noch bizarr war …

Na ja, es könnte schlimmer sein, dachte sie. Zumindest waren noch keine Außerirdischen aufgetaucht.

Obwohl, sie war noch nicht in der Metzgerei gewesen. Annies Kusine Donna war ein Kapitel für sich.

Donna Wiseman war in der Nachbarschaft als jüdisches Prinzesschen verschrien, was Angela für ziemlich unfair hielt. Es stimmte zwar, dass ihre Eltern sie von klein auf nach Strich und Faden verwöhnt und ihr Vater dreiunddreißig Jahre lang für ihren Lebensunterhalt gesorgt hatten. Dadurch war sie natürlich ein bisschen verzogen und selbstsüchtig.

Aber darüber hinaus war sie gutmütig, intelligent und gab sich echt Mühe, sich auf eigene Beine zu stellen. Angela mochte sie und bewunderte sie dafür, dass sie es versuchte.

Als sie also nun den Metzgerladen betrat und hörte, wie die junge Frau von Nina Santini, der Besitzerin, einem überaus zänkischen Weib, lautstark ausgeschimpft wurde, erfasste sie nicht nur Mitleid.

»*Stupido!* Du dummes, dummes Ding! Ich weiß wirklich nicht, wieso mein Sohn gerade dich eingestellt hat. Jeder weiß, dass man Hähnchenfleisch nicht mit anderen Fleischsorten zusammen einwickelt. Willst du jemanden umbringen? Willst du mir eine Klage an den Hals hetzen? Du packst das sofort wieder aus, wäschst es ab und wickelst es separat ein. Mrs. Goldman kommt später vorbei und holt es ab.« Die ältere Frau warf Donna noch ein paar saftige italienische Beleidigungen an den Kopf, ohne sich darum zu kümmern, wer ihre Tirade mit anhörte. Dann verschwand sie wutschnaubend im Hinterzimmer. Sie hätte sicher die Tür zugeknallt, doch es war eine Schwingtür, bei der das leider nicht ging.

Donna starrte ihr trotzig nach, schwieg aber. Ihr wütender Gesichtsausdruck sprach jedoch Bände.

»Hallo, Donna.« Obwohl sie entsetzt war über die Art,

wie dieses keifende Weib mit Donna umging, pflasterte sie ein freundliches Lächeln auf ihr Gesicht, weil sie das Mädchen nicht noch mehr aufregen wollte. »Schön, dich wieder zu sehen. Wie läuft der Job?« Als ob das nach dem eben Gesehenen nicht auf der Hand lag.

Donna verdrehte die Augen und streckte hinter der verschwundenen Mrs. Santini die Zunge raus. Angelas Lippen zuckten. Die junge Frau mochte ja nicht viel über Fleisch wissen, aber sie hatte einen Mumm, der Angela unwillkürlich an ihre Schwester Mia erinnerte, die ebenfalls mehr Mut als Verstand hatte.

»Lous Mutter kann mich nicht ausstehen. Sie kritisiert jede Handbewegung, die ich tue, dabei bemühe ich mich wirklich sehr, schnell zu lernen. Aber es sind halt erst ein paar Wochen. Ich begreife nicht, wie Mrs. Santini von mir erwarten kann, in so kurzer Zeit perfekt zu sein. Selbst Melanie Griffith hatte mehr Zeit in dem Film *Die Waffen der Frauen*.«

Ja, und Harrison Ford hat sie obendrein gekriegt!

»Hast du mal mit Lou darüber gesprochen? Vielleicht kann er ja mit seiner Mutter reden, ihr erklären, dass du dir ehrlich Mühe gibst und sie dir eine Chance geben soll.«

»Lou hat schon mit ihr geredet, aber nicht weil ich ihn darum gebeten hätte. Ich will mich nicht zwischen die beiden drängen und Probleme verursachen. Ich bin ihm dankbar, dass er mir diesen Job gegeben hat. Ich war echt in der Zwickmühle und brauchte dringend was.«

Es hielt sich das Gerücht, dass Donnas Vater auf mysteriöse Weise verschwunden war, sie seitdem auf ihren monatlichen Unterhalt verzichten musste und fast noch den Rauswurf aus ihrem Apartment riskiert hätte, weil sie die Miete nicht mehr bezahlen konnte. Da Donna sich ihr jedoch nicht anvertraut hatte, wollte Angela auch nicht fragen, vor allem jetzt nicht, wo die feuerhaarige junge Frau ohnehin schon ziemlich aus der Fassung war.

»Ich bewundere dich dafür, dass du dir solche Mühe gibst,

Donna. Lass dich nicht von Mrs. Santinis böser Zunge entmutigen. Ich bin sicher, dass Lou deine Anstrengungen zu schätzen weiß.«

Sie zuckte die Schultern. »Ich dachte, ich wäre verwöhnt, bis ich Lou getroffen habe. Seine Mutter betütelt ihn von morgens bis abends, kocht für ihn, räumt hinter ihm her, und er genießt das auch noch, dieser Pascha.

Ich weiß aus eigener Erfahrung, dass diese Art von übertriebener Zuwendung von Seiten der Eltern verheerend sein kann. Das habe ich Lou auch gesagt, aber er hat mich nur ausgelacht. Er denkt, ich hätte keinen Verstand, weil ich nicht studiert habe. Er ist doch selbst nur Metzger und nicht etwa der Geschäftsführer von Microsoft! Er sollte sich erst mal an die eigene Nase fassen, bevor er über andere urteilt.«

»Ich kann mir gar nicht vorstellen, dass er so über dich denkt. Sonst hätte er dich doch nicht eingestellt.«

»Lou hat nebenher angefangen, Wirtschaft zu studieren, drüben an der University of Maryland, und er brauchte jemanden, der aushilft, wenn er weg ist. Es gab nicht viele Bewerber – Metzgereien haben bei all den großen Supermärkten keine große Zukunft –, also hat er wohl oder übel mich genommen.«

Donnas Selbstbewusstsein, das früher recht robust gewesen war, hatte einen empfindlichen Schlag bekommen, was Angela Sorgen machte. »Vielleicht würde es dir ja woanders besser gefallen – bei Goldman's zum Beispiel. Annie hätte doch sicher …«

Die junge Frau schüttelte energisch den Kopf. Ihre Wangen hatten sich gerötet. »Das hab ich schon versucht. Ist schief gegangen.«

»Ach ja? Oh, das tut mir Leid.« Angela fragte sich, was wohl geschehen sein mochte. Donna sah jetzt fast grün aus. »Na ja, ich bin mir sicher, dass es hier schon mit der Zeit klappen wird. Lou ist ein sehr netter Mann.«

»Hmpf! Das glaubst du auch nur, weil du ihn nicht als

Chef kennst. Er ist ein verdammter Sexist. Jede Frau, die reinkommt, baggert er an, sogar die Schwangeren, wie Mary und ihre Schwester Conny. Eine Schande ist das. Der Kerl ist der reinste Neandertaler.«

Wow – möglicherweise gibt es ja noch Hoffnung für mich, dachte Angela. Wenn Lou sogar mit Schwangeren flirtet, könnten sich vielleicht auch andere Männer …

Vergiss es, DeNero!

»Aber ich rede immer nur über mich, tut mir Leid, Angela. Was kann ich für dich tun? Wir haben Kutteln im Angebot.« Donna zog eine angewiderte Grimasse, »Schweinsfüße in Aspik«. Sie steckte sich den Finger in den Rachen, »und für die normaleren Bürger von Little Italy Lammkoteletts, extra dick und wirklich gut. Hab mir gestern zum Abendessen selbst welche gemacht, und sie waren tatsächlich essbar.«

Angela grinste. Donna hatte etwas umwerfend Liebenswertes. »Meine Mutter hat mich gebeten, ihre Bestellung abzuholen. Auf den Namen Sam DeNero.«

Die junge Frau bekam kugelrunde Augen. »Oooooh, wie Bobby D.? Mein Gott, hat der toll gespielt in *Meet the Parents*, obwohl ich den Film selber etwas blöd fand und die Rolle unter seinem Niveau.«

Laut Annie waren Donnas Leidenschaften Hollywoodschauspieler und das Fernsehen im Allgemeinen. Sie war die reinste Koryphäe, wenn's um die Unterhaltungsindustrie ging. »Nein, Robert DeNiro schreibt sich mit einem i, nicht mit einem e.«

»Zu schade. Er ist jetzt zwar schon älter, hat sich aber gut gehalten. Ich würde ihn zu gerne mal kennen lernen und ihm sagen, wie gut ich ihn in *Der Pate II* fand. Für den ersten Film hatte er auch vorgesprochen, aber sie haben ihn nicht genommen. Coppola war jedoch klug genug, ihn für den zweiten Film zu engagieren. Mann, hat der damals gut ausgesehen.« Donna war mit dem Einwickeln der Bestellung fertig und legte sie auf die Theke.

»Es erstaunt mich immer wieder, wie viel du über diese Dinge weißt. Falls ich je mal wieder Trivial Pursuit spielen sollte, möchte ich dich unbedingt in meinem Team haben«, sagte Angela und reichte Donna zwei 20-Dollar-Scheine.

Donna seufzte. »Na, in irgendwas ist wohl jeder gut. Eventuell fällt mir ja eines Tages ein, wie ich all diese überflüssigen Kenntnisse in Bares verwandeln kann. Annie sagt, wenn sie je bei ›Wer wird Millionär‹ auftreten sollte, würde sie mich für den Telefonanruf nehmen.«

»Donna!«, kreischte Mrs. Santini aus dem Hinterzimmer, und Angela sträubten sich unwillkürlich die Nackenhaare. »Hör sofort auf zu quatschen und mach dich an die Arbeit. Ich bezahl dich nicht dafür, dass du mit den Kunden schwatzt.«

»Ich muss weitermachen«, sagte Donna, verdrehte die Augen und reichte Angela ihr Wechselgeld. »Der Drache naht.«

Als Angela sich zum Gehen wandte, schoss ihr der Gedanke durch den Kopf, dass es Schlimmeres gab, als ledig und schwanger zu sein. Einer Chefin wie Mrs. Santini ausgeliefert zu sein beispielsweise.

10

Was kommt raus, wenn man den Paten mit einem Anwalt kreuzt?
Ein unverständliches Angebot.

Mit heftig klopfendem Herzen betrat John das Backsteingebäude, in dem sich Angelas Anwaltspraxis befand. Er kam sich vor wie ein pickeliger Schuljunge, der vorhatte, das umschwärmteste Mädchen der Schule um eine Verabredung zu bitten. Angela hatte ihn schon öfter abgewiesen; er hatte keine Ahnung, ob sie zustimmen würde, aber er wusste, dass er es zumindest versuchen musste.

Er hatte nicht den Mut gehabt, sich vorher anzumelden. Zu dieser Zeit würde sie sicher mit ihren Klienten fertig sein, und da er ein Mann war, der Herausforderungen liebte und Angela eine riesengroße Herausforderung darstellte …

Er schnaufte zufrieden, als er den Vorraum betrat und keine Sekretärin in Sicht war, die ihn hätte aufhalten können. Bei derartigen Operationen war das Überraschungselement schon der halbe Sieg.

Angelas Bürotür war geschlossen. Er wollte gerade klopfen, als er Gekicher aus dem Nachbarbüro hörte. Wandas ausgeprägtes, rauchiges Lachen, gefolgt von Angelas prustendem Giggeln. Er trat an die Tür, um zu hören, was wohl so lustig war.

John hielt nichts vom Lauschen. Andererseits war das, was er da machte, eigentlich kein Lauschen, denn die beiden Frauen sprachen so laut, dass es jeder draußen hören konnte.

»Ich wette, sein Knüppel ist so lang und dick wie ein Ast.«

Er verharrte verblüfft, als er diese freizügige Feststellung von Wanda hörte. Unwillkürlich fragte er sich, wer wohl das Opfer sein mochte, von dem die Rede war. Es hätte ihr Freund Kyle sein können, aber John hatte das sichere Gefühl, dass Wanda bereits wusste, wie lang und dick Kyles »Knüppel« war.

»Gewöhnlich gibt die Schuhgröße einen recht guten Aufschluss über die Proportionen seines Dings«, fuhr sie fort. »Oder man schaut sich den Abstand zwischen Handgelenk und Ellbogen an.«

John warf unwillkürlich einen Blick auf seine Schuhe – Größe vierundvierzig –, dann auf seinen Unterarm und seufzte erleichtert auf.

Anscheinend spielte Größe doch eine Rolle.

»Du bist unmöglich, Wanda Washington. Ich würde nicht wollen, dass man mich nach der Größe meines Busens beurteilt. Und ich finde es unfair, den Wert eines Mannes auf die Größe seines Penis zu reduzieren.«

Diese Schönheit hatte, was ihre Brustgröße betraf, wahrhaftig keinen Grund zur Sorge! Aber es war nicht nur ihr rasanter Körper, auf den John scharf war. Angela besaß darüber hinaus einen messerscharfen Verstand, einen geradezu ansteckenden Humor und …

»Das kommt daher, weil du noch nie mit 'nem Kerl zusammen warst, dessen Schniedel nicht größer war als mein kleiner Finger.« Er konnte Wanda fast vor sich sehen, wie sie mit ihrem kleinen Finger wackelte. »Mädel, ich kann dir sagen, das war keine angenehme Erfahrung. Da hat ja mein Vibrator noch mehr hergegeben.

Und findest du nicht, dass ›Penis‹ ein furchtbar hässliches Wort ist? Ich schon. Passt aber zu diesem hässlichen, schrumpeligen Wurmfortsatz. Ich weiß wirklich nicht, was Gott sich dabei gedacht hat, als er *das* erschuf.«

»Na ja, um ehrlich zu sein, ich denke nicht so oft über solche Dinge nach wie du anscheinend.« Angelas Stimme hatte einen amüsierten Unterton. »Ich denke, wir sollten *es* von jetzt an als Zauberstab bezeichnen.«

»Zauberstab? Schätzchen, Wiener Würstchen käme der Sache schon näher.«

Beide Frauen brachen abermals in schallendes Gelächter aus.

Scheiße! So redeten Frauen also, wenn sie allein waren? Wie … wie … Männer!

John klopfte rasch an, bevor sie noch deftigere Geschütze auffahren konnten. Das war definitiv mehr, als er über diese beiden Frauen wissen wollte.

»Herein«, rief Wanda. John öffnete die Tür, und sein Blick fiel sofort auf Angela, die auf der Kante von Wandas Schreibtisch saß und die langen Beine lässig baumeln ließ. Sie trug ein enges rosa Kostüm und sah – Gott helfe ihm – einfach brandheiß aus! Er ertappte sich dabei, wie er sie selbstvergessen anstarrte.

Wanda riss begeistert die Augen auf. »Aber hallo, John! Schön, Sie wieder zu sehen.« Sie winkte ihn herein, ohne auf das erstickte Geräusch zu achten, das Angela von sich gab. »Was führt Sie denn in unsere abgelegene Gegend?«, und setzte so leise hinzu, dass nur Angela es hören konnte, »als ob ich das nicht wüsste.«

Angela, die hochrote Wangen bekam, musterte ihre Freundin strafend, bevor sie sich an John wandte. »Gibt es ein Problem, John?«, fragte sie, um einen möglichst kühlen, gelassenen Ton bemüht, obwohl es in ihrem Innern brodelte, und rutschte vom Schreibtisch. Seit der unvergesslichen Knutscherei hatte sie ihn nicht mehr gesehen. »Irgendwas, worüber wir reden müssen?«

»Äh, es ist nicht unbedingt ein Problem. Könnten wir uns kurz unter vier Augen unterhalten? In deinem Büro?« Er schenkte Wanda, die grinste wie ein Honigkuchenpferd, ein entschuldigendes Lächeln.

Angela zuckte mit den Schultern. »Klar. Geh schon mal vor. Ich komme gleich.«

»Du musst nicht so tun, als wäre es wer weiß was für eine

Last, wenn ein so atemberaubender Kerl wie John Franco dich besucht«, ermahnte Wanda ihre Freundin, als John verschwunden war. »Und jetzt hör dir an, was er will. Ich sterbe vor Neugier.«

»Vermutlich irgendwas den Fall betreffend, eventuell wurde ein Termin verschoben, oder es ist was mit einem Zeugen. Bestimmt nicht mehr.«

Wanda rollte die Augen. »Und so was hätte er nicht am Telefon erledigen können? Ziemlich unwahrscheinlich. Wach auf, Mädel, der Mann hat ein ernstes Interesse an dir. Da gehe ich jede Wette ein.«

»Interesse woran? Das ist hier die Frage.« Blöderweise fiel Angela keine Antwort darauf ein. »Bis morgen dann. Einen schönen Abend noch, okay?«

Wanda, die Angela mit einem Blick maß, der andeutete, dass diese den Verstand verloren habe, meinte: »Falls du glaubst, ich würde gehen, bevor ich weiß, was dieser hübsche weiße Junge von dir will, dann hast du dich gründlich getäuscht, Mädel. He, du glaubst doch nicht, dass er unser Gespräch über Knüppel belauscht hat, oder?«

»Jesus, Maria und Josef! Ich hoffe nicht!«, ächzte Angela entsetzt, und Wandas Gelächter folgte ihr bis zu ihrem Büro.

John stand am Fenster, als sie eintrat, und schaute auf den Verkehr hinunter. Er trug Jeans, ein schwarzes T-Shirt und ein dunkles Jackett mit einem Fischgrätmuster, das seine breiten Schultern betonte. »Tut mir Leid, dass es so lange gedauert hat. Wanda und ich mussten noch was … besprechen.«

Ein vergnügtes Grinsen umspielte seine Lippen, was nichts Gutes verhieß. »Wie ich höre, sind gute Zauberstäbe heutzutage ziemlich knapp.«

Ihr Gesicht wurde noch röter als ihr Kostüm, und sie wäre vor Scham am liebsten im Boden versunken. »Es ist unhöflich, an Türen zu lauschen, John. Hat dir das deine Mutter denn nie beigebracht?« Gott sei Dank hatten Wanda und sie nicht über ihn gesprochen.

»Ein reines Versehen, das schwöre ich.« Aber er grinste nach wie vor, und Angelas Puls beruhigte sich kein bisschen.

Verdammt, wieso hatte er immer so eine Wirkung auf sie? Wieso konnte er nicht einfach hässlich sein oder gemein oder dumm oder so was, bloß nicht der lebendig gewordene Mädchentraum und ein netter Kerl noch dazu.

Es gab keine Gerechtigkeit auf dieser Welt.

»Wolltest du nicht mit mir über irgendwas reden?« Sie warf einen Blick auf ihre Uhr. »Es ist schon spät. Ich muss nach Hause zu Winston.«

»Winston?« Seine rechte Braue schoss hoch. »Ach so, dein Hund. Weißt du, ich hab diesen Vierbeiner noch nie gesehen. Du versteckst ihn offensichtlich vor mir, wenn wir uns sehen.«

»Das kommt daher, dass Winston keine Fremden mag. Er mag es auch nicht, zu lange allein zu Hause gelassen zu werden. Ich muss also bald nach Hause oder es gibt ein Unglück aufzuwischen.« Ihr schauderte bei dem Gedanken. Wins »Unglücke« waren üblicherweise enorm.

»Schon kapiert.« John hatte es nicht so mit Hunden. Hatte nie einen gehabt. Als er noch klein war, hatte es seine Mutter nicht erlaubt und danach war ihm das ganze Drumherum wie Gassigehen, Füttern und Saubermachen zu viel Mühe gewesen.

»Du hast neulich gesagt, dass du Countrymusik magst.«

»Stimmt. Ich mag Musik ganz allgemein, aber besonders Countrymusik.«

»Garth Brooks tritt diesen Samstag im Center für Performing Arts auf. Hättest du Zeit, mich zu begleiten?«

Angela strahlte. »Garth Brooks kommt nach Baltimore? Ich kann's kaum glauben. Als ich noch in Boston war, hab ich mehrmals versucht, Karten für eins seiner Konzerte zu bekommen, aber es war ständig ausverkauft.«

John griff in seine Jackentasche und holte zwei Tickets heraus, die er ihr unter die Nase hielt. Genau in dieser Sekunde wusste sie, was der arme Adam durchgemacht hatte, als

Eva ihm den köstlichen Apfel anbot. »Die habe ich heute Vormittag ergattert. Ich würde mich freuen, mit dir dort hinzugehen.«

Angela musterte die Tickets sehnsüchtig. Sie war wirklich versucht, ja zu sagen, kam jedoch im letzten Moment zur Vernunft und schüttelte den Kopf. »John, ich bin sehr geschmeichelt, aber du weißt ja, was ich davon halte, wenn wir uns privat treffen. Ich …«

Unvermittelt ging die Tür einen Spalt auf, und Wanda streckte den Kopf herein. Es war offensichtlich, dass sie gelauscht hatte. Lauschen schien an diesem Tag regelrecht in Mode gekommen zu sein …

»Jetzt gib dir einen Ruck, Angela. Es ist doch bloß ein Konzert! Ich bezweifle, dass irgendjemand euch beide sehen wird. Da sind doch Menschenmassen unterwegs, und ihr seid zwei unter Hunderten.«

John warf Wanda einen dankbaren Blick zu. »Wanda hat Recht.«

»Du weißt sehr gut, John, dass es höchst unprofessionell wäre, auch nur daran zu denken, miteinander einen solchen Abend zu verbringen.«

»Ich gehe jetzt. Tschüss!« Wanda winkte und schloss rasch die Tür, bevor Angela sie noch zurechtstutzen konnte.

Wanda war eine unverbesserliche Kupplerin. In der kurzen Zeit, seit Angela sie kannte, hatte sie ihr schon zwei desaströse Blind Dates aufgedrängt. Das erste war mit einem Börsenmakler gewesen, der die nervige Angewohnheit hatte, von sich selbst in der dritten Person zu reden: *»Tom liebt Hot Dogs. Tom findet, du solltest dein Haar kürzer tragen.«* Angela hasste Tom. Das andere hatte mit einem Zahnarzt stattgefunden. Der hatte den ganzen Abend über ihren Mund angestarrt, aber nicht etwa, weil er sie küssen wollte: Seine nicht allzu subtilen Andeutungen, dass ihr eine Zahnspange gut täte, hatten sie restlos geheilt.

Nein, als Kupplerin ließ Wanda einiges zu wünschen übrig.

John trat dicht an sie heran und nahm ihr auf einmal den ganzen Sauerstoff weg. Jedenfalls hielt sie das für den Grund, warum sie auf einmal kurzatmig wurde. »Angela, ich möchte mir dir zu diesem Konzert gehen. Bitte, sag ja.«

Sie blinzelte hinauf in seine himmelblauen Augen und wusste, dass sie in Schwierigkeiten steckte. *Verdammt! Wieso mussten sie ausgerechnet blau sein?* Blaue Augen waren schon von jeher ihre größte Schwäche gewesen.

Ergeben seufzend sagte sie: »Also gut, ich komme mit. Aber nur dieses eine Mal. Und auch nur, weil du die Tickets schon hast.« Ganz schön dreist von ihm, aber auch unheimlich lieb.

Bill hätte so einen »Überfall« nie inszeniert. Er hätte Monate vor dem Konzert einen Blick in sein Palmtop geworfen und ihr ein Memo geschickt, um sicherzugehen, dass sie zur Verfügung stand. Spontaneität war ein Fremdwort für ihn gewesen.

»Ich hoffe, du weißt, wie grausam du das Ego eines Mannes treffen kannst.«

Angelas Augen blitzten amüsiert. »Ach, ich glaube, deins ist groß genug, das lässt sich so schnell nicht zermalmen. Um welche Zeit soll ich fertig sein?«

»Wäre es sehr übertrieben, wenn ich dich davor noch zum Abendessen einladen würde?«

Schon wieder dieser verdammte verführerische Apfel. »Ja, das wäre es, aber ich sag trotzdem ja.«

Da begann er zu strahlen. »Toll! Ich hole dich um sechs ab. Ich kenne da einen Schuppen, wo's großartige Rippchen gibt. Das wird dir schmecken.« Ein Zwinkern und er war zur Tür raus. Zurück blieb eine reichlich atemlose, erwartungsfrohe Angela.

Mr. Roys *»House of Style«*, das erst kürzlich gleich neben Fiorelli's Bäckerei eröffnet hatte, war an Samstagvormittagen gewöhnlich ziemlich voll. Der heutige Tag bildete da keine Ausnahme, mit dem Unterschied, dass die Damen, die den ultramodernen, ganz in Schwarz-Weiß gehaltenen Frisiersalon frequentierten, in diesem Fall alle verwandt oder zumindest verschwägert waren.

»Ich sage dir, Mary, es ist eine Schande. Deine Rechtsanwältin geht heute Abend mit deinem Cousin aus. Dieser Mann versucht mir meinen Enkel wegzunehmen und dir deinen Stiefsohn. Welcher Mann verschwört sich gegen sein eigen Fleisch und Blut? Sag mir das mal.« Sophia bekreuzigte sich und zischte dann den Friseur an: »Hören Sie auf, so an meinen Haaren zu zerren, oder ich tue das Gleiche mit Ihren. Dank Ihnen kriege ich noch eine Glatze.«

Der Mann entschuldigte sich erschreckt und warf einen verzweifelten Blick auf die große Wanduhr. Es war ihm anzusehen, dass er sehnlichst wünschte, diese Heimsuchung möge bald an ihm vorübergegangen sein.

»Bist du sicher, Sophia?«, erkundigte sich Annie, die mit tropfnassem Kopf aus einem Waschbecken auftauchte und dem jungen Mädchen, das mit seifigen Händen über ihr stand, entschuldigend zulächelte. »Das klingt so gar nicht nach Angela, obwohl, ich weiß, dass ihr John Leid tut. Man sollte sie nicht mit dem gleichen Maß messen. Sicher will sie lediglich nett sein.«

»Essen? Hat hier jemand was von essen gesagt?« Oma Flora hob die Trockenhaube, unter der sie bis jetzt gesteckt hatte. »Gut, ich könnte ein Pferd verschlingen. He, Mr. Roy, ich verbrate hier bei lebendigem Leib«, rief sie und wedelte dabei mit einem spitzenbesetzten weißen Taschentuch, um seine Aufmerksamkeit auf sich zu lenken. Dann wischte sie sich damit über das verschwitzte Gesicht. »Hören Sie auf, an meiner Schwiegertochter rumzufummeln. Kommen Sie her und prüfen Sie, ob meine Haare schon trocken sind. Ich bin schließlich älter. Ich sollte bevorzugt behandelt werden.«

»Sei still, alte Frau, und lass den Mann seine Arbeit tun!«, fauchte Sophia. »Ich bin gleich fertig.«

Mr. Roy war ein sehr netter Mann und ziemlich tolerant,

aber er erwartete von seinen Kundinnen, egal welchen Alters, dass sie ihm aufs Wort gehorchten. Und das hieß, keine Extrawürste für Oma Flora. »Sofort wieder unter die Haube, Mrs. Russo«, befahl er streng. »Sie sind heute ein ziemlich ungezogenes Mädchen. Wir wollen unsere Spitzen doch nicht kaputtmachen, nicht?«

Die alte Dame grunzte in die Richtung des hoch gewachsenen Mannes, der sie dauernd an Sal Mineo erinnerte, was nicht gut war, da sie Sal Mineo nie leiden konnte. »Was scheren Sie meine Haarspitzen? Ich verbrenne mir die Kopfhaut.« Aber sie gehorchte dennoch. Immerhin hatte Mr. Roy heute schon Connie einen Schlag mit der Bürste versetzt, weil sie nicht still genug gehalten hatte; Oma Flora ging lieber auf Nummer sicher.

Die meisten Russo-Frauen, einschließlich Mary – bis Annie sie unter ihre Fittiche nahm –, waren bis dahin regelmäßig in Bertha Brucetti's Schönheitssalon gegangen. Aber Bertha litt unter dem grauen Star, und ihre Augen machten nicht mehr so recht mit. Oma Flora hatte sich schließlich dazu durchgerungen, Bertha nicht länger mit dem heißen Lockeneisen an sich heranzulassen, Freundschaft hin oder her.

Als Annie dann Mr. Roys neuen Salon vorschlug, waren sich alle einig gewesen, dass die Zeit reif für einen Wechsel war. Besonders, als sie herausfanden, dass Mr. Roy seinen Kundinnen Cappuccino und Gebäck aus Andrea Fiorellis Bäckerei vorsetzte.

Loyalität hatte nun mal ihre Grenzen.

Marys jüngere Schwester Connie saß auf dem Stuhl neben Sophia und wartete geduldig darauf, dass Mr. Roy mit ihrer Mutter fertig wurde. »Ich mag Johnny«, sagte sie. »Ich wünschte, diese Sache wäre endlich vom Tisch. Dieser Zwist ist nicht gut für die Familie. Und für das Baby auch nicht.« Sie tätschelte ihren dicken Bauch und lächelte dem Friseur freundlich zu, der sich jetzt an ihre Haare machte. »Schön hoch toupieren, Mr. Roy. So mag's mein Mann am liebsten.«

Annette Funicello wäre von Connies Frisur begeistert gewesen. Tatsächlich hatte sie diese Frisur in dem Film *Beach Blanket Bimbo* getragen.

Mr. Roys Gesicht verzog sich schmerzlich, und ein Ausdruck von Übelkeit nistete sich um seine Nase ein. »Aber das ist soo unmodern, Mrs. Falcone. Wieso lassen Sie mich nicht mal was anderes ausprobieren?«

»Glauben Sie vielleicht, meine Tochter schert sich um modern oder unmodern? Sie hat einen Mann zufrieden zu stellen! Bauschen Sie, bauschen Sie!«, instruierte Sophia den Friseur mit einer Stimme, die keinen Widerspruch duldete.

»Mit Eddie würde ich mich an Ihrer Stelle nicht anlegen, Mr. Roy«, meinte Annie und zwinkerte dem genervten Mann süffisant zu. »Falls Sie je eine Sigmoiditis haben, könnte er versucht sein, Ihnen das Metalldings bis rauf in den Hals zu rammen. Eddie ist Proktologe, wissen Sie, er befasst sich mit, äh, Hinterteilen.«

»Ma, du musst wirklich aufhören, überall Unruhe zu stiften«, sagte Mary. »Ich habe John sogar selbst gesagt, er soll mit Angela ausgehen. Ich werde es ihm doch nicht vorwerfen, dass er einen guten Geschmack hat. Und warst du nicht diejenige, die gemeint hat, er müsste allmählich heiraten? Soweit ich mich erinnere …«

»Das war, bevor sich herausstellte, dass er ein vermaledeiter Verräter ist. Wer wusste schon, dass er seiner Familie bei der erstbesten Gelegenheit in den Rücken fällt? Ich wasche meine Hände in Unschuld.« Sophia machte eine entsprechende Bewegung, um ihre Empörung zu unterstreichen.

In diesem Moment betrat Gina Goldman den Salon, einen etwa rattengroßen Hund auf dem Arm. Sie achtete nicht auf Mr. Roys schockiertes Aufkeuchen. »Ist meine Tochter hier?«, fragte sie. »Wir wollten uns zum Einkaufen treffen.« Sie war eine attraktive Frau, und es bestand kein Zweifel, wo Annie ihr Aussehen herhatte.

»Hier, Gin … äh … Mom, ich bin hier hinten«, rief Annie

und winkte sie heran. »Lisa macht mir nur noch eine Tönung drauf. Bin bald fertig.«

Annies Mutter musterte ihre Tochter mit einem missbilligenden Kopfschütteln. »Annie, du hast Joe doch versprochen, dass du mit der verrückten Haarfärberei aufhörst. Ich dachte, du hättest diesen Unsinn endlich hinter dir.«

»Das hält doch nur ein paar Wochen. Ich hatte einfach das Bedürfnis nach ein bisschen Pepp. Außerdem hab ich Joe schon gesagt, dass ich mir ein klitzekleines bisschen Lila in die Haare machen lassen will. Er hat nichts dagegen. Hör du auf, an mir rumzunörgeln.«

»Richtig. Hör auf deine Tochter, Gina. Bloß weil du alt und grau aussehen willst, heißt das nicht, dass das jeder nachmachen muss.« Sophia war stolz auf ihre feuerroten Haare, die mit Henna gefärbt waren. Sie hatten genau denselben Ton wie Lucille Balls Haare. »Lucille hat immer jünger ausgesehen als Ethel. Und weißt du, warum? Wegen ihrer roten Haare.«

»Mrs. Goldman, ich muss Sie bitten, Ihren Hund draußen zu lassen«, ermahnte sie Mr. Roy. »Ich erlaube keine Tiere in meinem Frisiersalon.« Er starrte das rattige Hündchen bedrohlich an, das ihn japsend angeiferte.

»Ach, jetzt haben Sie sich nicht so, Roy.« Gina streichelte den verzogenen Shitzu. »Bubbeh tut doch keinem was. Und wenn Sie nicht aufhören, ihn zu beleidigen, denkt er noch, dass Sie ihn nicht mögen. Und Bubbeh hat die unglückliche Angewohnheit, Leute anzupinkeln, die ihn nicht mögen. Fragen Sie nur meinen Mann.«

Als er ihr Grinsen sah, verdrehte der Mann die Augen, schluckte jeden weiteren Kommentar herunter und machte sich mit Todesverachtung wieder über Connies Vogelnest her, insgeheim wünschend, Annie hätte ihn nie den Russos empfohlen. Oder ihrer Mutter.

Kein Mensch sollte so leiden müssen.

»Wollen du und Sid nicht morgen zum Sonntagsessen zu

uns kommen, Gina? Ich mache einen knusprigen Schweinebraten.«

»Du weißt doch, dass Sid kein Schwein isst, Sophia. Er ist Jude. Ich dachte, das hätte ich dir schon erklärt, als wir letztes Mal zum Essen da waren.«

»Dann isst dein Mann eben Pasta und du das Schwein. Ich brate auch eine große Portion Calamari. Dein Mann isst doch Fisch, oder? Oder hält er den auch für unrein?«

Da öffnete sich die Tür erneut, und sämtliche Augen hefteten sich an den Eingang.

Angela stand in der Tür und starrte die Gruppe wie hypnotisiert an.

»Die hat vielleicht Nerven, sich hier blicken zu lassen«, flüsterte Sophia ihrer jüngsten Tochter zu. Natürlich so laut, dass es jeder hören konnte.

Mary schoss ihrer Mutter einen bitterbösen Blick zu, dann strahlte sie: »Hallo, Angela. Hätte nicht erwartet, dass wir uns so schnell wieder sehen.«

Angela hatte sich vor zwei Tagen mit Mary und Dan getroffen, um den Bericht der Kindertherapeutin zu besprechen. Die Psychologin schilderte Matt als einen glücklichen, stabilen Jungen, der unter den Ereignissen um die plötzliche Trennung von seiner Mutter jedoch schwer gelitten hatte.

Angela stieß langsam den angehaltenen Atem aus. Nach Sophias Bemerkung war sie sich nicht sicher gewesen, wie die anderen auf sie reagieren würden. Zumindest Mary war nett, doch etwas anderes hatte sie von der Schwangeren eigentlich auch nicht erwartet. Und Sophias Verhalten kam sowieso nicht gerade überraschend.

»Ich wollte mir nur schnell die Haare schneiden lassen. Sie werden allmählich ein bisschen zu lang. Mr. Roy meinte, er könnte mich noch dazwischenschieben. Doch wie's aussieht, wird das schwierig.«

»Alle wissen, dass du heute Abend mit Johnny Franco ausgehst«, dröhnte Sophia und verschränkte kampfbereit die Arme vor der Brust.

Angela, die sich über Sophias Aburteilung ärgerte, lief mit einigen langen Schritten zu Sophia, baute sich vor ihr auf und fixierte sie. Ein allgemeines Aufkeuchen ging durch den Salon. Sophia wurde ein wenig blass. »Das stimmt. Und? Haben Sie was dagegen, Mrs. Russo?«

Oma Flora kicherte. »Ich mag das Mädel. Komm her und gib mir einen Kuss, Angela. Du und mein Enkel, ihr gebt ein schönes Paar ab. Hör nicht auf die Frau meines Sohnes. Sie ist eine Giftspritze, das weiß jeder.«

»John Franco und ich sind kein Paar, Oma Flora. Ich möchte, dass du und dass jeder hier das weiß. Ich habe meine Verpflichtungen nicht aus den Augen verloren, ich weiß, was ich Mary und Dan schulde, und ich werde vor Gericht hart kämpfen, um diesen Fall zu gewinnen. Aber John und ich sind Berufskollegen, wir haben ähnliche Interessen, und ich finde nichts dabei, heute Abend mit ihm ins Garth-Brooks-Konzert zu gehen.«

Sie wandte sich an Mary. »Oder hast du was dagegen, Mary? Denn wenn das der Fall ist, dann rufe ich Johnny an und sage ihm, dass ich nicht mitgehen kann. Ich möchte nichts tun, was dich verletzt.«

Mary lächelte. »Nein, ich habe nichts dagegen. Tatsächlich habe ich John sogar zur Eröffnungsfeier unseres neuen Restaurants eingeladen.«

Als Angela das hörte, plusterte sie anerkennend die Wangen auf. Marys Mutter war weniger zurückhaltend.

»Was?!«, kreischte Sophia und schoss wie von einer Tarantel gebissen aus dem Stuhl. »Bist du irre? Du lädst den Feind in dein Haus ein? Meine Tochter hat den Verstand verloren.« Sie begann italienische Verwünschungen auszustoßen, wobei sie mit den Händen wild durch die Luft wedelte und ganz allgemein ein Riesendrama veranstaltete. Typisch Sophia eben.

»Für mich heißt es vorläufig noch ›Im Zweifel für den Angeklagten‹, Ma«, erklärte Mary gelassen. »Wenn sich die Dinge ändern, wird sich auch meine Einstellung ändern.«

»Du bist sehr großzügig, Mary«, sagte Angela. »Und John weiß das bestimmt zu schätzen. Aber du solltest dir darüber im Klaren sein, dass es bei der eigentlichen Verhandlung ganz schön hart zugehen könnte. John wird tun, was er tun muss. Es ist nichts Persönliches. Aber es könnte schmerzlich für dich werden. Ich möchte dich nur warnen.«

Mary lächelte traurig. »Nun ja, wenn und falls dieser Tag kommen sollte, sind die Wetten wieder offen. Ich mag Johnny sehr, aber meine Loyalität gilt natürlich meinem Mann.«

11

*Warum verbietet das Gesetz sexuelle Beziehungen zwischen Anwalt und Klient?
Damit der Klient nicht zweimal für im Grunde ein und denselben Dienst eine Rechnung serviert kriegt.*

»I've got friends in low places ...«

John und Angela grölten hingerissen den Garth-Brooks-Song, den sie gerade gehört hatten, wobei Angela den Text absichtlich verfälschte und lachen musste.

Ihr Lachen war ansteckend, und John, dem das fröhliche Funkeln in Angelas dunklen Augen über alle Maßen gefiel, atmete tief durch. Angela konnte nicht sehr gut singen, doch er ebenso wenig. Dafür sangen sie laut. Und was ihnen an Talent fehlte, machten sie durch Begeisterung wieder wett.

Zu seiner grenzenlosen Überraschung hatte sie sich, wie er beim Abholen feststellte, genau richtig für den Anlass gekleidet: knallenge Jeans, rotseidenes Westernhemd, dazu passender roter Cowboyhut und Westernstiefel. Er selbst hatte sich ebenfalls in seine Westernklamotten geworfen und hatte sich die ganze Fahrt zu ihrer Wohnung Sorgen gemacht, sie könnte ihn deswegen für einen Idioten halten. Aber als sie ihm lachend und mit hochroten Wangen ihre Aufmachung präsentierte und sich dann ihren roten Cowboyhut auf den Kopf stülpte, da hatte etwas in seinem Innern Klick gemacht, etwas, das sich unheimlich richtig anfühlte.

»Also ich finde, Garth Brooks hat heute Abend einen sagenhaften Auftritt hingelegt, findest du nicht auch?«, schwärmte sie mit einem träumerischen Ausdruck auf dem

Gesicht. »Ich bin so froh, dass ich ihn endlich mal live erleben durfte.«

John, der gerade die Interstate 95 verließ und in die Ausfahrt zum Inner Harbor einbog, nickte. »Er ist einsame Spitze. Ich kann's immer noch kaum fassen, dass er volle drei Zugaben gegeben hat. Kein Wunder, dass ihn seine Fans so mögen. Den meisten Künstlern wär das zu anstrengend gewesen.«

»Und hast du gesehen, wie er die Frau geküsst hat, die auf die Bühne stürmte? Dass er so nett zu ihr war! Also ich hätte eine Todesangst gehabt, dass sie mir was antun könnte oder so.«

»Na ja, sie hat ihm die Lippen ja auch ganz schön zerquetscht«, meinte er mit einem Grinsen. »Was ich kaum glauben konnte war, wie du auf den Sitz gesprungen bist und gekreischt hast, als wärst du ein Teenager.« Diesen Anblick würde er nie vergessen: wie Angela auf ihrem Sitz senkrecht herumgehüpft und begeistert mit den Händen den Takt geklatscht hatte.

Ob sie im Bett wohl auch so ungehemmt war?

Angela nahm bei der Erinnerung daran die Farbe einer überreifen Tomate an. »Es hat mich einfach mitgerissen. Ich hoffe, du hast dich nicht zu sehr für mich geschämt.«

»Ach, i wo. Ich fand es bloß witzig, dass jemand, der um keinen Preis auffallen will, schier den Sessel zerkleinert. Du überraschst mich pausenlos.«

»Na ja, ich hab halt so meine Momente.«

»Du bist normalerweise immer so korrekt und ordentlich. Heute habe ich eine ganz andere Seite von dir kennen gelernt. Sie hat mir gefallen, wirklich gefallen.«

Ihr Lächeln war kryptisch. »Na ja, du weißt ja, was man über stille Wasser sagt, Herr Rechtsanwalt.«

Das wusste er tatsächlich …

Johns Magen wählte ausgerechnet diesen Moment, um vernehmlich zu knurren, und verhinderte damit jede clevere Retourkutsche, die ihm vielleicht in den Sinn gekommen wäre. »Hast du Hunger? Mein Tank könnte jedenfalls wieder eine Füllung vertragen.«

Angela nickte vergnügt und überraschte ihn damit schon wieder. Die meisten Frauen, die er kannte, pickten nur wie Vögelchen in ihrem Essen herum. Er fand es erfrischend, eine Frau zu erleben, die herzlich gerne aß und sich nicht scheute, das auch zu zeigen.

»Ich verhungere gleich, auch wenn's mir peinlich ist, das nach all den Rippchen, die ich vertilgt habe, zuzugeben. Magst du Hamburger? Ich liebe Burger King.«

»Echt? Ich auch. Also, ich hätte jetzt Lust auf einen Doppelwhopper mit Käse, einen Erdbeershake und eine große Portion Pommes.«

»Mmmmm. Du nimmst mir das Wort aus dem Munde. Aber ich will Zwiebelringe, keine Pommes. Und vielleicht irgendwas Süßes als Nachspeise.«

John wollte Angela mit etwas füttern, das nichts mit Worten zu tun hatte, seiner Zunge zum Beispiel, aber er verkniff sich die Bemerkung, weil er sie nicht verschrecken wollte. Er hatte sich bis jetzt mustergültig benommen, und das sollte, wenn es nach ihm ging, auch so bleiben.

Nachdem sie sich bis zum Abwinken mit Hamburgern und diversen Beilagen gemästet und sich ein paar Sparwitze aus dem Internet erzählt, dazu auf der Straße noch ein paar Garth-Brooks-Songs geschmettert hatten, brachte John Angela nach Hause.

Als er den Wagen vor ihrem Apartment anhielt, hatte es leicht zu regnen begonnen. *Mama Sophia's* war bereits geschlossen, und in der High Street war es, bis auf das eine oder andere vorbeifahrende Auto und das Geräusch der Regentropfen, die auf die Windschutzscheibe trommelten, vollkommen still. Die Wischblätter, die den Regen unablässig von der Scheibe wischten, klangen in der nun folgenden Stille unnatürlich laut.

Angela tastete nervös nach ihrer Handtasche, wobei sie mit sich zu Rate ging, ob sie John noch auf einen Kaffee in ihre Wohnung einladen sollte. Sie wollte nicht, dass er daraus falsche Schlüsse zog, besonders nicht nach dem, was letztes Mal passiert war. Andererseits wollte sie den schönen Abend jetzt auch noch nicht beenden. Er war schlichtweg perfekt gewesen – und so viel gelacht hatte sie schon lange nicht mehr.

In letzter Zeit hatte sie reichlich wenig zu lachen, aber John schaffte es immer irgendwie, sie aufzuheitern. Sie mochte ihn aufrichtig, mochte seinen schrägen Humor, seine lässige, fröhliche Art, die Tatsache, dass er dieselbe Art von Junkfood liebte wie sie und dass er bei jeder passenden und unpassenden Gelegenheit zu singen anfing, ohne sich darum zu kümmern, wo – und wie es sich anhörte.

Es war lustig mit ihm; mit ihm gab es ständig was zu lachen. Und sie brauchte wahrhaftig etwas mehr Freude in ihrem Leben.

Außerdem hatte er sich als guter, treuer Freund erwiesen.

»Danke, dass du mich zu dem Konzert eingeladen hast. Es war einfach toll. Und danke für die diversen Einladungen zum Essen.« Zumindest hatte sie während ihrer Schwangerschaft einen triftigen Grund, mehr zu essen, als sie durfte. Schließlich mussten ja zwei satt werden, oder?

»War mir ein Vergnügen. Ich bin froh, dass du doch mitgekommen bist. Vielleicht hast du auch gemerkt, dass ich nicht so ein Ungeheuer bin, wie du ursprünglich dachtest.«

»Das hab ich nie gedacht.« Er zog zweifelnd die Augenbrauen hoch, und sie lächelte reumütig. »Na ja, anfangs vielleicht, auf dem Polizeirevier, als du so mit deiner Oma umgesprungen bist. Aber nachdem ich dich besser kenne, denke ich das natürlich nicht mehr.«

»Das freut mich.«

Sie lächelte sanft und wünschte, sie hätte den Mut, ihm die Wange zu streicheln, seine starken Kiefer und die leichten Bartstoppeln zu befühlen. »Möchtest du noch auf einen Kaffee raufkommen? Ich weiß, es ist ziemlich spät, aber da wir morgen freihaben …«

»Gern. Sehr gern. Warte, ich hole nur schnell den Schirm aus dem Kofferraum und komme damit auf deine Seite.«

Kurz darauf betraten sie ihre Wohnung und wurden von einem bestialischen Gestank empfangen.

Angela folgte den Duftschwaden gen Wohnzimmer, in dem Winston mit einem Blähbauch auf ihrem neu erworbenen Sessel lümmelte. Bei ihrem Eintreten riskierte er gerade mal ein Auge, machte sich jedoch nicht die Mühe, sich zu erheben.

So viel zu seinen Qualitäten als Wachhund. Obwohl er mit diesen Stinkbomben jeden Einbrecher in die Flucht geschlagen hätte.

Angela fragte sich, ob John der schlimme Geruch ebenfalls aufgefallen war. Dann beobachtete sie, wie er angeekelt die Nase rümpfte. Verdammt!, dachte sie und merkte, wie ihr die Röte in die Wangen stieg.

Verflixter Hund! Warum musste er ausgerechnet heute die Wohnung vergasen?

»Äh, du musst meinen Hund entschuldigen. Winston kriegt leicht Blähungen. Unglücklicherweise habe ich ihm heute Abend den Rest von meinem Salat gegeben, und er verträgt keine Zwiebeln. Ich zünde schnell ein paar Kerzen an, um den Gestank zu vertreiben.« Sie machte sich sofort ans Werk und war froh, dass die Vanilleduftkerzen rasch ihren Zweck erfüllten.

John musterte den enormen weißen Klops in dem Sessel stirnrunzelnd. Kopfschüttelnd sagte er: »Das ist dein Hund?«

Sie nickte. »Ja, das ist der gute alte Win, wie er leibt und lebt. Ich mag ihn sehr, aber er hat leider ein paar ziemlich grässliche Angewohnheiten.« Sie erzählte ihm von der Vorliebe des Köters, aus der Toilettenschüssel zu saufen und auf die Fußmatte ihrer Vermieterin zu pinkeln. Er lachte. Gott sei Dank.

»Hätte dich nie für den Typ gehalten, der sich eine Bulldogge zulegt. Eher einen Pudel oder so was.«

»Pudel sind was für Weicheier. Ich weiß nicht, was du für eine Vorstellung von mir hast, John, aber ein Weichei bin ich nicht, das lass dir gesagt sein. Du wirst das spätestens im Gerichtssaal feststellen.«

»Du bist dir ganz schön sicher, dass du gewinnst, was?«

Sie lächelte. »Aber ja. Wenn ich das nicht wäre, hätte ich den Fall nie übernommen. Darf ich dich was fragen?«

Er nickte, und sie fuhr fort: »Was hältst du wirklich davon, Rothburg gegen deine Kusine vertreten zu müssen? Macht es dir sehr viel aus?« Sie glaubte, die Antwort bereits zu kennen, wollte es aber von ihm selbst hören.

John machte zunächst einen unschlüssigen Eindruck, war sich nicht sicher, ob er antworten, wie viel er zugeben sollte. »Ich komme mir vor wie ein unloyaler Schweinehund, wenn du die Wahrheit wissen willst. Aber ich konnte Tony nicht im Stich lassen, nach allem, was er für mich getan hat. Verdammt, ohne ihn hätte ich das Jurastudium wahrscheinlich gar nicht erst geschafft.«

»Du unterschätzt dich, John. Man hätte dich überhaupt nicht angenommen, wenn du nicht das Zeug dazu gehabt hättest. Lass dich nicht von den Meinungen und Vorurteilen anderer Leute beirren. Der John Franco, den ich kennen gelernt habe, ist unheimlich nett, sehr intelligent und überaus attraktiv.« Mit diesen Worten verschwand sie in der Küche und ließ John mit offenem Mund stehen.

Angela hielt ihn für attraktiv, nett und intelligent. Es gab also noch Hoffnung. Und er brauchte dringend ein wenig Hoffnung, denn ihm war klar geworden, dass er es nicht aushielte, ohne Angela zu sein. Er war sich nicht sicher, wie weit er sich auf sie einlassen wollte – er hatte schließlich jede Menge gescheiterter Beziehungen hinter sich und taugte schlecht dafür –, aber er wusste eins: Er brauchte sie so nötig wie die Luft zum Atmen.

Während John wartete, blickte er sich in ihrem Wohnzimmer um und fragte sich dabei, wieso es bei jedem anderen besser aussah als bei ihm. Seine Wohnung war zwar größer, aber nicht annähernd so hübsch eingerichtet. Vielleicht sollte er Peter doch bitten, mal rüberzukommen und ein bisschen für Abhilfe zu sorgen. Nötig war es allemal. Was seiner Wohnung fehlte, war die weibliche Hand. Da eine solche nicht zur Verfügung stand, musste er es halt mit seinem Bruder versuchen. Er würde Peter deswegen morgen anrufen.

In diesem Moment kam Angela mit einem Korbtablett, auf dem zwei Becher mit heißem Kaffee standen, ins Wohnzimmer zurück. »Ich wusste nicht genau, wie du ihn magst.«

»Schwarz ist wunderbar, danke!« Er nahm einen Schluck und setzte sich dann neben sie aufs Sofa. »Es ist nett hier, mein Kompliment.«

Sie erklärte ihm, dass sie die meisten Möbel übernommen hatte, ein paar Stücke, wie den Sessel, aber neu hinzugekauft hätte. »Und da ich sowieso vorhabe, bald umzuziehen …«, meinte sie.

»Du willst umziehen? Wann? Etwa wieder nach Boston?«

War das Enttäuschung in seiner Stimme? Nein, sie wollte sich nichts einbilden.

»Nein, ich wollte mir nur was Größeres suchen. Mrs. Foragi beschwert sich andauernd über den Hund. Winston braucht wirklich einen Garten und das Baby auch. Ich will nicht, dass mein Kind über einem Restaurant aufwächst. Ich will ein wirkliches Zuhause, mit einem Garten und einer Schaukel darin.«

»Du könntest dir ja mal mein Gebäude anschauen«, schlug er vor. »Meine Wohnung ist riesig. Sie liegt in einem alten, umgebauten Lagerhaus, und ich habe jede Menge Platz. Alles, was ich jetzt noch brauche, sind ein paar Möbel.«

»Du hast deine Familie erwähnt. Lebt sie auch hier?«, fragte sie. »Ich meine, außer den Russos? Hast du nicht gesagt, dein Bruder ist Kardiologe?«

Er nickte. »Ja, Mike ist Herzspezialist. Meine Eltern wohnen ganz in der Nähe. Und mein Bruder Peter, der als Personalmanager in einer großen Softwarefirma mit Sitz in Washington, D. C., arbeitet, hat eine große Wohnung am Inner Harbor. Und du?«

»Meine Eltern sind kürzlich von Boston wieder hergezogen. Mein Vater war früher Polizist.« Ein Polizist, der gern Frauenkleider trägt, aber das wollte sie im Moment lieber nicht erwähnen. Nicht, dass sie sich für ihren Vater schämte, aber die meisten Leute verstanden wohl nicht das Bedürfnis eines erwachsenen Mannes, sich in Strapse und Fummel zu werfen. Ein Macho wie John jedenfalls bestimmt nicht. »Meine Schwester Mia kommt morgen. Ich kann's kaum erwarten, sie zu sehen. Wir stehen uns sehr nahe.«

»Ist deine Schwester auch Anwältin?«

Angela lachte über diese absurde Vorstellung. »Mia Anwältin? Gott bewahre. Die landet wohl eher auf der anderen Seite des Gesetzes. Sie ist zurzeit arbeitslos.« Sie erzählte ihm von Mias Job als Baggerfahrerin beim Straßenbau, und er lächelte.

»Deine Schwester würde ich gerne kennen lernen. Sie scheint interessant zu sein. Ich mag Frauen, die Mumm haben.«

»Ja, an Mumm fehlt es Mia wahrhaftig nicht. Was sie bräuchte, ist etwas mehr gesunder Menschenverstand. Aus irgendeinem mir schleierhaften Grund scheinen die Männer meine Schwester faszinierend zu finden.«

Was John faszinierte, war Angelas Stimme und die Art, wie sie beim Sprechen die Hände bewegte, wie sie von Zeit zu Zeit ihre kleine Zungenspitze rausstreckte und den Rand ihres Kaffeebechers ableckte. Bei dem Anblick zog sich jedes Mal sein Magen zusammen.

»Was fasziniert dich denn so?«, fragte sie, plötzlich nervös werdend.

»Dein Mund. Er ist sehr verführerisch«, sagte er und rückte näher.

»John …« Sein Name klang wie ein Seufzer. Und trotz all der Gründe, warum sie ihn davon abhalten sollte, weiter zu gehen, war Angela machtlos. Sie saß da wie angewurzelt und starrte hypnotisiert in die Tiefen seiner ach so blauen Augen. Wie von ferne hörte sie seine tiefe Stimme, mit der er sie um ihre Kaffeetasse bat und diese auf den Tisch stellte.

Als er sie dann in die Arme nahm und küsste, kam ihr überhaupt nicht der Gedanke, sich zu wehren. Sein Mund auf dem ihren fühlte sich herrlich an, so weich, so lockend, und als sich seine Zunge vorwagte und zwischen ihre Lippen schob, konnte sie sich nur an seine Schultern klammern und den Kuss heftig erwidern, ihrer Sehnsucht nachgeben, ihn zu berühren, zu schmecken, sich in ihm zu verlieren.

Einige Minuten lang drohte die Welt zu kippen, die Zeit stand still, denken war unmöglich. Alles, was Angela jetzt noch konnte, war fühlen, seine Lippen, die sich auf die ihren pressten, seine Arme, die sie sicher und schützend umfangen hielten.

Dann hörte sie Johns leises Stöhnen – oder war sie das? – und wurde jäh in die Realität katapultiert. Unfassbar, was schon wieder geschehen war. Sie zuckte zurück und rückte ein Stück von ihm ab.

»Was ist los?«, fragte er.

»Das weißt du genau, John. Wir hätten das nicht tun dürfen. Es war falsch.«

»Hat sich aber verdammt richtig angefühlt.«

»Kann sein, aber es ist trotzdem falsch.«

»Es war doch nur ein Kuss, Angela.«

»War es das?«

Ihre Blicke trafen einander, und in dieser Sekunde wussten beide, dass ein einfacher Kuss nie genug sein würde. »Ich glaube, wir sollten diesen Abend besser beenden.«

»Wovor hast du Angst?«

Vor nichts. Vor allem. Vor den Gefühlen, die du in mir wachrufst, Gefühle, die ich nie wieder haben wollte. Ich wollte mich nie wieder mit jemandem einlassen, ganz besonders nicht mit einem gegnerischen Anwalt.

Wie Kugeln, die von einer Eisenwand abprallten, flogen ihr diese Gedanken durch den Kopf, doch natürlich hätte sie keinen davon zugegeben. »Weil ich es nicht für klug halte, dass wir was miteinander anfangen, heißt das noch lange nicht, dass ich Angst habe, John.« Aber das hatte sie, große Angst sogar. »Ich halte es für besser, wenn wir nur Freunde bleiben.« Aber jetzt wusste sie, dass das unmöglich war. Sie begann sich in ihn zu verlieben, und das musste sofort ein Ende haben.

Er erhob sich und reichte ihr die Hand, um ihr aufzuhelfen. »Freunde, hm? Mir schwebte da was anderes vor.«

»Bedaure. Das ist alles, was ich dir anbieten kann. Ich kann einfach nicht … es geht nicht … das kommt nicht …«

Halt die Klappe, DeNero!

Er streichelte lächelnd ihre Wange. »Sie sind ein ganz schön harter Brocken, Miss DeNero. Aber ich bin zum Glück ein Mann, der Herausforderungen liebt. Wenn ich etwas will, dann hindert mich nichts daran, es auch zu kriegen. Und dich will ich, Angela.«

Seine Ehrlichkeit raubte ihr den Atem, und kurzfristig war sie sprachlos. Dann holte sie tief Luft und ging zur Tür, inbrünstig hoffend, dass er ihr folgte. Als er es tat, war sie immens erleichtert.

»Das Konzert war wirklich toll. Danke. Aber jetzt sollten wir uns voneinander verabschieden.«

»Ein Gutenachtkuss ist wohl nicht mehr drin, was?«

Sie schüttelte den Kopf. »Nein. Bitte … bitte geh.« Denn sie war sich nicht sicher, wie lange sie ihm noch widerstehen konnte. Sie wollte ihn küssen, wollte mit ihm schlafen, sehr sogar. Schwanger oder nicht, mit ihren Hormonen und ihrer Libido war alles in Ordnung. Momentan hatte sie sogar das Gefühl, dass diese Dinger den Macarena tanzten.

John nickte ein wenig enttäuscht und verabschiedete sich. Angela schloss die Tür, verriegelte sie und atmete tief durch.

Männern kann man nicht trauen. Sie sagen alles Mögliche, aber am Ende lassen sich dich doch sitzen. Du hättest es besser wissen und dich nicht noch mal auf eine Knutscherei einlassen sollen. Wo bleibt dein gesunder Menschenverstand? Hat dir das mit Bill nicht gereicht?

Angela tätschelte seufzend ihren Bauch und fragte sich, wieso sie sich so vergessen konnte. Sie war doch eine vernünftige Person. Allerdings nicht bei John Franco.

Hatte sie nicht schon genug Probleme? Hatte sie sich ihr Leben nicht schon genug verpfuscht, indem sie sich von Bill McElroy übertölpeln ließ? Hatte sie nicht schon genug mit dem Herzen statt mit dem Hirn gedacht?

»Nie wieder!«, schwor sie sich laut.

Und sie würde sich daran halten.

Die Hände in die knabenhaft schmalen Hüften gestemmt, studierte Mia DeNero ihre Schwester ein paar Sekunden, bevor sie energisch ihren kurzen, braunen Lockenschopf schüttelte.

»Okay, Angie, spuck's aus. Ich weiß, dass du mir was verschweigst. Und ich werde nicht aufhören, dich zu löchern, bis du gestehst.« Sie war gerade beim Auspacken und machte sich nun wieder daran, ihre Sachen aus ihrem schwarzen Lederkoffer in die Ahornholzkommode zu räumen, die sie schon seit Kindertagen ihr Eigen nannte.

Mia war zwar erst vor vier Stunden im neuen Heim ihrer Eltern eingetroffen, hatte aber bereits gemerkt, dass mit Angela etwas nicht stimmte. Angelas kleine Schwester besaß eine äußerst wache Intuition, und Angela wusste erst mal nicht, wie sie reagieren sollte. Sie entschied sich dafür, die Dumme zu spielen.

»Ich weiß gar nicht, wovon du redest«, sagte sie gekonnt erstaunt und lehnte sich gegen die Kopfkissen, als könne sie kein Wässerlein trüben. Es war wundervoll, ihre Schwester wieder in der Nähe zu haben. Obwohl sie ganz vergessen hatte, wie hartnäckig Mia sein konnte, sobald sie eine Witterung aufgenommen hatte.

Mia unterbrach ihre Tätigkeit und setzte sich neben sie. »Ich mag ja ein paar Jährchen jünger sein als du und auch nicht so gebildet, aber dumm bin ich nicht, Angie, und ich erkenne eine Lügnerin, wenn sie vor mir sitzt. Ich habe noch nie etwas verraten, was du mir unter dem Siegel der Verschwiegenheit anvertraut hast, oder? Wieso fällt es dir jetzt so schwer?«

Angela versuchte die Sache herunterzuspielen. »Wie soll ich jemandem vertrauen, der nicht älter als zwölf aussieht?« Mit ihrem kurzen braunen Lockenschopf und den zarten Gesichtszügen sah Mia tatsächlich beträchtlich jünger als dreißig aus. Aus diesem Grund wurden zwar zumeist weniger Ansprüche an sie gestellt, andererseits wurde sie aber oft auch nicht für voll genommen.

Doch Angela nahm Mia durchaus ernst. Meistens jedenfalls. Aber sie wollte ihren dummen Fehltritt nicht noch einmal breittreten, ganz besonders nicht vor ihrer jüngeren Schwester, die schließlich zu ihr aufblickte.

»Hör auf, Märchen zu erzählen. So sehe ich immer aus. Ich weiß, dass du mir was verschweigst. Was ist es? Was ist passiert?«

»Psst! Du willst doch nicht, dass Mom und Dad dich hören, oder?«

»Die sind draußen im Garten beim Laubrechen. Dad wollte sich das Abendessen abarbeiten. Hat gesagt, er hätte einen schrecklichen Blähbauch, so als läg's am Auberginengratin und nicht an den Mengen von Bier, die er in sich reingeschüttet hat.«

»Mach trotzdem die Tür zu, falls sie zurückkommen.«

»Muss ja was Abenteuerliches sein, wenn wir Türen und Fenster verriegeln.« Mia erfüllte den Wunsch ihrer Schwester und setzte sich dann wieder zu ihr aufs Bett. »Also los, erzähl. Und lass nicht die grässlichste Einzelheit aus!«

Angela holte tief Luft und stieß dann hervor: »Ich bin schwanger.« Kaum dass es heraus war, fühlte sie sich besser. »Keiner weiß es bis jetzt, außer Wanda, Joe und jetzt du. Und natürlich die Ärztin. Und das soll momentan auch so bleiben, hörst du?« John wollte sie nicht erwähnen, das würde bloß Fragen aufwerfen, die sie im Moment weder beantworten konnte noch wollte.

Mias geschockter Blick wanderte von Angelas Gesicht zu ihrem Bauch und wieder zurück. »Ohne Scheiß! Kein Wunder, dass du nicht willst, dass es Mom oder Dad erfahren. Dad wird ausflippen, wenn er das hört.«

»Erzähl mir was Neues.« Angela erläuterte die Umstände, die zu ihrer Schwangerschaft geführt hatten und was sie schließlich bewogen hatte, das Kind zu behalten, woraufhin ihre Schwester erleichtert aufseufzte.

»Da bin ich aber froh. Ich wollte schon immer Tante werden. Das ist viel leichter, als selbst Mutter zu sein.« Mia ergriff Angelas Hand und drückte sie. »Du weißt, dass ich für dich da bin, Angie. Ich kann dir helfen. Ich hab sicher bald wieder Arbeit, und falls du Geld brauchst ...«

Angela, deren dunkle Augen sich mit Tränen füllten, umarmte ihre Schwester. »Ach, Mia! Du hast mir so gefehlt. Danke für dein Verständnis. Ich steh das schon durch. Und ich brauche kein Geld. Was ich brauche, ist deine Liebe und Freundschaft.«

»Und vielleicht gelegentlich einen Babysitter?« Sie gab ihrer Schwester einen Schmatz auf die Wange und fragte dann: »Wann willst du es Mom und Dad sagen? Ich finde, du solltest es gleich heute tun, dann hast du's hinter dir. Ich kann ja für Ablenkung sorgen, wenn's nötig wird, so wie immer.«

Angela schüttelte, entsetzt über den Vorschlag, den Kopf. »Nein, nicht heute. Unmöglich. Ich ... ich muss mich erst innerlich drauf vorbereiten. Es richtig planen.« *Etwa die nächsten zehn Jahre oder so.* Aber sie wusste, dass sie es bald tun musste. Die Jeans, die sie gestern zum Konzert angezogen hatte, hatte ihr fast den Blutkreislauf abgewürgt, ganz zu schweigen von ihrem Atem. Bald würde ihr nichts mehr von ihren Klamotten passen.

»Du kennst Dad – er ist nicht so schlimm, wie er aussieht«, versuchte Mia sie zu beruhigen.

»Sprechen wir hier über denselben Mann, der deinen letzten Freund mit einer Knarre bedroht hat? Wie hieß er noch gleich? Dieser Typ mit den fünfzig Ohrringen und diesen abscheulichen Hawaiihemden.«

»Jack Ratz. Ich glaube, es war mehr der Name, der Dad gestört hat, weniger die Ohrringe.«

»Na, ich glaube, es lag daran, dass er Jack auf Mia ertappt hat. Ohne Hosen.«

Mia errötete. »Wir haben überhaupt nichts gemacht.«

»Aber nur, weil Dad mitten in der Nacht aufgestanden ist, um sich ein Glas Milch zu holen und euch empfindlich unterbrochen hat.«

»Ich brauch eine eigene Bleibe. Mein Liebesleben ist die reinste Wüste, wenn ich zu Hause wohne.«

»Tja, Verhütung ist 'ne feine Sache, und es gibt keinen besseren Kondomersatz als unseren lieben Dad.«

Mia brach in Lachen aus, und Angela konnte nicht anders als einzustimmen.

»Also, was hast du jetzt vor, wo du wieder hier bist? Irgendwelche neuen Berufe, die dir vorschweben?«

Angelas Schwester schüttelte den Kopf. »Ich kaufe mir morgen eine Zeitung, mal sehen, was es so gibt. Aber zum Straßenbau will ich nicht wieder zurück. Hat mir bloß die Nägel ruiniert, außerdem haben mich ein paar abartige Typen angemacht. Du weißt schon, die Sorte mit den lockeren Jeans, wo oben die Pospalte rausguckt. Igitt.«

»Noch abartiger als Jack? Kann ich mir kaum vorstellen.«

»Halloo? Bill McElroy war beispielsweise 'ne Brillenschlange. Und er hat immer irgendwie nach Katzenpisse gerochen.«

»An einem Mann mit Brille ist absolut nichts auszusetzen. Und Bill hat zufällig ein Limonenaftershave benutzt.«

»Na ja, ich kann bloß hoffen, dass sich dein Männergeschmack inzwischen gebessert hat. Irgendwelche Kandidaten oder kommt das zurzeit nicht in Frage?«

»Ich war gestern Abend im Garth-Brooks-Konzert, stell dir mal vor.«

»Dann warst du doch sicher in Begleitung. Hat der Mann noch Brüder? Hoffentlich, denn ich bin schier am Verzweifeln. Kann mich gar nicht erinnern, wann ich das letzte Mal Sex hatte, aber ich glaube, dass da Kondome noch nicht erfunden waren.«

Angela lächelte. »Er hat Brüder. Zwei sogar. Aber einer davon ist verheiratet, und den anderen hab ich nie kennen gelernt. Werde ich wahrscheinlich auch nicht. Ich habe nicht vor, noch mal mit John Franco auszugehen.«

»Wieso nicht? Muffelt er auch so wie Bill?«

»Er muffelt überhaupt nicht. Er riecht toll, wenn du's unbedingt wissen willst. Aber leider ist John der Anwalt der Gegenpartei in einem verzwickten Sorgerechtsverfahren, und es würde die Dinge nur noch mehr komplizieren, wenn ich mich weiter mit ihm träfe.« Noch dazu, wo sie ihn so unwiderstehlich fand. »Ganz zu schweigen davon, dass es sich für eine Schwangere nicht ziemt, mit Männern auszugehen. Die Leute werden mich noch für eine Schlampe halten. Könnte meinen Ruf ruinieren.«

Mia verdrehte die Augen. »Du machst dir viel zu viel Gedanken um deinen kostbaren Ruf. Wie immer. Ich finde überhaupt nichts dabei, wenn du dich mit Männern triffst. Du bist schwanger, unverheiratet und ganz bestimmt nicht tot. Wäre es außerdem nicht schön für dein Kind, einen Vater zu bekommen? Einen richtigen, meine ich. Nicht nur einen Samenspender.«

»Es gibt jede Menge allein erziehender Mütter, die prima zurechtkommen. Schau dir nur Rosie O'Donnell an. Ich brauche keinen Mann. Ich kann dem Kind Mutter und Vater zugleich sein. Außerdem habe ich ja noch dich und Mom und Dad.«

»Das sind doch bloß Ausreden, die du dir da vorbetest. Und du bist um einiges attraktiver als Rosie, selbst wenn sie mehr Knete hat. In Wirklichkeit machst du dir doch bloß Sorgen um deine doofe Karriere und darum, dass dir so ein haariges Exemplar der Gattung Mann erneut wehtun könnte. Stimmt's?«

»Bill hat mir wirklich wehgetan. Er hat mich benutzt, und ich werde mich nie wieder von einem Mann benutzen lassen. Und ja, ich mache mir Sorgen um meinen Ruf. Dazu habe ich auch Grund, oder etwa nicht?«

»Du kannst deine Schwangerschaft nicht ewig geheim halten.«

»Ich weiß. Warum glaubst du, bin ich so besorgt? Bald werden es alle wissen, und meine Karriere rauscht den Abfluss runter.«

»Wenn es irgendjemand wagt, etwas gegen dich oder meinen Neffen oder meine Nichte zu sagen, dann werde ich demjenigen höchstpersönlich das Licht ausblasen. Nur keine Angst, Mia ist wieder da.«

Angela schlang lächelnd die Arme um ihre Schwester. »Ja, und dafür danke ich Gott.«

12

Was ist der Unterschied zwischen einem Schwein und einem Rechtsanwalt?
Ein Schwein kann man lernen zu respektieren.

Auf Richter Baldridges schimmernder Glatze wuchs kein einziges Härchen. Seine lange, huckelige Nase, an der entlang er durch eine drahtgeränderte Brille blickte, hätte eine fabelhafte Skipiste abgegeben, wäre da nicht dieses einzelne Haar gewesen, das ihm aus einem Nasenloch wucherte. Dieses, fand Angela, hätte sein Haupt weitaus besser geschmückt.

Doch all diese Beobachtungen würden ihr keinen Pluspunkt eintragen. Richter Baldridge entschied schließlich über Matthew Gallaghers Schicksal im Sorgerechtsstreit, dessen Anhörung kurz bevorstand. Angela musste sich also dringend auf das konzentrieren, was der Mann sagte, nicht darauf, wie er aussah. Sie und John befanden sich derzeit im Amtszimmer des Richters und besprachen die juristischen Gegebenheiten ihrer jeweiligen Klienten.

»Also, verstehe ich Sie richtig?«, sagte der Richter zu John. »Ihre Klientin, Sharon Gallagher Rothburg, möchte das Sorgerecht für ihren Sohn, das sie zuvor ihrem Exmann überlassen hat? Ist das korrekt?«

»Ja, Euer Ehren. Mrs. Rothburg erhielt nach ihrer Scheidung von Daniel Gallagher das volle Sorgerecht für Matthew. Also besitzt sie dieses Sorgerecht im Grunde noch, auch wenn der Knabe derzeit bei seinem Vater lebt.«

Richter Baldridge polierte sich mit der Hand die Glatze. »Dann sehe ich auch weiter kein Problem …«

»Richter Baldridge«, unterbrach ihn Angela, »es gibt in

diesem Fall Umstände, die es zu berücksichtigen gilt. Ich würde sie Ihnen gerne kurz darlegen.«

»Gibt es die nicht immer?«, meinte er nicht unfreundlich. »Fahren Sie fort, Miss DeNero.«

»Mein Klient, Daniel Gallagher, legt Widerspruch gegen die vorherige Gerichtsentscheidung ein und klagt nun selbst auf das volle Sorgerecht für seinen Sohn.«

»Auf welcher Grundlage?« Er durchwühlte rasch die Papiere auf seinem Schreibtisch und runzelte die Stirn, als er nicht gleich fand, was er suchte.

»Wir werden dem Gericht darlegen, dass Mrs. Rothburg eine schlechte Mutter ist, Euer Ehren. Dass sie ihren Sohn im Stich ließ und mit einem zehn Jahre jüngeren Mann, ihrem Aerobictrainer, davongelaufen ist. Wir werden dem Gericht darüber hinaus beweisen, dass die Gallaghers Matthew nicht nur von ganzem Herzen aufgenommen sondern ihm echte Geborgenheit und ein Zuhause geschenkt haben, in dem er sich äußerst wohl fühlt. Ihn dort jetzt wieder herauszureißen hätte schlimme Folgen für sein emotionales Gleichgewicht.«

»Haben sich denn die beiden Parteien schon einmal zusammengesetzt und versucht, sich außergerichtlich zu einigen? Eine solche Lösung ist meiner Ansicht nach bei Sorgerechtsfällen stets vorzuziehen.«

John nickte. »Nein, Euer Ehren. Miss DeNero und ich haben vor ein paar Wochen versucht, die beiden Parteien an einen Tisch zu bringen, doch haben die Rothburgs das abgelehnt.«

»Und daher, Euer Ehren«, warf Angela ein, »beantragen die Gallaghers eine Übertragung des Sorgerechts. Wir wären Ihnen dankbar, wenn das Gericht uns anhören würde.«

Richter Baldridge legte seine langen, knochigen Finger unter dem Kinn zusammen und sah nicht gerade glücklich über diese Wendung der Dinge aus. »Die leibliche Mutter eines Kindes ist gewöhnlich am besten geeignet, für das Wohl ihres Kindes zu sorgen, Miss DeNero. Das Gesetz im Staate Maryland bevorzugt zwar nicht automatisch die Mutter, doch für mich ist sie nach wie vor die wichtigste Bezugsperson. Die Beweislage müsste schon erdrückend sein, um mich eines Besseren zu belehren. Können Sie entsprechende Beweise vorlegen?«

»Ja, Euer Ehren. Ich werde das Gericht davon überzeugen, dass Matthew Gallagher nicht wieder gutzumachenden Schaden erlitte, würde man ihn jetzt wieder der Obhut seiner Mutter übergeben, einer Frau, die ihn ohne jede Erklärung verließ, ihn während ihrer Abwesenheit kein einziges Mal kontaktierte und die ein Kind, das zu lieben sie vorgibt, in Angst und Verwirrung stürzte.

Mary Gallagher ist zwar nicht Matthews leibliche Mutter, doch von ihr erhält er die Liebe und Fürsorge und Pflege, die er in dieser so schwierigen Zeit braucht.« Aus den Augenwinkeln beobachtete sie den hoch gewachsenen Mann, der neben ihr stand. Gnade ihm Gott, wenn er jetzt etwas dagegen sagte; doch zu ihrer Erleichterung schwieg John.

Tatsächlich hatte John noch kein einziges Mal widersprochen, was Angela überraschte. Sie hatte eigentlich erwartet, dass er vehement Einspruch erheben würde, sobald sie anfing, ein wenig schmeichelhaftes Bild von Sharon Rothburg zu zeichnen. Sie fragte sich unwillkürlich, ob das eine Art von Strategie war, um sie aus dem Gleis zu werfen, oder ob er ihrer Schilderung der Frau beipflichtete und nicht guten Gewissens widersprechen konnte. Sie hoffte auf Letzteres, obwohl ihr klar war, dass John ein viel zu guter Anwalt war, um seinen Fall durch Gefühlsduselei zu gefährden.

Dies war das erste Mal, dass sie ihn, seit der letzten, ebenso unvergesslichen Sofaknutscherei, wieder sah. Er hatte ein paar Mal bei ihr im Büro und auch zu Hause angerufen. Aber da sie nicht mit ihm reden wollte, hatte er wohl oder übel auf den Anrufbeantworter gesprochen. Zweimal hatte er sogar bei ihr daheim vor der Tür gestanden. Doch der Blick durch den Spion hatte sie gewarnt, und sie hatte gar nicht erst die Tür aufgemacht.

Das war zwar die klassische Vogel-Strauß-Politik, zugegeben. Aber wenn er kein Nein hinnehmen konnte, war das nicht ihre Schuld.

Verdammter Sturkopf! Sie seufzte.

»Ich möchte den Fall in drei Wochen ansetzen, schaffen Sie das? Wäre schön, wenn es noch vor den Thanksgiving-Feiertagen klappt.«

»Ja, Euer Ehren«, sagten sie im Chor und schauten sich dann an. John lächelte, Angela nicht.

Angela raffte rasch ihre Aufzeichnungen und ihre Aktentasche an sich, eilte zur Tür – und war nicht schnell genug.

»Angela«, stoppte John sie und ergriff ihren Ellbogen. »So warte doch! Weshalb diese Eile?«

»Ich bin spät dran. Ich erwarte einen neuen Klienten.« Das war nicht mal gelogen, nicht ganz jedenfalls. Mrs. Matuci wollte vorbeikommen, die Papiere unterzeichnen und sich ihren Scheck von den Inhabern von Doggie Delight abholen, und sie war doch eine relativ neue Klientin, oder?

»Ich weiß, dass du mir aus dem Weg gehst, Angela. Und ich weiß auch, warum. Es war doch nur ein Kuss, Angela. Du musst mich deshalb nicht behandeln, als hätte ich die Pest oder so was. Ich möchte dich wieder sehen. Ich entschuldige mich noch mal für den Kuss, obwohl dir das Ganze nicht gerade unangenehm gewesen zu sein schien.«

Sie wurde rot, denn es stimmte. »Das ist unmöglich, John. Das weißt du ebenso gut wie ich. Wir müssen unbedingt jeden Anschein von Unschicklichkeit vermeiden. Das habe ich dir doch schon oft genug erklärt.«

»Was ist unschicklich dabei, wenn sich zwei Berufskollegen zum Lunch oder Dinner treffen? Oder auf einen Cocktail? Solange wir uns nicht über den Fall unterhalten, steht dem …«

Sie schüttelte den Kopf. »Bedaure. Ich muss gehen.«

»Lauf ruhig vor mir weg, Angela, verstecken kannst du dich nicht. Ich werde auf jeden Fall nicht aufgeben.«

»Leb wohl, John. Wir sehen uns vor Gericht.«

»Soll das heißen, du kommst nicht zur großen Eröffnungsfeier des *Danny Boy's*?«

Sie blieb abrupt stehen und wirbelte herum. »Sicher komme ich. Mary und Dan sind meine Klienten. Wie würde es aussehen, wenn ...« Sie rang nach Luft, als sie sein zufriedenes Grinsen sah.

»Du gehst auch? Wie kannst du dir das antun? Du weißt, dass du bei den Russos im Moment alles andere als beliebt bist. Sophia ist gar nicht froh darüber, dass Mary dich eingeladen hat, und sie wird dir den Besuch nach Kräften vermiesen.«

»Wenn es bedeutet, dich wieder zu sehen, nehme ich's gern in Kauf.«

Wieso laufen einem die Männer immer dann nach, wenn man nichts von ihnen wissen will?

Angela schaute sich um, um sicherzugehen, dass sie allein waren. »Hör zu, John, wenn es hier bloß um Sex geht, dann solltest du wissen, dass ich an einer derartigen Beziehung nicht interessiert bin.«

Lügnerin!

Klappe, DeNero!

Er wirkte so verletzt, dass sie ein schlechtes Gewissen bekam. »Es geht nicht bloß um Sex, Angela. Ich mag dich wirklich, ich bin gern mit dir zusammen. Ich möchte dich wieder sehen.«

Sie seufzte tief und bedauernd auf. »Ich mag dich auch, aber ich habe zurzeit genug um die Ohren, das weißt du ja.«

Er ließ sich ihre Worte kurz durch den Kopf gehen. »Du benutzt das Kind als Ausrede, Angela. Um ganz ehrlich zu sein, ich weiß selbst nicht genau, was ich von dir will oder was ich dir bieten kann. Ich weiß nur, dass ich mit dir zusammen sein will.«

»Aber für wie lange, John? Wann wird es dir zu langweilig, mit einer Schwangeren zusammen zu sein? Wann entscheidest du dich zu gehen? Tut mir Leid, so etwas möchte ich mir ersparen.«

»Wer sagt, dass es so laufen muss? Angela, lass es uns ganz langsam angehen, immer einen Tag nach dem anderen, und dann sehen wir schon, was geschieht. Ich weiß, wie es ist, verletzt zu werden. Meine Ex hat mir auch übel mitgespielt, aber ich bin trotzdem willens, es noch mal zu versuchen, wenn du mich nur lässt.«

Angela schüttelte den Kopf, obwohl sie in Versuchung war, nachzugeben. Sie hatte tief sitzende Angst, noch mal verletzt zu werden. Sie wusste, dass sie sich ein zweites Mal von einem solchen Schlag nicht erholen würde.

John war ihr gegenüber ehrlich, was seine Gefühle betraf. Sie konnte ihm diese Ehrlichkeit nicht mit Lügen und Halbwahrheiten vergelten. Sie war ein sehr ehrlicher, geradliniger Mensch. Na gut, meistens jedenfalls. Manchmal war die eine oder andere Notlüge nötig, um die Unwissenden zu schützen, und manchmal war ein kleiner Schwindel schlicht zum Überleben notwendig.

»Ich kann nicht. Meine Verlobung hat ein sehr schlechtes Ende genommen, und ich bin im Moment nicht an einer anderen Beziehung interessiert, ob mit dir oder sonst wem. Es ist einfach zu früh.«

»Auch für eine freundschaftliche Beziehung? Ohne jede Verpflichtung?«

Sie musterte forschend sein Gesicht und fand darin nur ehrenhafte Absichten. Vielleicht war sie es ja, deren Absichten unehrenhaft waren. »Ich denke, wir wissen beide, dass das unmöglich ist. Das haben wir neulich Abend bewiesen.«

»Ich kann nicht aufhören, an dich zu denken.«

Bei diesem Eingeständnis begann ihr Herz unwillkürlich schneller zu klopfen. Sie konnte auch nicht aufhören, an ihn zu denken. Aber das würde sie nicht zugeben, denn das bedeutete nur Öl ins Feuer seiner Hartnäckigkeit zu gießen.

»Du bist ein sehr netter Mann, John. Ich kann mich zwar

manchmal nicht mit deinen Motiven identifizieren, aber ich glaube, dass du im Grunde deines Herzens nur das tust, was du für das Beste hältst. Ich fühle mich wirklich geschmeichelt von deinem Interesse, aber …«

»Aber ich sollte die Klappe halten und dich in Ruhe lassen.«

Bevor sie darauf etwas sagen konnte, tauchte Wanda mit einem verzweifelten Gesichtsausdruck auf. »Tut mir Leid, euch unterbrechen zu müssen«, schnaufte sie, »aber es ist ein Notfall. Ich hoffe, es macht Ihnen nichts aus, John. Ich muss sofort mit Angela reden.«

»Nein, gar nichts. Angela und ich waren sowieso fertig … für diesmal.« Er zwinkerte ihr viel sagend zu, machte kehrt und ging. Angela stieß den unbewusst angehaltenen Atem aus.

»Scheint ja ein reichlich ernstes Gespräch gewesen zu sein.«

»War's auch. Was ist los? Ist was mit dem Beccacio-Fall?«

Wanda schüttelte den Kopf. »Nein, das ist es nicht, Gott sei Dank! Es geht um Kyle.«

»Komm, wir können beim Gehen reden. Setzen wir uns doch unten in die Cafeteria. Ich nehme an, wir reden hier über deinen knackigen Doktor.«

»Das ist es ja gerade. Ich weiß nicht, ob Kyle noch ›meiner‹ ist oder nicht. Meine Schwester Charisse war heute Vormittag mit einem ihrer Kinder bei ihm, und sie meint, er hätte mit seiner Sprechstundenhilfe rumgeturtelt. Ich glaube, ich hab's bei ihm vermasselt. Ich glaube, er interessiert sich für eine andere.«

Wanda war nicht der Typ, der seine Gefühle offen vor anderen zeigte, und Angela war betroffen über die Angst und Unsicherheit, die sie in den Augen ihrer Freundin las. »Das ist doch nur ihre Meinung, Wanda«, versuchte sie ihre Freundin zu beruhigen. »Vielleicht hat es Charisse ja völlig falsch interpretiert, vielleicht hat sie mehr reingelesen, als da war. Sie kennt Kyle doch kaum.«

»Kyle will heiraten und eine Familie gründen. Das hat er mir mehr als einmal gesagt.«

»Aber er hat dich nicht gefragt, ob du ihn heiraten willst, oder?«

»Na ja, nö. Ich hab jedoch das Gefühl, wenn ich ihn nur ein bisschen ermutige, würde er's tun. Aber das passt mir im Moment überhaupt nicht. Was soll ich mit einem Kind anfangen?«

Angela zuckte bei dieser Bemerkung leicht zusammen, und Wanda legte ihr sofort die Hand auf den Arm. »Ach Gott, das tut mir Leid. Manchmal rede ich einfach ohne zu denken.«

»Macht nichts. Nicht so schlimm.«

Sie betraten die schicke Cafeteria im Erdgeschoss des Gerichtsgebäudes und suchten sich einen Platz am Fenster. Ein herrlicher Kaffeeduft hing in der Luft, den Angela sehnsüchtig einsog. Seit sie sicher wusste, dass sie schwanger war, hatte sie ihren Koffeinkonsum drastisch reduziert, was sie fast umbrachte.

»Wenn du noch nicht bereit bist, zu heiraten und Kinder zu bekommen, dann solltest du dir um Kyle keine Gedanken machen. Du musst das tun, was das Beste für dich ist.«

Wanda nippte nachdenklich an ihrem Kaffee und murmelte dann: »Ich glaube, ich liebe ihn.«

»Ach.« Angela sah den zerrissenen Ausdruck auf dem Gesicht ihrer Freundin und fühlte mit ihr, von ganzem Herzen.

Was wäre wohl, wenn ich John Franco unter anderen Umständen kennen gelernt hätte?

Ihre Gefühle für ihn hatten sich geändert. Sie mochten sich anfangs ja misstrauisch beschnuppert haben, aber seit neulich Abend wusste sie, dass sie mehr als Freunde sein könnten, wenn sie es nur zuließe.

Aber sie durfte nicht.

Weil sie ein Baby erwartete und weil sie sich auf gegnerischen Seiten in demselben Gerichtsstreit befanden.

»Tja, das lässt die Sache in einem ganz anderen Licht erscheinen, nicht?«

»Ja, allerdings. Denn obwohl ich Kyle liebe, will ich trotzdem nicht heiraten und Kinder bekommen. Ich habe sehr hart daran gearbeitet, mir diese Anwaltspraxis aufzubauen, Angela. Ich will das alles nicht für irgendeinen Mann aufgeben, selbst wenn er es ernst meint. Gerade du solltest das doch am besten verstehen.«

»Ich glaube, du zäumst das Pferd von hinten auf, Liebes. Zunächst mal hat Kyle dir überhaupt noch keinen Antrag gemacht. Und zweitens, selbst wenn er's irgendwann tut, heißt das noch lange nicht, dass ihr beiden nicht zu einer Art Kompromiss eure Berufe betreffend kommen könntet. Du bist Anwältin, Wanda. Das Verhandeln und Kompromisse schließen ist dein täglich Brot. Und wenn du Kyle wirklich liebst, dann solltest du dich mit ihm aussprechen. Er scheint ein vernünftiger Mann zu sein.«

Wanda seufzte. »Du hast wahrscheinlich Recht.«

»Und, siehst du ihn heute Abend?«

»Nein, er hat Bereitschaftsdienst.«

»Gut.« Angela grinste hochzufrieden. »Das heißt, du könntest den Abend mit mir verbringen. Ein bisschen Aufmunterung brauchen wir beide. Wir holen Mia ab, gehen ins *Mama Sophia's* und danach rauf in meine Wohnung, um mal wieder so richtig zu quasseln. Na, wie klingt das?«

»Ich bringe die Zutaten für einen ordentlichen Margarita mit«, sagte Wanda und fügte hinzu: »Plus einer Schokomilch für die werdende Mutti.«

»Wenn du noch ein paar von Marys Schokokeksen dazu spendierst, hast du eine Freundin fürs Leben.«

»Mädel, du bist viel zu leicht zu haben.«

»Tja, ich glaube, das ist mittlerweile hinlänglich bewiesen.«

»Danke fürs Mitkommen, John«, sagte Peter zu seinem Bruder, als sie in die Auffahrt zum Haus ihrer Eltern einbogen, bei denen sie zum Abendessen eingeladen waren. »Ich glaube nicht, dass ich Mom und Dad allein gewachsen gewesen wäre, nicht nach allem, was mir heute passiert ist. Du weißt ja, wie leicht man sich bei derartigen Familienzusammenkünften in die Haare kriegt.«

John stellte den Wagen vor dem altvertrauten zweistöckigen gelben Haus mit den olivgrünen Fensterläden ab und musterte seinen Bruder. Um die Wahrheit zu sagen, wäre John lieber überall gewesen, bloß nicht zum Abendessen im Haus seiner Eltern. Robert und Adele Franco verhießen nicht gerade einen liebevollen Familienabend. Aber er hatte das Gefühl, dass Peter aus irgendeinem Grund durcheinander war, und er wollte ihm beistehen, so gut er konnte.

»Hast du was? Ich hatte schon heute Nachmittag, als wir miteinander telefoniert haben, das Gefühl, dass irgendwas nicht in Ordnung ist. Hat Mom wieder eine Bemerkung über Eric vom Stapel gelassen? Ich hab dir doch gesagt, du sollst nicht auf sie hören. Sie ist nicht ...«

Peter schüttelte den Kopf. »Nein, es geht nicht um Mutter oder was sie jetzt wieder gesagt hat. Diesmal nicht. Es ist viel schlimmer. Mit Moms Kommentaren werde ich fertig.« Peter fuhr sich erregt durch die Haare und holte tief Luft.

»Man hat mich heute gefeuert, John. Morgan Trent hat mich in sein Büro rufen lassen und mir mitgeteilt, dass meine Dienste nicht mehr benötigt werden.«

»Was?« John versteinerte. »Das glaub ich nicht, verdammt noch mal.« Peter war seit fast acht Jahren bei der Softwarefirma angestellt, war 1996 gar Angestellter des Jahres geworden. Er war ein sehr gewissenhafter und fleißiger Mitarbeiter und wurde nun von Trent Enterprises einfach gefeuert? Das ergab keinen Sinn.

»Was hat Trent gesagt, warum er dich feuert? Ist irgendwas vorgefallen?«

»Ja, ich glaube, so könnte man das ausdrücken.« Peters Stirnrunzeln vertiefte sich. »Ich habe Eric neulich mit ins

Büro genommen, um ihm zu zeigen, wo ich arbeite. Es war ein Samstag, also dachte ich, es wäre kein Problem, da eh kaum Leute da sind. Unglücklicherweise sind wir Trent über den Weg gelaufen. Und im nächsten Moment – bumm – werde ich gefeuert. Ich weiß, dass beides irgendwie zusammenhängt. Aber beweisen kann ich's nicht.«

»Bist du nicht öfter wegen deiner Migräneanfälle krank gewesen? Könnte das der Grund für deine Entlassung sein?« John hatte das unbestimmte Gefühl, dass es das nicht war, aber er wollte ganz sicher sein.

»Ich weiß, dass es wegen meiner Homosexualität ist. Trent vermutet das schon seit einiger Zeit, hat immer wieder Andeutungen fallen gelassen. Aber natürlich hat er mich nie direkt gefragt. Als ich dann mit Eric im Schlepptau aufgetaucht bin und er gesehen hat, wie glücklich wir sind, hat er zwei und zwei zusammengezählt, das Ergebnis war ›schwul‹, und er hat mich gefeuert.

Natürlich behauptet er, ich hätte nicht zufrieden stellend gearbeitet, hätte zu viel herumgetrödelt, so was alles.«

»Wie oft hast du in den letzten acht Jahren gefehlt?«

Peter zuckte mit den Schultern. »Weiß nicht genau. So einen oder zwei Tage pro Monat, schätze ich. Manchmal mehr, manchmal weniger. Ich bin trotz der Migräne ins Büro, aber oft musste ich wieder gehen. Die Kopfschmerzen waren einfach zu schlimm, dazu die Übelkeit und das helle Licht, das meinen Augen wehtat. Da ist es nicht gerade hilfreich, wenn man den ganzen Tag vor einem Bildschirm hockt.«

Das Licht in der Hausdiele ging an, und Robert Franco streckte den Kopf zur Tür hinaus. »Kommt ihr bald rein oder was ist?«, fragte er barsch.

John kurbelte das Fenster herunter und winkte ihm, wobei ihm auffiel, wie klein sein Vater im Lichtschein wirkte, der aus der Tür fiel. Früher hatte er seinen Vater immer für einen Riesen gehalten, einen Mann, der einen das Fürchten lehren konnte. Doch das war Vergangenheit. Robert Franco war vor seinen Augen geschrumpft, und es war nicht nur seine äußere Größe, an die John dabei dachte.

»Wir kommen gleich«, rief er.

»Ja, beeilt euch. Eure Mutter will das Essen auf den Tisch bringen. Wir können nicht die ganze Nacht damit warten. Ich muss bald ins Bett.«

John warf einen Blick auf seine Armbanduhr. Es war noch nicht mal sechs, kaum eine Zeit, in der man schon zu Bett geht.

»Erzähl weiter«, drängte John.

»Da gibt's nicht mehr viel zu erzählen. Ich glaube, dass ich diskriminiert werde. Das passiert zwar andauernd, aber niemand gibt's zu, und niemand wird deswegen zur Rechenschaft gezogen.«

»Leider können wir ihm das mit der Diskriminierung von dir als Homosexuellem nicht nachweisen. Dein Arbeitgeber hat das Recht, dich fristlos zu entlassen, zu degradieren oder wie immer du es nennen willst. Und er muss nicht mal einen guten Grund dafür angeben. Wenn du ein Regierungsangestellter wärst, wär's was anderes, da gibt es feste Richtlinien.«

John konnte sehen, wie Peter erblasste, selbst im schwachen Licht des Wageninneren. »Dann bin ich geliefert. Wir haben doch gerade erst die große Wohnung gemietet und ein kleines Vermögen für Möbel und Einrichtung ausgegeben …«

»Nicht unbedingt. Ich kenne da eine Frau, eine Rechtsanwältin, die auf so was spezialisiert ist. Ich werde mal mit ihr reden, mal sehen, was ich machen kann. Vielleicht kann sie dir ja helfen.«

»Das wäre echt toll!«, sagte Peter und meinte dann: »Aber wer hilft uns mit Mom? Da steht sie schon in der Tür und winkt uns mit 'nem Geschirrtuch.«

John folgte dem Blick seines Bruders und schüttelte den Kopf. »Du bist mir was schuldig, Kleiner. Und ich weiß auch schon, wie du mir diesen Folterabend heute zurückzahlst.«

»Keine Viererverabredungen mehr, o nein. Du weißt ganz

genau, was ich davon halte, den Frauen was vorzumachen und …«

John lachte. »Ich möchte, dass du mir beim Einrichten meiner Wohnung hilfst, du Scherzkrümel. Ich will bald jemanden einladen, aber so, wie's im Moment in meiner Bude aussieht, geht das schlecht.«

Peters Lächeln war sowohl erleichtert als auch neugierig. »Jemand, den ich kenne?«

»Noch nicht. Aber das wirst du schon noch. Bald.«

»Dann ist diese geheimnisvolle Dame also verrückt nach dir, hm?«

»Nicht direkt.« Johns Grinsen zerschmolz. »Aber ich arbeite daran.«

»Dein Vater und ich haben darüber geredet, Johnny, und wir sind zu dem Schluss gekommen, dass du dein Mandat in diesem Rechtsstreit gegen deine Kusine niederlegen sollst«, verkündete Adele, während sie die Rigatoni verteilte. Ihre weiße Schürze hatte von ihren kulinarischen Anstrengungen überall rote Spritzer.

»Die Folgen für uns sind katastrophal. Ich kann mich in der Nachbarschaft nicht mehr sehen lassen, die Leute reden, und das Geschäft in der Reinigung ist ebenfalls zurückgegangen. Und das ist alles deine Schuld. Du musst das wieder in Ordnung bringen.« Sie wischte sich die Hände an der Schürze ab, als wäre die Sache damit erledigt, und setzte sich.

John kniff leicht die Augen zusammen, während er über die Längsseite des Mahagonitischs hinweg seinen Vater ansah. Er wusste, dass dessen Beitrag dazu nicht lange auf sich warten lassen würde.

»Also, wie sieht's aus, Johnny?«, sagte Robert Franco. »Deine Mutter ist Marys Tante. Sie ist deine Kusine. Du kannst deiner eigenen Verwandtschaft nicht in den Rücken fallen! Wir brauchen Frieden in dieser Familie, kein Zerwürfnis.«

Obwohl John wusste, dass es keinen Zweck hatte, irgendetwas erklären zu wollen, machte er sich dennoch die Mühe. »Ich falle niemandem in den Rücken, Dad. Ich vertrete lediglich einen Klienten unserer Anwaltsfirma in einem Sorgerechtsstreit. Ich glaube nicht, dass Mary selbst sich so daran stört wie anscheinend alle anderen. In ein paar Wochen ist die Anhörung vorbei und die Welt wieder normal.«

Adele presste die Lippen zusammen. »Na, ihre Mutter stört sich jedenfalls gewaltig daran. Ich habe Sophia heute Nachmittag bei Santini's getroffen. Sie hat rumgekreischt, du wärst ein Verräter an deinem eigen Fleisch und Blut, dass du keine Loyalität deiner Familie gegenüber kennst. Und Nina Santini hat ihr natürlich sofort beigepflichtet. Ich hätte im Boden versinken können vor Scham. Und was hätte ich auch sagen können? Ich konnte ihr nur zustimmen. Sie hat Recht. Mein Sohn ist ein Verräter, auch wenn ich mich schäme, das zuzugeben.« Sie bekreuzigte sich und machte sich über ihre Pasta her.

»Tja, ein Verräter zu sein ist immer noch besser als schwul, nicht?« Peters waidwunder Blick bohrte sich in den seiner Mutter, die zu verblüfft über diesen Ausbruch ihres Sohnes war, um antworten zu können.

»Pass auf, was du sagst, Peter«, warnte ihn sein Vater. »Eine so perverse Sprache will ich in diesem Haus nicht hören. Wir sind eine ordentliche katholische Familie.«

John war seinem Bruder zwar dankbar für seinen Versuch, ihn zu verteidigen, aber er wusste auch, dass er damit nur alles schlimmer machte. Ihr Vater trug seine Religion wie ein Schild vor sich her, das er allerdings nur auspackte, wenn es ihm passte.

»Jetzt habe ich schon zwei Söhne, die eine Schande für die Familie sind«, knurrte Robert mit gerötetem Gesicht. »Wir haben euch Jungen anständig erzogen. Was haben wir falsch gemacht? Das sagt mir mal.«

»Nichts, verdammt noch mal!«, stieß Peter mit ungewohnter Heftigkeit hervor. »Ich finde, John und ich sind prima Menschen geworden, wenn ihr die Wahrheit wissen wollt. Wir haben nie Drogen genommen, wir sind nicht vorbestraft. Euer ältester Sohn ist Arzt, der zweite Rechtsanwalt, und alle drei waren wir auf dem College. Ihr habt allen Grund, auf uns stolz zu sein. Aber seid ihr das?«, klagte er sie kopfschüttelnd an.

»Habt ihr je daran gedacht, dass wir das alles ohne eure finanzielle Hilfe und Unterstützung geschafft haben? Ja, ihr habt Michael den Rücken gestärkt, als er Medizin studieren wollte. Aber selbst ihm habt ihr klar gemacht, dass ihr es euch nicht leisten könnt, sein Studium zu finanzieren, dass er es sich selbst verdienen muss. Ihr wollt den Ruhm, aber nicht die Mühe. Tja, aber so funktioniert's nun mal nicht.«

Peter schob verärgert seinen Stuhl zurück. »Ich hab für heute genug. Trotzdem danke fürs Essen.«

John schaute seinem Bruder hinterher, hörte die Haustür ins Schloss fallen und sah dann in die schockierten Gesichter seiner Eltern. Peter behielt seine Gedanken und Gefühle normalerweise für sich, nicht jedoch heute Abend. Heute hatte er Klartext geredet, und John war froh darüber. Es wurde Zeit, dass sein Bruder sich ihnen gegenüber durchsetzte, ihnen klar machte, was in ihm vorging. Sie würden sich zwar deswegen nicht ändern, aber Peter hatte sein Ausbruch sicher gut getan.

»Peter, komm sofort wieder her«, brüllte sein Vater.

»Peter ist durcheinander. Lass ihn in Ruhe.«

»Ich verstehe das alles nicht.« Adeles Augen füllten sich mit Tränen. »Zuerst bringt Peter Schande über uns, indem er zugibt, dass er abnorm ist. Und jetzt stellt er sich auch noch gegen seine Familie. Ich verliere alle meine Kinder.«

»Aber nur, weil du es so willst, Mom. Wenn du und Dad ein wenig toleranter und warmherziger wärt, würdet ihr sehen, dass es auch anders geht. Außerdem habt ihr ja noch euren kostbaren Michael, das einzige Kind der Familie, das nichts falsch machen kann.«

»Michael ehrt seine Eltern. Er ist ein guter Sohn«, begehrte seine Mutter auf.

»Soll ich mich etwa damit abfinden, dass mein Sohn mit Männern schläft?«, fragte sein Vater. »Dass er Perversitäten treibt?« Robert kippte seinen Wein mit einem Schluck herunter und füllte sich das Glas aus der Chiantiflasche auf. »Glaubst du, die Leute reden nicht? Es wird sehr viel getratscht über euch beide. Über Peter, der's mit einem Mann treibt, und über dich mit dieser Anwältin. Die, die mit dem Bobby DeNiro verwandt ist.«

Erzürnt darüber, dass man Angela nun auch noch da mit hineinzog, schlug John mit beiden Handflächen auf den Tisch, dass die Gläser nur so klirrten und seine Mutter heftig zusammenzuckte. »Das ist eine Lüge! Wer sagt so was über mich und Angela DeNero – die übrigens nicht DeNiro heißt!?«

Adele lehnte sich japsend zurück. »In Little Italy wird nun mal viel geklatscht. So ist das seit ewigen Zeiten, Johnny.«

»Dann ist es also nicht wahr?« Sein Vater wirkte erleichtert. »Obwohl es im Grunde keine Rolle spielt, ob es wahr ist oder nicht. Was zählt ist, was die Leute reden.«

»Dann solltest du sie besser aufklären, Dad, oder ich tu's, und das würde dir gar nicht gefallen, glaub mir.«

Sich über den Tisch beugend und seinen Sohn anfunkelnd, der ihm gegenüber saß, knirschte sein Vater: »Welcher Sohn bedroht seinen Vater?«

»Einer, der die Familie und die ganze Sippschaft und den Hickhack satt hat. Einer, der sich schämt, ein Franco zu sein, der sich schämt, mit einigen Mitgliedern der Russos verwandt zu sein. Vor allem aber einer, der sich schämt, wie seine eigenen Eltern ihre Kinder behandeln. Wenn jemand diese Familie entehrt hat, dann seid ihr es.«

13

Woher weiß eine Frau, dass sie einen künftigen Rechtsanwalt unter dem Herzen trägt? Sie hat einen Heißhunger auf Gehacktes.

Mit einem dicken Kloß in der Magengegend schloss Angela die Tür zum Haus ihrer Eltern auf. Nachdem sie gestern bei dem herrlichen Weiberabend mit Mia und Wanda noch einmal alles durchgesprochen hatten, wollte sie es nun endlich hinter sich bringen und ihren Eltern ihre Schwangerschaft beichten.

Sie war sich nicht ganz sicher, was sie sagen sollte, wie sie mit der zu erwartenden Enttäuschung ihrer Eltern fertig werden sollte, aber sie wusste, dass sie es nun in Angriff nehmen musste.

Jetzt, im dritten Monat, bekam sie allmählich ein Bäuchlein, und es würde nicht mehr lange dauern, und ihr Zustand wäre unübersehbar. Ihre Eltern waren immer ehrlich zu ihr gewesen; sie wollte nicht, dass sie über irgendwelchen Tratsch von dem Familienzuwachs erfuhren.

»Jemand zu Hause?«, rief sie, zog die Haustür hinter sich zu und hängte ihren Mantel an den eichenen Garderobenständer, der früher im Foyer ihrer Großmutter gestanden hatte. Es roch stark nach Zwiebeln und Knoblauch, und da wusste sie, dass ihre Mutter Spagettisoße zum Abendessen ansetzte. Sie ließ sie gewöhnlich den ganzen Tag vor sich hinköcheln.

Rosalie kam strahlend aus der Küche gestürzt und wischte sich die nassen Hände an einem Geschirrtuch ab. »Angie! Was machst du denn hier? Musst du denn nicht arbeiten?« Sie musterte ihre Tochter genauer. »Du siehst nicht gut aus. Ist irgendwas?«

Es musste was dran sein an diesem Phänomen namens mütterliche Intuition. Es schien so, als hätten Mütter eine Art außersinnliche Wahrnehmung, eine Antenne, und könnten zudem Gedanken lesen. Angela fragte sich, ob sich diese wundersame Tatsache auch ihr erschließen würde.

»Wo sind Dad und Mia?«, erkundigte sie sich, dem forschenden Blick ihrer Mutter ausweichend. Rosalie würde früh genug Antworten bekommen.

»Mia hat einen Job und hat vorhin das Haus verlassen«, erklärte ihre Mutter. »Man hat sie heute früh um acht Uhr angerufen und ihr einen Job angeboten. Die haben vielleicht Nerven, derart kurzfristig zu planen!«

»Was macht sie denn? Gestern Abend hat Mia nichts von einem neuen Job erwähnt.«

»Telemarketing. Deine Schwester wird so ein schrecklicher Mensch, der einen zu Hause anruft und zu jeder Tages- und Nachtzeit belästigt.« Rosalie bekreuzigte sich, den Blick gen Himmel gewandt. »Noch eine Bürde auf den Schultern deiner geplagten Mutter. O Herr, gib mir Kraft.«

Angela war enttäuscht, dass ihre Schwester nicht da war, um sie moralisch zu unterstützen. Andererseits wusste sie, dass ihr diese Sache niemand abnehmen konnte. »Ich hoffe, Mia versucht nicht, mir was anzudrehen. Ich hasse diese blöden Telefonanrufe und würge sie ganz schnell ab.«

»Ja, mich machen die auch ganz verrückt. Neulich hat jemand angerufen und wollte mich überreden, mir Windeln ins Haus liefern zu lassen. Ist das zu fassen? In meinem Alter! Ich hab denen gesagt, ich hätte kein Baby und dass ich Windeln genauso dringend benötige wie ein Loch im Kopf. Aber die meinten, das wär egal, ich könnte sie ja für meine Enkelkinder aufbewahren. Mein Hinweis, ich hätte keine Enkelkinder, war denen ebenso schnurz.«

Noch nicht. Angela erblasste.

In diesem Moment betrat Sam das Wohnzimmer. Er trug ein lose sitzendes schwarzes Hauskleid, darunter eine Rüschenbluse und sah aus wie eine extrem haarige Ausgabe einer kräftigen Haushälterin.

Egal wie oft sie ihren Vater in Frauenkleidern sah, ihr Verstand brauchte regelmäßig erst ein paar Sekunden, um sich klar zu werden, dass dies ihr guter alter Dad war und nicht irgendein dahergelaufener Transvestit, der nicht mehr alle Murmeln in der Schüssel hatte.

»Hallo! Ich dachte nur, schaust mal vorbei und erzählst ihnen die Neuigkeiten«, verkündete Angela nervös.

»Gute Neuigkeiten, hoffe ich. Von schlechten Nachrichten krieg ich immer Sodbrennen.« Er klopfte sich mit einer Faust auf die Brust und gab einen lauten Rülpser von sich, der ihm ein missbilligendes Stirnrunzeln von seiner Frau eintrug. »Oder vielleicht liegt's ja an der Kocherei deiner Mutter«, sagte er mit einem Zwinkern, bevor er sich in seinen alten Ohrensessel fallen ließ und nach der Zeitung griff. »Also, was gibt's Neues? Hast du einen neuen Kerl? Ich hoffe, er taugt mehr als der letzte. Der war ein echter Blindgänger.«

»Na ja, darum geht es auch. Ein bisschen.«

Rosalie wechselte einen besorgten Blick mit ihrem Gatten und ließ sich dann aufs Sofa plumpsen. »Meine Frisur ist eine einzige Katastrophe.« Sie fuhr sich mit den Händen durch die dunkelblonden Locken. »Bin noch gar nicht dazu gekommen, mich zu kämmen. Wir haben so früh noch keinen Besuch erwartet.«

Angela lächelte. »Du musst dich nicht für mich zurechtmachen, Mom. Ich weiß auch so, wie schön du bist.« Angela, die auf einmal blinzeln musste, weil Tränen drohten, holte tief Luft, sah den besorgten Ausdruck auf ihren Gesichtern und redete los, bevor ihre Emotionen sie noch gänzlich überwältigten.

»Ich habe Neuigkeiten, aber ich bin mir nicht sicher, wie ihr sie aufnehmen werdet.«

»Du bist doch nicht krank, oder? Du hast doch nicht etwa Krebs?« Das Gesicht ihrer Mutter nahm einen angstvoll-verzweifelten Ausdruck an, und sie fuhr sich mit der Hand an die Kehle. »Herrgott, erspar mir das!«

Angela kam sich furchtbar vor, weil sie ihrer Mutter einen solchen Schrecken eingejagt hatte. »Nein, Mom, nichts dergleichen«, versicherte sie ihr hastig. »Aber es ist schon was Physisches.«

»Ich wusste es. Du kommst nie so früh zu Besuch. Du bist meistens bis neun Uhr abends im Büro. Also ist irgendwas Schlimmes passiert. Es ist ernst, oder?«

Ihren Gatten anschauend, sagte Rosalie tonlos: »Sam, unsere Tochter wird sterben.« Abermals bekreuzigte sie sich.

Die Hilfe des Allerhöchsten zu rekrutieren war für Italiener eine Standardprozedur. Als Katholik, ob praktizierend oder nicht, verfügte man über einen direkten Draht nach oben oder ging zumindest davon aus. Angela hatte das für sich selbst bisher noch nicht bestätigen können.

»Was ist los, Angie?«, wollte ihr Vater wissen und bedachte seine Frau mit einem gereizten Blick. »Rück einfach raus damit. Deine Mutter stellt sich immer gleich das Schlimmste vor.«

»Ich bin schwanger. Ich bekomme ein Kind.«

Ihren Eltern klappte gleichzeitig die Kinnlade herunter, und im Raum herrschte auf einmal Totenstille. Nur das Ticken der Kuckucksuhr war zu hören, langsam und stetig.

Doch dann sprang Sam mit wutverzerrtem Gesicht auf. »Welcher Bastard hat dir das angetan? Ich bringe ihn um, mit meinen bloßen Händen erwürg ich den Kerl! Oder besser noch, wo ist meine Pistole? Rosalie, wo ist meine Pistole?«

Angela starrte mit weit aufgerissenen Augen ihren Vater an, der, den Saum seines schwarzen Hauskleids gelüftet, so dass man seine haarigen Knubbelknie sehen konnte, wie ein aufgescheuchtes Huhn im Wohnzimmer herumhüpfte und nach seiner Pistole brüllte. Sie kam sich vor, als wäre sie in einen schlechten Film geraten. Sie hätte in diesem Moment beim besten Willen kein Wort herausgebracht, selbst wenn ihr Leben davon abgehangen hätte.

Als wäre das Benehmen ihres Mannes nicht weiter ungewöhnlich – eine beängstigende Vorstellung –, setzte sich ihre Mutter neben sie und ergriff ihre kalten, klammen Hände. »Wer ist der Vater, Angela?«, fragte sie sanft, aber entschlossen. »Du musst es uns sagen, damit wir ihn zur Rechenschaft ziehen können.«

Sie seufzte tief auf. »Da werdet ihr nicht weit kommen. Er weilt nicht mehr in den Staaten, und ich weine ihm keine Träne nach. Es ist Bill McElroys Kind, wenn ihr's unbedingt wissen wollt. Aber ich will nichts mehr mit ihm zu tun haben, Kind hin oder her.«

»Der Scheißkerl hat dir so schon genug angetan, wenn du mich fragst«, schnaubte ihr Vater. »Wann ist das passiert?«

»Das tut nichts zur Sache. Wichtig ist nur, dass ich ein Kind bekomme und dass ich all eure Liebe und Unterstützung brauche. Ich weiß, ihr seid enttäuscht, ihr hättet mehr von mir erwartet, aber ...«

»Sei nicht albern, Angela!«, unterbrach sie ihre Mutter und legte tröstend den Arm um ihre verzweifelte Tochter. »Du hast uns noch nie enttäuscht, und das wirst du auch nie. Wir waren immer sehr stolz auf dich, und das sind wir nach wie vor. So was kommt in den besten Familien vor. Dein Vater und ich werden immer für dich da sein.« Rosalie blickte abermals ihren Mann an. »Nicht wahr, Sam?«

Er nickte energisch. »Na klar! Dann bist du eben schwanger. Na und? Du hast mich ja auch nicht verstoßen, als du rausgefunden hast, dass ich gerne Frauenkleider trage. Wie kannst du glauben, ich würde mich dir gegenüber anders verhalten? Wir sind eine Familie. Familien halten zusammen, egal was kommt. Blut ist dicker als Wasser!«

»Ich danke euch«, flüsterte sie, bevor sie endgültig in Tränen ausbrach, das Gesicht in den Händen vergraben. »Das war unheimlich nett von dir, das zu sagen, Dad. Tut mir Leid, dass ich mich so kindisch benehme«, schluchzte sie.

»Was bin ich denn? Etwa ein Monster? Natürlich sind wir für dich da, Angie. Wir lieben dich. Und um die Wahrheit zu sagen, ich freue mich drauf, Großvater zu werden. Wenn's ein Junge wird, werde ich ihm Angeln und Baseball beibringen. McElroy, dieser Warmduscher, wäre sowieso unfähig gewesen. Da ist der Kleine bei seinem Großvater viel besser aufgehoben.«

Ja, und du kannst ihm auch zeigen, welche Stützstrumpfhose die beste Figur macht. O Gott!

Alle drei saßen jetzt auf dem Sofa, Angela zwischen ihre Eltern geklemmt. »Ihr seid wirklich die allerbesten Eltern, die man sich wünschen kann. Ich hätte nie gedacht, dass ihr's so wunderbar aufnehmt.«

»Was meinst du damit?«, fragte Rosalie entrüstet. »Ich warte schon seit Jahren darauf, ein Enkelkind in die Finger zu kriegen. Bloß schade, dass die Dinge, also das mit dem Heiraten und so, zwischen dir und Bill nicht geklappt haben. Er war ein netter Mann, obwohl ich geahnt habe, dass er nicht zu dir passt. Er war zu penibel, zu sehr von sich eingenommen. Der Mann trug Hemden mit Monogramm, uuuh!« Sie verzog angewidert das Gesicht.

Sam DeNero stand der Rachedurst ins Gesicht geschrieben. »Auf mich machte er oft den Eindruck eines Schwulen«, knurrte er.

»Nein, Bill stand mit beiden Beinen am ›richtigen‹ Ufer, Dad. Ich glaube, das war zum Teil das Problem, sein verbissenes Macho-Gehabe. Selbst wenn er nicht was mit einer anderen angefangen hätte, wäre es zwischen uns ...«

»Der verdammte Scheißkerl hat dich wegen einer anderen verlassen?« Rosalies gerade noch liebevolles Gesicht lief wutrot an. »Dieser Nichtsnutz, dieser Hurensohn! Ich wünschte wirklich, dein Vater könnte ihn windelweich prügeln. Das hätte er verdient. Stell dir das vor, Sam! Unser Mädchen wegen irgendeiner dahergelaufenen Sexbombe sitzen zu lassen!« Ihr Mann nickte empört. »Nur gut, dass er außer Reichweite ist! Angie kann froh sein, dass sie den elenden Nichtsnutz los ist.«

»Da bin ich ganz deiner Meinung, Dad. Allerdings wird meine Rolle als allein erziehende Mutter kein Zuckerschlecken. Ich muss mir ja schließlich weiterhin meinen Lebensunterhalt verdienen.«

»Wir helfen dir, so gut wir können, das weißt du doch, Angela«, sagte ihre Mutter und tätschelte ihre Hand. »Du brauchst nicht irgendwelche Fremden dafür zu bezahlen, dass sie auf das *bambino* aufpassen.«

Angela war zutiefst dankbar und erleichtert. Ihre Eltern mochten ja den gängigen Normbegriffen nicht genügen, aber sie waren gute Menschen, und sie hatte sie von Herzen lieb. »Mia hat mir schon angeboten, den Babysitter zu spielen.«

»Deine Schwester weiß es?« Rosalie war sichtlich gekränkt über diese Eröffnung. »Wieso weiß sie es vor uns?«

Angela erkannte ihren taktischen Fehler. Schwestern standen nun einmal weiter hinten in der familiären Hierarchie. Hastig erklärte sie:

»Mia hat's gleich an ihrem ersten Tag hier erraten. Sei mir bitte nicht böse, dass ich es dir nicht als Erste gesagt habe. Aber ich wollte auf den richtigen Moment warten.«

Falls es so etwas überhaupt gab.

Vielleicht sollte sie den Autorinnen von *The Rules* schreiben und sie bitten, ein Kapitel mit der Überschrift »Wie und wann erzähle ich meinen Eltern, dass ich ein uneheliches Kind erwarte?« hinzuzufügen.

»Mia will babysitten?« Ihr Vater warf den Kopf in den Nacken und lachte laut auf. »Und wer sittet sie, frage ich mich? Deine Schwester ist so unverantwortlich wie eine Fünfjährige. Ich glaube, das Mädel wird nie erwachsen. Dauernd hat sie irgendwelche Flausen im Kopf.«

»Du urteilst zu hart über sie, Dad. Du erwartest, dass Mia

so ist wie ich, was sie natürlich nie sein kann. Wir beide sind so unterschiedlich wie Tag und Nacht. Mia ist ein Tatmensch, sie hat vor nichts Angst. Sie liebt das Abenteuer. Und jetzt, wo sie wieder eine Arbeit hat …«

»Aber was für eine Arbeit! Die Leute andauernd anrufen und belästigen? Ich hasse diese verdammten Telefonverkäufer. Es sollte nicht erlaubt sein, brave Steuerzahler damit zu belästigen. Es sollte ein Gesetz dagegen geben.«

»Na, aber es ist wenigstens ein Job. Mia tut ihr Bestes. Und sie ist nicht mehr beim Straßenbau, was euch doch total verrückt gemacht hat«, erinnerte Angela sie.

»Hmpf! Ein schwacher Trost. Na, wenigstens prostituiert sie sich nicht. Es könnte also schlimmer sein.«

»Wieso kommst du nicht morgen zum Abendessen, Angie?«, schlug ihre Mutter vor. »Wir müssen das Baby doch gebührend feiern.«

»Danke, Mom, aber ich kann leider nicht. Ich bin zur Restauranteröffnung der Gallaghers eingeladen. Es würde seltsam aussehen, wenn ich nicht käme, wo ich doch ihre Rechtsanwältin bin und so.«

»Dann komm am Sonntag zum Essen. Ich mache was besonders Schönes.«

Angela nickte lächelnd und umarmte dann ihre Eltern. Sie fühlte sich besser als seit Tagen. Natürlich wäre es morgen Abend mit ihrer Euphorie vorbei, wenn John Franco tatsächlich sein Versprechen hielt und ebenfalls kam.

Hatte sie *Versprechen* gedacht? Wohl eher *Drohung*.

Angelas Freude, sich dieser Situation zu stellen, hielt sich in engen Grenzen. Der Mann hatte eine Art, sie durcheinander zu bringen, sie aufzuwühlen, Gefühle in ihr zu wecken, von denen sie effektiv nichts wissen wollte.

»Was ist los, Angela?«, fragte ihre Mutter. »Du siehst aus, als hättest du schlimmes Sodbrennen.«

»Ja, Mom, habe ich auch. Aber das wird so schnell nicht verschwinden, fürchte ich.«

»Angela! Ich bin so froh, dass du hier bist.« Mary warf ihre Arme um Angelas Taille und drückte sie an ihren Busen. »Dan wird sich riesig freuen. Er hat gehofft, dass du zu unserer Eröffnungsfeier kommst. Du hast so hart an unserem Fall gearbeitet und ... na ja, wir möchten, dass du dich heute Abend einfach amüsierst und alles andere vergisst.«

Angela lächelte Mary liebevoll an und sagte: »Das ist wirklich nett von dir.« Sie schaute sich um, konnte Marys Mann aber nirgends entdecken. »Wo ist Dan? Da er dieses Restaurant aus der Taufe gehoben hat, war ich mir sicher, dass er es sich nicht nehmen lässt, seine Gäste an der Tür zu empfangen.«

»Ob du's glaubst oder nicht, er ist in der Küche und schaut dem neuen Koch auf die Finger. Wenn ich Dan seinen Willen ließe, hätte er heute Abend wohl auch noch alles selbst gekocht. Er liebt das Kochen ebenso sehr wie ich. Andauernd rangeln wir uns um den Herd.«

Mary musterte Angela genauer. »Du siehst so anders aus. Hast du irgendwas mit deinen Haaren gemacht?«

Angela merkte, wie sie nervös wurde. Mary war selbst schwanger und hatte wohl ein feines Gespür für eine »Leidensgenossin«. »Nein, eigentlich nicht. Hab mir nur die Spitzen bei Mr. Roy schneiden lassen, das ist alles.« Da gab es doch diese blöde Geschichte, dass Schwangere von innen heraus glühen. Fing sie allmählich an, wie eine Glühbirne zu strahlen? Angela betete, dass das nicht der Fall war. Schließlich wollte sie nicht als blinkendes Neonschild mit der Aufschrift »Schaut her, ich bin schwanger!« herumlaufen.

Laute Rockmusik dröhnte auf einmal durchs Lokal, und Mary musste die Stimme heben, um sich verständlich zu machen. »Dan hat für die Eröffnungsfeier eine Lokalband engagiert. Sie sind nicht schlecht, aber laut. Wahrscheinlich wird mir am Ende dieses Abends der Kopf wegfliegen.«

Angela betrachtete das volle Restaurant, in dem die Leute in engen Gruppen beieinander standen, saßen, aßen, lachten und sich ganz allgemein prächtig zu amüsieren schienen. »Hier geht's ja wirklich lebhaft zu. Ihr habt wohl das ganze Viertel eingeladen.«

»Die meisten sind Verwandte und Freunde, aber ein paar Nachbarn sind auch da.« Angela erspähte Marys Mutter auf der anderen Seite des großen Raums. Sie winkte ihrer Tochter hektisch zu.

»Uff, ich muss eilen, Angela. Die Pflicht ruft. Bestell dir, was immer du willst. Essen und Getränke gehen heute Abend aufs Haus. Ach ja, und vergiss nicht, die Krabbenpasteten zu probieren.«

»Danke, das werde ich.«

Angela sah viele bekannte Gesichter, während sie sich durch die Menge arbeitete. Mrs. Foragi fütterte Benny Buffano von ihrem Tablett mit Häppchen. Ihre Augen ruhten bewundernd auf dem altersschwachen Totengräber. Muss wohl Liebe sein, dachte Angela amüsiert. Wenn Donatella schon mal was Essbares hergibt …

Oma Flora hielt an einem der Ecktische Hof. Dans Sohn, Matthew, saß neben ihr und hing der alten Dame förmlich an den Lippen. Marys Onkel Alfredo tanzte derweil mit Dans Mutter Lenore.

Die beiden hatten sich bei Marys und Dans Hochzeit kennen gelernt und waren seitdem öfter zusammen ausgegangen. Man munkelte schon, dass sie bald heiraten würden. Angela fand, dass sie ein hübsches Paar abgaben, obwohl sie sich wegen Alfredos Besessenheit mit John Gotti Sorgen machte – der alte Mann war davon überzeugt, über viele Ecken mit dem inhaftierten Mafiaboss verwandt zu sein, was irgendwann schief laufen könnte.

Angela holte sich eine Limonade an der Bar und schlug sich dann zum Büfett durch, wo sie eine unglaubliche Anzahl von Vorspeisen und warmen Gerichten erwartete. Sie nahm sich zwei frittierte Scampi und biss genüsslich in das saftige weiße Fleisch.

»Wie ich sehe, hast du die Futterkrippe gefunden.«

Angela, die Johns Stimme sofort erkannte, merkte, wie ihre Nackenhaare zu kribbeln begannen. Sie drehte sich um und stellte fest, dass er direkt hinter ihr stand. Er lächelte auf sie herab und sah noch leckerer aus als die Scampi, die sie gerade verzehrt hatte.

»Ich hab Hunger. Bist du jetzt erst gekommen?«, fragte sie und schluckte den Rest der Fischköstlichkeit herunter.

»Hab mich im Schutz der Dunkelheit reingeschlichen«, erwiderte er trocken. »Nur für den Fall, dass Sophia einen Lynchmob organisiert hat.«

»Na, verletzt siehst du nicht aus. Deinen Skalp hast du auch noch. Also hat dich deine Tante noch nicht in die Finger gekriegt.«

»Bin ihr gezielt aus dem Weg gegangen. Meine Tante steht liebend gern im Scheinwerferlicht, und ich will Marys und Dans Eröffnungsfeier nicht mit einer Szene verderben.«

»Nein, aber ihr Leben.« Das war ihr so rausgerutscht, und sie wünschte sofort, es wäre nicht passiert. Als sie seinen betroffenen Gesichtsausdruck sah, kam sie sich klein, hässlich und gemein vor. »Es tut mir Leid. Das war abscheulich.«

Er zuckte mit den Schultern. »Was soll's.«

»Nein, es war nicht richtig. Es war furchtbar von mir, so etwas zu sagen. Normalerweise bin ich nicht so gedankenlos. Bitte verzeih. Ich …«

»Johnny, wie schön, dich zu sehen«, sagte Johns Onkel, der neben seinem Neffen auftauchte und ihm den Arm um die Schultern legte, was Angela die restliche Entschuldigung ersparte.

»Ich möchte nur, dass du weißt«, sagte er mit gesenkter Stimme, »dass nicht alle in der Familie gegen dich sind. Meine Frau macht nun mal gern Ärger, das ist alles. Du weißt ja, wie deine Tante ist. Aber Joe und ich, wir haben unsere eigene Meinung, egal was die Frauen sagen.«

Und die waren zahlreich. Zornige Blicke von Seiten diverser Russos und deren Freunde waren nun auf sie gerichtet. Sophia sah aus, als hätte sie ein Stück verdorbenes Fleisch erwischt.

»Ich bin dir sehr dankbar für deine Worte, Onkel Frank. Hoffen wir, dass das alles bald vorbei ist.«

Frank lächelte Angela warm an. »Hast 'ne ganz schön harte Gegnerin, was? Angela ist eine hochintelligente Frau. Ich glaube, die könnte dir glatt die Hosen runterziehen, Johnny. Eigentlich hoffe ich sogar, dass sie das tut.« Er zwinkerte Angela spitzbübisch zu.

»Sie nehmen mir das Wort aus dem Munde, Mr. Russo.« Obwohl sie nicht sicher war, ob hier immer noch von Sorgerechtsfällen die Rede war.

»He, ich dachte, du wärst auf meiner Seite, Onkel Frank.«

»Nur vom Standpunkt der Familie aus. Was die Verhandlung betrifft, stehe ich natürlich auf der Seite meiner Tochter und meines Schwiegersohns, das weißt du doch. Deshalb sind wir ja so froh, dass wir Angela haben.«

»Ich danke Ihnen für Ihr Vertrauensvotum, Mr. Russo. Ich werde ganz bestimmt mein Bestes geben«, versprach sie, gerade als Sophia auftauchte und ihren Mann beim Arm packte. Angela und John würdigte sie keines Blickes.

»Komm, Frank, wir müssen Mary in der Küche helfen.«

»Hallo, Tante Sophia«, sagte John höflich, was Angela sehr mutig fand, wenn man bedachte, dass er sich damit sozusagen in die Höhle der Löwin begab.

»Frank, sag bitte deinem Neffen, dass er mich nicht ansprechen soll. Für mich ist er gestorben. Ich rede nicht mit Verrätern, die ihrer Familie in den Rücken fallen.«

Angela wurde wütend, als sie das hörte, und ihre Wangen glühten vor Scham. Sie hatte ein schlechtes Gewissen. *Hab ich mich auch so gemein und gefühllos angehört?* »Mrs. Russo, das war überflüssig. John tut nur seine Pflicht. Er hat in diesem Fall wirklich keine andere Wahl.«

Da fiel Sophia über Angela her. »Du solltest gerade reden!

Ich habe meiner Tochter gesagt, sie soll dich entlassen und sich jemand anderen suchen. Aber hört sie je auf ihre Mutter? Und jetzt schläft ihre Rechtsanwältin mit dem Feind und ...«

»Das tue ich nicht! Wie kommen Sie auf so eine absurde Idee?«

»Angela, lass nur«, meinte John beschwichtigend und ergriff sie beim Ellbogen. Frank sah leicht angewidert aus und schüttelte den Kopf über das Benehmen seiner Frau.

»Du musst meine Frau entschuldigen, Angela. Sophia hat eine große Klappe und weiß nicht, wann sie sie halten soll. Sie hört den ganzen Tag nichts als Klatsch und Tratsch. Sie ist wie diese Schmierenjournalisten – große Klappe, aber kein Gehirn.«

Sophia rang empört nach Luft und überschüttete ihren Mann mit einer Flut italienischer Beschimpfungen. »Das wird dir noch Leid tun, Frank«, keifte sie, bevor sie davonstürmte.

»Was ist hier los?« Joe war mit besorgter Miene herbeigeeilt. »Ich hab Mom durchs ganze Restaurant kreischen hören.«

»Deine Mutter hat sich aufgeregt«, erklärte Frank lapidar. »Sie beruhigt sich schon wieder.« Doch er klang nicht sehr überzeugt.

»Ach ja? Na, auf jeden Fall regt sie die anderen auf. Annie hat sie schon so weit, dass sie über Johns Kommen heute Abend nicht glücklich ist. Tut mir Leid, John«, sagte er zu seinem Cousin, bevor er Angela anlächelte.

Frank schüttelte den Kopf. »Ich gehe und versuche Sophia zu beruhigen. Johnny, kümmer du dich doch um Angela und esst was Gutes. Sicher hat sie Hunger, und sie soll nicht denken, dass wir Russos keine Manieren haben, bloß weil meine Frau ein bisschen verrückt ist.«

John sah aus, als wolle er eine deftige Bemerkung bezüglich Sophias Geisteszustand machen, und Angela packte ihn hastig am Arm. »Ja, ich habe wirklich Hunger. Würdest du mich zum Büfett begleiten?«, fragte sie.

»John«, sagte Joe, als sie sich zum Gehen wandten, »du hast immer noch Freunde. Vergiss das nicht. Auch das hier geht vorüber.«

John drückte seinem Cousin die Schulter. »Danke! Komme mir schon richtig komisch vor, so als Aussätziger in meiner eigenen Verwandtschaft.«

»Im Moment schlagen die Gefühlswogen reichlich hoch, aber am Ende siegt der gesunde Menschenverstand, wirst schon sehen.« Joe gab Angela einen Kuss auf die Wange. »Pass gut auf John auf. Er kann im Moment einen Freund gebrauchen«, flüsterte er.

Kurz darauf saßen sie an einem der Tische und genossen sowohl das hervorragende Essen als auch die gute Stimmung im überfüllten *Danny Boy's*. Angela hatte sich einen Teller mit Rinderbraten, Kartoffelbrei und würziger Bratensoße spendiert. »Tut mir Leid, dass du das durchmachen musst, John. Dass deine Tante herrschsüchtig und voreingenommen ist, wusste ich ja bereits, aber dass sie auch noch so rachsüchtig sein kann ...«

John setzte sein Bier ab und bekam einen nachdenklichen Gesichtsausdruck. »Sophia ist kein schlechter Mensch. Wenn's um ihre Familie geht, ist sie wie ein Fleischerhund, beschützt die Ihren mit Zähnen und Klauen. Und wenn sie sich mal irgendwo festgebissen hat, lässt sie so schnell nicht wieder los.

Meine Tante war schon als Kind versessen darauf, ihren Kopf durchzusetzen. Von den drei Russokindern hat sich allerdings nur Connie von ihr manipulieren lassen, hat getan, wie ihr befohlen, und einen Doktor geheiratet. Mary und Joe haben rebelliert und sind, trotz Sophias vehementem Widerstand, ihrem Herzen gefolgt. Obwohl es durch die seltenen Umstände natürlich eine Weile gedauert hat, bis sie rausfanden, was genau sie wollten.«

»Ich hab versucht, dich vor dem heutigen Abend zu warnen«, erinnerte sie ihn.

»Ja, das hast du. Aber ich bin mein eigener Herr, und ich lasse mich weder von Sophia noch von meinen Eltern oder sonstigen Verwandten, denen es nicht passt, was ich tue, einschüchtern.

Ich hab dir ja schon mal erklärt, dass ich diesen Fall nicht wollte, Angela. Aber jetzt habe ich ihn übernommen und werde alles tun, was in meiner Macht steht, um meinen Klienten zu dienen. Was wiederum bedeutet, dass ich versuchen muss zu gewinnen.«

Dafür bewunderte sie ihn einesteils, anderenteils fürchtete sie, dass der Preis zu hoch sein könnte. »Aber was ist, wenn der Gewinn bedeutet, dass du alles andere verlierst? Wirst du damit leben können?«

Er zuckte die Schultern. »Ich weiß nicht. Ich will meine Familie nicht verlieren. Ich liebe sie trotz ihrer Engstirnigkeit und ihrer vielen Fehler. Aber so, wie ich das sehe, bleibt mir keine andere Wahl. Ich hab mir diese Situation nicht ausgesucht.«

»Es tut mir Leid, dass du zu dieser Wahl gezwungen wurdest. Wie geht's übrigens Tony? Geht es ihm besser?«

John nickte. »Viel besser sogar. Ich habe gerade heute Morgen noch mit ihm telefoniert. Er fährt mit seiner Familie für ein paar Wochen nach Disney World.«

»Wie schön für ihn. Ich bin froh, dass er nicht versucht, zu früh wieder in die Kanzlei zu gehen.«

»Och, versucht hat er's schon, aber das verhindert Marie vehement.«

Sie lächelte. »Sehr gut, tapfere Marie, sag ich da mal.«

Er legte seine Hand auf die ihre. »Mit dir zu reden hat mir gefehlt, Angela. Wann erlöst du mich aus meiner Misere und triffst dich wieder mit mir?«

»Wir sehen uns doch jetzt. Und es ist erst ein paar Tage her, seit wir uns in Richter Baldridges Amtszimmer gesehen haben. Kaum genug Zeit, um mich schon zu vermissen.« Sie entzog ihm ihre Hand und legte sie, sicher außer Reichweite, auf ihren Schoß. Er fehlte ihr auch, aber sie musste stark bleiben.

»Hast wohl Angst, die Leute werden denken, dass die Gerüchte stimmen?«

»Was für Gerüchte?«

»Dass wir was miteinander haben.«

Angela rang nach Luft. »Ich dachte, deine Tante sagt das nur, um mich zu verletzen. Wer kommt nur auf so einen hässlichen Gedanken?«

»Na ja, mich würd's nicht überraschen, wenn es die gute Sophia selbst gewesen wäre, die dieses Gerücht in die Welt gesetzt hat. Meine Tante ist sehr gut im Spekulieren und im Verdrehen von Tatsachen. Und vergiss nicht – du hast ihre Pläne vermasselt, indem du zugelassen hast, dass Joe eine andere heiratet.«

»Joe und ich waren nie mehr als gute Freunde. Nicht, dass deine Tante nicht alles versucht hätte, uns miteinander zu verkuppeln. Ein skrupelloseres Weib ist mir noch nie untergekommen.«

»Da wäre eventuell noch Oma, obwohl ich mir nicht vorstellen kann, dass sie das Herz hat, jemandem wehzutun.«

»Ganz sicher nicht! Ich weigere mich zu glauben, dass diese nette alte Dame irgendwas mit diesen hässlichen Gerüchten zu tun hat. Sie ist viel zu mitfühlend, um so was zu tun.«

John lächelte versonnen. »Als wir noch klein waren, Peter und ich, sind wir, manchmal auch mit Michael, zu unserer Großmutter gegangen, wenn wir mal wieder Zoff mit den Eltern hatten. Oma pflegte uns dann an ihren großen Küchentisch zu setzen, uns warmes, knuspriges italienisches Brot zu servieren, dazu eine große Tasse Kaffee, mit viel Zucker und Milch verdünnt. Danach haben wir uns immer besser gefühlt.«

»Wenn das heutzutage noch jemand machen würde, würde man ihn wahrscheinlich der Kindesmisshandlung bezichtigen. Kindern gibt man doch kein Koffein.«

»Damals fand ich in vieler Hinsicht einiges besser. Auf jeden Fall gab es noch nicht diese Gewalt unter den Kindern wie heute.«

»Ein paar von den Sachen, die ich im Krisenzentrum erlebt und gesehen habe, würden dir das Herz brechen. Wieso bekommen Eltern überhaupt Kinder, wenn sie sie gar nicht wollen?« Sie tätschelte ihren Bauch. Sie wusste, dass sie dieses Kind, das da in ihr heranwuchs, ehrlich haben wollte. John, dem diese Geste nicht entging, lächelte.

»Ich weiß nicht. Manchmal frage ich mich sogar, warum meine Eltern Kinder bekommen haben. Sie sind nicht gerade die Idealbesetzung dafür. Oft denke ich, sie hätten nach Michael aufhören sollen. Dann wären sie weitaus glücklicher gewesen.«

Angelas Herz verkrampfte sich, als sie den Ausdruck in seinen Augen sah. »Aber deine Eltern lieben dich doch ganz bestimmt, John. Sie können's wahrscheinlich nur nicht so zeigen.«

Er trank den letzten Schluck seines Biers und versuchte damit, seine Emotionen zu verbergen. »Ich bin ein erwachsener Mann. Es spielt keine Rolle mehr. Ich habe gelernt, mit ihrer pausenlosen Kritik zu leben.«

»Doch, natürlich spielt es eine Rolle. Egal wie alt wir sind, wir werden uns stets nach Lob und Anerkennung unserer Eltern sehnen. Es tut mir von Herzen Leid, wenn du das von deinen Eltern nie bekommen hast.«

»Manche Leute haben halt nur eine beschränkte Menge zu geben. Ich weiß nicht, ob ich ein guter Vater wäre. Ich würde auf keinen Fall so kalt und distanziert sein wollen wie mein Vater, der an zweien seiner Söhne nie ein gutes Haar lässt. Doch ich weiß, dass ich eines Tages gerne Kinder hätte.«

»Unterschätz dich nicht. Die Fehler deines Vaters müssen nicht die deinen sein. Ich bin überzeugt davon, dass du ein wundervoller Vater wärst. Du bist einfühlsam und liebevoll und …« Sie errötete, besorgt, dass sie zu weit gegangen war.

»Na ja, das werde ich dank meiner Ex wohl nie erfahren.«

Angela runzelte verwirrt die Brauen. »Was meinst du damit? Wollte sie denn keine Kinder? Habt ihr deshalb nie welche bekommen?«

»Wir hätten fast ein Kind gehabt.«

»Was ist passiert?«

»Grace hat es abtreiben lassen, als sie's rausfand. Und sich erst hinterher die Mühe gemacht, es mir zu sagen.«

Angela rang entsetzt nach Luft. »Aber wieso denn? Wieso hat sie so was getan?«

»Sie hat ihre Karriere mehr geliebt als mich. Ein Kind wäre ihr da nur im Weg gewesen.«

Sie legte ihre Hand auf die seine. »Das tut mir echt Leid, John.«

»Das ist mit einer der Gründe, warum ich dich so bewundere, Angela. Du hättest jeden Grund, dein Kind loswerden zu wollen, aber du tust es nicht. Du drückst dich nicht vor deiner Verantwortung.«

»Ich hoffe, dass ich das Richtige tue. Ich habe keine Ahnung, wie man eine gute Mutter ist. Und es ist zweifelhaft, dass ich je heirate, also wird mein Kind wohl auch nie einen Vater haben, und deshalb habe ich Schuldgefühle.«

»Dann hast du dem Vater des Kindes also noch nichts gesagt. Das solltest du aber. Wenn es meins wäre, ich würde es wissen wollen.«

»Bill hat unmissverständlich klar gemacht, dass er keine Kinder will. Er hat's mir nicht nur einmal, sondern hundert Mal gesagt. Im Übrigen wäre er als Vater die reinste Katastrophe. Er hat überhaupt keine Geduld und ist furchtbar penibel.«

»Warum warst du dann mit ihm zusammen? Der Typ scheint ja eine ausgesprochene Niete gewesen zu sein.«

»Na ja, ich dachte wohl, es wäre allmählich an der Zeit zu heiraten, und als Bill mir dann einen Antrag gemacht hat, hielt ich es für das Vernünftigste. Jetzt zu wissen, wie falsch ich mit Bill lag, ist ein Grund mehr, nie heiraten zu wollen.«

»Ach, du wirst schon eines Tages heiraten, Angela. In dir ist viel zu viel Liebe und Güte, um sie nicht mit einem anderen teilen zu wollen.«

Seine Worte rührten sie zutiefst, und unwillkürlich traten ihr Tränen in die Augen. »Danke.«

»Teufel, wenn ich gewusst hätte, dass du heulst, hätte ich dir kein Kompliment gemacht.«

»Ich heule nicht.« Sie schniefte. »Nicht richtig. Außerdem sind Gefühlsaufwallungen typisch für Schwangere, so wie stündlich pinkeln müssen oder irgendwelches unmögliche Zeugs durcheinander zu futtern, wie Hühnchen mit Schokoladensoße.« Er machte ein würgendes Geräusch, und sie nickte ergeben. »Es stimmt. Kein Mensch, der noch alle beieinander hat, würde so was essen, aber bei Schwangeren ist nichts unmöglich.«

John hörte gespannt zu, als sie ihm all die anderen Merkwürdigkeiten aufzählte, die Schwangere so hatten und taten. Gegen seinen Willen erhellte ein breites Grinsen sein Gesicht. »Du bist einfach anbetungswürdig, weißt du das?«

Sie errötete. »Alle Schwangeren sind anbetungswürdig, du Dummerchen. Wie sollten wir sonst damit durchkommen, monatelang wie Elefantenkühe rumzulaufen? Es ist wie bei den Klingonen von *Star Trek*, mit ihrem Tarndingsbums. Alles eine Vorspiegelung falscher Tatsachen. Was dahinter steckt – du hast ja keine Ahnung.«

John warf den Kopf in den Nacken und lachte schallend. In diesem Moment wusste er, dass er diese Frau nie wieder fortlassen würde.

14

Was ist der Unterschied zwischen einer Mücke und einem Rechtsanwalt?
Der eine ist ein blutsaugendes Ungeziefer und das andere lediglich ein Insekt.

»Ich warne dich, Rosalie. Ich will diesen dämlichen Postboten nicht mehr in meinem Haus sehen, sonst kannst du was erleben. Und er erst recht. *Capisce*?«

»Dieses Haus gehört mir genauso wie dir, Sam DeNero, und ich kann einladen, wen ich will. Wir leben in einem freien Land. Du bist nicht mein Wärter.«

»Ganz genau! Ich bin dein Mann. Vielleicht solltest du mal öfter daran denken. *Dio mio!* Was ist bloß in dich gefahren?«

Der laute Streit ihrer Eltern empfing Angela, als sie tags darauf deren Haustür öffnete. Sie lief sofort in die Küche, aus der die aufgeregten Stimmen kamen. Wutschnaubend standen sie sich an dem mit einem Wachstuch gedeckten Küchentisch gegenüber. Mia stand beim Spülbecken, die Hände hilflos erhoben, als hätte sie schon vergeblich versucht, die beiden Streithähne auseinander zu bringen.

»Was um Himmels willen ist hier los?« Angela ließ ihre Tasche auf den Tisch fallen, zog sich den Mantel aus und warf ihn über die nächstbeste Stuhllehne. »Man kann euch meilenweit hören. Was müssen die Nachbarn von euch denken?«

»Das ist mir scheißegal!«, brüllte ihr Vater mit rotem Gesicht. »Meine Frau betrügt mich! Was schert es mich da, was die Nachbarn denken!«

Rosalie rang angesichts dieser gemeinen Anschuldigung entsetzt nach Luft. »Wie kannst du es wagen, mir so etwas vor meinen Töchtern zu unterstellen? Hast du denn gar keine Skrupel?« Ihre Augen füllten sich mit Tränen. »Ich habe Sam nicht betrogen, obwohl ich das vielleicht tun sollte.«

Sam sah aus, als würde ihm jeden Moment eine Ader platzen. Sie standen wie Seile an seinem Hals hervor, und sein Gesicht hatte eine böse blaurote Farbe angenommen.

»Ich denke, wir sollten uns erst einmal alle beruhigen und dieses Missverständnis aufklären«, schlug Mia beherzt vor. Angela nickte heftig.

»Mia hat Recht. Ihr beiden führt euch auf wie die Kinder. Ich kann nicht glauben, was du da gerade gesagt hast, Dad. Ich finde, du solltest dich bei Mom entschuldigen.«

»Frag sie doch. Frag deine Mutter, wen ich heute früh an meinem Küchentisch vorgefunden habe. Seit wann kommt sonntags die Post? Nie. Jetzt weißt du's.«

Es war sehr schwer, einen Mann ernst zu nehmen, der ein silbernes Pailletten-T-Shirt mit der Aufschrift BIG MAMA LOVES YOU und schwarze Caprileggins trug, aber Angela mühte sich nach Kräften. »Sicher gibt es eine vernünftige Erklärung für die Anwesenheit des Postboten. Oder, Mom?« *Bitte, lass es eine vernünftige Erklärung geben.*

War das Schuldbewusstsein im Gesicht ihrer Mutter? Angela musste daran denken, dass ihre Mutter in letzter Zeit zunehmend vom Postboten schwärmte, wie gut er doch aussah, wie nett er war. Mutters Wangen glühten, doch sie nickte tapfer, und Angela stieß unwillkürlich den angehaltenen Atem aus.

»Er hat vergessen, mir *DIE GUTE HAUSFRAU* zu bringen, deshalb hat er mir die Zeitschrift heute früh vor der Kirche schnell vorbeigebracht. Ich habe mich bei Paul ... äh ... Mr. Castallano bedankt und ihm eine Tasse Kaffee angeboten. War das so schlimm? So wie euer Vater sich aufführt, könnte man meinen, ich hätte einen Mord begangen.«

Mia und Angela tauschten einen besorgten Blick; dann fragte Mia: »Und wo war Dad? War er zu Hause?«

»Klar war er zu Hause. Er war oben im Bad, hat sich die Beine rasiert. Ihr wisst ja, wie lange er immer braucht, um sich schön zu machen, und er wollte zu Angelas Feier besonders gut aussehen. Und die hat er jetzt ruiniert.« Sie verschränkte die Arme vor der Brust und funkelte ihren Mann trotzig an.

Sam ruderte mit den Armen durch die Luft. »Versucht ihr beiden, sie wieder zur Vernunft zu bringen, Angela. Ich geh raus zum Laubrechen. *Dio!* So einen Zirkus kann ich in meinem Alter nicht mehr gebrauchen. Alles, was ich will, ist, meinen Ruhestand zu genießen. Und was krieg ich? Szenen aus *Wenn der Postmann zweimal klingelt*!«

»Willst du so rausgehen, Dad?«, fragte Angela erschrocken. Sie war sich nicht sicher, ob die konservative italienische Nachbarschaft schon für das andersartige Outfit von Sam DeNero bereit war.

Er schüttelte den Kopf. »Nein, ich hab 'nen Overall, in den ich reinschlüpfe.« Er ging und ließ dabei die Hintertür, die in die angebaute Garage führte, kräftig zuknallen.

Rosalie nahm am Tisch Platz und faltete die Hände auf der blauen Wachstuchdecke zusammen. »Euer Vater ist ein sehr unvernünftiger Mann. Sage ich was, wenn er sich meine Schminksachen ausleiht? Macht es mir was aus, wenn er in alle meine Seidenstrümpfe Laufmaschen reißt? Nein. Und ich darf keine Freunde in der Küche empfangen!« Sie grunzte. »Ich weigere mich, mich in meinem eigenen Haus zu einer Gefangenen meines eifersüchtigen Mannes machen zu lassen.«

»Mom, du hast dir doch denken können, wie Dad auf den Postboten reagieren würde, nachdem du das erste Mal erwähnt hast, dass er dir Komplimente macht.«

»Wann war das?«, wollte Mia wissen, zog sich einen Stuhl heran, griff in die goldlasierte Keramikschüssel mit Obst und beförderte ein paar blaue Trauben in ihren Mund.

»Kurz bevor du kamst.« Angela erzählte ihrer Schwester

von dem ersten Eifersuchtsanfall ihres Vaters, den sie damals noch für niedlich gehalten hatte. Jetzt nicht mehr. Der Mann war wild wie ein gereizter Stier. Nicht umsonst hatte man Sam bei der Bostoner Polizei den Spitznamen »Mad Dog«, verrückter Hund, gegeben.

»He, Mom, du verschweigst uns doch nichts, oder?«

Auf Mias Frage schoss Rosalie abermals die Röte in die Wangen. »Ich sehe Paul Castallano jeden Tag. Er ist mein Postbote. Was ist falsch daran?«

»Hast du ihn zuvor schon mal ins Haus gebeten?«, erkundigte sich Angela. Ihr graute vor der Antwort. Ihre Mutter schien von dem Kerl völlig hingerissen zu sein.

»Na ja, ein, zwei Mal. Wir unterhalten uns doch nur. Manchmal mache ich ihm was zu Mittag. Aber nur, wenn dein Vater nicht da ist.«

»Hältst du das für eine gute Idee, wo du doch weißt, wie eifersüchtig Dad ist?«

»Ich habe ein Recht auf Freunde, Angie. Schlimm genug, dass wir überhaupt nicht mehr ausgehen. Ich kann mich nicht mehr erinnern, wann mich dein Vater das letzte Mal in ein Restaurant oder ins Kino ausgeführt hat oder mir Komplimente über meine Haut oder meine Haare gemacht hat, so wie Mr. Castallano. Paul sagt, ich hätte wunderschöne Haut.«

»Vielleicht ist dieser Postbote lediglich ein Schwerenöter, der versucht, dich ins Bett zu kriegen, Mom«, meinte Mia bedeutsam. »Es gibt viele Männer, die hinter älteren Frauen her sind.«

»Und wenn schon! Eventuell nehme ich ihn ja sogar beim Wort. Der Weltuntergang steht bevor, Mädchen. Wir müssen das Leben genießen, so gut wir können.«

Mia verschlug's die Sprache. Angela seufzte nur.

»Du liebst Dad doch«, protestierte sie und fragte sich dabei unwillkürlich, ob sie möglicherweise in einer Episode von *Verstehen Sie Spaß?* gelandet war. Angela spähte hoch zur Deckenlampe, doch sie entdeckte nichts, das einer versteckten

Kamera ähnelte. »Wie kannst du an so etwas auch nur denken?«

»Das Feuer ist erloschen, der Funke ist weg. Glaubst du, es ist leicht, mit einem Mann zu schlafen, der eine bessere Garderobe hat als ich? Neben Sam komme ich mir vor wie eine graue Maus. Und nie macht er mir Komplimente oder borgt mir mal was von seinen Sachen. Er ist grässlich pingelig. Meine Mutter, möge sie in Frieden ruhn, hat mich vor Polizisten gewarnt. Sie hat gesagt, das wären alles Geizkrägen. Ich hätte auf sie hören sollen.«

Das war mit Sicherheit das seltsamste Gespräch, das Angela je mit ihrer Mutter oder sonst wem gehabt hatte. Und das hieß bei ihr als Anwältin sehr viel. »Vielleicht solltet ihr beide, du und Dad, mal zur Eheberatung gehen. Womöglich wird es ja Zeit, dass er seinen Verkleidungstick überwindet.«

Rosalie schüttelte den Kopf. »Der Mann ist schon so, seit wir geheiratet haben. Zuerst hat's mich gestört, aber dann hat er mir erklärt, dass er mich unendlich liebt und dass das mit den Frauenkleidern nichts mit mir zu tun hat. Ich war jung. Wir waren verliebt. Und das Leben war schön. Aber nun steht das Ende der Welt bevor, und ich habe das Gefühl, dass mir was entgangen ist, dass das noch nicht alles gewesen sein kann. Ich werde auch nicht jünger, verstehst du?«

»Mom, Ehebruch ist eine Sünde«, ließ sich Mia wieder hören. »Ich bin ja selbst ziemlich liberal, aber davor schrecke sogar ich zurück.«

»Ich habe zurzeit noch nicht vor, mit Paul zu schlafen, obwohl ich zugeben muss, dass es mich schon reizen würde. Ich hatte schon immer eine Schwäche für Männer in Uniform.«

Mia verdrehte die Augen, und Angela verkniff sich ein Lächeln. »Äh, ich halte es für besser, wenn du Mr. Castallano nicht mehr ins Haus bittest, Mom. Die Nachbarn könnten auf falsche Gedanken kommen. Auf ähnliche wie dein Mann.«

Ihre Mutter wirkte ärgerlich. »Ich hatte gehofft, ihr Mädchen würdet mich verstehen und mich unterstützen.«

»Wir verstehen dich ja auch. Mia und ich haben uns beide schon in Männer verliebt, die nicht unbedingt gut für uns waren. Aber wir sind allein stehend und du nicht. Wenn du echt was mit Mr. Castallano anfangen willst, musst du dich schon von Dad trennen. Das willst du doch nicht, oder?«

Anstelle des blanken Entsetzens, das Angela auf diesen schockierenden Vorschlag hin von ihrer Mutter erwartet hatte, schüttelte diese nur nachdenklich den Kopf. »Ich weiß nicht.«

»Du weißt nicht! Mom, verstehst du, was du da sagst?« Mia war richtig blass geworden, was reichlich ungewöhnlich war für jemanden, den so schnell nichts erschüttern konnte. »Du bist bereit, Dad wegen eines Mannes zu verlassen, den du kaum kennst? Das ist verrückt! Ich bin doch angeblich die Verrückte in der Familie. Du bist doch die Stimme der Vernunft! Oder hast du das vergessen?«

»Manchmal will eine Frau eben mehr als nur Ehefrau und Mutter sein. Manchmal braucht sie etwas Romantik im Leben. Ich brauche das Gefühl, geliebt und bewundert zu werden. Ich wünsche mir, dass Sam mich genauso wie Mr. Castallano behandelt, dass er mich auf Händen trägt, mich verehrt und anbetet.«

»He, hat dieser Mr. Castallano vielleicht noch einen Bruder?« Angela schoss ihrer Schwester einen giftigen Blick zu, und Mia fügte hastig hinzu: »War nur ein kleiner Scherz.«

»Wenn man so lange verheiratet ist wie du und Dad, dann ist es schwer möglich, die himmeljauchzende Verliebtheit vom Anfang zu bewahren. Aber dafür gibt es andere Dinge, für die du dankbar sein kannst: Stabilität, einen Mann, der dich liebt, auch wenn er's nicht oft genug sagt, zwei Töchter, die dich anbeten. Und vergiss nicht, bald kommt ein Enkelkind, das dich zusätzlich brauchen wird. Du solltest Gott für all das dankbar sein.«

»Ich verstehe ja, was du sagst, Angela, zumindest hier oben.« Rosalie deutete auf ihren Kopf. »Aber hier, hier wo mein Herz ist«, sie schlug sich dramatisch auf die Brust, »da sieht es anders aus.«

Angela ergriff die Hand ihrer Mutter. »Dann musst du mit Dad reden, ihm erklären, wie du dich fühlst. Es geht hier um sehr, sehr viel, Mom. Du willst doch nicht einen Fehler machen, den du für den Rest deines Lebens bereust.«

»Ach, Sam hört mir doch nie zu. Er hält mich für eine törichte alte Frau, die er vor dem Leben beschützen muss.«

»Ich rede mit ihm«, erbot sich Mia, und Angela ächzte.

War ihre Schwester auf einem Selbstmordtrip oder einfach nur irre?

»Danke, Schätzchen, das ist ja sehr lieb von dir, aber dein Vater hält dich für genauso verrückt wie mich. Angela ist die Einzige, auf die er hört. Wenn jemand mit deinem Vater redet, dann nur deine Schwester.«

Angela gab ein ersticktes Geräusch von sich. »Im Ernst?«, röchelte sie. »Du willst, dass ich Dad sage, wenn er sich nicht ändert, fängst du was mit dem Postboten an? Willst du mich ins Grab bringen?«

»Ach, jetzt übertreibst du, Angela!« Rosalie tätschelte ihrer Tochter lächelnd die Wange. »Das kannst du doch für mich tun, oder? Bitte mach Sam begreiflich, dass ich unerfüllte Bedürfnisse habe.«

Unerfüllte Bedürfnisse? Himmel! Erwartete ihre Mutter tatsächlich von ihr, mit ihrem Vater über Dinge wie Sexualität, Liebe und Anbetung zu reden?

»Äh, das ist ein außerordentlich heikles Thema für einen Mann«, stotterte sie.

»Es wird Zeit für Sam, sich seinen Verpflichtungen zu stellen. Ich habe deinem Vater die besten Jahre meines Lebens geschenkt, und jetzt will ich etwas dafür zurückhaben. Redest du mit ihm, Angela, und erklärst ihm, was in mir vorgeht? Ich weiß, das ist sehr viel verlangt, aber ich glaube, wir haben keine andere Wahl.«

Das Schicksal innerlich verfluchend, das sie heute hierher

geführt hatte, überlegte Angela eine Minute, fluchte erneut und nickte schließlich. »Also gut«, sagte sie so leise, dass man es kaum hören konnte, »ich rede mit ihm.«

Lieber wäre sie barfuß über glühende Kohlen gelaufen, hätte sich sämtliche Gesichtshaare mit Wachs entfernen lassen, die Zehennägel mit einer stumpfen Schere geschnitten ...

Kurz und gut, sie wollte nicht. Ganz und gar nicht.

Am Montagmorgen marschierte Mia fröhlich in Angelas Anwaltspraxis, in der Hand eine Schachtel mit gefüllten Donuts, dazu zwei Pappbecher mit heißem Kaffee. Sie stellte alles auf den Schreibtisch und ließ sich in den Sessel plumpsen, während sie darauf wartete, dass ihre Schwester fertig telefonierte.

»Das ist korrekt, Mrs. Carpelli. Ich gehe nicht davon aus, dass Ihr Mann gegen die Scheidung Einwände erhebt. Gut. Wir hören voneinander.«

Kaum dass Angela aufgelegt hatte, griff sie nach einem Donut. »Wunderbar, danke! Die sehen köstlich aus. Aber was führt dich hierher? Nicht, dass ich mich nicht freuen würde, dich zu sehen. Aber solltest du nicht am Telefon hocken und irgendwelche Idioten beschwatzen, dir was abzukaufen?«

Mia biss genüsslich in einen mit Schokoladenglasur überzogenen Donut, bemerkte dann den sehnsüchtigen Blick ihrer Schwester und reichte ihr den Rest. Angela quittierte dies mit einem dankbaren Lächeln und schob sich das Stück in den Mund. »Hab gekündigt«, erklärte Mia, sich die Finger ableckend. »Es war sowieso stinklangweilig. Die meisten Leute haben aufgehängt, und die paar, die's nicht taten, haben mich wüst beschimpft. Und für den miesen Lohn, den die mir bezahlt haben, war das eindeutig zu viel.«

»*Mmmmm*. Mann, sind die gut. Ich stand kurz vorm Hungertod.« Angela nippte an ihrem Kaffee und fragte dann: »Und was hast du jetzt vor? Beispielsweise suchen die meisten Läden für die Feiertage nach Aushilfen.«

Mia grinste vergnügt, wühlte in ihrer Handtasche, zog eine

Zeitschrift heraus und warf sie auf den Schreibtisch. *Soldier of Fortune*. Angela zuckte zurück und krächzte: »Bitte sag, dass du nicht vorhast, dich einer Miliztruppe anzuschließen. Ich glaube nicht, dass Mom und Dad das verkraften würden. Ich jedenfalls nicht.«

Ihre Schwester schlug die Zeitschrift auf und deutete auf eine Anzeige für eine Schule, die sich auf die Ausbildung von Bodyguards spezialisierte. »Ich habe beschlossen, mich bei der *Serve and Protect Bodyguard Training School* anzumelden. Die Kurse finden in Towson statt, das ist gar nicht so weit von hier. In der Anzeige wird behauptet, man könnte es in nur wenigen Wochen lernen. Ist das nicht toll?«

Angela konnte am wild entschlossenen Gesicht ihrer Schwester sehen, wie begeistert sie von dieser neuesten Schnapsidee war. Angela hingegen war, gelinde gesagt, skeptisch. Außerdem machte sie sich Sorgen, ihre Schwester könnte sich dabei verletzen. Dennoch versuchte sie, nicht zu negativ zu klingen, um ihr nicht den Enthusiasmus zu nehmen. »Willst du so was wirklich machen? Ist der Beruf des Bodyguards nicht ein wenig gefährlich, Mia?«

»Na ja, ein bisschen vielleicht. Aber das ist ja gerade das Aufregende daran. Ich werde meistens sowieso Geschäftsleute und so beschützen, möglicherweise aber auch hin und wieder den einen oder anderen berüchtigten Mafioso. Wäre das nicht cool?«

Angela stöhnte. »Mafiosi! Herrgott, Mia! Weißt du überhaupt, worauf du dich da einlässt? Mit diesen Leuten ist nicht zu spaßen. Die schießen erst und fragen später.«

Mia schüttelte den Kopf. »Du machst dir viel zu viele Sorgen, Angela, typisch große Schwester. Vertrau mir, das klappt schon.«

»Ich *bin* deine große Schwester, und ich habe Grund, mir Sorgen zu machen. Einige von deinen Ideen waren – über die Jahre hinweg gesehen – gelinde gesagt fragwürdig. Das musst du zugeben.«

»Klar. Aber jetzt bin ich erwachsen und muss tun, was ich für richtig halte. Es ist mein Leben. Außerdem habe ich das Gefühl, dass das genau das Richtige ist. Gerade du solltest das verstehen, Angela. Du hast auch schon Entscheidungen getroffen und Dinge durchgezogen, die – hätten Mom und Dad davon gewusst – sie nicht gerade erbaut hätten.«

Angela seufzte. Ihre Schwester hatte ja Recht. »Damals war ich jung und dumm, Mia. Und es bestand nie die Gefahr, dass man mich dabei erschießt. Wie bist du überhaupt auf diese Idee gekommen?«

»Ich habe hin und her überlegt, was ich mit meinem Leben anfangen will. Ich tauge einfach nicht für einen Bürojob. Ich bin gerne draußen an der frischen Luft, und ich bin fit und sportlich. Ich bin zwar nicht besonders groß, aber durch das Gewichtheben habe ich ganz ordentliche Muckis bekommen.«

Das hatte sie in der Tat. Mia war, im Gegensatz zu Angela, fit wie ein Turnschuh. Sie ging fast jeden Tag mit Hingabe ins Fitnessstudio. Außerdem joggte sie.

»Ich hoffe, du unterstützt mich bei Mom und Dad, besonders wenn Dad von meiner Schusswaffenausbildung erfährt. Ich werde dort nämlich echt schießen lernen. Ist das nicht cool? Und wenn sich Dad mal beruhigt hat, kann er mir ja vielleicht noch was beibringen. Er wollte doch immer, dass ich zur Polizei gehe.«

»Als Sekretärin«, erinnerte Angela sie. Sam würde senkrecht die Wände raufgehen, wenn er von diesem neuesten Berufswunsch seiner jüngsten Tochter erfuhr.

»Na ja, das ist doch fast wie Polizeiarbeit – ohne Uniform tragen zu müssen. Ich kann weiter in Jeans und Turnschuhen rumlaufen, so wie ich's am liebsten hab.«

Angela seufzte. »An dir ist ein Junge verloren gegangen.«

»Soll das eine abwertende Anspielung in Ermangelung meines Vorbaus sein?«

»Ich hoffe, dass das alles so läuft, wie du es dir ausmalst,

Mia, denn es graut mir bei der Vorstellung, dass du mit einer Waffe rumläufst und dich mit kriminellen Elementen rumprügelst. Aber ich werde versuchen, Mom und Dad davon zu überzeugen, dass Bodyguard zu sein gar nicht so schlecht für dich ist. Okay, wenn das jetzt alles ist, ich muss wirklich arbeiten.«

Mia grinste. »Danke, Angie, du bist die Allerbeste! Ursprünglich bin ich hergekommen, um dich zu fragen, ob du echt vorhast, mit Dad zu reden, so wie Mom es von dir will. Ich hab noch mal drüber nachgedacht, und ich finde, dass das zu riskant sein könnte. Du weißt ja, wie cholerisch er ist und ... na ja, ich mache mir Sorgen, was passieren könnte.«

»Zu schade, dass du das nicht schon gestern gesagt hast, statt dich selbst freiwillig zu melden.«

»Gestern war ich zu spontan. Nachdem ich Zeit zum Überlegen hatte, bin ich mir nicht mehr so sicher, dass eine von uns es überhaupt tun sollte. Für das Baby könnte es noch dazu schlecht sein. Du weißt schon, wenn du dich aufregst oder so.«

Angela hätte Mia eigentlich böse sein sollen, weil sie sie beide in den Ehestreit ihrer Eltern hineingezogen und Angela mit der unangenehmen Aufgabe, mit ihrem Vater zu reden, sitzen gelassen hatte. Aber das war sie nicht. Mia hatte das Herz am rechten Fleck. Sie war wie ein temperamentvolles Hündchen, das an die Leine gehört oder einen Klaps hinten drauf brauchte, weil es seine Nase in Dinge steckte, die es nichts angehen. Mia geriet regelmäßig in Schwierigkeiten. Möglicherweise hatte ihr Vater Recht, wenn er meinte, sie wäre noch nicht erwachsen.

»Danke. Glaube ich. Aber mach dir keine Sorgen. Ich weiß, dass ich es schaffen kann, vernünftig und ruhig mit Dad zu reden. Ich bin schließlich Anwältin. Ich bin's gewöhnt, mit irgendwelchen schwierigen Leuten zu verhandeln.« *Haha!*

»Dad ist nicht irgendwer. Er ist nicht normal. Er ist der reinste Hannibal Lecter. Er verspeist die Leute und spuckt sie dann wieder aus. Ich mag ihn ja wirklich, aber er ist nicht gerade der Inbegriff des ruhigen, gelassenen Typs. Halloooo? Er trägt Büstenhalter!«

»Ich werde schon mit ihm fertig.«

»Also gut, aber sag hinterher nicht, ich hätte dich nicht gewarnt.« Der künftige Bodyguard schnappte sich die Donutschachtel und klemmte sie sich unter den Arm.

»He, wohin willst du mit den Dingern? Ich dachte, du hättest sie mir geschenkt.«

Mia grinste. »Das war nur zur Bestechung, wegen dieser Bodyguard-Sache. Wäre doch sinnlos, so gute Donuts einfach zu verschwenden. Bis bald.«

Angela schaute ihrer Schwester nach, wie diese vergnügt aus dem Zimmer schlenderte. Dann sah sie auf ihrem Schreibtisch Mias *Soldier of Fortune* liegen. Sie überflog erneut die Anzeige für die Bodyguard-Trainingsschule und runzelte die Stirn.

Sie hatte Zweifel, ob Mia die harten Ausbildungskurse überstehen würde. Gar nicht zu reden vom Schusswaffentraining. Das Mädel war kurzsichtig wie ein Maulwurf, weigerte sich aber, ihre Brille zu tragen. Außerdem war sie tollpatschig. Höchstwahrscheinlich würde sie stolpern und jemanden in den Fuß schießen, möglicherweise sich selbst.

Wieso hatte Angela nur das dumpfe Gefühl, dass diese Sache in einer Katastrophe enden würde?

Weil sie ihre Schwester kannte, deshalb.

Eine Stunde später ging Angela zu Wanda hinüber, um sie zur Mittagspause abzuholen. Die Donuts hatten ihren höllischen Appetit nicht stillen können, und sie hatten vor, in die *Cheesecake Factory* am Inner Harbor zu gehen, wo sie mindestens drei Stück des dortigen köstlichen Käsekuchens zu vertilgen gedachte.

Sie hatte in letzter Zeit ununterbrochen Hunger. Als hätte ihr Magen ein Loch, das sich durch nichts stopfen ließ. Angela wusste, dass sie, wenn sie so weiterfutterte, bald elefantöse Ausmaße annehmen würde.

Als sie das Büro ihrer Kollegin betrat, blieb sie wie angewurzelt stehen, als sie sah, wer da vor deren Schreibtisch saß. John. Ihr Herz begann wie wild zu flattern – ein klares Indiz dafür, dass sie sich mehr als freute, ihn zu sehen, obwohl sie nicht vorhatte, sich das ihm – oder sich selbst gegenüber – zuzugeben. Aber sich etwas vorzunehmen ist nun mal viel leichter, als sich auch daran zu halten.

Wanda winkte sie lächelnd näher. »Komm nur, Angela. John hat bestimmt nichts dagegen, wenn du auch zuhörst. Wahrscheinlich wirst du sowieso mit der Sache zu tun bekommen, also hör dir ruhig an, worum es geht.«

»Du machst mich neugierig.« Sie trat näher und erwiderte Johns Lächeln, während sie sich auf den Stuhl neben ihm sinken ließ. »Was gibt's? Ihr beide seht aus wie Verschwörer.«

»Könnte man sagen, ja«, meinte er darauf mit ernstem Gesicht. »Ich möchte gerne Wandas Meinung über einen möglichen Fall von Diskriminierung hören. Es geht um meinen Bruder.«

»Ach ja?« Angela runzelte die Stirn. »Ich hoffe, es ist nichts Ernstes.«

»Peter wurde gefeuert und glaubt, dass es daran liegt, dass er schwul ist.« John erläuterte die Einzelheiten, während Angela gebannt an seinen Lippen hing und Wanda sich emsig Notizen machte.

»Das ist zwar nicht gerade mein Fachgebiet, aber es scheint, als hätte er Grund für eine Klage«, meinte Angela. »Was glaubst du, Wanda? Du bist hier die Expertin.«

»Wie ich John gerade sagte, denke ich, dass sich kaum etwas in Bezug auf Diskriminierung wegen seiner Homosexualität machen lässt. In diesem Fall ist das Gesetz ziemlich eindeutig.

Aber ich glaube, wir könnten seine Migräne als Ansatz benutzen. John hat angedeutet, dass sein Bruder deswegen nach wie vor in Behandlung ist. Ähnliche Fälle haben schon in verschiedensten Staaten Erfolg gehabt. Zumindest könnten wir es schaffen, Peter eine Abfindung zu erstreiten, mit deren Hilfe er Zeit hat, sich in Ruhe einen neuen Job zu suchen.«

»Was hat dein Bruder denn bei Trent Enterprises gemacht?«, fragte Angela John.

»Ironie des Schicksals, aber er war Personalmanager, also weiß er aus erster Hand, wie die Firma diese Dinge handhabt. Ich denke, er gäbe einen glaubwürdigen Zeugen ab, falls es dazu kommen sollte.«

»Ich habe im Moment furchtbar viel um die Ohren, John«, begann Wanda, die absichtlich so tat, als könnte sie den Fall seines Bruders vielleicht nicht übernehmen.

»Aber, Wanda!«, protestierte Angela und schluckte den Köder. »Du bist die Beste, um Peter Franco zu vertreten. Und das weißt du auch!«

»Das stimmt«, sagte die Rechtsanwältin ohne falsche Bescheidenheit. »Aber allein schaffe ich das nicht. Ich brauche Hilfe bei der Laufarbeit, beim Sammeln der Fakten und so. Wenn wir Glück haben, kommt der Fall nie vor Gericht, aber falls doch ... Seid ihr bereit, mir zu helfen?«

John und Angela tauschten verblüffte Blicke; dann erwiderte John: »Ich schon. Selbstverständlich. Ich würde so ziemlich alles tun, um meinem Bruder zu helfen. Was ist mit dir, Angela? Hättest du Zeit?«

Angela wusste, dass sie Nein sagen sollte. Mehr Zeit mit John zu verbringen würde die Dinge weiter komplizieren. Aber John wirkte so verstört über das, was seinem Bruder passiert war, dass sie einfach nicht das Herz hatte, ihn zurückzuweisen.

Und sie war sich alles andere als sicher, ob das, was sie vorhatte, ethisch vertretbar war, wenn man den anderen Fall, an dem sie arbeiteten, in Betracht zog. Na ja, mit diesem Problem würde sie sich herumschlagen, wenn es so weit war, entschied sie.

»Ja, ich werde dir helfen. Bis auf den Gallagher-Fall habe ich im Moment nichts Dringendes.«

Wanda grinste zufrieden, und Angela gefiel das schelmische Blitzen in den Augen ihrer Freundin gar nicht. »Ausgezeichnet. Ich werde überlegen, wie wir am besten vorgehen, und teile euch dann mit, wie ihr mir helfen könnt. Angela, bringe doch John bitte schon mal zum Aufzug, während ich noch diesen Anruf erledige.«

Angela war versucht, Wanda die Zunge herauszustrecken. Ihr Verkupplungsmanöver war peinlich offensichtlich. »Selbstverständlich.«

»Du siehst heute sehr gut aus«, bemerkte John, kaum dass sie auf den Gang hinausgetreten waren. »Rot steht dir sehr gut. Du solltest es öfter tragen.«

Wieso waren Männer so scharf auf Rot?

Musste wohl was mit Bullen und roten Flaggen zu tun haben, überlegte Angela. *Machismo disgusto.*

»Danke.« Sie trug heute ein weites rotes Jerseykleid mit einem Schalkragen. Nicht gerade ihr bestes Stück, aber bequem. Und bequem stand zurzeit ganz oben auf ihrer Prioritätenliste. Erst kürzlich hatte sie sich, wohl oder übel, größere Büstenhalter und Slips kaufen müssen. Die Tage, in denen sie bei *Victoria's Secret* einkaufen ging, waren wohl, zumindest vorübergehend, vorbei.

»Keine Ursache. Und ich finde es toll, dass du meinem Bruder helfen willst. Ehrlich, ich bin dir sehr dankbar. Ich habe mich schon immer um Peter gekümmert. Ich kann's nicht ausstehen, wenn er ausgenützt oder übervorteilt wird.«

»Tja, du bist eben ein wirklich netter Kerl und ein guter Bruder.«

Er grinste. »He, wir machen Fortschritte. Du denkst also, ich hätte auch ein paar gute Eigenschaften.«

»Das habe ich schon früher gedacht, John, das weißt du. Könnte natürlich sein, dass ich nach der Sorgerechtsverhandlung anders denke.«

»Na, auf die freue ich mich auch nicht«, erwiderte er, und sein Gesicht verdüsterte sich.

»Dito. Aber ich werde alles tun, um zu gewinnen.«

»Wenn Sie vor Gericht auftreten, Frau Rechtsanwältin, dann ziehen Sie ja nichts Rotes an.« Der Lift ging auf, und John trat ein. »Das würde mich teuflisch ablenken, und dann könnte ich mich nicht mehr richtig auf meinen Fall konzentrieren.«

Angela beobachtete mit Bedauern, wie sich die Türen schlossen. »Wieso ist das Leben nur so verdammt schwer?«, fragte sie sich missmutig.

Ist es gar nicht. Lediglich deins, Angela.

15

Was passiert, wenn man einen Kannibalen mit einem Haufen Rechtsanwälten zusammensperrt? Er verhungert.

Angela hatte ihren Vater gebeten, sich zum Dinner mit ihr im *Mama Sophia's* zu treffen. Sie hatte sich diesen Abend ausgesucht, weil dann ihre Mutter und ihre Schwester im Kino wären und dies ein öffentlicher Ort war, an dem er hoffentlich nicht total ausflippte.

Sie waren gerade mit dem Hauptgericht – Pasta Marinara mit Shrimps – fertig geworden und warteten nun auf ihr Dessert. Angela beschloss, dass dies der Zeitpunkt war, sich in die Höhle des Löwen zu wagen und mit selbigem über sein Verhältnis zu »seinem Weibchen« zu palavern.

Sie holte tief Luft. »Dad, ich muss mit dir reden.«

Ein besorgter Ausdruck überflog sein Gesicht, und er tätschelte ihre Hand. »Falls du Geld für das Kind brauchst, Angie, brauchst du nur zu fragen. Es geht hier schließlich um mein Enkelkind. Ich helfe dir gerne, wo immer ich kann.«

Angela war sehr bewegt von seinen Worten – seinen sehr lauten Worten. Sie blickte sich verstohlen um, um sicherzugehen, dass niemand sie gehört hatte. »Es geht nicht um das Kind, Dad«, sagte sie leise, »aber trotzdem danke. Ich wollte mit dir über Mom reden. Ich weiß, dass sie nicht glücklich ist und …«

Er verdrehte die Augen, als hätte er das alles schon mal gehört. »Deine Mutter ist nie glücklich. Sie lebt dafür, unglücklich zu sein. Was glaubst du wohl, warum sich Rosalie das

Ende der Welt wünscht? Glaubst du, glückliche Menschen freuen sich über Tod und Vernichtung?«

Ein guter Punkt. »Aber eventuell gibt es ja unterschwellige Gründe dafür, dass sie so unglücklich ist, meinst du nicht? Ich weiß, dass sie dich liebt, und diese Sache mit dem Postboten passt so gar nicht zu Mom. Ich glaube, sie versucht dich eifersüchtig zu machen, damit du ihr mehr Aufmerksamkeit schenkst. Womöglich ist das auch der Grund für ihr Gerede über die Apokalypse.«

Die Gabel, die er gerade zum Mund hatte führen wollen, fiel klappernd auf den gefliesten Tisch. »Ist diese Frau denn irre? Ich seh sie doch jeden Tag. Sie hat meine Aufmerksamkeit.«

»Ich glaube, du schaust durch sie hindurch, Dad. Du siehst gar nicht mehr, dass Mom eine attraktive Frau ist, die sich wünscht, dass ihr Mann sie ab und zu ein bisschen hofiert, sie zum Essen in ein romantisches Restaurant ausführt, ihr ein paar Komplimente macht.«

Er wurde einen Moment lang nachdenklich. »Das hat sie dir gesagt?«

»Ja, sie hat erwähnt, dass sie sich wünschen würde, dass du ihr ein bisschen mehr Aufmerksamkeit schenkst.« Das mit den »Bedürfnissen« konnte sie einfach nicht sagen. Unmöglich.

»Und deshalb lädt sie den Postboten zu uns ein, damit ich ihr mehr Aufmerksamkeit schenke?«

»Ich glaube, dass sie nur harmlos befreundet sind. Eine Frau darf ja ruhig ein paar männliche Freunde haben. Als du noch bei der Polizei warst, hast du doch sicher auch jede Menge weibliche Bekannte gehabt.«

Er nickte. Langsam schien ihm ein Licht aufzugehen.

Also, er hat nur einen kräftigen Wink mit dem Zaunpfahl gebraucht. Na und? Wenigstens scheint er es zu begreifen. Hoffte sie zumindest.

»Meine Partnerin war eine Frau. Weißt du noch, Linda Simone?«

In diesem Moment tauchte die Bedienung mit zwei Stück Käsekuchen auf, so dass Angela erst weitersprechen konnte, nachdem der Kaffee eingeschenkt und sie gegangen war. »Ja, ich weiß. Und ihr beiden wart doch sicher gute Freunde, oder?«

»Wir haben zusammen gearbeitet. Über die Jahre ist Freundschaft daraus geworden. Anfangs wollte ich keine Frau als Partnerin und hab ihr das Leben, äh, ein bisschen schwer gemacht.« Er schien sich für seinen damaligen Chauvinismus zu schämen. »Aber sie hat mir nicht nur einmal, sondern tausendmal bewiesen, dass sie das Zeug zu einer guten Polizistin hat. Ja, Linda war in Ordnung. Ich vermisse sie irgendwie. Sie kannte jede Menge guter Witze. Die meisten davon natürlich unanständige.«

Angela nahm eine Gabel voll Käsekuchen – ihre neueste Leidenschaft, dicht gefolgt von cremegefüllten Biskuittörtchen, »Twinkies« genannt – und seufzte ekstatisch.

Wer braucht schon Sex, wenn er so cremigen, köstlichen Käsekuchen hat?

»Ich glaube nicht, dass Moms Verhältnis mit dem Postboten sehr viel anders ist als deins mit Linda. Sie sind Freunde, das ist alles.«

Er nickte. »Ich verstehe, was du meinst.«

Dem Herrgott sei's gedankt!

»Weißt du, Dad, es kann nicht leicht sein für Mom … äh … mit deinem … äh, Hobby zu leben.« Er schaute so verletzt drein, dass sie ein schlechtes Gewissen bekam und hastig hinzufügte: »Ich will überhaupt nicht urteilen oder so. Ich will nur sagen, dass manche Frauen nicht so verständnisvoll gewesen wären wie Mom all die Jahre.«

»Rosalie ist schon eine gute alte Haut.«

»Ich glaube nicht, dass Mom von dir als ›gute alte Haut‹ betrachtet werden will. Ich glaube, sie wünscht sich, dass du wieder die Geliebte in ihr siehst, Dad.«

Sein Gesicht lief knallrot an, und er griff sich seine Tasse und würgte einen Schluck Kaffee hinunter. »Das ist privat. Nichts, worüber man mit den Kindern redet.«

»Über Trennung und Scheidung ebenso wenig.«

»Damit droht eure Mutter also?« Sein rotes Gesicht wurde schlagartig kalkweiß. Der Gedanke, dass seine Frau ihn möglicherweise verlassen wollte, schien ihn ehrlich zu schockieren.

Umso besser. Vielleicht brauchte er ja genau das, um aus seiner Trägheit zu erwachen. Sollte er es sich doch zweimal überlegen, ob er seine Frau weiter als so selbstverständlich betrachtete.

Männer waren manchmal geradezu vernagelt.

»Mom droht mit gar nichts. Ich will damit nur sagen, dass ich in meinem Beruf oft mit solchen Problemen konfrontiert werde. Einer der Partner ist unglücklich, man redet nicht mehr miteinander, Gefühle stauen sich an und ... na ja, du weißt selbst, was dann passieren kann. Du bist ja oft genug zu häuslichen Streitigkeiten gerufen worden, als du noch im Dienst warst.«

Sam stieß einen tiefen Seufzer aus. »Ich sollte mich wohl ein bisschen mehr anstrengen.«

»Genau. Es bräuchte gar nicht viel. Ein Strauß Blumen hie und da, ein Essen in einem guten Restaurant, ein paar Komplimente und mal ein romantischer Abend, an dem du was anderes trägst als ein Negligé.«

Er verschluckte sich fast vor Scham. »Das hat sie dir erzählt?«, krächzte er.

Angela nickte und versuchte ihr Möglichstes, ihn nicht noch mehr in Verlegenheit zu bringen. »Keine Sorge. Das fällt unter die anwaltliche Schweigepflicht. Und selbst wenn nicht, ich liebe dich. Ich würde dich nie bloßstellen.«

Er brauchte ein Weilchen, um seine Nachspeise aufzuessen und dabei das Gesagte zu verdauen. »Danke, dass du den Mut hattest, mir das zu sagen, Angie«, brachte er schließlich heraus. »Du hast im Moment wahrhaftig viel um die Ohren, und ich weiß, dass das nicht leicht für dich war. Wo ich doch dein alter Herr bin und so.«

Ihre Augen füllten sich mit Tränen. »Ich liebe dich, Dad.«

Er zwinkerte ihr zu. »Ebenfalls.«

Ganz in Gedanken an das Gespräch mit ihrem Vater versunken, stapfte Angela die Treppe zu ihrer Wohnung hinauf. Sie war derart abwesend, dass sie den Mann, der oben auf dem Treppenabsatz saß, erst bemerkte, als sie über ihn stolperte.

»Huch!«, krähte sie und fiel ihm auf den Schoß, zutiefst verlegen über ihre Unaufmerksamkeit. Mit hochrotem Kopf hob sie das Gesicht und blickte in strahlend blaue Augen, die auf sie herablächelten.

Dieses Lächeln … oooh, dieses Lächeln … Reiß dich zusammen, DeNero!

John zog sie an sich. »Hoppala. Ich wollte dich nicht erschrecken.«

»Hast du aber. Was machst du hier? Ist was mit Peters Fall, das du mir nicht gesagt hast?«, fauchte sie ihn an, weil sie so froh war, ihn zu sehen. Falls das einen Sinn ergab. Für sie zumindest schon.

Er erhob sich und zog sie dabei mit auf die Füße. »Nein, mein Hiersein hat nichts mit Pete zu tun oder überhaupt mit dem Geschäft. Es ist was Privates.«

Privat? Sie schluckte.

John bückte sich und reichte ihr zwei rosarote Konditoreischachteln, die mit Paketband verschnürt waren. Angela hatte zwar gerade erst ein dickes Stück Käsekuchen vertilgt, dazu vier Twinkies vor dem Abendessen – eine kleine Vorspeise, wie sie sich einzureden versucht hatte –, dennoch merkte sie, wie ihr das Wasser im Munde zusammenlief und sie das unwiderstehliche Bedürfnis überkam, ein kräftiges »Oink« von sich zu geben.

»Gefüllte Schokokekse und Donuts. Ich wusste nicht, was du lieber magst, also hab ich beides mitgebracht.«

Diese Geste rührte sie mehr, als eine Perlenkette geschenkt zu bekommen. Es war offensichtlich, dass John sich etwas bei diesem Mitbringsel gedacht hatte. Natürlich hieß das auch, dass er wusste, wie fresssüchtig sie war, aber dennoch … »Danke! Das ist unheimlich nett von dir.« Mit leicht zitternder Hand schloss sie die Haustüre auf, wobei sie sich nach Kräften mühte, sich nicht zu sehr über diese Aufmerksamkeit zu freuen. Vergebens.

John war so ein warmer, mitfühlender Mensch. Er zeigte diese Seite nicht oft und kaum jemandem außerhalb seines engsten Freundeskreises oder seiner Familie. Sie mühte sich redlich, nicht in dieser Weise an ihn zu denken, überhaupt nicht an ihn zu denken. Aber seit neuestem fiel ihr das immer schwerer, es war sogar ziemlich unmöglich geworden.

Denn sie liebte ihn.

Sie liebte ihn von ganzem Herzen und mit ganzer Seele. Und es gab nichts, das sie dagegen tun konnte. Sie hatte versucht, es zu verdrängen, zu verleugnen, innerlich die Distanz zu wahren, ihr Herz festzuhalten. Aber es war ihr nicht gelungen.

Sie hatte schon von klein auf mit dem Herzen gedacht, nicht mit dem Verstand. Und diesmal war es nicht anders.

In dieser Sekunde kam Winston kläffend angeprescht, sprang an ihr hoch und leckte begeistert ihre Hand, als sie sich bückte, um ihn zu streicheln. »Ja, ja, ich freu mich ja auch, dich zu sehen, Baby. Ich muss kurz mit Win raus, oder er pinkelt wieder auf Mrs. Foragis Fußabstreifer«, erklärte sie an John gewandt, der den Hund mit einem stirnrunzelnden Kopfschütteln musterte.

»Baby? Das ist das hässlichste Baby, das ich je zu Gesicht bekommen habe.«

»Hör nicht auf ihn, Win.« Sie hielt dem Hund die Ohren zu. »John ist bloß neidisch, weil er nicht so perfekt aussieht wie du.«

Winston bellte auf eine Weise, die nur als Zustimmung verstanden werden konnte, und John musste lachen. »Also gut, ich geh mit ihm. Du siehst nicht so aus, als würdest du diese Treppe heute noch mal schaffen.«

Sie lächelte ihn dankbar an. »Okay. Dann mache ich inzwischen Kaffee, damit wir was haben, um diese Köstlichkeiten runterzuspülen.«

Er nahm die Leine von ihr entgegen, warf ihr zum Abschied einen so warmen Blick zu, dass er bei ihr ein Pulsrasen auslöste, und sprang dann, Winston auf den Fersen, die Treppe hinunter.

Wieso war er hier? Und wieso brachte er ihr Geschenke?

Man hüte sich vor Männern, die die Lieblingsschokokekse mitbringen, dachte sie, war aber trotzdem froh, dass er aufgetaucht war.

Als er mit dem durchgelüfteten Win wiederkam, war auch der Kaffee fertig, und sie setzten sich gemeinsam aufs Sofa, John so dicht neben ihr, dass sie den Moschusduft seines Aftershaves riechen konnte. Bei diesem verführerischen Duft kamen die Schmetterlinge in ihrem Bauch erst so richtig ins Flattern.

»Also, sagst du mir jetzt, weshalb du mich beehrst?«

Da streichelte er ihr sanft übers Haar, und sie merkte, wie ihr Gesicht warm wurde und es in ihren Zehen zu kribbeln begann. »Ich musste dich einfach sehen, Angela. Ich weiß, das klingt jetzt verrückt, aber ich hatte heute so ein komisches Gefühl. Ich musste dich einfach berühren, deine Stimme hören.«

Hatte sie Kribbeln *gespürt? Nein, das waren mindestens dreihundert Volt, die ihr im Moment durch den Körper rasten.*

»John«, flüsterte sie. Das Herz klopfte ihr bis zum Hals. Er sprach Worte, die sie viel schöner fand, als gut für sie war. Dieser Mensch wusste wirklich, wie man einer armen, wehrlosen Frau den Teppich unter den Füßen wegzog. »Ich denke nicht …«

»Nicht denken. Fühlen. Ich will dich. Du bist das Beste, was mir seit Jahren passiert ist.«

Sie streichelte seine Wange. »Mir geht es genauso, John,

aber das ändert nichts an den Tatsachen. Und die stehen nach wie vor zwischen uns.«

Er nahm ihre Hand und liebkoste sie. »Ich empfinde sehr viel für dich, Angela, Ich bin mir noch nicht ganz im Klaren darüber, was. Aber ich weiß, dass ich es nicht mehr ohne dich aushalte, ohne bei dir zu sein, mit dir zu reden. Ich will mit dir schlafen, ich will in dich eindringen, will deine Hitze spüren. Das hat überhaupt nichts mit dem Sorgerechtsfall zu tun oder mit meiner Familie oder dem Kind, das du erwartest. Es betrifft nur uns beide, dich und mich.«

Sie entzog ihm ihre Hand, weil sie nicht wusste, wie sie darauf reagieren sollte. Er hatte nicht gesagt, dass er sie liebte. Ob es ihr genügte, lediglich ab und zu mit ihm zusammen zu sein, ihn in ihrem Leben zu haben? Oder würde sie sich nach mehr sehnen, mehr als er ihr geben konnte?

Seine Hand stahl sich auf ihren Oberschenkel, und er neigte sich über sie. »Ich will mit dir schlafen. Darf ich?«

Angela war ganz schwindlig. Sie war höllisch aufgeregt. Falls man die Hölle als aufregend bezeichnen konnte. Ob das eine gute Analogie war? Nun, auf jeden Fall war ihr heiß. Und nach allem, was sie im Religionsunterricht gelernt hatte, war die Hölle teuflisch heiß.

Er zog sie in seine Arme und küsste sie, eroberte mit warmer Zunge ihre samtene Mundhöhle, während seine Hände sich emsig mühten, ihren Blazer aufzuknöpfen und ihn ihr auszuziehen. Dann schob er die Hände in ihre Bluse, in ihren BH und umfasste die vollendeten Halbkugeln ihrer Brüste. »Du hast wunderschöne Brüste. So voll und weich, einfach perfekt.«

»Normalerweise sind sie nicht so groß«, stammelte sie und erneute dreihundert Volt tobten durch ihre Adern.

Mensch, halt doch ein einziges Mal die Klappe, DeNero!

»*Mmmmmm*. Ich finde sie genau richtig.«

»Ich … ich hab ein bisschen zugenommen. Ich hab sehr viel Käsekuchen gegessen und Twinkies und …«

Jetzt halt endlich die Luft an, DeNero, oder ich erwürg dich!

»Und selbst wenn du so viel wiegst wie die fette Vorzeigelady im Zirkus, es ist mir egal. Ich will dich nackt sehen. Ich will dich unter mir liegen haben, ich will in dir drin sein. Lässt du mich, Angela?«

Seine Stimme rann wie warme Schokolade an ihr herunter, lockend und sexy. Seine cleveren Finger stellten unerträgliche Dinge mit ihren Nippeln an, so dass sie hart wie Kiesel wurden und vor Sehnsucht wild pulsten. In ihrem Höschen war es unangenehm feucht geworden, und sie war nicht sicher, wie lange sie ihm noch widerstehen konnte.

Und ob überhaupt.

Nein, wozu eigentlich?

»Ja«, flüsterte sie da.

Er zog ihr behutsam den Büstenhalter aus und ließ sie aufs Sofa zurücksinken. Dann strich er ihr zärtlich das Haar aus dem Gesicht, küsste ihre Wangen, ihre Lider und ihre Brustwarzen. »Das wirst du nicht bereuen, das schwöre ich dir.«

Sie legte ihre Fingerspitzen auf seine Lippen. »Du sollst mir keine Versprechen machen, die du nicht halten kannst, John. Wir gehen diese Beziehung ganz langsam an, einen Tag nach dem anderen, und sehen, was passiert. Und falls es nicht funktionieren sollte, kann keiner dem anderen Vorwürfe machen.«

Er nahm ihr Gesicht in beide Hände und lächelte sie zärtlich an. »Du machst dir viel zu viele Sorgen, und das zu den unpassendsten Zeiten, Angela. Und gerade deshalb bin ich so verrückt nach dir.« Dann küsste er sie, langsam und genüsslich, so dass sie all ihre Ängste und Vorbehalte vergaß.

Seine Hände wanderten zu ihren Oberschenkeln und streiften ihr die Nylons ab. Als sie seine Hände auf ihrer nackten Haut spürte, schnellte ihr innerer Thermostat auf die höchste Stufe. Hitze brandete durch ihren ganzen Körper, und sie begann hektisch an seinem Hemd zu zerren, riss es aus seiner Hose, während er ihr den Rock auszog.

»Zieh dich aus«, befahl sie mit einer so rauen Stimme, dass sie sich selbst kaum wieder erkannte.

Er grinste. »Mit Vergnügen.« Er setzte sich rittlings auf sie und knöpfte sein Hemd auf. Sie betrachtete fasziniert seine dunklen Brusthaare, die muskulösen Brustmuskeln, die gebräunte Haut, die einen geradezu einlud, ihn zu berühren, und ihr Herz begann wild zu hämmern. »Gott, bist du schön«, flüsterte sie, und er lachte und zwinkerte ihr zu.

»Männer sind nicht schön, Süße. Aber trotzdem danke!« Er entledigte sich des Hemdes und nestelte dann an seiner Hose, zog sie jedoch noch nicht aus. Er wollte, dass Angela sich entspannte, wollte, dass sie es genoss, ohne sich dabei um seine Bedürfnisse zu scheren. Er wollte ihr den besten Sex ihres Lebens schenken; er wollte jeden Gedanken an die anderen, die vor ihm waren, auslöschen.

Er legte sich neben sie, zog sie fest an sich und schob seine Finger unter das Elastikbündchen ihres Slips. Dabei drückte er ihr kleine Küsse auf Hals, Arme und Brüste. »Herrgott, du bist so schön, Angela. Du hast ja keine Ahnung, was in mir vorgeht, wenn ich dich berühre. Deine Hitze zu spüren, deine süßen Nippel zu kosten …«

Sie wurde rot vor Scham und Freude. Noch kein Mann, einschließlich Bill, hatte je solche Dinge zu ihr gesagt. »Ich glaube, ich verstehe, was du mir sagen willst.«

Gerade als John Anstalten machte, ihr das Höschen auszuziehen, bumperte es unüberhörbar an der Haustür. Winston kam laut bellend aus dem Schlafzimmer geschossen.

»Scheiße!«

»Das kannst du noch mal sagen.« Angela stöhnte frustriert. Er wiederholte es.

»Mach nicht auf.«

Winston überschlug sich schier. »Wenn ich nicht öffne,

dreht der Hund total durch. Geh bitte ins Schlafzimmer und warte dort auf mich, ja? Ich hole mir nur rasch meinen Bademantel und sehe nach, wer das ist. Auf jeden Fall fliegt er turbomäßig hier raus.«

John, dem nichts anderes übrig blieb, nickte und fuhr sich dabei stöhnend mit den Fingern durch die Haare, so dass sie in alle Richtungen zu Berge standen. »Beeil dich. Ich glaube nicht, dass ich noch lange warten kann.«

»Klar, tu ich.« Sie schenkte ihm ein bedauerndes Lächeln, brüllte dann Winston an, ruhig zu sein, schlüpfte in ihren Morgenmantel, öffnete die Tür – und prallte zurück.

»Dad! Was machst du denn hier?« Innerlich verwünschte sie seine Anwesenheit, die unpassender gar nicht hätte sein können.

»Ich bin mit dem Auto so in der Gegend rumgekurvt und habe über all das nachgedacht, worüber wir beim Abendessen geredet haben. Ich hatte noch keine Lust heimzufahren. Deine Mutter und deine Schwester kommen frühestens in einer Stunde nach Hause, also dachte ich, schaust noch mal bei deiner Ältesten vorbei.«

»Äh, ja, äh, das ist ja sehr nett von dir. Ich – ich war grade noch bei der Arbeit. Papierkram und so.« Sie zog den Gürtel ihres Morgenmantels fester und warf einen Blick auf die Couch. Johns Schuhe lugten darunter hervor, und sie betete, dass ihr Vater sie nicht bemerkte. »Ich freue mich zwar wahnsinnig über deinen Besuch, Dad, aber leider habe ich noch furchtbar viel zu tun. Ich hoffe, das verstehst du.«

Sam nickte und wollte sich bücken, um den Hund zu streicheln, als er die Konditorschachteln auf dem Tisch erspähte. »Wie ich sehe, warst du noch bei Fiorelli's. Sind das Schoko-Kugeln?«

Sie lief rasch in die Küche und schnappte sich die entsprechende Schachtel. »Ja, hier.« Sie drückte sie ihm in die Hand. »Nimm sie. Ich muss auf meine Linie achten. Du tätest mir einen Gefallen.«

Seine Augen leuchteten auf. »Wenn du dir sicher bist. Ich liebe diese Dinger.«

Sie lächelte und versuchte, nicht zu ungeduldig zu erscheinen. Dabei fragte sie sich, was John wohl allein im Schlafzimmer anstellte. »Lass sie dir schmecken.« Sie warf einen Blick auf ihre Uhr. »Ich wette, Mom und Mia sind auch jeden Moment zu Hause. Du kannst sie ja mit ihnen teilen.«

»Gute Idee, Angie.« Er gab ihr einen Schmatz auf die Wange. »Übrigens«, er wies mit einem Kinnrucken auf Johns Schuhe, »du solltest nicht solche Treter anziehen, auch wenn sie bequem sind. Die sehen grässlich aus. Man hat das Gefühl, als würden die Frauen, die sie tragen, Gewichte an den Füßen schleppen.«

Angelas Gesicht wurde schweinchenrosa. »Danke für den Hinweis. Ich hab sie gerade gekauft, und eigentlich sind sie gar nicht so bequem. Ich wollte sie sowieso aussortieren.«

Er ging zurück zur Tür und öffnete sie. »Also tschüss, Angie. Bis bald.«

Angela verriegelte die Tür und rannte zum Schlafzimmer, doch John kam gerade heraus. Leider komplett angezogen.

Enttäuschung durchzuckte sie. »Du hast dich angezogen. Aber ich dachte …«

»Sosehr es mich auch schmerzt, aber ich glaube, wir sollten uns das für ein andermal aufheben. Ich habe gar nicht gemerkt, dass es schon so spät ist, und du brauchst deinen Schlaf. Ich rufe dich morgen an. Dann machen wir was aus, irgendwas Lustiges, in Ordnung?«

Sie schlang die Arme um seine Taille und blickte zu ihm auf. »In Ordnung. Tut mir Leid, dass es so gekommen ist.«

Er küsste sie zärtlich. »Nicht doch. Dein Dad scheint ein netter Kerl zu sein. Vielleicht lerne ich ihn ja bald kennen.«

Ach du liebe Güte! Sollte sie ihn über ihren Vater aufklären? Nein, wohl besser nicht. Der arme Mann hatte heute Abend schon genügend Schocks verkraften müssen. »Ganz bestimmt.«

»Schlaf gut. Bis bald.«

Sie lehnte sich an die Tür. Schlaf gut! Das sollte wohl ein Witz sein. Wenn ihr Vater doch bloß noch ein paar Minuten gewartet hätte …

Timing ist alles.

Und deins stinkt, Angela.

Stimmt.

16

Was ist ein ehrlicher Rechtsanwalt?
Ein Ding der Unmöglichkeit.

»Mom, wieso heulst du? Ich dachte, es wäre jetzt besser zwischen dir und Dad.«

Angela warf einen Blick auf ihre Armbanduhr – John würde jeden Moment da sein – und hielt den Hörer etwas weiter von ihrem Ohr weg, als ihre Mutter prompt in eine laute Schimpfkanonade über die Unsensibilität ihres Göttergatten ausbrach.

»Ich dachte, du hättest mit deinem Vater geredet, Angela, hättest ihm gesagt, wie unglücklich ich bin, dass ich Bedürfnisse habe, die nicht länger ignoriert werden dürfen.«

Herr Jesus! Nicht schon wieder das mit den Bedürfnissen! Bitte, nur das nicht.

»Hab ich ja auch. Wir hatten eine sehr nette Unterhaltung, und er hat gesagt, dass er vollkommen verstanden hat. Tatsächlich hat Dad mir erst gestern erzählt, dass er ein Geschenk für dich hat – eine Überraschung, die dich umhauen wird. Er bemüht sich doch, oder findest du nicht?«

»Umhauen, ja! Die von Federal Express waren gerade da. Und weißt du, was das für ein Geschenk ist, das mir dein Vater geschickt hat?«

O weh. Eine Fangfrage. Angela hoffte, dass sie fröhlich genug klang, als sie meinte: »Nein. Was ist es denn? Da bin ich aber unheimlich gespannt. Muss was ganz Tolles sein.«

»Eine Packung tiefgefrorene Steaks aus Omaha.«

Oder doch nicht.

»Dein Vater hat mir ein paar Steaks für die Gefriertruhe

gekauft. Ist das nicht romantisch? Ich könnte schreien vor Wut. Oder noch besser: ihm einen Tritt in seinen dicken Bierbauch geben.«

Angela rollte die Augen gen Himmel. *Wieso ich?* »Wo ist Dad jetzt? Weiß er, dass du sauer bist?«

»Natürlich nicht! Wie könnte ich ihm so was sagen? Er war wie ein kleines Kind, hat dauernd aus dem Fenster geschaut und aufgeregt auf den Lieferanten gewartet. So wie er sich aufführte, dachte ich, die Kronjuwelen wären unterwegs. Ich kann ihm doch nicht sagen, wie sehr ich diese Steaks verabscheue. Es würde seine Gefühle verletzen.

Und weißt du, was das Schlimmste ist? Es sind nicht mal Filetsteaks, sondern ordinäre Rippensteaks! Was für ein Geizhals. Mit einem guten Porterhouse hätte ich noch leben können, aber ein Rippensteak? Ich bitte dich!«

»Vielleicht sind sie ja trotzdem sehr gut. Vielleicht plant er damit einen romantischen Abend, du weißt schon, mit Wein, Kerzenlicht und dem ganzen Schmus.«

Rosalie putzte sich die Nase und dachte über diese Variante nach. »Glaubst du wirklich? Darauf wäre ich nie gekommen.«

Dad zweifellos auch nicht, aber Angela würde dafür sorgen, dass er es tat.

»Sei froh, dass er sich bemüht, Mom. Rom wurde auch nicht an einem Tag erbaut. Es ist ein erster Schritt.«

»Wenn du's sagst, Angie. Du scheinst weitaus mehr von solchen Dingen zu verstehen, obwohl ich älter und noch dazu deine Mutter bin. Wie kommt das? Ich lese doch Liebesromane. Ich weiß, dass es zwischen Mann und Frau anders sein sollte. In diesen Liebesromanen bringt der Held seiner Liebsten doch auch nie 'ne Packung Steaks mit nach Hause.«

»Mom, das sind doch nur Träume. Da werden Beziehungen so beschrieben, wie wir sie gerne hätten, nicht wie sie tatsächlich sind.« *Leider.* »Möglicherweise weiß ich ja deshalb ein bisschen mehr über diese Sachen, weil's für mich noch neuer ist. Die Dinge haben sich drastisch verändert, seit du Dad kennen gelernt hast.«

Rosalie schnaubte verächtlich und wechselte dann das Thema. »Gehst du heute wieder mit diesem Anwalt aus, du weißt schon, der, von dem du mir erzählt hast? Ich hoffe, du weißt, was du tust, Angela. Ich mache mir Sorgen, dass du auf ihn reinfällst. Männer sind nicht wie Frauen. Unsensibel sind sie und gefühllos, jawoll.«

»Ja, Mom, ich gehe heute wieder mit John Franco aus. Wir wollen uns ein Footballspiel ansehen.« Und sie konnte es kaum erwarten, ihn wieder zu sehen, dort weiterzumachen, wo sie letztes Mal unterbrochen worden waren.

Die letzten zwei Tage waren himmlisch gewesen. Sie hatten sich zum Lunch getroffen, sich persönliche Dinge erzählt und einander besser kennen gelernt. Tatsächlich hatten sie so viele gemeinsame Interessen, dass es schon beinahe gruselig war. Es kam ihr vor, als hätte Gott diesen absolut perfekten Mann für sie gefunden und ihn ihr in den Schoß geworfen.

»Hier, mein Kind, seid fruchtbar und mehret euch. Aber vermassel's nicht wieder.«

Doch leider hatte sie. Seufzend tätschelte sie ihren schon leicht gewachsenen Bauch. Manche Dinge durften anscheinend einfach nicht sein.

»Siehst du? Was hab ich dir gesagt? Der Mann scheint wie dein Vater zu sein. Football! Ha! Was für ein Mann führt eine Dame zu einem Footballspiel aus? Was machen seine Eltern? Sind sie aus der Arbeiterklasse? Klingt, als wären sie's.«

Angela stieß einen frustrierten Seufzer aus. »Nein, Mom, er ist nicht aus der Arbeiterklasse. John ist sehr nett. Du wirst ihn wahrscheinlich bald kennen lernen.«

Sobald ich weiß, wie ich ihm das mit Sams Kleidergeschmack beibringen soll: John, das ist mein Vater. Ach, du findest, er sieht aus wie eine haarige Barbra Streisand? Tja, genau darüber wollte ich mit dir reden.

»Ich hoffe, du achtest auf Verhütung, Angela. Du kannst zwar nicht mehr schwanger werden, aber das heißt noch lange nicht, dass du nicht AIDS kriegen könntest.«

»Mom! Hör auf damit! Das geht dich echt nichts an. Aber falls du's unbedingt wissen willst – ich habe nicht mit John Franco geschlafen.«

Noch nicht.

Das würde sich hoffentlich heute Abend ändern, wenn es nach ihr ging. Johns Küsse und Zärtlichkeiten hatten ihre Verteidigungswälle pulverisiert. Sie begehrte ihn ebenso sehr wie er sie. Vermutlich sie ihn sogar noch mehr.

»Das Leben ist kurz. Verschwende es nicht, so wie ich es getan habe«, riet ihr ihre Mutter und riss Angela schnöde aus ihren Tagträumen.

Es schellte, und Winston brach in dröhnendes Gebell aus.

»Ich muss los, Mom. John ist da. Ich hab dich lieb. Sei nett zu Dad. Das wird schon wieder, wirst sehen.«

»Der Mann ist zwar manchmal dumm wie Bohnenstroh, aber ich werd's versuchen. Viel Spaß, Angie. Wir reden morgen wieder. Und zieh dir einen Mantel an. Es ist kalt draußen.«

Angela eilte zur Tür und hoffte, dass sie in der schwarzen Gabardinehose nicht einen Hintern wie die Kehrseite eines VW Käfers hatte. Sie zupfte sich ihr rotes Sweatshirt über das Bäuchlein – in letzter Zeit trug sie meistens was Rotes, weil es John so gefiel – und öffnetete die Haustür.

»Mein Orientierungssinn lässt zwar einiges zu wünschen übrig, John, aber so viel ist mir klar, dass das nicht der Weg zu meiner Wohnung ist. Wenn ich raten dürfte, würde ich sagen, wir sind in Richtung Fell Point unterwegs.«

Er lächelte. »Bingo. Wir fahren nicht zu dir; wir fahren zu mir.«

Angela schluckte, und ihr Herz klopfte schneller. Wenn ein Mann eine Frau mit in seine Wohnung nahm, hieß das für gewöhnlich nur eins. Aber würde John sie hinterher auch noch achten und weiterhin begehren? Nun, so oder so, der Vollzug stand unmittelbar bevor.

»Ach, wirklich? Du gewährst mir Zugang zu deinem Allerheiligsten? Aus welchem Anlass?« Er hatte ihr von seiner großen Atelierwohnung erzählt, und sie hatte sie längst sehen wollen, aber John hatte jedes Mal Ausflüchte erfunden.

Angela wartete die Antwort nicht ab, sondern grinste: »Hätte nicht gedacht, dass es was zu feiern gibt, nachdem uns die Patriots derart platt gemacht haben.« Vierunddreißig zu sieben. Das war zu peinlich, um auch nur daran zu denken.

»Erinnere mich bloß nicht. Da ergattere ich schon mal Karten für ein Heimspiel, und die Ravens verlieren haushoch. So ein Pech aber auch.«

»Falls du glaubst, du könntest mich kidnappen und in deiner Wohnung einsperren, damit du den Sorgerechtsstreit gewinnen kannst, überlege dir das gut, Franco. Meine Mutter weiß, dass ich mit dir ausgehe. Und mein Dad ist ein Exbulle. Die kriegen dich.«

Lächelnd zwickte er ihr in die Nase. »So verlockend diese Idee auch sein mag, Süße, aber ich bringe dich eigentlich nur zu mir, weil ich deine Meinung zur neuen Einrichtung hören will. Mein Bruder hat alles ausgesucht, ich hab nur die Schecks unterzeichnet. Mir gefällt's, aber ich hätte doch gerne eine weibliche Meinung dazu.«

Dann war er also gar nicht auf eine Nacht voller Leidenschaft, Schweiß und Muskelkater aus? Wie enttäuschend.

»*Irgendeine* weibliche Meinung?«

»Deine Meinung, Angela. Du weißt, dass du zurzeit die einzige Frau in meinem Leben bist.«

Aber für wie lange?

John hatte nie gesagt, dass er sich etwas Dauerhaftes mit ihr vorstellte.

Sie wusste ja sowieso, dass ihre Beziehung zum Scheitern verurteilt war, noch bevor sie richtig angefangen hatte. Wie könnte ein Mann eine Frau wollen, die das Kind eines anderen erwartete?

»Du willst also lediglich meine Meinung zur Einrichtung? Und ich dachte schon, ich würde endlich mal nach allen Regeln der Kunst vernascht werden.« Sie seufzte tief auf. »Das wahre Leben ist wirklich härter als im Liebesroman.«

Johns Lächeln war so erotisch, dass sie ihre letzte Aussage spontan zurücknehmen wollte. Sie verspürte ein herrliches Kribbeln im Bauch. »Oh, wart's ab, Süße, wir bekommen unsere Chance. Ich habe bloß gewartet, dass Peter mit meiner Wohnung fertig wird. Ich wollte dich nicht zu mir einladen, solange es dort noch aussah wie in einem Schweinestall. Jetzt ist es sehr schön, Platz genug für zwei – und dafür, dich ausgiebigst zu genießen.«

Er stellte den Wagen vor einem hohen Backsteingebäude ab, das früher einmal ein Getreidespeicher gewesen war. Ganz oben war in ausgebleichten weißen Lettern noch zu erkennen: FINLAYSON'S GETREIDESPEICHER. »Wie toll! Du musst ja eine herrliche Aussicht aufs Wasser haben.«

»Ja, ich hatte echtes Glück mit dieser Wohnung. Hab vor ein paar Jahren den Verkauf des Gebäudes abgewickelt und mir statt eines Honorars ein Erstwahlrecht auf eine der Wohnungen im frisch renovierten Bau gesichert.«

Sie fuhren mit dem Lift ganz nach oben in den sechsten Stock und betraten Johns Wohnung.

Angela war sowohl beeindruckt als auch überrascht über die gewaltigen Ausmaße der Zimmer. »Das ist ja riesig. Hier passt meine Wohnung mindestens zweimal rein.« Sie schlüpfte aus ihrem Mantel und warf ihn über einen Stuhl. John tat es ihr nach.

»Ich benutze einen Teil der Wohnung gleichzeitig als Büro«, erklärte er. »Ich liebe es, viel Platz zu haben, dann kann ich zum Beispiel in den Korb schießen, wenn mir der Sinn danach steht.« Mit beinahe kindlicher Begeisterung deutete er auf einen hoch angebrachten Basketballkorb an der entfernt liegenden Wand. »Soll ich dich ein bisschen rumführen?«

Angela nickte eifrig und folgte John von Zimmer zu Zimmer. Alles war in Grün und Dunkelblau gehalten. Bequeme Ledersofas und -sessel standen herum, dazu Couchtische aus Glas und Messing und ebensolche Lampen. Große Topfpflanzen verliehen den Räumen Wärme und zusätzliche Farbe. Erlesene Orientteppiche zierten die glänzenden Eichenholzdielen des Wohnzimmers und des Esszimmers, und deckenhohe Bücherregale markierten seine Privatbibliothek und den Arbeitsbereich.

Die Wohnung wirkte ausgesprochen maskulin, aber doch gemütlich genug, dass auch eine Frau sich darin wohl fühlen konnte. Ja, sie konnte sich sehr gut vorstellen, hier einzuziehen. Ein äußerst gefährlicher Gedanke.

»Da ist das Bad, falls du mal musst, und das ist das Elternschlafzimmer.«

Er stieß die beiden hohen Flügel der Doppeltür auf, und Angela hielt kurz die Luft an. Ein King-Size-Bett thronte auf einem Podest, zu dem drei mit Teppich bespannte Stufen hinaufführten. Über dem Bett hing ein großer gusseiserner schwarzer Lüster mit kerzenförmigen Lämpchen. Hinter dem Bett erhob sich eine Fensterwand, die einen weiten Blick auf den sternenübersäten Himmel und das Wasser freigab.

»Wow! Das hat dein Bruder toll hingekriegt. Vielleicht bitte ich ihn, meine Wohnung ebenfalls neu herzurichten. Er hat echt Talent.«

»Na, jetzt, wo Peter arbeitslos ist, freut er sich bestimmt über ein paar Zusatzscheinchen. Im Übrigen hat er für Innenarchitektur das gewisse Händchen, ehrlich.«

Er drehte sich zu ihr. »Aber genug von der Wohnung. Du bist viel, viel schöner anzusehen«, sagte er, umarmte sie und küsste sie ungestüm. Sie schmiegte sich an ihn. »Das wollte ich schon den ganzen Abend tun«, gestand er ihr flüsternd, umfasste ihre Pobacken und zog sie noch fester an sich.

»Und ich hab es mir den ganzen Abend gewünscht«, flüsterte sie zurück und fing an, an seinen Hemdknöpfen herumzuspielen. »Wenn du mich küsst, dann vergesse ich ganz, dass wir berufliche Kontrahenten in einem total verzwickten Fall sind. Ja, ich vergesse alles.«

»Gut.« Er vertiefte den Kuss, schob ihr seine Zunge tief in den Mund und fuhr mit den Händen unter ihren Pulli, um ihre Brüste zu streicheln. »Du hast viel zu viel an. Wie wär's, wenn wir ins angrenzende Bad gehen und die neue Whirlpoolwanne ausprobieren? Sie ist groß genug für uns beide.«

Mit wild klopfendem Herzen blickte sie zu ihm auf. Ja!, hätte sie am liebsten geschrien. Ja, ziehen wir uns aus und springen wir in die Wanne. Doch vorher musste sie ihm unbedingt noch etwas sagen.

»Ich muss dir was sagen, bevor wir … äh … uns ausziehen, denn wenn du mich erst mal pudelnackt siehst, kannst du dich wahrscheinlich nicht mehr konzentrieren.«

Feixend erwiderte er: »Mit Sicherheit nicht.« Dann setzte er sich in einen der großen, ausladenden Sessel und platzierte sie auf seinem Schoß, ein verruchtes Grinsen im Gesicht. »Ich weiß jedenfalls, dass du nicht drei Brüste hast. Davon habe ich mich bereits überzeugt.«

Sie lächelte. »Ich will, dass du weißt, dass ich nichts von dir erwarte, John, auch nicht, nachdem wir einen Schritt weiter gegangen sind. Ich lasse mich mit offenen Augen auf das hier ein, und ich möchte nicht, dass du dich wegen des Kindes zu irgendetwas verpflichtet fühlst. Ich …«

»Angela, würdest du bitte die Klappe halten und mich küssen? Du redest viel zu viel!«

Sie lächelte verschmitzt. »Okay.«

John war bis über beide Ohren in diese Frau verliebt. Wenn er zuvor noch nicht hundertprozentig sicher gewesen war, dann war er's jetzt. Sie war süß und ehrlich und teuflisch sexy. »Ich gebe ja zu, dass dieses Kind eine seltsame Komplikation darstellt, aber absolut nicht derart, dass es mich abschreckt.

Freust du dich nach wie vor darauf, es zu bekommen?« Er tätschelte ehrfürchtig ihren Bauch.

Sie nickte. »Ja. Obwohl es schwer werden wird, ein Kind allein großzuziehen. Aber ich weiß, dass ich's schaffen kann.«

Sie wirkte so klein, so zerbrechlich, dass in John der Beschützerinstinkt geradezu tobte. Er schlang die Arme fest um Angela und zog sie an seine Brust. »Wenn du glücklich bist, dann bin ich's auch. Also, falls du wirklich so clever bist, wie ich dich einschätze, hast du sicherlich schon gemerkt, dass da was ziemlich Hartes unter deinem Popo ist.«

Angela nickte vergnügt.

»Gut, denn ich habe dir versprochen, dich ausgiebig zu vernaschen. Genau das möchte ich nun tun.« Er lächelte und gab ihr einen Kuss auf den Scheitel.

»Ich will dich, John, ich will mit dir schlafen.«

»Ich muss gestehen, dass ich noch nie mit einer Schwangeren geschlafen habe, Angela, aber ich bin stets bereit für neue Erfahrungen.«

»Bereit, ja, das merke ich.« Sie spürte sein erigiertes Glied unter sich und küsste ihn auf den Mund; sie war jetzt noch verliebter als vorher.

Angela rutschte von seinem Schoß herunter und hielt ihm die Hand hin. »Dann lass uns gefälligst baden gehen«, forderte sie ihn glucksend auf.

»Wenn du dir sicher bist. Ich will dich nicht irgendwie drängen, wenn du nicht wirklich willst.«

Hatte er seine Meinung geändert? Wollte er *nicht mehr?*

Sie zögerte kurz, überlegte, was wohl in ihm vorgehen mochte, und entschied sich dann für Ehrlichkeit. »Ich fühle mich überhaupt nicht gedrängt, aber wenn du lieber nicht ...« Bevor sie weiterreden konnte, hatte er sie schwungvoll hochgehoben.

»Gottverdammtes Weib! Ich habe lange genug auf dich gewartet! Lass uns keine Zeit mehr mit Reden verschwenden. Ich bin so steif, ich könnte ein Loch in den Boden bohren.«

Sie kicherte, und alles Unbehagen fiel von ihr ab. Ja, sie lachte und giggelte fast die ganze Zeit, während sie sich auszogen – vor allem, als John aus Versehen zu viel Badezusatz ins Wasser gab und die Sprudelfunktion eine schäumende Verheerung anrichtete.

»Gott, ist das schön«, sagte sie, lehnte sich gegen seine breite Ringerbrust und pustete sich Schaum von der Hand. Das warme Wasser war sinnlich und beruhigend, ebenso wie Johns starke Arme, die sie umfingen. »Ich bin total entspannt. Aber ich denke, du hast ein bisschen zu viel des Guten mit dem Schaum angestellt. Der verschluckt uns schier. Ich komme mir vor, als wäre ich in die *Lawrence Welk Show* geraten.« Sie saßen beide bis über die Ohren in der weißen flockigen Pracht.

»Ich hab noch nie ein Schaumbad genommen. Woher soll ich also wissen, wie viel man davon reintut. Peter hat die Flasche zur Dekoration dagelassen.«

Angela gluckste. »Ich glaube, dein Bruder wird mir gefallen.«

»Wirst ihn bald kennen lernen. Wir schauen morgen bei ihm vorbei, um ihn ein bisschen auszuquetschen, ihm also die Fragen zu stellen, die Wanda uns aufgeschrieben hat. Das heißt, falls du Zeit hast.«

»Ich freue mich schon drauf.« Sie hielt ihm mit hochgezogener Braue den Waschlappen hin. »Möchtest du mir vielleicht den Rücken schrubben, falls du ihn unter den Schaumbergen findest?«

John stöhnte und griff nach der Seife. »Ich bevorzuge in diesem Fall die Hände, recht herzlichen Dank. Ich bin gerne gründlich, wenn du verstehst, was ich meine.«

Sie bekam einen Kloß im Hals, als er sich mit seinen beflockten, zusätzlich eingeseiften Händen über ihre Brüste hermachte und dabei besondere Sorgfalt bei ihren Nippeln an den Tag legte, die aufgrund dieser Behandlung prompt Habachtstellung einnahmen.

»Du hast Recht, deine Brüste sind tatsächlich ein bisschen

größer geworden. Kann mich nicht erinnern, dass sie zuvor auch so schön gewippt haben.«

Lachend schlug sie ihm auf die Hand. »Hör sofort auf damit, du bringst mich in Verlegenheit. Wippen, also wirklich!«

»Tja, in diesem Fall widme ich mich wohl besser den unteren Regionen.« Er zeichnete mit den Händen ihre Kurven nach, bis er zwischen ihren Schenkeln anlangte. Sanft drückte er ihr die Beine auseinander und begann dann mit warmen Fingern ihre Knospe zu traktieren. Dabei küsste er ihren Nacken und ihre Ohren, bis sie hingebungsvoll stöhnte.

»Du machst mich ganz verrückt«, gestand sie ächzend. »Aber das zahl ich dir heim.«

Sie wandte sich um, setzte sich rittlings auf ihn und begann sein steifes Glied mit seidigen, sanften Handbewegungen zu liebkosen, bis seine Augen ganz glasig wurden. Sie küsste seine Brust, sein Kinn und schließlich seine Lippen, was alles ein wenig seifig war. »Du schmeckst momentan nicht besonders gut.« Sie spuckte ein paar Seifenbläschen aus.

»Komm, lass uns raus und ins Bett gehen. Ich hab genug gebadet, mehr ertrage ich nicht.«

»Ach, tatsächlich?«, meinte sie verschmitzt. »Dabei kam ich doch gerade erst zum besten Teil.«

Mit diesem unglaublich erotischen Grinsen auf dem Gesicht half er ihr aus der Wanne, nachdem sie sich abgebraust hatten. »Du meinst, mein ›Werkzeug‹?«

Angela griff mit leicht gerötetem Gesicht nach dem großen Badelaken und wickelte sich, John ignorierend, darin ein. Dann machte sie sich stracks auf zu der enormen Schlaflandschaft. »Also, das nenne ich mal ein richtiges Bett. Da ist noch wunderbar Platz für Winston. Ich muss ihn nächstes Mal unbedingt mitbringen.«

»Die Perversitäten, die ich mit dir vorhabe, will ich dem armen Hund ersparen.« Er wackelte mit den Augenbrauen wie einst Bela Lugosi. »Sonst beißt er mich noch.«

Sie ließ sich in den Kissenberg zurücksinken und forderte

ihn mit einem verführerisch gebogenen Finger auf, näher zu treten. »Das tu ich vielleicht auch.«

Mit einem Hechtsprung warf sich John ins Bett und wälzte sie geschickt herum. Dann zog er sie an sich und küsste sie, bis sie keine Luft mehr bekam. »Ich hab so lange gewartet, Angela. Du bist die schönste Frau, der ich je begegnet bin.« Mit einem fast ehrfürchtigen Ausdruck küsste er ihren Bauch. »Und das wird das schönste Baby der Welt.«

Angela schnürte es den Hals zu, und Tränen traten ihr in die Augen. »Das ist so lieb von dir, danke, John.«

»Ach ja?« Er küsste ihr Kinn. »Na ja, ich kann ziemlich lieb sein, wenn ich mir Mühe gebe. Aber im Moment will ich gar nicht lieb sein. Ich will dich mit Haut und Haaren verschlingen. Ich will dich zum Schreien bringen. Ich will jeden Mann, den du vor mir hattest, aus deinem Gedächtnis auslöschen. Es soll nur noch mich geben.«

John sog ihre Brustwarze in den Mund, spielte mit der Zunge daran und saugte dann kräftig. Angela glaubte, sterben zu müssen vor Seligkeit. In ihrem Bauch begann es unwiderstehlich zu kribbeln, und als sich dieses köstliche Gefühl bis in ihre Zehenspitzen ausbreitete, konnte sie nicht anders, als laut aufzustöhnen. Doch sie verkrampfte sich, als sein Mund weiter nach unten wanderte.

John blickte auf. »Entspann dich. Das wird dir gefallen, ich versprech's.«

»Ich … das hab ich noch nie gemacht, weißt du.«

Er schaute sie zuerst überrascht, dann absolut entzückt an. »Also leg dich hin und genieße es, Süße.«

Als er mit dem Mund nun ihre intimsten Stellen liebkoste, musste Angela sich ins Bettlaken krallen, um nicht in Stücke zu zerspringen; und als seine Zunge ihre pulsierende Knospe stimulierte, wusste sie, dass sie ihm mit Haut und Haaren verfallen war.

Alles, was sie je an feministischen Überzeugungen gepflegt hatte, verflüchtigte sich wie durch Zauberhand. Mit Freuden wäre sie bis an ihr Lebensende Johns Sexsklavin gewesen. »O Gott! Das ist sooo gut!« Sie packte seine Schultern, bäumte sich auf, konnte einfach nicht anders. »Nicht aufhören! Bloß nicht aufhören!«

Angela keuchte so heftig, dass sie kaum noch Luft bekam. Endlich riss er ein Kondompäckchen mit den Zähnen auf, spreizte ihre Beine und drang behutsam in sie ein. Sie war mehr als bereit, mehr als willens, diesen Mann in sich aufzunehmen, jetzt und für immer.

John ließ ihr Zeit, sich an seine Maße zu gewöhnen. Sie war eng, köstlich eng, was ihn schier um den Verstand brachte. Er stieß fester zu und merkte, wie sie ihn mit ihren Beinen umschlang und sich ungeduldig aufbäumte. »Herrgott, Angela! Langsam, oder das hier ist in ein paar Sekunden vorbei.«

»Ich kann nicht. Ich bin nicht mehr ich selber, ich hab das Gefühl, besessen zu sein.«

Mit einem komisch-verzweifelten Schnaufen packte John ihre Hinterbacken und rammte sich in sie hinein, immer schneller und so hart, dass sie fürchtete, das Bett würde gleich zusammenbrechen. »Oh … oh … mein … Gott!«, schrie Angela, und beide rangen mühsam nach Atem. »So schön, so schön.«

»Du schaffst es, Süße. Komm schon, bleib bei mir.« Sie war nahe dran, das konnte er an ihren Augen sehen, die glasig vor Leidenschaft – und Verblüffung waren.

»Ich – ich …«, schrie sie, und schon flog sie über den Rand der Klippe, ein Flug und Fall, den Angela nie für möglich gehalten hätte. Die Erde bebte, der Himmel stürzte ein. Kurz und gut, es war ein Carole-King-Moment.

»Mein Gott!«, japste sie ehrfürchtig, als sie schließlich halbwegs wieder sprechen konnte. »Das war einfach fantastisch. Du verdienst eine Medaille oder so was.«

Er strich ihr die schweißnassen Haare aus dem Gesicht und blickte lächelnd auf sie herab. »Hast wohl noch nicht oft einen Orgasmus gehabt, wie?«

»Na ja, auf einer Skala von eins bis zehn, wenn das, was wir gerade gemacht haben, eine zehn ist, dann hab ich eventuell schon mal eine eins erlebt.«

Er rollte von ihr herunter, schlang die Arme um sie und zog sie an sich. Er war so zufrieden und glücklich wie noch nie zuvor. Und es hatte viele *Zuvors* gegeben. Wahrscheinlich hatte die Liebe etwas damit zu tun, dachte er. »Du verstehst dich einfach darauf, einen Mann glücklich zu machen.«

»Hast du … ist es dir auch gekommen? War es in Ordnung?«

Er grinste wie ein Kater, der eine ganze Schüssel voll Sahne vor sich hat, und wirkte, als wäre er mit sich und der Welt total zufrieden. »Es war wunderbar. Wenn ich noch rauchen würde, würde ich mir jetzt eine anstecken. Sobald ich mich wieder erholt habe, machen wir's noch mal. Und noch besser.«

Sie blinzelte. »Ehrlich?« Echt stark. »Ich bin dabei. Hab mich noch nie so gut gefühlt.«

John empfand eine solch starke Welle der Liebe, dass es ihn demütig stimmte. Angela war noch völlig naiv in Liebesdingen, und er wollte derjenige sein, der alle Facetten ihrer Lust, all ihre versteckten Sehnsüchte erforschte. »Ach, Angela.« Er wollte ihr sagen, dass er sie liebte, wollte ihr sagen, wie verrückt er nach ihr war. Aber er konnte nicht. Noch nicht. Zuerst musste er sich ganz sicher sein.

War er bereit, Vater zu werden, das Kind eines anderen wie sein eigenes aufzuziehen? Und: War er wieder bereit für eine feste Beziehung? Er glaubte schon, doch er musste hundertprozent sicher sein.

Angela warf alle seine bisherigen Ansichten über Liebe, Heirat und Bis-dass-der-Tod-uns-scheidet über den Haufen. Er hielt es plötzlich für durchaus möglich, dass etwas Derartiges tatsächlich existierte.

17

*Was benutzt ein Rechtsanwalt zur Verhütung?
Seine Persönlichkeit.*

Als Peter tags darauf seine Haustür öffnete und dort seinen Bruder mit einer Frau vorfand, wusste er zwar, dass das Angela DeNero sein musste. Doch die beiden waren derart miteinander beschäftigt, dass es etliche Zeit dauerte, bis sie ihn registrierten.

Noch nie hatte er seinen Bruder so erlebt, und es freute ihn, dass John offensichtlich eine Frau gefunden hatte, deren Gehirn größer als ihre Titten waren.

»Falls Sie was verkaufen wollen, ich bin nicht interessiert«, schnarrte er, um ihre Aufmerksamkeit zu erregen. Beide wandten ihm ruckartig die Köpfe zu; Angelas Gesicht war übergangslos in leuchtendes Tomatenrot getaucht.

John sah das amüsierte Grinsen seines Bruders und lächelte. »He, Peter! Das ist Angela DeNero. Sie arbeitet mit Wanda und mir an deiner Diskriminierungsklage. Du hast Glück, denn sie ist als Anwältin ein Ass.«

»Nett, Sie kennen zu lernen. Hmmm.« Peter musterte Angela kurz. »Angela DeNero. Kommt mir irgendwie bekannt vor. Ja, ich glaube, ich habe Sie schon mal irgendwo gesehen. Sind wir uns schon mal begegnet?« Er betrachtete sie noch einmal prüfend und zuckte mit den Schultern, als sie den Kopf schüttelte. »Sie haben wohl eins dieser Gesichter. Obwohl, ich vergesse selten ein Gesicht.«

Angela lächelte. »Kann sein. Sie sind nicht der Erste, der mir das sagt.«

Johns Bruder führte sie ins Wohnzimmer, und Angela setzte sich neben John aufs Sofa. Sie beobachtete Peter Franco unter gesenkten Lidern und zermarterte sich das Hirn, ob sie ihn doch schon einmal getroffen hatte. Vielleicht in Harvard? Nein, sicher nicht.

»Also, was müsst ihr wissen?«, erkundigte sich Peter und lehnte sich bequem in seinem Sessel zurück. Er wirkte äußerlich vollkommen ruhig, doch an der Art, wie er seine Hände knetete, merkte sie, dass es in seinem Innern gärte. »Mein Leben ist ein offenes Buch. Und bald wird die ganze Stadt darin lesen. Ich werde im Nu auf der Bestsellerliste stehen.«

»Nicht unbedingt«, sagte Angela und hoffte, ihn wegen der unerwünschten Publicity beruhigen zu können. Wenn der Fall in der Zeitung landete, würde Peters Leben seziert werden. Sie wusste genau, wie die Medien alles aufbauschten und verdrehten. Das war einer der Gründe dafür, warum sie unablässig auf ihren Ruf achtete und ihr Privatleben nicht an die große Glocke hängte.

»Wanda meint, der Fall lässt sich wahrscheinlich außergerichtlich regeln.«

»Wanda will sich auf den *Americans with Disabilities Act*, das Gesetz zum Schutz von Behinderten, berufen, weil das bei deiner Migräne zutrifft, Peter«, sagte John, der froh war, dass die Krankheit seines Bruders über die Jahre gut dokumentiert worden war und so eine solide Basis für seinen Anspruch darstellte.

»Wanda denkt, wir hätten mehr Chancen, Trent zu einer Wiedergutmachung zu bewegen, wenn wir es auf diese Weise handhaben. Ähnliche Fälle hat es schon oft gegeben, und es wurde meist für den Kläger entschieden.«

Peter sah total verwirrt aus. »Aber ich bin doch nicht behindert. Ich begreife nicht, wie meine Migräne mir in diesem Fall helfen soll. Man hat mich gefeuert, weil ich schwul bin. Das weiß ich, so wahr ich hier sitze.«

»Es gibt viele Arten von Behinderungen, Peter«, erklärte Angela. »Wenn man unter einer so starken Migräne leidet, dass man nicht richtig arbeiten kann, dann betrachtet das das Gericht als eine Behinderung. Sie haben ein Leiden, das sich oft nicht erfolgreich behandeln lässt und das Ihr Arbeitsleben behindert.

Es ist viel leichter für Wanda, dies vor Gericht vorzubringen, als einen Richter oder eine Jury davon zu überzeugen, dass Sie von Ihrem Boss aufgrund Ihrer Homosexualität diskriminiert wurden.«

Peter versuchte diese Information zu verdauen, dann schüttelte er verdutzt den Kopf. »Ich muss zu meiner Schande gestehen, dass ich kaum etwas über das Gesetz zum Schutz von Behinderten weiß, obwohl ich das in meiner Stellung als Personalmanager vielleicht sollte. Aber ich hatte nie Anlass, mich damit auseinander zu setzen.«

»Dafür sind Anwälte ja da, Peter«, argumentierte Angela.

Peter meinte, seinen Bruder angrinsend: »Sieht aus, als hättest du deinen Meister gefunden, Brüderchen. Wenn ich du wäre, würde ich Angela nicht mehr aus den Fingern lassen.«

John beobachtete amüsiert, wie sich Angelas Hautfarbe erneut in die einer reifen Tomate verwandelte.

»Hat John Sie schon unseren Eltern vorgestellt?«

Johns Lächeln erlosch, und er bedachte seinen Bruder mit einem giftigen Augenrollen. »Ich habe Angela schon ein bisschen was über unsere Eltern erzählt, aber sie hat sie noch nicht kennen gelernt, nein. Und das soll vorläufig so bleiben.«

»Willst die nette Lady wohl nicht verschrecken, was?« Peter zwinkerte Angela zu. »War bloß ein Witz.« Innerlich fügte er hinzu: »Oder auch nicht.«

Die Tatsache, dass John ebenfalls Probleme mit der Familie hatte, machte ihn in ihren Augen nur noch liebenswerter. Sie war zu dem Schluss gekommen, dass alle Familien auf die eine oder andere Weise verrückt waren, und es tröstete sie zu wissen, dass sie damit nicht allein dastand. Dass sie auch das gemeinsam hatten.

Später an diesem Nachmittag betraten Angela und John die Metzgerei Santini's. Mrs. Santini stand hinter der Kühltheke, und davor stand Sophia Russo. Die beiden waren offenbar in einen heftigen Streit verwickelt, was nichts Neues war – sie hassten einander wohl schon, seit sie in den Windeln lagen. Beide hielten abrupt inne, als sie merkten, dass sie nicht länger allein waren.

»Hallo, Mrs. Russo, Mrs. Santini«, sagte Angela mit einem bemüht höflichen Lächeln und trat an die Theke, obwohl sie am liebsten auf dem Absatz kehrtgemacht hätte und geflüchtet wäre.

Oh, warum nur hatte sie John unbedingt Steaks zum Abendessen machen wollen? Wenn sie lediglich in eine Pizzeria gegangen wären, so wie er es vorgeschlagen hatte, dann wären sie den zwei größten Schreckschrauben von ganz Baltimore nie begegnet. Aber Angela wollte ja unbedingt ihre Kochkünste demonstrieren! Dafür musste sie jetzt bitter bezahlen.

»*Madonna mia, disgrazia!* Ich glaube nicht, was ich da sehe.« Sophia bekreuzigte sich, als sie ihren Neffen und Angela in schönster Eintracht entdeckte. »Das ist nicht richtig. Ihr beiden solltet nicht befreundet sein.«

John drückte seiner Tante einen Schmatz auf die Backe, was ihr Stirnrunzeln noch vertiefte. »Hallo, Tante Sophia«, sagte er lächelnd. »Du siehst gut aus.«

»Was sie nicht Ihnen zu verdanken hat, Sie frecher Bursche«, teilte ihm Mrs. Santini mit. »Ihre Tante hat Recht. Sie beide sollten nicht so nett miteinander umgehen. Die ganze Nachbarschaft zerreißt sich schon das Maul darüber. Nicht, dass ich normalerweise auf Klatsch höre« – Angela hätte angesichts dieser faustdicken Lüge am liebsten die Augen verdreht –, »aber ich sehe schon, dass es stimmt, was die Leute über euch sagen.«

Mit ominös verfinstertem Gesicht fragte John: »Und was sagt man über uns?«

»Dass ihr beiden ein Paar seid«, mischte sich Sophia mit einem angewiderten Kopfschütteln ein. »Dass ihr nicht die Finger voneinander lassen könnt, dass …«

»Ich hab's kapiert, Tante Sophia«, unterbrach John sie. »Und es stimmt.« Er nahm Angela bei der Hand, ohne auf das schockierte Aufkeuchen seiner Tante zu achten. »Angela und ich sind ein Paar, und es ist uns egal, was die Leute darüber denken.«

Angela fragte sich, wieso John ihr Verhältnis derart an die große Glocke hängte. Sie waren ein paar Mal miteinander ausgegangen, hatten tollen Sex gehabt, aber waren sie wirklich ein Paar? Das beinhaltete schließlich eine gewisse Verpflichtung, ja Treue, oder etwa nicht? Davon war nie die Rede gewesen.

»Es ist euch egal? Es ist euch egal?«, stammelte Sophia wie ein desorientierter Papagei.

Nina schürzte missbilligend die Lippen. »Die Jugend heutzutage kennt überhaupt keine Scham. Seht euch bloß an, wie mein Sohn hinter dieser Donna Wiseman herschnüffelt. Eine Schande ist das. Zu meiner Zeit hätte ein Sohn nie gegen die Wünsche seiner Mutter gehandelt. Ich habe Lou gesagt, dass sie nur hinter seinem Geld her ist, aber hört er auf mich? Mein Sohn wird eines Tages sehr gut dastehen, wenn er diese Metzgerei erbt, und dieses junge Ding weiß das sehr genau.«

Sophia wedelte mit den Händen durch die Luft. »Ganz wie mein Joe. Und was ist aus ihm geworden? Er hat sein Priesteramt aufgegeben. Er hat die Kirche wegen einer Frau verlassen. Dafür werden wir gestraft.«

»Annie ist ein sehr lieber Mensch, Mrs. Russo«, wandte Angela ein, die nicht willens war, ihre Freundin von Johns Tante schlecht machen zu lassen. »Sie sollten froh um eine solche Schwiegertochter sein. Sie wissen ja gar nicht, wie viel Glück Sie haben.«

»Tja, wenn ich so sehe, was aus dir geworden ist, Angela DeNero, dann hast du wohl Recht. Sich vorzustellen, dass ich meinen Joe tatsächlich ermuntert habe, dich zu hofieren.« Sie klatschte sich mit der Handfläche an die Stirn. »Was habe ich mir bloß dabei gedacht?«

John wandte sich von seiner Tante und ihren merkwürdigen Ansichten ab, bevor er noch etwas sagen konnte, was ihm hinterher Leid tat, und versuchte sich in den Griff zu bekommen. An Mrs. Santini gewandt, sagte er: »Wir hätten gerne zwei gut abgehangene Filets, bitte. Und möglichst groß, Mrs. Santini. Ich habe Hunger.«

»Ich begreife nicht, wie es dir egal sein kann, was für Kummer du Mary und Dan bereitest, Angela«, fuhr Sophia fort, als würde John überhaupt nicht existieren. »Sie verlassen sich auf dich, dass du das Sorgerecht für den kleinen Matthew für sie erstreitest. Er ist mein Enkelsohn. Ich liebe ihn wie mein eigen Fleisch und Blut. Ich könnte es nicht ertragen, wenn …«

Angelas Stimme wurde sanfter, als sie die Angst und Sorge in den Augen der Älteren las. *Also hat Sophia tatsächlich ein Herz? Wer hätte das gedacht.* »Ich werde mein Bestes tun, Mrs. Russo, ganz ehrlich. Meine Beziehung zu John hat nichts mit unserem Verhalten vor Gericht zu tun. Wir reden nie über den Fall. Unser Berufs- und Privatleben sind strikt getrennt.« Der Fall war vorläufig auf Eis gelegt, weil Richter Baldridge unter diversen Zipperleins litt. Sie und John hofften sehr, dass die Sache in ein bis zwei Wochen erledigt sein würde.

Sophia schien nicht überzeugt zu sein. »Meine Tochter mag dich, Angela. Sie glaubt an dich. Und sie mag ihren Cousin, also macht es Mary nichts aus, dass ihr euch seht. Aber ich bin altmodisch. Es gefällt mir nicht, dass mein Neffe sich gegen seine eigene Verwandtschaft stellt und meiner Tochter Kummer bereitet. Doch ich sehe, dass du sehr klug und wahrscheinlich die bessere Anwältin bist und meinen Neffen wohl schlägst, wenn es so weit ist.«

Angela stand vor Überraschung der Mund offen, und John lachte. »He, danke für dein Vertrauensvotum.«

»Jeder hier sagt, Angela wird Sie besiegen, John«, meinte

Nina Santini, wickelte die Filets in Papier und reichte sie John über den Tresen. »Wir sind alle sehr froh darüber. Keiner will, dass diese abscheuliche Frau und ihr reicher Pinkel von Mann Matthew in ihre Finger kriegen. Er ist ein guter Junge. Er sollte bei seinem Vater bleiben.«

»Angela ist eine ausgezeichnete Anwältin. Einen besseren Rechtsbeistand hätten Mary und Dan gar nicht finden können. Das habe ich mehr als einmal verkündet.«

Angela zwinkerte ihn spitzbübisch an. »Danke.«

Doch bevor Sophia oder Nina noch etwas erwidern konnten, schellte die Türglocke und eintrat: Adele Franco!

John stöhnte laut auf. »Ich bin in der Hölle gelandet«, flüsterte er. »Das setzt dem Fass die Krone auf.«

Angela wusste nicht, was sie von seinen Worten halten sollte. Bis die Frau mit dem verkniffenen Gesicht den Mund aufmachte. Und ab diesem Zeitpunkt tat er ihr herzlich Leid.

»Soso, wenn das nicht der berühmte Herr Rechtsanwalt ist, der nie Zeit für seine Mutter hat.« Dann musterte sie Angela, die neben John stand. »Und Sie sind wohl der Grund, warum mich mein Sohn nie besucht. Wenigstens mag er Frauen. Mein anderer Sohn liebt nur Männer.«

John unterdrückte einen Fluch. »Angela, darf ich dir meine Mutter Adele vorstellen? Mom, das ist Angela DeNero, eine gute Freundin.«

Adele verzog angeekelt das Gesicht und keifte: »Eine Frau ist gestraft, wenn sie nur Söhne hat. Meine Söhne machen mir nichts als Kummer und Schande, bis auf Michael. Der liebt seine Mutter.«

John hatte schon eine heftige Antwort parat, doch seine Tante ließ ihm keine Chance. Zu seiner großen Verblüffung funkelte Sophia ihre Schwägerin zornig an.

Es war allerdings kein Geheimnis, dass sich Sophia nicht unmäßig viel aus Franks Schwester machte, die sie für einen Jammerlappen und eine Heulsuse hielt. Natürlich mochte sie auch Nina Santini nicht, von der sie behauptete, sie habe ihr einmal für Lammkoteletts zu viel berechnet. Aber niemand, am allerwenigsten John, hätte erwartet, dass sie den Neffen verteidigte, den sie gerade erst beschimpft hatte.

»Du solltest erst denken, bevor du den Mund aufmachst, Adele. John und Peter sind feine junge Männer. Und John ist ein guter Anwalt. Eine Mutter sollte keins ihrer Kinder bevorzugen, aber das hast du dein Leben lang getan. Gott hat dir drei Söhne geschenkt. Du solltest sie alle gleich lieben.«

Johns Mutter rang nach Luft. Die Bemerkung schien sie getroffen zu haben. »Ich bevorzuge ganz gewiss keins meiner Kinder! Ich liebe sie alle drei. Michael war halt immer am leichtesten zu haben. Er hat mir nie Kummer gemacht. John weiß, dass ich ihn liebe, nicht wahr, John?«

John blieb verdächtig still.

»Mir machen alle meine Kinder Kummer«, erklärte Sophia sachlich. »Das ist nun mal das Kreuz, das eine Mutter zu tragen hat.« Sie bekreuzigte sich. »Wir sind hier, um unseren Kindern mit Rat und Weisheit zur Seite zu stehen, stimmt es nicht?«

»Doch, da hast du Recht, Sophia«, pflichtete Nina ihr bei. »Aber hören sie auf uns? Wir könnten ebenso gut mit der Wand reden.«

Beide Frauen wirkten so selbstgefällig, als hätten sie gerade den Preis für die beste Mutter des Jahres bekommen.

John und Angela tauschten mitleidige Blicke, dann sagte Angela: »Es hat mich sehr gefreut, Sie kennen zu lernen, Mrs. Franco. Leider müssen wir jetzt gehen.« Sie schaute zu John hinauf. »Wir beeilen uns besser, nicht?«

Er verstand den Wink und nickte. »Ja, genau!« Hastig bezahlte er die Steaks, gab seiner Mutter und seiner Tante einen flüchtigen Kuss auf die Wange, packte Angela bei der Hand und zog sie geschwind aus dem Laden. Die drei Frauen starrten ihnen verkniffen nach.

Sobald sie außer Hörweite waren, sahen sie sich an und brachen in prustendes Lachen aus.

»Das Einzige, was diese Szene noch bizarrer gemacht hätte, wäre meine Mutter gewesen, wie sie das Ende der Welt herbeipredigt und im selben Atemzug vom Postboten schwärmt«, sagte Angela und sah, wie John verständnislos die Stirn krauste.

»Deine Mutter schwärmt für den Postboten? Ach, egal. Ich will's gar nicht wissen. Das ist doch die Frau, die ich morgen Abend kennen lerne, richtig?«

Angela prustete. »Du wirst meine Familie mögen. Sie ist genauso verrückt wie deine. Du wirst dich wie zu Hause fühlen.«

»Deine Eltern können beim besten Willen nicht seltsamer sein als meine. Gott hat die Form gesprengt, als er Adele und Robert schuf.«

»Hm. Da wäre ich mir an deiner Stelle nicht so sicher«, meinte Angela und lächelte amüsiert. »Aber das merkst du noch früh genug.«

»John, da ist was, das ich dir womöglich noch hätte sagen sollen«, begann Angela, während sie die Tür zum Haus der DeNeros öffnete. Sie hatten rote Nasen und Wangen vom heulenden Novemberwind, und Angela musste sich förmlich gegen die Tür stemmen, um sie wieder zuzubekommen, sobald sie sicher im Warmen waren. »Aber …«

Aber sie hatte nie den rechten Moment gefunden oder, wenn sie ganz ehrlich war, den Mut dazu. Sie fürchtete sich vor Johns Reaktion, doch für Warnungen war es eh zu spät. John war blass geworden, seine Augen groß wie Untertassen und sein Aufkeuchen hörbar.

Mist! Mist! Mist!

Vor dem Kamin stand, mit dem Rücken zu ihnen, Sam DeNero. Angelas Vater warf gerade ein paar Scheite ins Kaminfeuer, was sehr männlich wirkte, wäre da nicht die unwichtige Tatsache gewesen, dass er schwarz-weiß gestreifte Leggins trug, die eher einem irren Zebra aus *Im Reich der wilden Tie-*

re zu Gesicht gestanden hätten. Dazu passend hatte er ein schwarzes T-Shirt an, auf dem, wie sie jetzt bemerkte, als er sich zu ihnen umdrehte, in großen Lettern aus Glitter die Worte A WOMAN'S WORK IS NEVER DONE standen. An den Füßen trug er hochhackige schwarze Sandalen. Angela fand sie todschick und hätte ihn gerne gefragt, wo er sie gekauft hatte.

Sam grinste, als er seiner Tochter und deren Freund ansichtig wurde. »Angie, ich hab dich schon erwartet!« Er nickte John zu, musterte ihn von Kopf bis Fuß und schien zu mögen, was er dort sah, denn er lächelte ihm zu, als wären sie schon ewig Kumpels.

»Dad, das ist mein Freund John Franco.«

Sam streckte seine fleischige Pranke aus und schüttelte Johns. »Sie sind auch Rechtsanwalt, wie ich höre. Ich hoffe, Sie stören sich nicht an meiner Aufmachung. Angela hat gemeint, wir sollten ganz wir selbst sein, also habe ich mir was besonders Bequemes angezogen.«

Als Angela ihren Eltern gesagt hatte, sie sollten ganz sie selbst sein, hatte sie allerdings gemeint, sie sollten sich nicht irgendwelche Umstände machen, da John ein sehr bodenständiger Mensch war. Sie hatte keine Ahnung gehabt, dass ihr Vater einen auf Joan Collins machen würde. Vor ihrem Facelifting.

»Freut mich, Sie kennen zu lernen, Mr. DeNero«, würgte John hervor, sobald er wieder Herr seiner Stimme war und den Schock, Angelas Vater in Pumps und zum Ensemble passenden Strassohrringen in Form von Zebras vor sich zu sehen, überwunden hatte.

»Sie haben einen prima Händedruck, Sohn. Man merkt gleich am Händedruck, aus welchem Holz ein Mann geschnitzt ist. Lassen Sie sich ja nicht durch meine Klamotten täuschen. Ich bin ein ganzer Mann. Ein Excop, wissen Sie. Ich geh deine Mutter holen«, sagte er zu Angela und zwinkerte ihr zu, wobei ihm fast eine falsche Wimper abfiel.

Sprachlos gaffte John Angelas Vater hinterher und hörte,

wie er im Gang draußen rief: »Rosalie, beweg deinen Arsch hierher. Angie und ihr Kerl sind da.« Er fragte sich unwillkürlich, ob sich da jemand einen schlechten Scherz mit ihm erlaubte.

Angela ergriff seine Hand und drückte sie tröstend. Wenn man so unversehens mit einem Mann in Frauenkleidern konfrontiert wurde, der noch dazu der Vater der Angebeteten war, konnte einen das schon umhauen. Sie hoffte, dass es John nicht zu sehr schockiert hatte.

Sie erinnerte sich noch gut, wie sie ihren Vater zum ersten Mal in einem ähnlichen Aufzug gesehen hatte. Sie war eines Tages von der Schule nach Hause gekommen – damals noch aus der Junior High – und hatte ihren Vater in seinem Lieblingssessel vorgefunden, bekleidet mit Mutters rotem Samtkleid und den dazu passenden Schuhen.

Als sie ihn fragte, warum er so angezogen war, hatte er sich, ziemlich lahm, wie sie fand, darauf rausgeredet, seine Sachen wären noch im Trockner, und er warte darauf, dass sie fertig würden. Aber sie hatte seine sorgfältig getuschten Wimpern gesehen, den Lidschatten und auch den Lippenstift und sofort gewusst, dass hier was faul war.

Angela hatte dieses Geheimnis fast vier Jahre lang bewahrt, um ihre Mutter und ihre Schwester zu schützen, nur um in der Highschool schließlich herauszufinden, dass ihre Mutter die ganze Zeit von der seltsamen Vorliebe ihres Mannes, Frauenkleider anzuziehen, gewusst und dass ihre Schwester dasselbe Geheimnis ebenfalls und aus demselben Grund für sich behalten hatte.

»Tut mir Leid, dass ich dich nicht vorgewarnt habe, John, aber ich wusste nicht recht, wie ich dieses, äh, Hobby meines Vaters erklären sollte. Abgesehen davon ist er völlig normal.« Na ja, so normal wie ein Mann in Frauenkleidern eben sein konnte.

Als er dies mit einem perplexen Nicken kommentierte, umspielte ein reuiges Lächeln ihre Lippen. »Ich hab dir ja gesagt, sie sind verrückt. Ich schätze, jetzt weißt du, dass ich nicht übertrieben habe.«

»Erwartet ihr den Postboten heute auch noch?«

Dieser Gedanke schien ihn zu entsetzen, und sie unterdrückte ein Lächeln. »Nein, bloß meine Schwester. Mia ist nicht allzu verrückt, obwohl sie derzeit eine Ausbildung zum Bodyguard macht.« Noch dazu mit Erfolg, wie es schien, was mehr als erstaunlich war. Doch was das anging, so schaffte es Mia regelmäßig, Angela mit ihrem Wagemut und ihrer Exzentrik zu überraschen. Tja, wie der Vater, so die Tochter.

John zog bewundernd die Augenbrauen hoch. »Sie muss aber um einiges kräftiger sein als du.«

»Nein, eigentlich …«

In dieser Minute fiel die Haustür mit einem lauten Knall ins Schloss, und Mia fegte wie ein Derwisch ins Wohnzimmer. Sie trug einen marineblauen Jogginganzug und etwas, das verdächtig nach einer Pistole aussah.

Verdammt noch mal! Hatte dieser Albtraum denn nie ein Ende?

»Hosen runter oder ich schieße!«, bellte sie John in Kampfhaltung an, den Revolver mit ausgestreckten Armen auf ihn gerichtet. Dann grinste sie wie ein Schachtelteufelchen, und Angela hätte sie am liebsten erwürgt.

John wäre beim Anblick der Pistole fast rückwärts über die Couch gestürzt. »Herrgott im Himmel! Wer ist denn dieser wild gewordene Zwerg, Angela?«

»He, pass auf, was du sagst, Kumpel!«, brüllte Mia in gespielter Empörung.

»Mia, nimm um Himmels willen die Pistole runter! Du verschreckst unseren Gast. Ich sag's Dad, dass du mit einer Schusswaffe rumspielst. Du weißt ja, was dir dann blüht.«

Ihre Schwester verzog enttäuscht das Gesicht und ließ die Pistole in ihre Schultertasche plumpsen. »Och, du bist 'ne Petze, Angela. Sie ist doch nicht mal geladen. Mach dir also nicht ins Hemd.«

Spitzbübisch grinste sie John an. »Hallöchen, ich bin Mia, Angelas jüngere und weit klügere Schwester. Sie hat mir *jede Menge* über dich erzählt.« Sie wackelte suggestiv mit den Brauen.

Angelas Gesichtsfarbe erblühte in Kirschrot. »Halt die Klappe, Mia! Du machst dich unmöglich.«

»Eher dich, würde ich sagen. Keine Sorge, John. Von den unsittlichen Sachen hat sie mir leider noch nichts erzählt. Aber das holt sie hoffentlich nach.« Ihr Grinsen wurde breiter.

»Ich geh mich duschen und umziehen. Mann, ich brauch wirklich 'ne Dusche. Hab den ganzen Tag so Karatezeugs geübt. Da kommt man ganz schön ins Schwitzen.« Sie schnüffelte an ihrer Achsel. »Igitt, is' ja eklig. Bis gleich.« Und wie ein Wirbelwind war sie verschwunden.

John schüttelte ächzend den Kopf und brach dann in Lachen aus. Er zog Angela an sich und küsste sie, bis ihr die Luft ausging. »Okay, du hast gewonnen. Deine Leute sind verrückter als meine. Glaubst du, es ist erblich?«

Sie erbleichte bei dieser Vorstellung. »O Gott, ich hoffe doch nicht!« Sie tätschelte schützend ihren leicht gerundeten Bauch. »Versteh mich nicht falsch, ich hab sie von Herzen gern. Es ist bloß ... na ja, ich möchte nicht, dass das Baby ...« *Ja, was? Windeln mit Pailletten trug?*

Er küsste sie auf die Nasenspitze. »Dein Baby wird genauso perfekt wie du, Süße. Ganz bestimmt.«

Wenn John nicht aufhörte, so nett zu sein, würde sie noch in Tränen ausbrechen. Nach all den Fröschen, die sie geküsst hatte, hatte sie endlich einen Prinzen gefunden, wobei der Zeitpunkt nicht ungünstiger hätte sein können. Bald würde sie nämlich mehr Ähnlichkeit mit einem aufgeplusterten Fasan haben als mit einer zarten Prinzessin. Der neue blaue Velourshosenanzug, den sie in der Umstandsmodenabteilung erstanden hatte, trug nicht unbedingt zur Verbesserung ihres Images bei.

»Ich wette, das sagst du zu allen Schwangeren, die dir über den Weg laufen.«

»Jetzt, wo du's sagst: Es stimmt. Zurzeit laufen wirklich ziemlich viele Schwangere in Little Italy herum. Marys Schwester Connie, dann Mary selbst und jetzt du. Muss irgendwas im Leitungswasser sein.«

Zu viele unbenutzt runtergespülte Kondome, dachte sie mit einem leichten Lächeln. »Italienische Frauen sind nun mal sehr fruchtbar. Die reinsten Bruthennen.« *Bruthennen!* Mein Gott! In diesen wenigen Wochen war aus der Staranwältin ein Hausmütterchen geworden.

Er lächelte und stupste ihr spielerisch mit der Faust ans Kinn. »Ich werde versuchen, dran zu denken.«

»Angela!« Rosalie platzte strahlend ins Wohnzimmer, entzückt, ihre Älteste zu sehen. »Ich musste erst noch die Calamari fertig frittieren«, erklärte sie und wischte sich die Hände an ihrer Schürze ab. »Ich wollte nicht unhöflich zu unserem Gast sein.« Sie schenkte John ein warmes Lächeln. Es war die Art von Lächeln, die besagt, dass die Hochzeitseinladungen bereits geschrieben, frankiert und fertig zum Versand sind.

Angela übernahm das Vorstellen; dann sagte Rosalie: »Ich hoffe, es macht Ihnen nichts aus, wie mein Mann angezogen ist, John. Im Grunde ist er ganz harmlos. Sam verkleidet sich halt gern, so wie an Halloween, nur für Erwachsene.«

»Aber das macht doch nichts, Mrs. DeNero. Sie müssen mir nichts erklären. Ihr Mann ist lediglich ein bisschen exzentrisch. Daran ist nichts auszusetzen. Macht das Leben meiner Meinung nach nur interessanter.«

Angela wurde warm ums Herz, als sie das hörte. John war wirklich ein sehr großzügiger Mann. Selbst wenn er kein Wort von dem, was er da sagte, glaubte, war es doch nett von ihm, sich die Mühe zu machen. Aber sie wusste ja am besten, wie wunderbar John war.

Ihre Mutter gab einen tiefen Stoßseufzer von sich. »Kommt, setzen wir uns. Dein Vater ist noch kurz in den Keller gegangen, um Oliven für die Vorspeise zu holen. Ich wollte die großen grünen, nicht die schwarzen, denn heute ist ein ganz besonderer Tag. Es kommt nicht oft vor, dass Angie einen Mann mit nach Hause bringt.«

»Mom!«

Angela genierte sich zu Tode, und John unterdrückte ein Lächeln. »Sie haben ein sehr schönes Heim, Mrs. DeNero«, sagte er, in dem Versuch, etwas Nettes zu sagen, das nicht Mr. DeNeros Modegeschmack oder Angelas Exfreunde betraf.

»Danke. Allerdings weiß ich nicht, wie lange wir hier noch leben werden.«

Angela verdrehte die Augen und machte sich auf das Schlimmste gefasst. »Mom, bitte fang nicht schon wieder damit an.«

»Ich finde, man sollte John warnen.«

»Stimmt was nicht mit dem Haus, Mrs. DeNero?« Er wirkte aufrichtig besorgt, doch Angelas Mutter schüttelte den Kopf und platzte heraus: »Der Weltuntergang naht! Rettet euch, bevor es zu spät ist!«

So behutsam wie möglich trug John Angela die Treppe zu ihrer Wohnung hinauf. Sie war auf der kurzen Fahrt vom Haus ihrer Eltern bis hierher eingeschlafen, und er tat sein Bestes, um sie nicht zu wecken.

Als er oben ankam, ging die Tür der Nachbarwohnung auf, und Donatella Foragi streckte wie eine Schildkröte ihren Kopf heraus. Sie schaute noch grimmiger drein als gewöhnlich, und das wollte etwas heißen.

»Falls du dem Mädel Drogen gegeben hast, um sie dir gefügig zu machen, rufe ich die Bullen, Johnny Franco, dass du's nur weißt. Du wirst Angela anständig behandeln. Ich kenne dich. Hattest schon immer einen schlechten Ruf.«

John stand im Moment wahrhaftig nicht der Sinn nach einem derartigen Gespräch. Der Anblick von Mrs. Foragi im Nachthemd machte die Situation auch nicht besser. Vermutlich würde er nun wochenlang unter Albträumen leiden. »Ich habe ihr gar nichts gegeben, Mrs. Foragi. Wir waren bei ihren Eltern zum Abendessen eingeladen, und Angela ist auf dem Heimweg im Auto eingeschlafen.«

Donatella, von Natur aus höchst misstrauisch, trat näher, um sich davon zu überzeugen, dass Angela ganz normal atmete. Sie grunzte. Offenbar hatte sie sich entschieden, John für diesmal zu glauben. »Warte. Ich hole schnell den Ersatzschlüssel und sperre euch auf. Du weckst sie bloß auf, wenn du in ihrer Tasche nach dem Schlüssel wühlst.«

»Danke. Und ich verspreche, mich zu beherrschen und nicht über Angela herzufallen, solange Sie weg sind.«

Sie schürzte verächtlich die Lippen. »Immer noch eine Riesenklappe, Johnny. Ich weiß noch gut, wie du und deine Brüder mich früher mit Schneebällen beworfen habt. Ihr hättet mir ein Auge ausschießen können. Kleine Verbrecher wart ihr, nichts als kleine Verbrecher. Bloß dein älterer Bruder, Michael, der war in Ordnung. Der Einzige von den drei Franco-Jungs, der in Ordnung war.«

»Nur zu Ihrer Information, Mrs. Foragi, es war Michael, der damals diesen besagten Schneeball geworfen hat. Er hat einen tollen Wurfarm, hat Baseball gespielt, wissen Sie.« Sie schnaubte unwillig, als sie das hörte. »Wieso haben Sie uns eigentlich nie verpetzt?«

»Weil einer von euch es tatsächlich geschafft hat, Benny Buffanos Frau mit einem Schneeball so gut am Rücken zu treffen, dass sie mit der Nase voran aufs Pflaster fiel. Ist umgekippt wie ein gestrandeter Wal.« Bei der Erinnerung daran breitete sich ein seliges Lächeln auf Donatellas runzligen Zügen aus. »Diesen Tag werde ich nie vergessen.«

Als sie Johns Stirnrunzeln sah, fügte sie hinzu: »Keine Sorge, sie hat sich nicht wehgetan. Ihr Fettwanst und ihre Rieseneuter waren ein prima Polster. Aber selbst wenn sie dabei krepiert wäre, wäre das kein großer Verlust gewesen. Diese Frau ist eine Bedrohung für die Menschheit.«

»Sie haben's wohl immer noch mit dem Totengräber, hm?« Er grinste, als er den empörten Gesichtsausdruck der alten Schnepfe sah.

»Wie kannst du es wagen, einer ehrbaren Witwe eine solche Frage zu stellen! Schäm dich, Johnny Franco! Deine Mutter sollte dir den Mund mit Seife auswaschen.« Sie verschwand in ihrer Wohnung, tauchte gleich darauf mit Angelas Hausschlüssel wieder auf und sperrte ihnen die Tür auf.

Winston fing zu bellen an, kaum dass die Tür aufging. »Dieser verflixte Hund! Ich glaube, er fängt an, mich zu mögen. Hat schon seit fast zwei Wochen kein Häufchen mehr auf meinen Fußabstreifer gemacht.« Sie tätschelte den Kopf des Hundes und wurde zum Lohn dafür prompt abgeleckt. Seufzend sagte sie: »Also dann, gute Nacht. Grüß Angela von mir und sag ihr, es ist nicht nett, sich schlafend zu stellen.«

Die Tür fiel hinter ihnen zu, und John schaute auf Angela hinab, die tatsächlich hellwach war und ihn anzwinkerte. »Erwischt!«

Er setzte sie sanft ab. »Verdammt! Und ich hatte schon so gehofft, ich könnte dich ein wenig schänden, bevor du wach wirst. Meine ganzen schönen schmutzigen Pläne sind zum Teufel.«

»Hättest du denn nicht lieber eine eifrige Mittäterin?«

»Hmmmm. Wenn du's so sagst.« Er nahm sie in die Arme und presste seine Lippen auf die ihren, aber der Kuss wurde jäh durch Winstons Winseln abgewürgt, der unbedingt rausmusste.

John seufzte frustriert. »Blöder Hund! Ich gehe kurz mit ihm runter. Bin gleich wieder zurück. Zieh dich inzwischen schon mal aus. Hab den ganzen Abend an nichts anderes gedacht, als mit dir zu schlafen.«

»Ich wette, es ist dir vergangen, als dir mein Vater seine besseren Kleider gezeigt hat, die, die er sich beim Shopping Channel bestellt hat.«

»Verschon mich bitte, ja? Hab den Schock noch immer nicht ganz verdaut. Außerdem hab ich ihm zu dem Schwarzen mit den Biesen ein Kompliment gemacht.«

Angela blickte John mit einem glücklichen Seufzen nach. Er hatte sich heute Abend wirklich Mühe gegeben, hatte ihrer Mutter Komplimente übers Essen gemacht, hatte Sam nach seiner ehemaligen Arbeit bei der Polizei gefragt, und er hatte sogar bei Mia gepunktet, als er meinte, Frauen gäben gute Bodyguards ab.

Natürlich beteten sie ihn an.

Und natürlich würde sie sich morgen endlose Geschichten darüber anhören müssen.

John hielt Wort und war kaum fünf Minuten später wieder da. Angela war bereits nackt zwischen die Laken geschlüpft und erwartete ihn.

»Was hast du gemacht, einen Sprint hingelegt?«, fragte sie mit schelmisch blitzenden Augen.

»Hab deinem Köter bloß einen grausigen Tod angedroht, wenn er nicht *sofort* sein Geschäft macht.«

»Ach ja. Ha, los – ich warte schon sehnsüchtig auf dich. Zieh dich aus, aber schön langsam bitte. Zum Genießen, ja?« Er blieb wie angewurzelt stehen. »So wie in *Ganz oder Gar Nicht*. Oh, vielleicht sollte ich ein bisschen Musik auflegen. Was war das noch für ein Lied, zu dem sie in dem Film getanzt haben?« Sie begann leise »Hot Stuff« zu summen.

Winston hüpfte aufs Bett und starrte John durchdringend an, und dieser errötete tatsächlich.

»Könnten wir den Hund nicht zuerst loswerden? Ich mag's nicht, wenn er mich beim Ausziehen beobachtet. Das ist krank.«

»He, er ist ein DeNero. Was soll ich sagen? Auf die kranken Dinge verstehen wir uns am besten. Wir überlegen schon, ob wir nicht ein Patent darauf anmelden sollen.«

John zog sich sein langärmeliges marineblaues Polohemd über den Kopf, und Angelas Herz legte beim Anblick seines muskulösen Brustkastens unwillkürlich ein paar Takte zu. Seine Brusthaare waren genau richtig, nicht zu viel und nicht zu wenig. Schön war vor allem, wie sie, in einem V auslaufend, in seinem Hosenbund verschwanden. »Bis jetzt ist das Gebotene wunderbar. Ich kann's kaum erwarten festzustellen, was du noch auszupacken hast.«

Winston bellte zustimmend.

»Perversling!« Den Blick stirnrunzelnd auf den Hund gerichtet, machte John Gürtel und Hose auf. »Das wirst du mir büßen, Süße, das garantiere ich dir.«

Sie streckte genüsslich die Arme über den Kopf und ließ dabei die Bettdecke los, so dass er ihren blanken Busen sehen konnte. Seine Augen verdunkelten sich vor Leidenschaft. »Versprochen? Ooooh. Wie ich sehe, tragen wir heute Abend gar keine Unterwäsche.« Sie leckte sich die Lippen. »Was für ein unartiger kleiner Junge.«

John ging mit zwei langen Schritten zum Bett, packte Winston am Kragen und schleppte ihn zur Tür. »Tut mir Leid, Junge, aber in diesem Zimmer ist nur Platz für einen Hengst.« Er knallte die Tür zu.

Angela warf den Kopf zurück und lachte. »Komm her, du *Hengst*. Ich warte auf dich.« Sie schlug einladend die Decke zurück. John ließ sich nicht zweimal bitten.

»Du bist so schön, so perfekt«, sagte er und bedeckte ihr Gesicht, ihren Hals mit kleinen Küssen. »Und höllisch erregend obendrein, Weib. Ich kann gar nicht genug von dir kriegen.«

Wenn das nur wahr wäre, dachte Angela mit einem Anflug von Traurigkeit.

Und dann küsste er sie, so leidenschaftlich, so ausgiebig und so zärtlich, dass sie dachte, es könnte möglicherweise doch wahr sein, denn sie spürte etwas in diesem Kuss, das vorher noch nicht da gewesen war.

Sie liebkosten einander mit Händen und Mündern, und als sie sich schließlich vereinten, geschah das mit einer solch feurigen Hingabe, dass sie noch Minuten danach vollkommen ausgepumpt waren.

»Jesus!«, flüsterte John ehrfürchtig. »So was hab ich noch nie erlebt.«

Sein Geständnis machte sie überglücklich. »Ich auch nicht.«

Er küsste sie auf den Scheitel, die Nase und dann auf die Lippen. »Das, was zwischen uns ist, ist was ganz Besonderes. Das weißt du doch hoffentlich, oder?«

Zärtlich streichelte sie seine Wange. »Hab schon so was vermutet.«

Sag's mir! Sag mir, dass du mich liebst, dass du für immer mit mir zusammenbleiben willst, so wie ich mit dir.

Aber er tat es nicht.

Stattdessen küsste er sie, küsste sie so lange, bis sie nicht mehr klar denken konnte.

18

Was ist der Unterschied zwischen einem Rechtsanwalt und einer Samenzelle?
Die Samenzelle hat zumindest eine Chance von eins zu 600 Millionen, einmal ein menschliches Wesen zu werden.

»Teufel noch mal, was ist los mit dir, Bruderherz? So hab ich dich nicht mehr gesehen, seit man dich im ersten Anlauf zum Jurastudium abgelehnt hat.«

John seufzte nur, griff nach seinem Bier und nahm einen Schluck. Er trank normalerweise während der Woche nie tagsüber, aber er war bei seinem Bruder, um die ärztlichen Atteste für Wanda abzuholen, und hatte auf einmal das starke Bedürfnis nach einem Bier verspürt.

Die gestrige Nacht mit Angela hatte John total umgehauen. Ihre Vereinigung war so schön, ja fast überirdisch gewesen, wie er es sich nie hätte vorstellen können. Es gab eine Million Klischees, mit denen er das, was passiert war, hätte beschreiben können. Aber um es kurz und prägnant auszudrücken: Sie hatte ihn von den – imaginären – Socken gehauen.

Seine sichere kleine Welt stand auf dem Kopf. Und das alles allein wegen Angela.

»Ich habe mich verliebt.«

Peter ließ sich grinsend neben ihn aufs Sofa plumpsen. »Wusste ich's doch! Es ist Angela DeNero, stimmt's? Wenigstens hast du dir diesmal eine Gute ausgesucht. Aber wieso ein derart langes Gesicht? Sie ist eine wundervolle Frau. Ihr beiden gebt ein tolles Paar ab.«

»Die Dinge sind ein wenig komplizierter.« Er fuhr sich gequält mit den Fingern durch die dichten Haare. »Angela ist schwanger.«

Peter gab ein empörtes Grunzen von sich. »Verdammt, John, du blöder Mistkerl. Hättest du nicht ein bisschen aufpassen können? In deinem Alter solltest du schlau genug sein, ein Kondom zu benutzen. Die Gründe dafür brauche ich dir wohl nicht erst zu erläutern.«

»Jetzt mach aber mal 'ne Pause, Peter. Das Kind ist nicht von mir. Ich wünschte, es wäre so. Ich weiß einfach nicht, was ich tun soll. Angela ist wundervoll. Ich bin wahnsinnig in sie verliebt. Ich weiß jedoch nicht, ob ich bereit bin, noch mal zu heiraten und noch dazu das Kind eines anderen aufzuziehen. Ich will nicht wieder einen Fehler machen, besonders nicht, nachdem ein Kind im Spiel ist. Außerdem will ich nichts tun, was Angela verletzen könnte.«

»Wenn du schon über Heirat und Kinder redest, Bruderherz, dann bist du bereit. Es wird Zeit, dass du's noch mal riskierst. Lass dir doch nicht von deiner Exfrau, diesem Miststück, das Leben ruinieren! Es macht verdammt keinen Spaß, allein alt und senil zu werden. Und denk mal, wie glücklich du Mom machen könntest.«

Peter hatte Recht, was Grace anging. Er hing schon viel zu lange an seiner Bitterkeit und seinen Hassgefühlen. Und was hatten sie ihm genützt? Jetzt hatte er die Chance, neu anzufangen. Mit Angela. Er wäre schlicht ein Idiot, wenn er es nicht täte.

Seine Mutter jedoch war eine ganz andere Liga. »Kannst du dir Mom als Schwiegermutter vorstellen? Menschenskind! Sie ist ja nicht mal eine besonders gute Mutter. Sie wird Angela das Leben zur Hölle machen, ganz zu schweigen von meinem.« Also gut, fairerweise musste er zugeben, dass Adele nett zu Linda war, aber nur weil sie so an Michael hing und ihn um keinen Preis vor den Kopf stoßen wollte. Bei ihren anderen beiden Söhnen hatte sie keine solchen Skrupel.

»Du bist ganz schön blöd, weißt du das? Mom wäre überglücklich über ein neues Enkelkind. Wie sie's kriegt, kann ihr doch egal sein. Außerdem musst du ihr nicht sagen, von wem das Kind ist. Soweit ich das beurteilen kann, ist Angela noch nicht allzu weit. Ihr könntet sagen, es wäre von dir.«

»Das wäre unehrlich. Angela würde das nie tun und ich ebenso wenig.«

Sein Bruder zuckte mit den Schultern. »War bloß so 'ne Idee. Apropos Ehrlichkeit, ich habe da was, das ich dir zeigen muss. Und ich hoffe, dass es dich nicht zu sehr aufregt oder dass du deswegen weniger von Angela hältst.«

»Angela?« John zog die Brauen zusammen. »Was meinst du damit?«

»Weißt du noch, wie du sie mir vorgestellt hast und ich gesagt habe, dass sie mir irgendwie bekannt vorkommt?«

»Ja und?«

»Also, ich hab mir das Hirn zermartert, wo ich sie wohl schon mal gesehen haben könnte. Heute früh beim Zähneputzen ist es mir schließlich eingefallen.« Peter zog eine Schublade am Sofatisch auf und holte ein Fotoalbum hervor. »Weißt du noch, dass ich damals in Boston einen Fotografiekurs gemacht habe? Hauptsächlich natürlich, um Männer kennen zu lernen, aber das ist eine andere Geschichte.«

John versuchte eine unverbindliche Miene zu wahren, denn so ganz lieb war ihm diese kleine Enthüllung von Peter nicht. »Ja? Ich verstehe immer noch nicht …«

Peter zeigte auf eine Fotografie. »Schau dir dieses Foto an, John. Es ist Angela. Angela DeNero.«

John nahm das Foto aus dem Album und starrte es an. Die Frau auf dem Foto ähnelte tatsächlich einer jüngeren Angela. Die dunklen Haare waren länger, und Angelas hinreißenden Körper hatte sie auch. Aber das konnte nicht sie sein. Die Frau, die er kannte, war reserviert und zurückhaltend. Sie hätte sich nie nackt vor einer Schar von Fotografiestudenten zur Schau gestellt; da war er todsicher.

»Das ist nicht Angela. Unmöglich.«

»Es ist lange her, John. Noch während ihrer Studienzeit in Harvard. Da war dieser Typ in unserem Kurs, er hieß Randy …« Peter überlegte kurz, schüttelte dann aber den Kopf. »Kann mich nicht an seinen Nachnamen erinnern, aber er hat ständig damit angegeben, wie hübsch seine Freundin ist, was für ein tolles Nacktmodell sie abgeben würde. Na, auf jeden Fall hat er Bilder von ihr gemacht, um uns zu zeigen, dass es stimmte, und den Film als Teil eines Projekts entwickelt. Hat sogar 'ne Eins dafür gekriegt. Kein Wunder, so hübsch wie Angela ist.«

»Und wie kommst du zu diesem Foto?«

»Randy war stolz auf seine Arbeit; er hat ein paar Abzüge an uns verteilt.«

»Und du glaubst, diese Frau ist Angela? Meine Angela?«

Peter nickte. »Ich dachte, wenn du ernsthaft überlegst, sie zu heiraten, solltest du über die Leichen in ihrem Keller Bescheid wissen. Aus deinem erstaunten Gesicht schließe ich, dass sie dir nichts von Randy erzählt hat.«

»Das ist sie nicht, ich schwör's dir, Peter. Und deshalb konnte sie mir natürlich nichts von ihm erzählen. Im Übrigen haben wir unsere Vergangenheiten garantiert noch nicht vollends ausgebreitet, Angela und ich.«

Angela war eine starke Frau, stark genug, um mit allem fertig zu werden, was ihr das Leben in den Weg legte. Das war etwas, das ihm am meisten an ihr gefiel. Sie jammerte nicht, sie beklagte sich nicht, sie nahm die Dinge einfach, wie sie kamen. Ihre Entscheidung, das Kind zu behalten, war bewundernswert. Sie hätte den leichten Weg einschlagen können, hatte es aber nicht. Und er war froh darüber.

»Also, falls sich aber doch herausstellen sollte, dass sie es ist«, meinte Peter, »dann hoffe ich sehr, dass es eurer Beziehung nicht schadet.«

»Wenn mich schon das Kind eines andern nicht stört, werde ich mich wohl kaum über etwas aufregen, was schon so lange her ist. Aber ich kann mir einfach nicht vorstellen, dass sie das ist.«

»Toll! Dann hast du sicher nichts gegen eine kleine Wette einzuwenden. Denn ich *bin* sicher, dass es Angela ist. Dafür würde ich glatt hundert Dollar einsetzen.«

»Aber Angela entscheidet. Bist du damit einverstanden?«

Peter nickte. »Angela scheint mir ein sehr ehrlicher Mensch zu sein. Wenn sie's nicht ist und sie sagt, das sie's nicht ist, schulde ich dir hundert Mäuse.« Er hielt John die Hand hin. »Schlag ein.«

Mit einem zuversichtlichen Grinsen ergriff John die Hand seines Bruders und schüttelte sie. »Also gut, abgemacht. So leicht hab ich mir noch nie einen Hunderter verdient.« Er nahm das Foto, versenkte es in seine Jackentasche und machte sich pfeifend davon.

Angela, die gerade mit diversen Papieren beschäftigt war, schaute nach, als sich die Tür zu ihrem Büro öffnete und John eintrat. Um seinen Mund lag ein vergnügtes Lächeln, und sie fragte sich nach dem Grund dafür.

»Hallo! Ich dachte, du wolltest erst um eins kommen.« Sie konsultierte ihre Armbanduhr: Viertel nach zwölf. »Ich dachte, du müsstest noch bei deinem Bruder vorbeischauen und diese Unterlagen abholen, die Wanda braucht.«

»Schon erledigt.« Er schloss die Tür hinter sich. »Störe ich? Ich habe Wanda draußen im Gang getroffen, und sie meinte, du hättest im Moment keinen Besuch.«

»Bloß Papierkram. Also, wie lief's bei Peter? Geht's ihm gut?«

John trat an den Schreibtisch und ließ sich auf einer Kante nieder. Sie roch den Moschusduft seines Aftershaves und bekam prompt Schmetterlinge im Bauch.

»Peter geht's gut, ja. Tatsächlich ist er der Grund, warum ich früher gekommen bin.«

Sie zog eine Braue hoch und lehnte sich gespannt in ihren

quietschenden Sessel zurück. »Gibt es ein Problem, über das ich Bescheid wissen sollte?«

»Mein Bruder glaubt, ihm ist wieder eingefallen, woher er dich kennt.«

»Ach, tatsächlich? Also ich bin mir sicher, dass ich ihn noch nie gesehen habe.«

»Hast du auch nicht.«

Sie runzelte verwirrt die Brauen. »Aber wie …«

»Peter hat während seiner Zeit in Boston einen Fotografiekurs gemacht.«

»Und? Ich verstehe immer noch nicht. Was hat das mit mir zu tun?«

Erleichtert darüber, dass sie damit nichts anfangen konnte, fragte er: »Kennst du zufällig einen Randy? Er war in Peters Fotokurs.«

Randy Newsome. O Gott! Wie konnte ich den bloß vergessen?

In Angelas Ohren begann es zu rauschen; sie schluckte unter großen Schwierigkeiten und betete, dass ihr Gesicht nicht so rot geworden war, wie es sich glühend anfühlte. »Ja. Ich war während des Studiums mit einem Randy Newsome zusammen.«

John griff in seine Tasche, zog das Foto hervor, und Angela, die sich fast sicher war, wer die Person auf dem Bild war, hielt unwillkürlich den Atem an. *Randy, du verdammter Scheißkerl!* Gott, sie war so blöd gewesen!

Warum ich, Gott? Gut, ich war in letzter Zeit nicht oft in der Kirche. Aber wieso musst du mich dauernd für meine früheren Sünden bestrafen?

Oder vielleicht waren es ja ihre jetzigen Sünden, die ER missbilligte.

John war die Spucke weggeblieben. Mit offenem Mund betrachtete er nochmals das Bild. »Das bist du?«

Entsetzt, sich splitternackt auf einem Foto abgebildet zu sehen, nahm sie es ihm weg. Nun, wenigstens sah sie gut aus –

ein schwacher Trost, immerhin. »Ja, das bin ich. Randy und ich hatten eine intime Beziehung. Er hat einen Fotografiekurs gemacht und mich gebeten, für ihn zu posieren. Damals habe ich mir nichts weiter dabei gedacht. Natürlich hatte ich keine Ahnung, dass er den Film entwickeln und dann überall herumzeigen würde.«

»Nicht überall. Bloß seinen Kommilitonen.«

Angela schlug die Hände an ihre brennend heißen Wangen. *Johns Bruder hatte sie nackt gesehen? Johns Bruder hatte sie nackt gesehen!* »Ich kann Peter nie wieder unter die Augen treten. Ich schäme mich zu Tode.«

John starrte sie so durchdringend an, dass sie ihn kaum ansehen konnte. Sich nackt von dem Mann fotografieren zu lassen, mit dem sie schlief, war ihr damals harmlos vorgekommen. Aber jetzt, mit ihrer Schwangerschaft und der Beziehung zu John, machte sie sich Sorgen, er könnte sie für unmoralisch und promiskuitiv halten – und nichts lag ihr ferner.

Sie war in ihrem Leben genau mit drei Männern zusammen gewesen: in der Studienzeit mit Randy Newsome, danach, im Berufsleben, mit Bill McElroy und jetzt mit John.

»Mensch, Weib! Du steckst voller Überraschungen.«

Auf das Unvermeidliche gefasst, erhob sich Angela, umklammerte die Schreibtischkante, dass ihre Knöchel weiß hervortraten, und blickte John geradewegs in die Augen. »Ich habe vollstes Verständnis dafür, wenn du dich jetzt nicht mehr mit mir treffen willst.« Sie erstickte fast an den Worten, schaffte es aber trotzdem, sie rauszubringen. »Ich meine, ich habe eine Menge Gepäck dabei: meine verrückten Eltern, das Baby, also …«

Sie konnte nicht weitersprechen, denn nun tat John etwas vollkommen Unerwartetes: Er warf den Kopf in den Nacken und brach in schallendes Gelächter aus. Er lachte so sehr, dass seine Schultern zuckten und ihm die Tränen übers Gesicht liefen. Unverschämtheit!

Hatte er den Verstand verloren?

Oder verlor sie jetzt ihren?

»Ich begreife nicht, was daran so lustig sein soll. Und ich wäre dir dankbar, wenn du das Geschehene nicht ins Lächerliche ziehen würdest. Und auslachen lasse ich mich schon gar nicht.«

Schließlich fing er sich so weit, dass er hervorstieß: »Süße, ich lach doch nicht über dich. Ich lach über mich selbst. Ich hatte, was dich betraf, ein paar reichlich festgefahrene Ansichten, die du mir total über den Haufen wirfst. Mit Recht. Aber derjenige, der zuletzt lachen wird, ist mein Bruder. Ich hab hundert Dollar mit Peter gewettet, dass das nicht du auf dem Foto bist.«

Sie blinzelte verblüfft. »Das hast du? Bist du jetzt sehr enttäuscht?«

Er nahm das Foto und schaute es noch mal an, wobei er so tat, als würde er darüber nachdenken. Endlich sagte er: »Teufel, nein! Wie könnte ein Mann enttäuscht sein, wenn die Frau, die er liebt, so aussieht?« Er schob das Foto wieder in seine Tasche. »Aber jetzt hab ich dich in der Hand, meine Süße«, neckte er sie. »Wir wollen doch nicht, dass die Welt erfährt, wie die umwerfende, propere Miss DeNero im Naturkostüm aussieht, oder?«

Obwohl Angela jedes Wort gehört hatte, war sie nicht über die Stelle *die Frau, die er liebt* hinausgekommen. Sie kurvte um den Schreibtisch herum auf ihn zu. »Du hast gesagt ›liebt‹.« Ihr Herz klopfte wie wild, und ihr war schwindelig vor Glück. »Du hast doch ›liebt‹ gesagt, oder?« In Situationen wie diesen – nicht dass sie eine solche je erlebt hätte – konnte es nie schaden, noch einmal nachzufragen.

»Teufel ja, ich habe ›liebt‹ gesagt. Ich liebe dich wie verrückt, Angela.« Er breitete grinsend die Arme aus.

Angela stürzte sich hinein und umschlang seine Taille. »Bist du dir sicher? Weil … weil, na ja, ich liebe dich auch. Bloß, ich verstehe nicht, wie du mich nach all dem noch lieben kannst und …«

»Würdest du bitte den Mund halten und mich küssen? Du hattest mich schon bei den Worten ›Ich liebe dich auch‹.«

Ihr Kuss schien gar nicht mehr enden zu wollen, bis Angela sich schließlich ein wenig zurückbog und zu ihm aufblickte. »Ich hab Angst, dass ich gleich aufwache und feststelle, dass alles nur ein Traum war.«

Er tippte ihr mit dem Finger an die Nasenspitze. »Ich glaube, ich weiß, was ich tun kann, um dich vom Gegenteil zu überzeugen, Süße.« Mit Händen, die so flink waren, dass sie einem Footballfänger zur Ehre gereicht hätten, fuhr er unter ihren weiten Pulli, öffnete ihren BH und begann ihre Brüste zu liebkosen.

Angela rang nach Luft. »John! Hör auf damit! Was ist, wenn jemand reinkommt?«

»Darum möchte ich aber auch bitten«, meinte er mit einem verruchten Grinsen. Dann erbarmte er sich jedoch und ging – sie mit sich schleifend – zur Tür und sperrte zu. »Hast du's schon mal auf einem Schreibtisch getrieben?«

Sie warf einen Blick über ihre Schulter auf besagtes Möbelstück, das mit diversen Papieren und anderem Krimskrams übersät war, und merkte, wie sie ein wohliger Schauder überlief. Doch dann erhob die Vernunft wieder einmal ihr strenges Haupt. »Nein, das nicht. Aber findest du nicht, dass das Sofa bequemer wäre?«

Daraufhin hob er sie schwungvoll auf die Arme und trug sie zu dem Ledersofa, das an einer Wand stand. »Du bist das Beste, was mir je im Leben passiert ist, Angela. Ich liebe dich.«

Später an diesem Abend lag Angela im warmen Bett, neben sich den schnaufenden Winston – John traf sich heute mit einem alten Collegefreund –, und ließ in Gedanken wieder und wieder seine Worte Revue passieren.

»Ich liebe dich. Ich liebe dich. Ich liebe dich.«

John liebte sie. Aber er hatte sie nicht gefragt, ob sie ihn heiraten wollte. Nicht einmal nach dem besten Sex, den er je hatte – seine Worte, nicht ihre, und sie hatte sie ihm nicht einmal herauskitzeln müssen –, nicht einmal danach hatte er ihr einen Antrag gemacht. Und kein Wort über eine dauerhafte Bindung mit ihr.

Sie war sich absolut nicht sicher, ob er sich je auf so etwas einlassen würde. Es war eine Sache, verliebt zu sein, tollen Sex zu haben und romantische Mahlzeiten mit jemandem zu teilen, mit dem man darüber hinaus gut reden konnte. Aber eine ganz andere, jemanden zu heiraten, der ein Kind von einem anderen erwartete, mitten in der Nacht aufzustehen, weil ein Baby schrie, sich mit Frau und Kind zu belasten, ganz zu schweigen von den finanziellen Mehrausgaben, die unweigerlich entstanden. Und das, nachdem man gerade dabei war, sich eine berufliche Karriere aufzubauen.

Angela kannte all die Gründe, warum John ihr keinen Antrag gemacht hatte und dies wahrscheinlich auch nie tun würde. Aber verdammt! Sie wünschte es sich so sehr. Sie wollte mit ihm zusammenbleiben, für immer und ewig. Sie wollte, dass er ihrem Kind ein Vater wurde, wollte noch viele Kinder mit ihm haben, wollte mit ihm alt werden, Seite an Seite mit ihm im Schaukelstuhl sitzen und an ihr schönes gemeinsames Leben zurückdenken.

Sie wollte alles.

19

Warum hat Gott zuerst Schlangen erschaffen
und dann erst Rechtsanwälte?
Um in Übung zu kommen.

Angela hatte feuchte Handflächen. Richter Baldridge hatte soeben das Anhörungsgericht zur Ordnung gerufen, und sie versuchte sich auf seine Anweisungen zu konzentrieren, nicht auf die bissigen Bemerkungen gewisser Mitglieder der Familie Russo, die erschienen waren, um Mary und Dan zu unterstützen.

Sophia Russo hatte, kaum dass sie die Schwelle des Gerichtssaals überschritt, Charles und Sharon Rothburg das Zeichen des bösen Blicks gemacht. Ihre wenig schmeichelhaften Bemerkungen über die Qualitäten der Rothburgs als Eltern – mit anderen Worten, sie hatte sie *bastardos* genannt – waren zweifelsohne von dem Paar gehört worden, obwohl sie am anderen Ende des großen Raums saßen.

Wie gewöhnlich hatte sich Sophia nicht die Mühe gemacht, ihre Stimme zu senken, während sie den Zorn Gottes sowie zahlreicher verstorbener Russos auf die beiden herabrief. Angela erwartete halb und halb, dass noch vor dem Ende der Anhörung einer von beiden umkippen und das Zeitliche segnen würde.

John sah zum Anbeißen aus in seinem dunkelgrauen Anzug und der roten Seidenkrawatte. Er schien ebenso nervös zu sein wie sie. Er vermied, soweit es ging, den Blickkontakt mit seiner Verwandtschaft und konzentrierte sich stattdessen auf seine Klienten, die neben ihm am Tisch saßen, so wie Mary und Dan neben ihr.

Ein gequälter Ausdruck lag auf seinem Gesicht, und Angela überkam eine Welle des Mitgefühls. Sie wusste, dass es nicht leicht für ihn war, seinen Verwandten vor Gericht gegenübertreten zu müssen, besonders Mary, die er sehr mochte. Und bevor dieser Tag zu Ende ging, würden noch weitere Katastrophen auf sie niederprasseln, fürchtete sie.

»Sind Sie bereit, Miss DeNero? Mr. Franco? Können wir anfangen?«, fragte Richter Baldridge, und beide nickten. »Gut. Dann möchte ich mit Mrs. Rothburgs Aussage beginnen. Ich würde gerne hören, was sie zum Vorwurf des Beklagten, sie habe ihr Kind im Stich gelassen, zu sagen hat.«

Mit einem – wenig schmeichelhaften – tomatenroten Kopf erhob sich Sharon, so selbstbewusst sie konnte, und warf ihrem Mann ein zittriges Lächeln zu. Sie wurde vereidigt und nahm anschließend im Zeugenstand Platz. Sie war wie aus dem Ei gepellt, in einem wollweißen Kostüm, zu dem sie einen schicken bedruckten Seidenschal in Marineblau und Rot trug.

»Mrs. Rothburg, Sie verstehen sicherlich, dass ich Ihnen nun einige Fragen bezüglich der Feststellung der Fakten in diesem Fall stellen muss?«

»Ja, Euer Ehren. Ich werde Ihnen so ehrlich wie möglich auf alles antworten. Ich liebe meinen Sohn und will ihn wiederhaben. Ein Sohn gehört zu seiner Mutter.«

Diese Antwort verärgerte ihn, das war klar, und er trommelte gereizt mit den Fingern auf den Richtertisch. »Um das festzustellen, sind wir ja hier, Mrs. Rothburg. Bitte unterlassen Sie jedwede Aussagen, die über die Fragen, die Ihnen gestellt werden, hinausgehen. Habe ich mich klar genug ausgedrückt?«

Sie nickte. »Ja, Sir.«

»Und jetzt erklären Sie mir bitte, was Sie veranlasst hat, Ihren Sohn im Stich zu lassen – das Kind namens Matthew Gallagher, dessen Sorgerecht Ihnen erteilt worden war – und ihn bei Ihrem früheren Gatten Daniel Gallagher ohne Mitteilung bezüglich Ihres Aufenthalts zurückzulassen.«

»Ich hatte damals einen schlimmen mentalen Zusammenbruch, Euer Ehren. Mein Beruf als Lobbyistin ist sehr anstrengend, und die Scheidung von Dan hat mich ebenfalls sehr mitgenommen. Es wurde mir einfach alles zu viel, und ich hatte nur noch das Bedürfnis zu fliehen.«

»*Putana!* Ein verrücktes Weib sollte keine Kinder in die Welt setzen!«, rief Oma Flora, bevor ihr ihr Sohn mit einem entschuldigenden Lächeln an den Richter den Mund zuhalten konnte.

»Ich werde weitere Ausbrüche dieser Art nicht dulden, ansonsten lasse ich den Saal räumen. Habe ich mich klar genug ausgedrückt? Gut«, verkündete Richter Baldridge, ohne auf eine Antwort zu warten. »Bitte fahren Sie fort, Mrs. Rothburg.«

Sharon erklärte weiter, wie sie von all dem Stress, unter dem sie stand, einen Nervenzusammenbruch erlitten hatte und wie sie törichterweise zu dem Schluss gekommen war, dass ihr nur ein Ortswechsel helfen könnte.

Als sie geendet hatte, erhob sich Angela, um das Augenmerk des Richters auf sich zu lenken. Sie fühlte sich gut in ihrem knappen roten Kostüm und den dazu passenden Pumps. Natürlich wollte sie damit John aus dem Konzept bringen. Der Rock war ausgesprochen kurz und brachte ihre Beine vorteilhaft zur Geltung. An dem deutlichen Funkeln in seinen Augen erkannte sie, dass auch ihm das aufgefallen war.

»Sie möchten etwas dazu sagen, Miss DeNero?«

»Ja, Euer Ehren.«

Richter Baldridge wandte sich an die versammelten Zuschauer. »Eine Anhörung unterscheidet sich insofern von einer Gerichtsverhandlung, als die anwesenden Rechtsanwälte ein wenig mehr Spielraum zur Präsentation ihres Falles zur Verfügung haben. Ich werde also Miss DeNero erlauben, ihre Aussage zu machen, aber fassen Sie sich kurz, Miss DeNero.«

»Danke, Euer Ehren. Ich glaube, Mrs. Rothburg war nicht

ganz aufrichtig, Euer Ehren. Sie hat es beispielsweise versäumt zu erwähnen, dass sie mit ihrem Aerobictrainer, einem gewissen Mr. Robert E. Collins, weggelaufen ist. Auch hat sie versäumt zu erwähnen, dass sie in den vielen Monaten ihrer Abwesenheit ihren Sohn kein einziges Mal kontaktiert hat, weder per Brief noch per Telefon.

Überdies erfolgte die Scheidung von Mr. Gallagher bereits vier Jahre vor ihrem so genannten ›Zusammenbruch‹. Ich kann mir kaum vorstellen, dass sie nach einer so langen Zeit nach wie vor unter dem Schock der Scheidung stand. Noch dazu war diese Scheidung auf ihren Wunsch hin erfolgt.«

»Einspruch, Euer Ehren!«, rief John und erhob sich. »Miss DeNero ist nicht qualifiziert, eine Meinung über den mentalen Zustand von Mrs. Rothburg abzugeben.«

Der Richter wies den Einspruch mit hochgezogenen Brauen zurück. Dann wandte er sich wieder Dans Exfrau zu. »Haben Sie dafür eine Erklärung, Mrs. Rothburg? Ich glaube, Miss DeNero hat hier einen wichtigen Punkt erwähnt.«

Da brach Sharon in Tränen aus, und der Richter reichte ihr großzügig ein Taschentuch. »Nein, Euer Ehren. Es muss an meinem mentalen Zusammenbruch gelegen haben. Das ist die einzige Erklärung, die mir dazu einfällt. Ich verhalte mich sonst nie so. Ich habe mich immer sehr gut um meinen Sohn gekümmert. Ich glaube, das kann Ihnen mein Exmann bestätigen.«

»Nur über meine Leiche«, flüsterte Mary Angela zu, die hoffte, dass es niemand gehört hatte. Sie hatte schon genug damit zu tun, den Richter nicht gegen sich aufzubringen, ein bekanntermaßen sehr penibler Mann, wenn es um die Ordnung im Gerichtssaal ging.

»Haben Sie sich wegen Ihres Zustands an einen Arzt gewandt?«, erkundigte sich der Richter.

»Nein. Mir war zu der Zeit nicht klar, wie gefährlich mein Zustand war. Erst nachdem ich Charles kennen gelernt und ihn geheiratet habe, erkannte ich mit seiner Hilfe, wie ernst es wirklich um mich stand. Auf sein Drängen habe ich einen Arzt aufgesucht.«

»Tun Sie was, Franco!«, befahl Charles. Sein Gesicht war rot angelaufen; offenbar gefielen ihm die Fragen nicht, die der Richter an seine Frau stellte. »Mein Frau macht sich zum Narren. Es ist sonnenklar, dass Baldridge ihr kein Wort glaubt. Ich glaube ihr ja selbst kaum. Sie ist eine schreckliche Zeugin.«

John starrte den Mann fassungslos an. »Sie wissen, dass ich Richter Baldridge nicht davon abhalten kann, die Fragen zu stellen, die er stellen will. Wenn ich jetzt Einspruch erhebe, rückt das Ihre Frau in ein noch schlechteres Licht als ohnehin schon; es könnte so aussehen, als hätte sie etwas zu verbergen.« Was der Wahrheit wohl recht nahe kam.

»Ich verlange, dass Sie etwas tun.«

John erhob sich mit einem widerwilligen Seufzer. Er spürte die Blicke jedes einzelnen Russos und Gallaghers in seinem Rücken und hörte seine Tante auf Italienisch »Verräter« zischen. Sein Herz verkrampfte sich unwillkürlich. Er versuchte mit aller Kraft, die negative Einstellung seiner Verwandten zu ignorieren, ihre bösen Blicke und bissigen Bemerkungen zu überhören, aber das fiel ihm zunehmend schwerer. Er hätte nicht erwartet, dass es so verdammt hart war, *Persona non grata* in der eigenen Verwandtschaft zu sein.

»Euer Ehren, ich glaube, Mrs. Rothburg hat bereits erklärt, warum sie fortging. Ich kann dem Gericht Unterlagen vorlegen, die dokumentieren, dass sie nach ihrer Rückkehr wegen eines Nervenzusammenbruchs in Behandlung war ...«

»Ich wüsste nicht, warum dies relevant wäre, Euer Ehren«, unterbrach ihn Angela. »Mrs. Rothburg war keinesfalls zu erschöpft oder nervlich zerrüttet, um mit ihrem Aerobictrainer ›zu verreisen‹, einem, wie ich hinzufügen möchte, zehn Jahre jüngeren Mann. Ich könnte mir denken, dass eine Frau dazu doch ein gewisses Maß an Gesundheit und Durchhaltevermögen braucht.«

John bedachte Angela mit einem finsteren Blick, der besagte, dass diese Attacke unnötig gewesen war. »Euer Ehren, Miss DeNero ist mit dieser Bemerkung eindeutig zu weit gegangen.«

»Da muss ich Ihnen leider zustimmen, Mr. Franco.«

Der Richter runzelte konsterniert die Brauen und durchbohrte Angela mit einem strengen Blick, dem diese nur mit Mühe standhielt. »Miss DeNero, was Sie denken, ist hier irrelevant. Ich brauche Fakten. Und Sie erhalten noch früh genug die Gelegenheit, mir diese darzulegen. Bis dahin würde ich Sie bitten, sitzen zu bleiben und mich in meiner Befragung von Mrs. Rothburg fortfahren zu lassen.«

»Ja, Euer Ehren.«

»Für wen hält sich der Kerl?«, sagte Sophia vernehmlich zu ihrem Mann. »Den König von Siam? Wie kommt er dazu, Angela sagen zu wollen, was sie tun darf und was nicht? Ihre Frage war sehr gut. Sie ist wirklich klug. Hätte eine prima Frau für Joseph abgegeben. Das habe ich seit Jahren gesagt.« Sie bekräftigte ihre Bemerkung mit einem Grunzen.

Annie, die auf der anderen Seite ihrer Schwiegermutter saß, versteifte sich, sagte aber nichts.

Angela hatte Sophias gedankenlose Bemerkung gehört, wandte sich mit entnervtem Gesichtsausdruck um und legte den Finger auf die Lippen. Sie fragte sich, wie man nur so unsensibel sein konnte. Sophia lehnte sich zurück, ihre Lippen bewegten sich unverdrossen, diesmal jedoch zum Glück lautlos.

Der Richter fuhr fort, Sharon Rothburg zu befragen, stellte ihr gezielte Fragen nach ihrer Beziehung zu dem Aerobictrainer, der, wie sie irgendwann zugab, zu der Zeit verheiratet gewesen war. Dann wandte er sich dem Thema ihres Sohnes zu.

»Lieben Sie Matthew, Mrs. Rothburg?«

Sharon nickte heftig. »Ja, das tue ich, mehr als alles auf der Welt. Wenn ich zurücknehmen könnte, was ich getan habe, würde ich es tun. Ich hatte nie die Absicht, Matthew wehzutun. Ich wollte immer nur das Beste für ihn.«

»Finden Sie, dass Daniel und Mary Gallagher ihm in Ihrer Abwesenheit ein gutes Zuhause gegeben haben? Haben Sie den Eindruck, dass Ihr Kind dort glücklich und zufrieden ist?«

Sie zögerte einen Moment, warf einen Blick auf ihren Mann, dessen Stirnrunzeln sich vertieft hatte, und sagte dann: »Ja. Matthew hat gesagt, dass er bei Dan und seiner Frau glücklich ist.«

»Wenn das also der Fall ist, haben Sie dann nicht das Gefühl, dass es Ihrem Sohn schaden würde, ihn jetzt wieder dort herauszureißen, insbesondere angesichts der Tatsache, dass er in der Schule gute Leistungen zeigt und sich in seine neue Umgebung eingewöhnt zu haben scheint?«

Sie machte schon den Mund auf, um darauf zu antworten, doch John schoss auf die Füße, bevor sie Gelegenheit dazu hatte. »Ich glaube nicht, dass Mrs. Rothburg die nötige Qualifikation zur Beantwortung dieser Frage besitzt, Herr Richter. Sie ist keine Kinderpsychologin.«

»Nein, aber sie ist die Mutter des Kindes, und als solche sollte sie beurteilen können, ob es besser für ihren Sohn wäre zu bleiben, wo er ist«, entgegnete der Richter. »Ich möchte ihre Meinung hören, kein Expertenurteil.«

Angela blickte John an und konnte sich ein triumphierendes Lächeln nicht ganz verkneifen. John dagegen, der den Blick erwiderte, sah geradezu gefährlich aus. Sein Blick bohrte sich wie ein Blitz in den ihren, und sie spürte förmlich seine Wut, bevor sie sich von ihm abwandte.

»Aber ich bin seine Mutter, Euer Ehren!«, protestierte Sharon, sich die Augen betupfend. »Ein Kind gehört zu seiner Mutter.«

»So lautet die allgemeine Annahme. Aber ich möchte herausfinden, was im besten Interesse von Matthew liegt, nicht seiner Mutter oder seines Vaters. Sie dürfen den Zeugenstand jetzt verlassen, Mrs. Rothburg.«

Der Richter machte sich ein paar Notizen, warf einen Blick

auf seine Armbanduhr und wandte sich dann an die Versammelten. »Die Anhörung wird nach der Mittagspause fortgesetzt. Dann werden wir Mrs. Rothburg nochmals aufrufen, und die Anwälte haben Gelegenheit, sie zu befragen. Die Sitzung ist vertagt.«

Richter Baldridge schlug mit dem Hämmerchen auf den Richtertisch und verschwand.

In ein Hundehäufchen zu treten hätte kaum weniger Spaß gemacht als das hier, dachte John, als er den Gerichtssaal verließ und dabei hoffte, eine Konfrontation mit Familienmitgliedern zu vermeiden. Zu seiner Erleichterung waren die meisten von ihnen bereits verschwunden.

Angela war eine beeindruckende Gegnerin gewesen. Sie verstand sich ausgezeichnet darauf, Dans und Marys Position zu vertreten, und er musste ehrlich zugeben, dass er froh darüber war. Er wollte, dass Mary und Dan den bestmöglichen Rechtsbeistand bekamen, und Angela schien, auch wenn das seinem Ego nicht gerade gut tat, die Beste dafür zu sein.

Er hätte ihr gerne zu ihrer ausgezeichneten Arbeit gratuliert, aber sie unterhielt sich mit seiner Kusine und deren Mann über die Nachmittagssitzung, und da wollte er auf keinen Fall stören.

Dan hatte ihm den ganzen Vormittag über hasserfüllte Blicke zugeworfen. Wenn Blicke töten könnten, wäre John inzwischen zerbröselt unter der Erde. Nicht, dass er Marys Mann diese Reaktion vorwerfen konnte.

Wenn jemand versuchen würde, ihm sein Kind wegzunehmen, ein Kind, das er umhegte und liebte, so wie Dan Matthew liebte – tja, derjenige müsste bluten, so viel war sicher.

Und gerade das machte diesen Fall zu so einer Qual. Es würde keine Gewinner geben, gar keine.

Sosehr er Charles und Sharon Rothburg auch verabscheute, so wusste er doch, dass Sharon ihren Sohn liebte. Sie hatte falsch und unbedacht gehandelt, war wahrscheinlich selbstsüchtig und egoistisch, aber er hatte das deutliche Gefühl, dass sie Matthew tief im Innern, dort, wo es zählte, aufrichtig liebte.

Wenn er doch bloß eine Möglichkeit finden könnte, diesen Fall freundschaftlich zu regeln, ein gemeinsames Sorgerecht für beide Parteien. Er beschloss, nochmals mit den Rothburgs zu reden, um zu sehen, was sie von einer solchen Lösung hielten. Vielleicht konnte er die verfahrene Situation herumreißen.

»Ich bin sehr enttäuscht über den bisherigen Verlauf der Anhörung, John. Ich dachte, dieser Fall wäre reine Formsache. Stattdessen werden die Dinge eher schlimmer als besser. Ich mache mir allmählich Sorgen, dass wir verlieren könnten. Sie scheinen Ihren Biss im Gerichtssaal verloren zu haben.«

Es war in der Pause des zweiten Tags der Anhörungen, und Rothburg hatte guten Grund, besorgt zu sein. Angelas Biss und ihre scharfe Intelligenz hatten – zu Johns Leidwesen – dagegen keineswegs nachgelassen. Ihr Umgang mit den Zeugen war geradezu lehrbuchhaft, und sie hatte dem Gericht plausible und vernünftige Argumente vorgelegt, warum Matthew bei seinem Vater bleiben sollte, Argumente, die sie mit gediegenen Aussagen von Experten und Charakterzeugen untermauerte.

Sie hatte Sharon im Kreuzverhör zu Kleinholz verarbeitet, hatte die aufgeregte Frau gar dazu gebracht, einzugestehen, dass sie bereits während ihrer Ehe mit Dan eine Affäre gehabt hatte. Dieses Eingeständnis hatte den ganzen Gerichtssaal verblüfft und alle, einschließlich ihres Exmannes und John selber, total überrascht.

Charles hatte im Zeugenstand auch nicht viel besser abgeschnitten. Er wirkte arrogant und rachsüchtig, genau wie der miese Kerl, der er wirklich war. Kein Vater, den man sich wünschen würde. Nein, wahrhaftig nicht.

John hatte sein Bestes versucht, den Verlauf der Dinge zu ändern, aber es war offensichtlich, dass Richter Baldridge ihm kein Wort abkaufte.

»Ich denke, wir müssen uns etwas wirklich Drastisches einfallen lassen, Franco. Ich habe nicht vor, dieses Kind zu verlieren. Hören Sie mich? Sharon macht mir sonst das Leben zu Hölle. Und wie würde das aussehen, ich als zweiter Vorsitzender der Anwaltskammer und erfolgreicher Rechtsanwalt? Es würde meinen Ruf ruinieren. Das werde ich nicht zulassen.«

John konnte kaum fassen, was er da hörte. Rothburgs Frau hatte sich ganz allein in diesen Schlamassel hineingeritten, und jetzt sollte alle Welt den Kopf dafür hinhalten?

»Seien Sie doch vernünftig, Charles. Es kommt jeden Tag vor, dass ein Rechtsanwalt und sein Klient Fälle wie diesen verlieren. Darunter würde Ihr Ruf doch nicht leiden.

Vielleicht sollten Sie und Sharon ja meinen früheren Vorschlag, sich das Sorgerecht mit den Gallaghers zu teilen, noch einmal in Betracht ziehen. Ich bin sicher, dass die Gegenpartei für Argumente zugänglich wäre, wenn man ihr klar machen würde, welche Vorteile das hätte. Und dann könnten Sie und Sharon viel Zeit mit dem Kind verbringen, und das ist es doch schließlich, was Sie wollen, nicht?«

Die Augen des Älteren wurden eisig, und seine Lippen pressten sich zu einem Strich zusammen. »Wollen Sie mir damit sagen, dass Sie jetzt schon das Handtuch werfen? Ich muss Ihnen wohl nicht erst sagen, über wie viel Macht ich in dieser Stadt verfüge, Franco. Ich kann Ihnen nach oben verhelfen, aber ich könnte es Ihnen und Ihrem Partner auch verdammt schwer machen.«

Ja, dazu wäre er fähig, der Mistkerl. John ging es nicht um sich selbst. Er war nicht so leicht unterzukriegen, er verstand sich darauf, auf den Füßen zu landen, und würde es, falls nötig, wieder tun. Aber er war sich über seine Verantwortung Tony und seiner Familie gegenüber klar. Stefano wäre derjenige, der darunter leiden würde – nicht nur finanziell, auch emotional, ja womöglich sogar mental.

Das konnte John nicht zulassen, selbst wenn er jetzt zu Kreuze kriechen musste. Tony war immer für ihn da gewesen, war ihm ein Freund durch dick und dünn. Er konnte ihm das nicht vergelten, indem er ihn einem Bastard wie Rothburg zum Fraß vorwarf. Er wollte nicht der Grund für seinen Ruin sein.

Also zwang sich John, seine Fäuste zu öffnen und ein zuversichtliches Lächeln in sein Gesicht zu pflastern. »Ich werfe nicht das Handtuch. Ich wollte lediglich alle Möglichkeiten abwägen. Ich weiß, wie schwer das alles für Ihre Frau ist. Und es wird noch schlimmer kommen, bevor es besser wird.«

»Es gibt nur eine Möglichkeit. Wir wollen, wir werden gewinnen. Ein geteiltes Sorgerecht kommt überhaupt nicht in Frage. Meine Frau will ihren Sohn wiederhaben, und das sollen Sie für uns zu Wege bringen. Haben Sie verstanden?«

John wählte seine Worte sorgfältig. Er wollte den Leuten keine falschen Hoffnungen machen. »Ich glaube nach wie vor, dass wir diesen Fall gewinnen können. Sharon ist die Mutter des Jungen. Und auch wenn Richter Baldridge sich den gegenteiligen Anschein gibt – ich weiß, dass das in seinen Augen sehr viel zählt.«

Rothburg, den Johns Worte ein wenig besänftigt zu haben schienen, erhob sich würdevoll und zog seine Manschetten zurecht. »Also gut. Aber ich will Resultate sehen, oder ich sehe mich gezwungen, die Angelegenheit in meine eigenen Hände zu nehmen, und, das verspreche ich Ihnen, meine Methoden würden Ihnen nicht gefallen. Ich will gewinnen, egal was ich dafür tun muss.«

John konnte es nicht ausstehen, wenn man ihn bedrohte. Rothburg war durchaus fähig, in seinen Sack schmutziger Tricks zu greifen, wenn es die Situation erforderte. Er stand in dem Ruf, ein Falschspieler zu sein, einer, der Zeugen bestach, der Beweise verschwinden ließ. Man hätte ihm schon vor langer Zeit seine Zulassung abnehmen sollen. Stattdessen hatte man ihn zum Vizepräsidenten der Anwaltskammer gemacht. Offensichtlich hatte er Freunde an einflussreicher Stelle, nämlich den Teufel höchstpersönlich, wie es schien. Wahrscheinlich hatte er ihm schon vor langer Zeit seine schwarze Seele verkauft.

John hatte zuvor nur Abneigung dem älteren Anwalt gegenüber empfunden; nun kam regelrechter Hass hinzu, vermischt mit absoluter Verachtung. Der Mann war Abschaum. Sich vorzustellen, dass dieser Scheißkerl den Nerv, ja die unglaubliche Frechheit besaß, in sein Büro zu marschieren und seine und Tonys Existenz zu bedrohen.

»Es ist kein Geheimnis, dass Sie und Miss DeNero etwas miteinander haben, Franco. Ich kann nur hoffen, dass Sie in der Lage sind, Ihre professionelle Distanz zu wahren. Es wäre eine Schande, wenn Sie beide sich für unethisches Verhalten vor der Anwaltskammer rechtfertigen müssten.«

Jetzt sah John rot. Er ballte die Fäuste. Nur mit großer Mühe konnte er sich davon abhalten, den Rechtsanwalt als Punchingball zu benutzen. Wenn Rothburg Angela auch nur schief ansah oder auf eine Weise bedrohte, die nicht absolut professionell und zulässig war, würde er es bedauern.

Er würde dem alten Bastard eine Lektion erteilen. Garantiert.

Angela war an einem Tiefpunkt angelangt.

Sicher, sie hatte allen Grund, glücklich zu sein. Eine Million Gründe. John liebte sie, sie schliefen jede Nacht miteinander, was einfach traumhaft war. Ihr Baby war gesund, und der Sorgerechtsfall lief ebenfalls ausgezeichnet.

Tatsächlich war die formelle Verhandlung vorerst zu Ende, und Richter Baldridge stand kurz vor einer Entscheidung. Das Urteil wurde bis Ende der Woche, eventuell noch früher erwartet. Sie fieberte geradezu danach, die ganze unerfreuliche Angelegenheit endlich hinter sich zu bringen.

Wanda war heute unter den Zuschauern gewesen und hatte einen Sieg für Mary und Dan prognostiziert. Selbst John war der Meinung, dass die Gallaghers wahrscheinlich das Sorgerecht erhalten würden, da er glaubte, seine Chancen schwänden mit jedem Mal, an dem Sharon Rothburg den Mund aufmachte.

Angela fand, dass John sich wacker geschlagen hatte, und sie war stolz auf ihn und seine Leistung und dass er, trotz des immensen Drucks, unter dem er stand, so lange durchgehalten hatte. Die Rothburgs boten ihm einfach zu wenig Ansatzmöglichkeiten. Sie machten vor Gericht keinen guten Eindruck, besonders Charles, der egozentrisch und unsympathisch wirkte, ob in- oder außerhalb des Gerichtssaals.

Sie wusste außerdem, dass das Gespräch, das Matthew kürzlich mit dem Richter geführt hatte, wahrscheinlich großes Gewicht haben würde. Dans Sohn hatte Angela zuvor verraten, dass er bei seinem Vater und Mary bleiben wollte. Er würde sie und seine restliche Verwandtschaft zu sehr vermissen, wenn er gezwungen wäre, wieder zu seiner Mutter zu ziehen. Und zu einem Stiefvater, dem er nicht vertraute.

Aber egal wie gut ihr Leben in vieler Hinsicht verlief, in anderer Hinsicht lief es verdammt mies. Und deshalb war Angela momentan auf dem Tiefpunkt.

Sie beschloss, nachdem sie sich sowieso schon so mies fühlte, sich mit ihrer Mutter in der Stadt zu treffen, um ein paar Babysachen einzukaufen. Ein bisschen »Weltuntergangsgerede« half ja eventuell, sie ein wenig aufzumuntern und ihre Probleme für einige Zeit zu vergessen.

Kummer liebt Begleitung, wie man so schön sagt, und keiner verstand sich besser darauf, Kummer zu verströmen, als Rosalie DeNero.

»Schau dir mal dieses wunderhübsche Bettdeckchen an, Angela. Das muss ich kaufen.« Sie standen in der Babyabteilung von Macy's, und Rosalie hatte schon genug gekauft, um eine komplette Babyarmee auszustatten.

»Mom, das sollst du nicht. Du hast schon viel zu viel ausgegeben. Außerdem ist es rosa. Vielleicht wird es ja ein Junge.«

»Na und? Können Jungen kein Rosa haben? Schau dir deinen Vater an.«

Angela hob die Brauen, wie um zu sagen: »Genau.«

Rosalie verstand, was sie meinte. »Ja, du hast Recht.« Sie legte die rosa Decke weg und griff nach einer weißen. »Die ist neutral.«

Nachdem sie die Kreditkarte ihrer Mutter mit Babysachen im Wert von fast dreihundert Dollar belastet hatten, machten sie sich auf den Weg in die Feinwäscheabteilung. Angela war nämlich fest entschlossen, etwas zu finden, das John vom Schemel hauen würde. Wieder einmal. Sie erwartete ihn heute Abend und wollte ganz besonders sexy aussehen.

»Ooooh, jetzt sieh dir mal das hier an!«, rief sie aus und hielt ein besonders tief ausgeschnittenes schwarzes Satinnachthemd hoch, das einfach perfekt für sie wäre. Sie lächelte in sich hinein, während sie daran dachte, wie lange John wohl brauchen würde, um es ihr vom Leib zu reißen. Ungefähr zehn Sekunden, entschied sie, denn das war durchschnittlich etwa so lange, wie sich jedes Kleidungsstück an ihr hielt, wenn John in der Nähe war.

Allmählich kam sie sich vor wie eine Tapete, denn John sagte andauernd: »Runter damit.« Zusätzlich hatte sie beim Sex das Gefühl, sich in flüssigen Kleber zu verwandeln, was ja ebenfalls passte.

»Dein Vater trägt jetzt keine Negligés mehr zum Schlafen«, erklärte ihre Mutter und fügte mit einem wissenden Ausdruck hinzu: »Das solltest du dir kaufen. Es würde John gefallen.«

Angela war entsetzt, dass ihre Mutter so freizügige Kommentare über ihr Liebesleben vom Stapel ließ. »Mom! Das ist privat. Außerdem weißt du ja gar nicht, ob John und ich überhaupt miteinander schlafen.«

»Wie bitte? Ich bin doch nicht blind! Natürlich schlaft ihr miteinander. Warum auch nicht? Ihr wärt schön blöd, wenn ihr's nicht tätet.«

Schnell, schnell, ein anderes Thema! »Also, dann sind die Dinge zwischen dir und Dad wieder besser geworden, hm?«

Ihr Manöver funktionierte. Rosalie runzelte die Stirn. »Ich würde nicht sagen, besser. Aber er zieht zumindest Seidenpyjamas zum Schlafen an statt Nachthemden. Und er hat mir einen passenden dazugekauft. Das einzige Problem ist, dass wir, wenn wir jetzt kuscheln wollen, aneinander vorbeirutschen.«

Angela lachte bei dieser Vorstellung. »Dann schlaft halt nackt.«

Rosalie, deren Wangen wie rote Äpfel glühten, feixte. »Wer sagt, dass wir das nicht tun? Denkst du vielleicht, du bist die Einzige, die ...«

»Also, dann siehst du den Postboten jetzt wohl nicht mehr so oft, wie?«, unterbrach Angela, die sich keinesfalls in ein Gespräch über die Bettgewohnheiten ihrer Eltern verwickeln lassen wollte. Sie hatte schon mehr gehört, als sie je hätte wissen wollen.

»Paul ist zwar ein netter Mann, aber ich finde ihn jetzt eigentlich gar nicht mehr so attraktiv. Zuerst dachte ich, er sieht wie Cesar Romero aus, er hatte ein so reizendes Lächeln. Aber irgendwas muss passiert sein. Vielleicht hat er sich ein Gebiss machen lassen oder so was, denn seit neuestem grinst er wie Jerry Stiller. Und das hat alles ruiniert.«

»Du hast früher auch mal gedacht, dass Dad wie Paul Newman aussieht, weißt du noch?« Angela hatte nie eine entsprechende Ähnlichkeit feststellen können. An dem Sprichwort »Liebe macht blind« musste wohl etwas dran sein.

Ihre Mutter nickte und sagte dann lächelnd: »Heutzutage finde ich, dass er eher wie Joanne Woodward aussieht.«

Sie sahen sich an und brachen dann in prustendes Gelächter aus. Auf einmal merkte Angela, wie viel Spaß ihr das Zusammensein mit ihrer Mutter machte, und während sie sich zur Cafeteria des Einkaufszentrums aufmachten, beschloss sie, ihr ihren Kummer anzuvertrauen. »Mom, ich bin mir nicht sicher, was John angeht.«

»Er liebt dich.« Rosalie sagte das so sachlich, dass Angela unwillkürlich stehen blieb.

»Ja, ich weiß. Aber woher ...?«

»Himmel – ich bin weder blind noch taub. Außerdem bin ich deine Mutter. Ich weiß so was. Ich will mich nur nicht einmischen, besonders nicht, seit ich weiß, wie schrecklich diese Sophia Russo sich bei ihren Kindern anstellt. Jedes Mal krieg ich das mit, wenn ich bei Santini's Fleisch kaufe.«

»Mrs. Santini ist keinen Deut besser als Mrs. Russo, Mom. Sie quatscht ihrem Sohn Lou pausenlos in sein Leben rein und versucht ihm vorzuschreiben, mit wem er ausgehen soll. Der Mann ist fast vierzig und sollte für sich selbst entscheiden können. Außerdem mag ich Donna Wiseman. Sie ist nett.«

»Nett schon, aber unterbelichtet wie 'ne kaputte Glühbirne. Ich weiß nicht, aber dieses Mädel hat irgendwie nicht alle beisammen. Sie hat absolut keinen Schimmer von der Arbeit in einer Metzgerei. Neulich hab ich sie im Designerkostüm hinterm Tresen stehen sehen!«

»Aber sie gibt sich alle Mühe, das muss man ihr zu Gute halten.«

Ein misstrauischer Ausdruck blitzte in Rosalies Augen auf. »Wechsel jetzt nicht das Thema. Ich bin nicht von gestern. Was stimmt nicht mit dir und John? Ich mag ihn. Er wäre ein guter Ehemann, Angela. Er ist ein guter Mensch.«

Eine Träne kullerte aus Angelas Auge, und sie wischte sie verlegen mit der Hand weg. Es war ihr peinlich, aber in letzter Zeit geschah es häufig, dass ihr die Tränen kamen. »Ich weiß, Mama«, heulte sie nun prompt, »aber er wird mir nie einen Antrag machen. Schließlich bin ich schwanger.«

»Dann bist du halt schwanger. Na und? Das erspart ihm

die Mühe. Zurzeit kann er sich entspannen, weil er nicht darauf achten muss, dich zu schwängern. Er ist ein viel beschäftigter Mann. Er wird darüber froh sein. Wirst schon sehen.«

Angela hatte oft Probleme, den verworrenen Gedankengängen ihrer Mutter zu folgen. Das gerade Gesagte bildete keine Ausnahme. »Äh, ich finde, wir sollten bestellen. Die Kellnerin schaut schon die ganze Zeit her.«

»Na und? Lass sie doch schauen.« Sie wandte sich zu der Frau um und warf ihr einen giftigen Blick zu. »Sie müssen warten. Ich führe ein wichtiges Gespräch mit meiner Tochter.« An Angela gewandt fuhr sie fort: »Es kommt kaum mehr vor, dass wir wichtige Gespräche miteinander führen, und ich will das hier auskosten.« Sie tätschelte Angela die Hand.

»Ich freue mich schon riesig auf dein Kind und dein Vater auch. Was immer auch geschehen mag, ich mache mir keine Sorgen mehr um das Ende der Welt, und du solltest dir keine Sorgen um deine Beziehung zu John machen. Das liegt nicht in unserer Hand. Es liegt in Gottes Hand; alles liegt in Gottes Hand. Das hat mir dein Vater endlich klar gemacht.«

»Du und Dad, ihr scheint ja tatsächlich wieder eine gemeinsame Wellenlänge gefunden zu haben! Wie mich das für euch freut!«

»Ja, wie Stecker und Steckdose. Kannst mir glauben. Dein Vater ist beeindruckt. Und beeindruckend.« Rosalie zwinkerte.

Angela hatte nicht die Absicht, sich dieser Bemerkung auch nur einen Schritt weiter zu nähern, und machte sich über ihren endlich bestellten und in Sekundenschnelle servierten Salat her.

20

*Warum wird man, wenn man Geschäfte
mit seinem Anwalt macht,
immer an Safer Sex erinnert?
Weil man sich in der wundervollen Illusion
von Sicherheit wiegt und dabei
trotzdem aufs Kreuz gelegt wird.*

»Viel Glück, John!«, sagte Angela, kurz bevor sie den Gerichtssaal betraten. »Ich will nicht, dass du gewinnst, aber ich will auch nicht, dass du verlierst.«

»Ich würde dich gleich hier und jetzt niederknutschen, wenn wir nicht im Angesicht Gottes und all der lieben Verwandten stehen würden. Irgendwie glaube ich nicht, dass Sophia begeistert wäre.«

Angela hätte am liebsten gelacht, verkniff es sich jedoch, weil sie in der Tat nicht allein waren. »Willst wohl nicht jung sterben, hm?« Sie lächelte ihn warm an und versuchte, ihm mit den Augen mitzuteilen, wie sehr sie ihn liebte.

»Wenn du nicht aufhörst, mich so anzuschauen, Süße, werde ich mich bald nicht mehr beherrschen können, dich in einen leeren Saal zerren und alles Mögliche mit dir anstellen.«

»Immer diese leeren Versprechungen«, raunte sie.

Die Tür zum Gerichtssaal ging auf, und der Gerichtsdiener erklärte laut, dass Richter Baldridge nun das Urteil verkünden würde. Angela und John tauschten einen letzten Blick, wandten sich dann ihren Klienten zu und betraten den Gerichtssaal.

Richter Baldridges Miene gab keinerlei Hinweis darauf, wie sein Urteil ausfallen würde, aber Angela drückte unter dem Tisch die Daumen, dass es zugunsten von Mary und Dan ausfiele.

»Entspann dich«, sagte sie zu Mary, die hektisch an ihren Nägeln kaute. »Du machst mich ganz nervös. Und Nägelkauen hilft gewiss nicht weiter.«

Dan ergriff die Hand seiner Frau. »Wir möchten dir nur sagen, Angela, dass wir finden, du hast großartige Arbeit geleistet, egal wie es ausgeht. Wir hätten uns keinen besseren Rechtsbeistand wünschen können. Danke.«

Mary nickte, war jedoch viel zu nervös, um zu sprechen.

John Franco, der am anderen Ende des Gerichtssaals saß, hatte für seine Klienten keinen Blick übrig und ganz bestimmt weder Rat noch Trost. Nach dem, wie Rothburg ihn bedroht und Angelas Namen beschmutzt hatte, konnte der Mann von Glück reden, dass er noch am Leben war. Sharon tat ihm Leid, aber er fand, dass sie sich ihr Bett selbst gemacht hatte, indem sie diesen Scheißkerl geheiratet hatte.

»Wie Sie alle wissen«, hub der Richter an, und im Saal trat Schweigen ein, »ist es niemals leicht, über das Schicksal eines Kindes zu entscheiden. Dieser Fall war aufgrund der Umstände besonders schwierig. Daher habe ich länger als üblich gebraucht, um zu einem Urteil zu gelangen.

Ich wollte sichergehen, dass meine Entscheidung allen beteiligten Parteien gegenüber fair ist. Mein Hauptaugenmerk galt jedoch dem Wohl des Kindes, Matthew Gallagher.«

Sharon Rothburg ergriff die Hand ihres Mannes und drückte sie. Mary Gallagher tat das Gleiche.

»Ich habe daher die Entscheidung getroffen, dass das volle Sorgerecht für Matthew Gallagher seinem leiblichen Vater, Daniel Gallagher, und seiner Stiefmutter, Mary Gallagher, übertragen wird. Ein mögliches Besuchsrecht liegt im Ermessen der Gallaghers.«

Aus den Zuschauerrängen erhob sich lauter Jubel.

»Danke Gott!«, rief Sophia und küsste ihr Kreuz.

»Gott schütze Amerika!« Oma Flora war derart außer sich vor Freude, dass sie sogar ihre verhasste Schwiegertochter umarmte, die dies mit einiger Verblüffung geschehen ließ.

Sharon sprang erregt auf. »Das können Sie nicht machen! Matthew ist mein Sohn!«

»Ich fürchte, das habe ich bereits, Mrs. Rothburg. Es tut mir Leid. Die Sitzung ist geschlossen.« Mit einem lauten Knall des Hämmerchens verkündete er das Ende der Verhandlung.

Charles Rothburg blitzte, den Arm um seine Frau gelegt, John hasserfüllt an. »Sie Bastard! Ich habe Sie gewarnt. Sie haben diesen Fall absichtlich verloren, damit Ihre Freundin gewinnt. Selbst ein Jurastudent im ersten Jahr hätte besser abgeschnitten als Sie.«

John wurde rot vor Zorn, schaffte es aber irgendwie, sich zu beherrschen, hauptsächlich weil ihm Sharon Leid tat. »Es gefällt mir gar nicht, was Sie da sagen. Und noch weniger gefällt es mir, mich einen Bastard nennen zu lassen, Rothburg. Der Fall stand von vornherein auf ziemlich wackeligen Füßen. Ich habe alles in meiner Macht Stehende getan, um zu gewinnen, aber die Tatsache, dass Sharon ihren Sohn einfach im Stich gelassen hat, wog zu schwer. Außerdem ist Angela DeNero eine ausgezeichnete Anwältin. Sie hat uns fair geschlagen.«

»Sie beide werden mir dafür bezahlen, Franco. Darauf gebe ich Ihnen mein Wort.«

»Charles! Das reicht jetzt. Ich will nach Hause. Es geht mir nicht gut«, jammerte Sharon und tupfte sich mit einem Taschentuch die Tränen aus den Augenwinkeln.

»Ach, halt doch die Klappe, Sharon!«

»Einen Moment mal, Rothburg. Angela hat nur insofern etwas damit zu tun, dass Sie verloren haben, als sie die besseren Argumente vorlegen konnte. Verschonen Sie sie gefälligst mit Ihren kranken Rachegelüsten.«

»Sie lassen mir keine Wahl. Ich muss die Dinge in meine eigene Hand nehmen.«

John spürte, wie ihn ein unheimlicher Schauer überlief. »Welche Dinge? Wovon reden Sie, zum Teufel?«

»Das werden Sie noch früh genug rausfinden. Und jetzt gehen Sie mir verdammt noch mal aus dem Weg. Ich bin ein viel beschäftigter Mann.«

Voller Unbehagen blickte John dem Paar nach, doch seine Züge glätteten sich, als er Angela auf sich zukommen sah. »Gratuliere, Frau Rechtsanwältin.« Er ergriff ihre Hand und schüttelte sie. »Du hast deine Sache wirklich wundervoll gemacht. Ich bin froh, dass Dan und Mary dich auf ihrer Seite hatten.«

»Leider kann ich meinen Sieg nicht so recht genießen, weil du es warst, den ich besiegt habe.«

»Weißt du, mir ist gerade etwas aufgegangen. Der Fall ist vorbei. Jetzt muss ich mich nicht mehr benehmen.« Mit diesen Worten nahm er sie in seine Arme und gab ihr einen langen, leidenschaftlichen Kuss.

»Na ja, wenigstens hast du gewartet, bis der Gerichtssaal leer war«, sagte sie, lächelnd zu ihm aufblickend.

»Komm, lass uns heimgehen, Angela. Ich will mit dir schlafen. Ich brauche dich.«

Sie hakte sich bei ihm unter. »Dem Sieger gehört die Beute.«

Seit ihrem Sieg am Freitag hatte Angela das Gefühl, auf Wolke sieben zu schweben. Das Gespräch mit ihrer Mutter hatte ihr geholfen, ihrer Zukunft etwas optimistischer entgegenzusehen. Und die Tatsache, dass sie und John sich bis zum Morgengrauen geliebt hatten, hatte dabei auch nicht geschadet. Es wirkte beruhigend auf sie und war besser als jedes Antidepressivum, das ihr ein Arzt hätte verschreiben können.

»Die Liebe siegt über alles«, war ihr neues Mantra geworden.

Es würde schon alles gut werden zwischen ihr und John, sagte sie sich wieder und wieder und wieder. Sie musste es einfach glauben, musste der Voraussage ihrer Mutter bezüglich eines baldigen Happyends glauben und auch Mias Versicherung, dass Männer wie John einem nicht alle Tage über den Weg liefen und es wert waren, dass man auf sie wartete.

Zur Abwechslung war sie einmal einer Meinung mit ihrer Schwester. John war etwas ganz Besonderes. Sie würde Geduld haben und warten, bis er bereit war, eine feste Bindung mit ihr einzugehen. Sie war sicher, dass er es früher oder später tun würde. Es war nur eine Frage von Zeit und Geduld. Unglücklicherweise hatte sie die Geduld nicht gerade gepachtet. Aber ...

Er liebte sie. Sie liebte ihn. Die Liebe siegt über alles.

Ja, das war sonnenklar.

Angela warf einen Blick auf die Wanduhr in der Küche und lächelte erwartungsvoll. John würde in einer halben Stunde zum Abendessen kommen. Sie hatte sich heute extra freigenommen, um etwas ganz Besonderes für ihn zu kochen.

Sex war ja gut und schön – sehr schön sogar –, aber sie hatte beschlossen, ihn mit etwas mehr zu verwöhnen als mit Liebesbissen. Sie wusste, wie sehr er Hausmannskost liebte, und obwohl sie kein Mario Bartali war, ihr derzeit liebster Fernsehkoch, so war sie doch auch keine Niete in der Küche. Nein, wenn es hart auf hart ging, konnte sie sich, was braten, brutzeln, frittieren und sautieren betraf, mit so gut wie jedem messen. Sie tat es nur nicht allzu oft.

Der Rinderbraten briet im Ofen vor sich hin und verbreitete einen himmlischen Duft. Als Beilagen wollte sie Spinatsalat mit warmem Speckdressing machen sowie Kartoffelbrei mit Knoblauch.

Und als Nachspeise – abgesehen von ihr selber – gab es einen köstlichen Schokoladenkuchen, ein Spezialrezept ihrer Mutter und außerdem ihr Lieblingskuchen. Das gute Stück war hervorragend gelungen, ein kulinarisches Meisterwerk, wenn sie das so sagen durfte. Und wie er schmeckte! Sie hatte bereits ein paar unauffällige Bissen davon genommen und die Löcher mit Glasur verspachtelt.

He, sie hatte ein Recht dazu! Alles würde gut werden, dessen war sie sicher.

Als zehn Minuten später das Telefon klingelte, war sie alles andere als begeistert. John würde doch nicht etwa absagen? Vielleicht war ihm ja was im Büro dazwischen gekommen, und jetzt ließ er sie auf ihrem Fünf-Sterne-Menü sitzen! Dabei hatte sie alles so schön geplant. Sie wollte ihn endlich in die Knie zwingen – und das buchstäblich, denn sie wünschte sich den klassischen Antrag mit Kniefall und allem Drum und Dran. Und jetzt war alles umsonst.

Das Telefon hörte nicht auf zu klingeln. Winston bellte wie verrückt und riss sie damit jäh aus ihren Gedanken. Rasch nahm sie den Hörer ab.

»Hallo, Mädel, ich bin's.«

Als Angela Wandas Stimme hörte, atmete sie erleichtert auf. Also doch nicht John mit einer Absage.

»Hast du die heutige Zeitung schon gesehen?«, fragte sie mit unüberhörbarer Besorgnis in der Stimme. »Falls nicht, solltest du sie dir schleunigst ansehen.«

»Wieso? Was ist los?« Als ob sie das auch nur das Geringste interessiert hätte. »Ich stehe schon seit heute Morgen in der Küche und hatte noch keine Zeit. Sie liegt wohl immer noch vor meiner Tür.« Das Telefon hatte zwar tagsüber ab und zu geklingelt, doch sie war nicht hingegangen, da sie sich dachte, es war doch bloß ihre Mutter, die sie über John ausquetschen wollte.

»Du stehst auf der Titelseite, Angela. Und du hast nicht viel mehr an als ein Lächeln.«

Die ganze Luft wich jäh aus Angelas Lungen, und sie keuchte entsetzt auf. Ihr war auf einmal furchtbar schwindelig, und sie lehnte sich an die Anrichte und hoffte inständig, nicht ohnmächtig zu werden. Dann ließ sie den Hörer fallen, rannte zur Tür und fand die heutige Ausgabe der *Baltimore Sun* auf ihrer Fußmatte liegen.

Sie hob sie auf und starrte entsetzt das Foto an, das Randy von ihr gemacht hatte. Gott sei Dank war einer von diesen schwarzen Balken über ihrem blanken Busen, so dass man ihn kaum sehen konnte. Aber ihr Gesicht war unverkennbar.

Was würden ihre Eltern sagen, wenn sie das sahen?

O Gott! Daran durfte sie überhaupt nicht denken. Nicht jetzt.

Es war das Foto, das Peter John gegeben hatte – ebenjenes Foto, das John derzeit in seinem Besitz hatte, das, bei dem er ihr angedroht hatte, er habe sie »in der Hand«. Damals hatte sie das für einen Scherz gehalten.

Jetzt bist du selbst die Angeschmierte, Angela!

»Du sollst in der Hölle verrotten, John Franco! Wie konntest du mir so was bloß antun? Und du behauptest, du liebst mich?« Liebe. Ha! Bill hatte auch behauptet, dass er sie liebte, und wo hatte das hingeführt? Die Männer waren doch alle gleich. Lügner, Betrüger, hinterlistige …

Würde sie es denn nie kapieren?

Mit einem verletzten Aufschrei ließ sie die Zeitung fallen, als wäre sie radioaktiv verseucht, und schlug die Tür mit einem Knall zu. Wieder in der Küche, packte sie den vom Wandtelefon herunterbaumelnden Hörer. Wanda war noch dran. Mit stark zitternder Hand hob sie den Hörer an ihr Ohr.

»Mein Gott, ich bin ruiniert! Warum tut er nur so was?«

»Wer?« Ihre Freundin klang verwirrt. »Wovon redest du?«

»Na, John natürlich. Er hat das Foto in seinem Besitz. Ich hab's selbst gesehen.«

Sie erklärte ihr, wie es dazu gekommen war, dass sie – rein privat! – für Nacktfotos posiert hatte. Wandas Reaktion bestand in aufrichtiger Bewunderung.

»Das ist doch toll! Hätte nie gedacht, dass du das Zeug dazu hast.«

»Danke vielmals. Du siehst ja, wohin das geführt hat. Ich bin ruiniert. Keiner wird sich mehr von mir vertreten lassen. Wer will schon ein ehemaliges Nacktmodell als Anwältin? Das sag mir mal!«

»Na, eine ganze Menge männlicher Klienten, würde ich sagen.«

Angela stieß einen derben Fluch aus. »Ich weiß gar nicht, wieso ich überhaupt mit dir rede, Wanda Washington. Das Ganze ist absolut nicht lustig.«

»Ich weiß, Schätzchen, aber du solltest dich erst mal beruhigen und vernünftig darüber nachdenken. Ich glaube kaum, dass John was mit dieser Sache zu tun hat. Dafür ist er viel zu ehrlich. Und er liebt dich, das sieht ein Blinder.«

Aber Angela ließ sich nicht besänftigen. »Da steckt John dahinter, das weiß ich. Er hat den Sorgerechtsstreit verloren. Und auf diese Weise gibt er mir jetzt den Laufpass. Er wollte nicht selbst kommen, um es mir ins Gesicht zu sagen, und hat stattdessen diese Methode gewählt. Er hat seinen Spaß gehabt, und jetzt will er mich loswerden.«

»Angela, du solltest dir mal zuhören. Du bist nicht ganz bei dir. Was du sagst, ist einfach lächerlich. Wenn du wissen willst, wer meiner Meinung nach hinter dieser schmutzigen Sache steckt, es ist …«

Es klingelte an der Tür.

»Das ist John.« Schon der Gedanke verursachte ihr Übelkeit. »Ich muss Schluss machen.«

Angela knallte den Hörer auf, bevor Wanda noch einen Pieps von sich geben konnte. Sie würde sich morgen deswegen bei ihrer Freundin entschuldigen. Falls sie bis dahin nicht ihrem Leben ein Ende gemacht hatte.

Oder Johns Leben.

Dieser Gedanke erschien ihr im Moment weitaus verlockender.

Der besagte Todeskandidat war ausgesprochen nervös, aber nicht wegen der üblen Dinge, die seine Liebste derzeit mit ihm vorhaben mochte.

Nein, John wollte Angela heute einen Heiratsantrag machen und um ehrlich zu sein: Er hatte die Hosen gestrichen voll.

Wohl zum hundertsten Mal tastete er seine Jackentasche

ab, in der der Diamantring steckte, den er heute früh gekauft hatte.

Er würde Angela fragen, ob sie ihn heiraten wollte. Er hatte lange und gründlich darüber nachgedacht und war zu dem Schluss gekommen, dass er ohne sie nicht mehr leben konnte. Sie gehörten zusammen, passten perfekt zueinander. Er konnte es nicht riskieren, sie an einen anderen zu verlieren.

Ja, er liebte sie und wollte den Rest seines Lebens mit ihr verbringen. Und er wollte auch ihr Kind. Zuzusehen, wie Angelas Körper mit der Schwangerschaft reifte, hatte ihm klar gemacht, wie sehr auch er sich auf dieses Kind freute – ihrer beider Kind. Er würde es wie sein eigenes aufziehen und es bedingungslos lieben.

Sie würden eine Familie sein.

Die Art von Familie, die zusammen Dinge unternahm, wie zum Beispiel Picknicks im Grünen, mit dem Kinderwagen im Park spazieren gehen, die Fortschritte des Sprösslings im Sportverein oder im Ballett verfolgen.

Da John keinerlei Erfahrung als Vater besaß – nun ja, er hatte von Anfang an auf seinen kleinen Bruder aufgepasst, aber das war nicht unbedingt das Gleiche –, wusste er nicht genau, ob er nun ein guter Vater wäre oder nicht. Na, besser als sein eigener Vater würde er es auf jeden Fall machen!

Er wusste jetzt schon, dass er nicht zu jenen Eltern gehören würde, die ständig an ihren Kindern herumkritisieren oder ein Kind allen anderen vorzogen. Er würde immer für seine Kinder da sein, egal was sie anstellten, welche Lebensentscheidungen sie trafen und welche Fehler ihnen unterliefen. Denn Fehler würden sie machen, das taten alle Kinder. Teufel, sogar Erwachsene produzierten Fehler. Er selbst war der lebende Beweis dafür.

Angela würde unbeirrt an seiner Seite stehen, gemeinsam würden sie es schaffen. Und zusammen mit dem Kind wären sie eine kleine, glückliche Familie.

Apropos Angela, warum machte sie nicht endlich auf? Sie

hatte ihm doch gesagt, er müsse unbedingt pünktlich kommen, Schlag sechs und keine Minute später. Tja, hier war er, aber wo war sie?

John hämmerte gegen die Tür.

»Verschwinde, du fieser Bastard! Ich will dich nie wieder sehen!«

John blinzelte verdutzt. Angela war offenbar aufgebracht, hatte sich über jemanden oder etwas geärgert. Sie hatte geweint, das hörte man an ihrer Stimme. Er fragte sich, mit wem sie sich wohl gestritten hatte. John spürte, wie ein starker Beschützerinstinkt aufwallte. Wenn man Angela wehgetan hatte …

Ob Rothburg ihr einen Besuch abgestattet hatte? Er würde dem Scheißkerl den Hals umdrehen!

»Angela, ich bin's, John. Mach auf. Was ist los? Ist was passiert? War es Rothburg?«

»Als ob du das nicht wüsstest. Hör auf, mir was vorzumachen, und verschwinde. Ich dachte, du wärst anders, aber ihr Männer seid doch alle gleich – hinterlistige Scheißkerle, alle zusammen. Du kannst es bloß besser verbergen.«

In diesem Moment dämmerte John, dass Angela tatsächlich ihn meinte. Er erbleichte. Sie war total außer sich, vollkommen irrational; sie redete absoluten Unsinn.

Ob das bei Schwangeren üblich ist?

Ein beängstigender Gedanke.

»Ich weiß überhaupt nicht, was du meinst. Jetzt mach schon die verdammte Tür auf, damit wir reden können.«

»Du Lügner! Glaubst du vielleicht, ich hätte die Zeitung von heute nicht gesehen? Hast du sie gelesen?«

»Nein, ich …« John spähte nach unten und bemerkte erst jetzt die Zeitung, auf der er stand. Hastig trat er einen Schritt zurück. Sein Gesicht wurde noch bleicher, und er stieß ein paar besonders deftige Flüche aus.

»Jesus!« Es war das Nacktfoto von Angela – das, das Randy Newsome von ihr gemacht hatte. Aber wie war das möglich? John hatte es doch in seine Nachttischschublade gelegt.

Angela glaubt, ich hätte das getan. Sie glaubt, ich wäre mit dem Foto zur Zeitung gegangen!

Dieser Gedanke schmerzte ihn mehr als alles, was er je erlebt hatte. Doch dann versuchte er, das Ganze rational zu betrachten, von ihrer Seite aus zu sehen. Obwohl man ihre Reaktion weiß Gott nicht als rational bezeichnen konnte. Wie konnte sie nur denken, dass er so etwas tun würde? »Gottverfluchte Scheiße!«

Sie hatte wohl einen Hormonkoller, ja, das musste es sein, das war die einzige annehmbare Antwort.

Wieder hämmerte er gegen die Tür. »Angela, ich hab die Zeitung gerade erst gesehen, und ich schwöre dir, dass ich nichts damit zu tun habe. Ich liebe dich. Wieso sollte ich dich öffentlich demütigen wollen? Ich will, dass du meine Frau wirst. Ein Mann, der gekommen ist, um dir einen Heiratsantrag zu machen, würde doch bestimmt nicht so was tun! Wenn du mir nicht glaubst: Ich hab den Ring dabei, ich kann's dir beweisen. Ich hätte ihn dir gern unter etwas romantischeren Umständen gegeben, aber …«

Die Tür ging auf, und Angela stand tränenüberströmt und mit rot geweinten Augen vor ihm. Sie wirkte verloren und allein. Das Herz tat ihm weh bei diesem Anblick. »Ich war's nicht«, flüsterte er und betete, dass sie ihm glaubte.

»Ich glaube dir kein Wort, weder was die Zeitungssache noch was den Heiratsantrag betrifft. Verschwinde und lass mich allein. Ich will dich nie wieder sehen.«

Ihre Worte durchbohrten sein Herz wie ein Dolchstoß, und er fuhr mit der Hand an seine Brust, als hätte er physische Schmerzen. »Angela …«

»Wenn du mich wirklich heiraten wolltest, John Franco, dann hättest du mich längst gefragt. Wir schlafen schon seit Wochen miteinander. Ich war ehrlich zu dir wegen des Kindes, und ich weiß genau, dass du mich wegen dieses Kindes nie heiraten wirst. Und jetzt geh. Ich habe dir nichts mehr zu sagen.«

Sie knallte die Tür so laut zu, dass er gezwungen war, einen Schritt zurückzuweichen. »Verdammt, Angela! Ich liebe dich.«

Stille.

»Ich will dich heiraten.«

Stille.

»Ich kann mir sehr gut denken, wer dahinter steckt, und ich werde jetzt gleich dort hinfahren und Rothburg mit bloßen Händen erwürgen.«

Er glaubte, sie aufkeuchen zu hören, war sich aber nicht sicher.

»Ich komme wieder. So leicht wirst du mich nicht los.«

Winston bellte, einmal, zweimal, dann war es still.

Wie vom Teufel besessen, raste John zum Anwesen der Rothburgs, wild entschlossen, die Wahrheit aus dem alten, intriganten Scheißkerl herauszuprügeln.

Er trat das Gaspedal voll durch. Er wollte den Bastard so schnell wie möglich in die Finger kriegen. Was er allerdings tun würde, wenn er die Wahrheit aus dem miesen Kerl rausgepresst hatte, das wusste nur der Himmel. Im Moment stand ihm der Sinn nach Mord. Genauso musste sich Angela gefühlt haben, als sie das Foto in der Zeitung fand.

Verraten. Verkauft. Zutiefst verletzt.

Und sie hielt ihn für den Schuldigen!

Warum hatte er sie nur nicht schon früher gefragt, ob sie ihn heiraten wollte?

Angela hatte Recht. Er hatte genügend Gelegenheit dazu gehabt, aber er hatte abgewartet. Er wollte halt hundertprozentig sicher sein. Heirat und Vaterschaft waren keine Kleinigkeit. Und da war noch der ganze Ballast aus seiner Kindheit. Er musste sich zuvor einfach sicher sein, dass er ein guter Ehemann und Vater sein konnte.

Scheiße! Wieso hatte er nicht jede Vorsicht über Bord geworfen und auf sein Herz gehört? Jetzt hielt ihn Angela für den Inbegriff des Bösen und würde womöglich nie wieder mit ihm reden, geschweige denn ihn heiraten.

Und das war alles Charles Rothburgs Schuld.

Als John den Namen Charles Rothburg erwähnte, machte es in Angelas überreiztem Gehirn irgendwie Klick.

Wanda hatte sie vor Rothburgs fiesen Methoden gewarnt. War das eine davon? Und die Frau hatte ihr gerade sagen wollen, wen sie für den Verantwortlichen hielt.

»O mein Gott!«

Na ja, das wäre beileibe nicht das erste Mal, dass sie sich ihr Leben ruinierte. Sie schien ein Abonnement dafür zu haben.

Angela wählte hastig Wandas Nummer und wartete voll ängstlicher Ungeduld, dass sie abnahm. Als sie es endlich tat, platzte Angela hervor: »Ich bin's. Du hast mir vorhin sagen wollen, wen du für die Sache mit dem Foto verantwortlich hältst. Sag's mir bitte jetzt.«

»Ebenfalls hallo. Und ich habe Charles Rothburgs Name deshalb nicht mehr erwähnen können, weil du einfach aufgelegt hast.«

Angela wurde speiübel, und sie musste gegen einen jähen Brechreiz kämpfen. Wanda hatte soeben Johns Befürchtungen bestätigt. »Wie kommst du auf den Gedanken, es könnte Rothburg sein?«

»Er steht in dem Ruf, ein ausgesprochen hinterhältiger Hund zu sein, Angela. Ich hab dir doch gesagt, du sollst dich vor ihm in Acht nehmen. Der Mann ist geradezu besessen davon, stets zu gewinnen. Wenn er verliert, ist ihm als Rache jedes Mittel recht, egal ob legal oder illegal. Man hat ihn bloß noch nie erwischt. Er ist glitschig wie Rotz auf der Türklinke, wie meine Granny Washington zu sagen pflegte. Und ich befürchte, dass er dir auf diese Weise heimzahlt, dass du ihn vor Gericht besiegt hast.«

»Klingt plausibel.«

»Ist es auch. Ich gehe jede Wette ein, dass er dahinter steckt. Und – fühlst du dich jetzt besser, wo du weißt, dass es nicht John war, wie du ursprünglich gedacht hast?«

Stille.

»Angela, bist du noch da?«

»Ich habe zu John gesagt, dass ich ihn nie wieder sehen will.«

»Was?« Wandas Stimme stieg vor Fassungslosigkeit um zwei Oktaven. »Bist du irre?«

»Kann sein. Er war gerade hier, um mir einen Heiratsantrag zu machen. Hat gesagt, er hätte den Ring und alles, und ich hab ihn beschuldigt, dass er ein Lügner ist.« Sie erzählte alles und wurde dabei von Minute zu Minute deprimierter.

»Mensch, Mädel, da wirst du aber ordentlich zu Kreuze kriechen müssen, wenn das alles vorbei ist. Ich hoffe, das weißt du.«

»Nur, wenn sich wirklich herausstellt, dass Rothburg der Mistkerl ist. Das ist noch nicht erwiesen.«

»Du bist eine der klügsten Frauen, die ich kenne, Angela DeNero. Wie kommt es also, dass du jetzt so hirnfrei bist? Tief in deinem Herzen weißt du doch, dass John zu so etwas gar nicht fähig wäre. Wenn dir das mal endlich dämmert, wirst du dich fühlen wie das jämmerlichste Hundehäufchen auf diesem Planeten, das kann ich dir versichern. Und was glaubst du, wie viel Freude ich dann dran haben werde, dir unter die Nase zu reiben: ›Siehst du? Hab ich's dir nicht gesagt?‹«

»Ich komme mir jetzt schon fast wie ein blödes Hundehäufchen vor.« Sie schaute auf Winston hinab, der beharrlich ihren Blick mied. Offenbar war er auf Johns Seite. Männer!

»Ich bin heute Abend noch frei«, sagte Wanda. »Willst du, dass ich vorbeikomme und dich ein bisschen tröste? Ich liebe Schokoladenkuchen. Und ich muss dir was Wichtiges sagen.«

»Hoffentlich was Gutes, denn noch mehr schlechte Nachrichten könnte ich im Moment nicht verkraften. Das reicht für einen Tag.« *Besser gesagt, für ein ganzes Leben.*

Als John am folgenden Morgen sein Büro betrat, fand er zu seiner Überraschung Tony an dem gewohnten Platz hinter seinem Schreibtisch vor. Sein Partner strahlte ihn an. Er war braun gebrannt, vollkommen entspannt und wirkte wie die personifizierte Gesundheit

Er würde allerdings einen Rückschlag bekommen, wenn er erst hörte, was John ihm zu vermitteln hatte.

»He, Stefano! Wieso hast du mir nicht gesagt, dass du heute wieder ins Büro kommst? Freut mich, dich zu sehen, Kumpel. Siehst fit aus. Hast mir gefehlt.«

»Ich wollte dich überraschen. Also, wie lief's mit dem Sorgerechtsfall? Hast du schon die Nägel in Angela DeNeros Sarg gehämmert? Oder nagelst du bloß sie selber?« Tony gackerte anzüglich.

Für John war das absolut kein Spaß. »Das ist nicht lustig, Stefano. Es ist eine Menge passiert, von dem du nichts weißt. Ich liebe Angela. Ich will sie heiraten. Und wir haben den Fall verloren.«

»Jessas!« Sein Freund kippte fast vom Stuhl. »Ich wusste ja, dass du Interesse an ihr hast, aber ich hätte nie auch nur im Traum daran gedacht, dass du an Heirat denkst.«

»Tja, so was kommt vor. Du kannst ebenso gut gleich alles erfahren, wirst es sowieso früh genug hören. Seit gestern Abend ist Charles Rothburg nicht mehr unser Klient. Ich hab ihm gesagt, er soll sich seinen Honorarvorschuss sonst wohin stecken und sich selbst obendrein. Das Einzige, was mir Leid tut ist, dass ich ihm nicht die Scheiße aus dem Leib geprügelt hab, wie ich's ursprünglich vorhatte.«

»Ich nehme an, das hat was mit dem entzückenden Foto in der gestrigen *Sun* zu tun?«

»Du hast es gesehen?«

»Als ob ich mir so was entgehen ließe. Erzähl mir, was mit Rothburg los war.«

»Dieser kranke Mistkerl hat zugegeben, dass er vor ein paar Wochen einen Privatdetektiv angeheuert hat, um was aus Angelas Vergangenheit auszugraben. Seine Versicherungspolice hat er das genannt.

Offenbar ist der Typ nach Boston gefahren, hat ein paar Dinge rausgefunden und entweder einen Abzug oder das Negativ des alten Fotos in die Finger bekommen, das ein Exfreund von Angela gemacht hat.«

Tony pfiff durch die Zähne und lehnte sich zurück, die Finger über dem Bauch gefaltet. John fand es reichlich seltsam, dass sein Freund so ruhig blieb. Ganz untypisch für den hitzköpfigen Italiener.

»Vielleicht kannst du dich ja wieder bei Rothburg lieb Kind machen. Möglicherweise behält er dich ja als Anwalt, solange ich draußen bleibe. Aber ich bin endgültig mit ihm fertig und auch mit Typen wie ihm. Tut mir Leid, Tony. Ich weiß, dass dich das eventuell in eine finanzielle Zwangslage bringt, und ich werde dir helfen, so gut ich kann. Aber bitte mich nicht noch mal, meine Prinzipien zu opfern, denn das werde ich nicht mehr tun.«

»Ich wünschte, ich wäre da gewesen, um zu sehen, wie Angela Hackfleisch aus dir macht.«

»Ja, war ein regelrechtes Blutbad, aber nicht mehr, als was ich sowieso erwartet habe. Die Rothburgs waren sich selbst der schlimmste Feind.«

Tony überraschte John, indem er sagte: »Rothburg soll meinetwegen ruhig zur Hölle fahren. Angesichts dessen, was der Bastard getan hat und was ich über seine Methoden weiß, finde ich, dass du die richtige Entscheidung getroffen hast. Ich stehe hundertprozentig hinter dir.«

John studierte seinen Freund sorgfältig. »Bist du sicher, dass du der richtige Tony Stefano bist und nicht vielleicht einer von Außerirdischen ausgetauschter, wie in *Akte X*?«

Tony warf den Kopf in den Nacken und lachte schallend. »Du wirst feststellen, mein Freund, dass ich mich ziemlich verändert habe. Ich werde mir die Dinge nicht mehr so zu Herzen nehmen wie früher. Und ich werde nicht mehr meine Prinzipien dem Götzen Dollar opfern. Das habe ich hinter mir.

Von jetzt an nehmen wir nur noch die Fälle an, die wir auch mit unserem Gewissen vereinbaren können. Außerdem sollten wir unser Arbeitspensum ein bisschen reduzieren, mehr das Leben genießen, findest du nicht?«

Nickend erwiderte John: »Und ich hab auch schon eine Idee, wie sich das bewerkstelligen lässt.«

»Dacht ich's mir doch. Wann gehst du zu Angela?«

»Jetzt gleich. Hab eine lange, quälende Nacht hinter mir. Hab mir viel durch den Kopf gehen lassen. Ich weiß nicht, ob sie auf mich hören wird. Aber ohne sie ist das Leben einfach nichts wert.

Himmel! Und wenn sie nun nicht Vernunft annimmt? Ich hab Schiss, Tony. Zum ersten Mal seit sehr langer Zeit habe ich Schiss, das zu verlieren, worauf ich mein Leben lang gewartet hab. Angela ist mir das Wichtigste auf der ganzen Welt.«

»Angela ist eine Frau. Sie muss nicht vernünftig sein. Aber ich denke, du wirst mal wieder den alten Franco-Charme mobilisieren, mit dem du andauernd prahlst, und sie plätten. Jetzt mach dir mal keine Sorgen, das wird schon.«

John war tief bewegt von Tonys Worten. Nicht dass er das je zugegeben hätte. »Teufel, Stefano! Du klingst ja schon wie ein Weib. Bist du sicher, dass Dr. Mike dir nicht Mutter Teresas Herz eingesetzt hat, anstatt dein altes wieder in Schwung zu bringen?«

»Wenn man dem Tod gerade noch mal von der Schippe gesprungen ist, kommt man ins Grübeln. Ich bin unheimlich froh, noch am Leben zu sein, meine Kinder umarmen und abends ins Bett bringen zu können, mit Marie zu schlafen.

Du und ich neigen dazu, alles für selbstverständlich zu

nehmen, nur an die Karriere und zu sehr ans Materielle zu denken anstatt an das, was wirklich zählt. Nachdem du dich über beide Ohren verliebt hast, bist du wahrscheinlich schon selbst drauf gekommen, stimmt's?«

»Stimmt genau. Jetzt muss ich nur noch Angela davon überzeugen.«

21

Was haben Rechtsanwälte und Spermien gemeinsam?
Nur einer unter zwei Millionen bringt mal was Vernünftiges zustande.

Als es endlich an ihrer Tür klopfte, hatte Angela bereits zwei Pfundbecher Krokanteis vertilgt und wollte sich gerade über einen dritten hermachen.

Sie hatte die ganze Nacht kein Auge zugetan, war heute früh nicht zur Arbeit erschienen, hatte sich weder geduscht noch angezogen, und das ganze köstliche Essen, mit dessen Zubereitung sie sich gestern so viel Mühe gegeben hatte, stand immer noch herum. Bis auf den Schokoladenkuchen natürlich. Den hatten sie und Wanda als kleinen Mitternachtsimbiss vertilgt.

Die Küche und sie selbst sahen aus wie ein Schlachtfeld.

Den Gürtel ihres abgetragenen Morgenmantels festzurrend, schleppte sie sich zur Tür, wobei sie sich fragte, wer wohl zu dieser ungastlichen Zeit bei ihr klingeln mochte.

Angela kippte vor Überraschung fast aus den Plüschpantoffeln. Die letzte Person, die sie erwartet hätte, war John. Und er sah mal wieder so richtig zum Anbeißen aus. Besser als alles, was sie sich vorstellen konnte. Mit der möglichen Ausnahme von Schokolade.

»John! Ich …« Sie fuhr sich verlegen mit den Fingern durch die Haare und merkte, wie ihr das Blut ins Gesicht schoss. Sie musste furchtbar aussehen! »Ich – mir geht's nicht so gut. Ich bin gerade erst aufgestanden. Warum bist du hier?«

Gott sei Dank, er war gekommen!

»Darf ich diesmal vielleicht reinkommen?« Er wartete gar nicht erst auf eine Antwort, sondern betrat mit einem entschlossenen Schritt ihre Wohnung und drückte die Tür hinter sich zu. »Wir müssen miteinander reden.«

Winston kam angewatschelt und rieb sich entzückt an seinen Beinen. John bückte sich und kraulte den behäbigen Köter hinter dem Ohr. Bei diesem Anblick kamen Angela fast die Tränen, aber das war in letzter Zeit ja nichts Neues. Nach der gestrigen Episode hatte sie einen wahren Sturzbach an Tränen vergossen und hatte schon geglaubt, die Wasservorräte wären aufgebraucht. Doch da täuschte sie sich. Offenbar war eine weitere Heulattacke im Anmarsch.

»Ich mache schnell einen Kaffee.«

»Nein, nicht nötig.« Er warf einen Blick in die Küche, und seine Augen weiteten sich ein wenig. »Hab anscheinend ein ziemlich gutes Essen verpasst. Tut mir Leid.«

Sie nestelte an ihrem Frotteegürtel herum und fragte sich nervös, wie sie ihren gestrigen Auftritt wieder gutmachen konnte. In ihrem Herzen wusste sie, dass sie sich geirrt hatte. Wieso nur, ach wieso hatte sie so vorschnell geurteilt? Gewöhnlich war sie doch so vernünftig, so sachlich, dachte alles vorher erst durch. Natürlich war ihr ihre gestrige Schlussfolgerung zunächst durchaus logisch erschienen.

Es half alles nichts. Zeit, sich – zumindest im übertragenen Sinne – vor ihm auf den Boden zu werfen. »John, *mir* tut es Leid. Ich hätte nie so vorschnell urteilen dürfen. Ich komme mir so dumm vor. Was ich dir an den Kopf geworfen habe, ist einfach unverzeihlich. Ich kann gar nicht ausdrücken, wie Leid es mir tut. Ich fühle mich miserabel deswegen. Bitte entschuldige.«

»Gut. Ich will auch hoffen, dass du dich schlecht fühlst, denn ich hab weiß Gott gelitten. Die letzte Nacht war die reine Hölle. Besonders, nachdem ich mich nicht dazu durchringen konnte, Rothburg die Scheiße aus dem Leib zu prügeln.«

Angela riss Augen und Mund auf; dann klappte sie zumindest den Mund wieder zu. »Du bist zu ihm gefahren? Hast du den Verstand verloren?«

»Habe ich dir nicht gesagt, dass ich's tun würde?«

»Ja, aber ich hab das nicht ernst genommen. Man könnte dir die Zulassung entziehen, wenn du einen Klienten zusammenschlägst, besonders einen, der so alt und einflussreich ist wie Rothburg.«

»Deshalb hab ich's ja auch nicht getan. Aber egal wie alt er ist, ich brachte es nicht fertig, mich auf sein Niveau zu begeben. Aber gewollt hab ich's, bei Gott! Als er mir mit einem dreckigen Grinsen mitteilte, er hätte einen Privatdetektiv engagiert, um etwas Diskreditierendes über dich auszugraben, hätte ich um ein Haar die Beherrschung verloren. Wenn nicht in dem Moment seine Frau reingekommen wäre, hätte ich ihn möglicherweise mit bloßen Händen erwürgt. Stattdessen hab ich ihm mitgeteilt, ich würde ihn nicht länger als Anwalt vertreten. Punkt.«

Angela rang erschrocken nach Atem. »Das hast du ihm gesagt? Meine Güte. Irgendwas krieg ich da nicht auf die Reihe. Ich kann nicht begreifen, wieso Rothburg mir so was antun sollte.« Sie schüttelte fassungslos den Kopf.

»Aber egal. Wanda hat mir erklärt, mit was für Methoden er arbeitet. Wenn ich wüsste, dass ich ihm die Zulassung entziehen lassen könnte, würde ich etwas unternehmen. Aber ich könnte ihn nie mit diesem Zeitungsartikel in Verbindung bringen. Er ist viel zu gerissen. Und ich will nicht noch mehr Publicity auf mich ziehen.«

John streichelte ihre Wange. »Ja, ich könnte mir lebhaft vorstellen, dass du genug hast.«

»Meine Eltern stehen unter Schock. Ich dachte, mein Vater würde explodieren wie ein Dampfkessel, als wir miteinander telefonierten. Was meine Mutter betrifft, da erspare ich dir lieber die Einzelheiten. Mia sagt, der Arzt musste kommen und ihr ein Beruhigungsmittel geben.« Sie würde sich noch früh genug mit der Enttäuschung ihrer Eltern und ihrem Sperrfeuer an Fragen auseinander setzen müssen. Aber nicht heute.

John zog sie in seine Arme. »Ich liebe dich, Angela. Ich hoffe, du weißt das. Es ist scheußlich, dass du das alles mitmachen musstest. Aber nichts, was du gesagt oder getan hast, ändert etwas daran, dass ich dich heiraten will.« Er griff in seine Jackentasche, holte eine kleine schwarze Samtbox hervor und öffnete sie. »Angela DeNero, willst du meine Frau werden?«

Angela schlug die Hände an die glühenden Wangen und starrte den herrlichen Diamantring, den er ihr hinhielt, sprachlos an. Dann brach sie in Tränen aus und stotterte schließlich schluchzend: »Aber ... aber wieso solltest du ... du mich noch ... noch heiraten wollen nach all den grässlichen Sachen, die ich gesagt habe? Wie ich mich benommen habe? Ich verdiene dich nicht.«

Er hob ihr Kinn und lächelte sie zärtlich an. »Weil ich ganz verrückt vor Liebe zu dir bin, deshalb. Und weil mein Leben ohne dich einfach nichts wert wäre. Außerdem hab ich gehört, dass Schwangere manchmal ziemlich irrational sein können. Im Übrigen konntest du bestimmt nicht klar denken, als du mir all die unfeinen Sachen an den Kopf geworfen hast. Ich weiß, dass du mich liebst.«

»Ja, das tue ich wirklich. Ich liebe dich von ganzem Herzen und aus ganzer Seele, John. Und was du gerade gesagt hast, stimmt. Ich war nicht ganz bei mir, meine Hormone haben verrückt gespielt oder wie immer man es nennen mag. Und ich schäme mich deswegen.«

»Ich verzeihe dir. Also – willst du meine Frau werden?«

»Aber was ist mit dem Baby? Bist du sicher, dass du das Kind eines anderen aufziehen willst?«

Er legte seine Hände zärtlich auf ihren leicht gerundeten Bauch. »Das ist jetzt mein Kind, nicht das Kind von irgendeinem anderen. Verstanden? Von jetzt an ist das unser Kind.

Wir sind eine Familie, wir drei. Und später können wir noch mehr Kinder haben, wenn du willst. Ich hätte gerne eine große Familie.«

»Äh, lass uns erst mal dieses eine bekommen, dann sehen wir weiter. Vielleicht änderst du ja deine Wunschliste, wenn dich der umwerfende Duft voller Windeln verfolgt.«

»Dann wirst du mich also heiraten?«

Angela blickte auf den Hund hinunter, der zu John aufschaute, als wäre er eine Art Gott. »Was denkst du, Win? Willst du bei John leben? Er hat ein ziemlich großes Bett, in dem auch Platz für dich wäre. Na, was meinst du?«

Die Bulldogge begann zu japsen und sich wie von Sinnen im Kreis zu drehen. Angela und John brachen in Gelächter aus.

»Scheint, als hätten wir seinen Segen, Süße.« John nahm den Ring und steckte ihn ihr an den Ringfinger der linken Hand. »Sag ja.«

»Ja!« Sie warf sich ihm stürmisch an den Hals und küsste ihn. »Ich liebe dich, John. Danke, dass du mir verzeihst. Ich weiß nicht, ob ich es mir selbst je verzeihen kann, dass ich beinahe das Beste, was mir je im Leben begegnet ist, weggeworfen hätte.«

»Du machst mich zum glücklichsten Mann der Welt, Angela. Jetzt gibt es nur noch eins, was mein Glück wahrhaft vollkommen machen würde.«

Sie errötete. »Aber zuerst muss ich duschen.«

Zu ihrer Überraschung führte er sie zum Sofa und nicht ins Schlafzimmer. »Tz, tz, tz, Miss DeNero«, zischte er mit vergnügt funkelnden Augen missbilligend und zog sie neben sich. »Haben Sie denn nur Sex im Kopf?«

»Na ja, äh, ich dachte nur …«

»Dazu kommen wir schon noch. Doch jetzt möchte ich mit dir über unsere Zukunft reden. Da ist etwas, das mir schon eine ganze Weile im Kopf herumschwirrt, und ich kann nur inständig hoffen, dass du es auch für eine gute Idee hältst.«

»Was ist es? Du klingst so ernst. Sollte ich nervös werden?«

»Tony und ich haben uns heute Morgen lange unterhalten. Er arbeitet wieder und …«

»Das ist ja wundervoll! Du musst dich ja riesig freuen.«

Er nickte zerstreut. »Tony möchte unser Arbeitspensum ein bisschen zurückschrauben, genau wie ich. Wir wollen nur noch die Fälle übernehmen, die wir mit unserem Gewissen vereinbaren können. Wir wollen unsere Anwaltspraxis zu einer der Besten in ganz Baltimore machen. Und wir möchten, dass du dich uns anschließt, Angela.«

Sie traute ihren Ohren nicht. »Was?«

»Ich weiß, du hast deine eigene Anwaltspraxis, und mit der Zeit wird sie sicher gut florieren. Dasselbe hoffen wir von unserer. Aber wenn du dich uns als vollwertiger Partner anschließt, könnten wir das – vermutlich viel leichter – als Stefano, Franco und Franco erreichen. Na, was sagst du dazu?«

Stefano, Franco und Franco. Das klang gut. Sie warf einen Blick auf den funkelnden Ring an ihrem Finger, und ein seliges Lächeln breitete sich auf ihren Zügen aus. »Ich würde sagen, dieses Angebot hätte kaum zu einem besseren Zeitpunkt kommen können. Beide Angebote.

Ach, und bevor ich es womöglich vergesse: Wanda hat mir gestern Abend erzählt, dass Trent Enterprises bereit ist, mit Peter eine Entschädigungsvereinbarung zu treffen.«

John wirkte erleichtert. »Toll.«

»Sie hat mir außerdem gesagt, dass sie Kyle heiraten will. Wanda hat vor, aus dem Gebäude auszuziehen, in dem wir unsere Büros haben, und sich eines näher bei Kyles Arztpraxis zu suchen. Ich wäre nicht in der Lage gewesen, die Räume allein zu finanzieren, und hatte mich nicht unbedingt darauf gefreut, mir einen neuen Mitmieter anzulachen.«

Wandas Bombe war ein weiterer Grund dafür gewesen, warum Angela sich letzte Nacht die Augen ausgeheult hatte. Auf einen Schlag hatte sie nicht nur den Mann, den sie förmlich anbetete, verloren, sondern zusätzlich ihre Bürokollegin.

Aber sie freute sich für Wanda, die überglücklich über ihren Entschluss zu sein schien. Sie und Kyle hatten zum Thema Kinder einen Kompromiss geschlossen. Sie würden zwei Jahre warten und dann noch einmal darüber reden.

»Ist das ein Ja?«, fragte John.

»Irgendwie kann ich heute Morgen gar nichts anderes sagen als immer nur ja, ja, ja! Ich liebe dich, John. Und ich werde alles tun, was in meiner Macht steht, um dir ein guter Partner zu sein, im Leben wie im Beruf.«

»Ich hoffe bloß, du bist nicht eine von diesen abergläubischen Frauen, die sich für die Hochzeitsnacht aufsparen. Denn ich fürchte, dass ich's so lange nicht aushalte.«

»Oh, keine Sorge, ich bin nicht abergläubisch. Tatsächlich habe ich von irgend so einem uralten Stamm gehört, bei dem das männliche ›Werkzeug‹ geradezu verehrt wird, weil es als Glücksbringer gilt. Wo war das noch gleich, in der Türkei oder in Italien? Na, jedenfalls, dieses, äh, Werkzeug …«

Da zog er sie rasch in seine Arme und küsste sie, lange und gründlich. Und als sie nicht einen zusammenhängenden Satz mehr herausbrachte, fragte er: »Wie war das noch mal?«

»Hab's vergessen. Los, küss mich.«

»Mit Vergnügen. Aber zuerst ziehen wir uns aus.«

»Ooooh, eine kostenlose Vorführung des Franco-Bohrers! Gibt's 'ne Garantie drauf?«

»Eine lebenslange, Süße, eine lebenslange.«

22

Wie viele Anwaltwitze gibt es?
Bloß drei. Der Rest ist die reine Wahrheit.

Als Angela und John zwei Abende später das rappelvolle *Mama Sophia's* betraten, hing dort an der Tür ein Schild mit der Aufschrift WEGEN PRIVATFEIER HEUTE GESCHLOSSEN.

Und Angela war der Ehrengast. Obwohl sie gezögert hatte, John mitzunehmen. Die letzte derartige Zusammenkunft war das reinste Spießrutenlaufen für ihn gewesen, und das wollte sie ihm nicht noch mal zumuten. »Bist du wirklich sicher, dass es dir nichts ausmacht? Ich kann allein gehen, wenn es dir zu unangenehm ist.«

»Und wie ein schlechter Verlierer dastehen?« John gab ihr einen Kuss auf die Wange. »Ich bin froh, dass du den Fall gewonnen hast, Angela. Und die Tatsache, dass Dan und Mary Sharon ein Besuchsrecht eingeräumt haben, ist daneben auch ein kleiner Sieg für mich. Und jetzt, nachdem wir Stefano, Franco und Franco gründen, kommt dein tadelloser Ruf doch allen zugute.«

»Stefano, Franco und Franco«, wiederholte sie und küsste ihn ebenfalls, aber auf die Lippen. »Nicht hinschauen, aber deine Tante ist im Anmarsch. Und ob du's glaubst oder nicht, sie strahlt wie ein Honigkuchenpferd.«

Sophia nahm Angelas Kopf in beide Hände und drückte ihr einen saftigen Schmatz mitten in die verblüffte Miene. »*Grazie*, Angela! Du hast unsere Familie zusammengehalten. Ich stehe auf ewig in deiner Schuld.«

Oder zumindest so lange, bis Angela etwas tat, was der guten Sophia gegen den Strich ging. Ein Leopard konnte seine Flecken nun mal nicht verleugnen.

Anschließend war John an der Reihe und bekam, sehr zu seiner Überraschung, gutmütig die Wange getätschelt. »Alles vergeben und vergessen, Johnny. Mary hat mir erzählt, dass du und Angela heiraten wollt. Ich freue mich sehr für euch. Wenn ihr wollt, kann ich dafür sorgen, dass die Paisans auf eurer Hochzeit spielen. Sie sind ziemlich gut und gar nicht teuer. Ihr braucht nur meine Tochter zu fragen.«

»Äh, vielen Dank. Wir werden's uns überlegen. Wo ist Onkel Frank?«

Kaum hatte er diese Frage gestellt, drang aus den Boxen Dean Martins Schmalzsong »That's Amore«. »Da siehst du, wo dein Onkel ist. Er hat den Discjockey dazu gebracht, unser Lieblingslied zu spielen. Ich muss los und mit ihm tanzen. Frank ist manchmal so furchtbar romantisch.«

Seine Tante schwebte von dannen, und John schaute Angela grinsend an. »Wer war bloß diese Frau?«, meinte er. »Sie sah aus wie meine Tante, aber sie war viel zu nett, um wirklich Sophia Russo zu sein.«

»Na ja, selbst eine Natter hat mal ein paar friedliche Minuten.«

»Da seid ihr ja, ihr beiden!«, rief Mary und kam angeschossen, um ihre beiden Lieblingsanwälte zu begrüßen. »Dan und ich können dir gar nicht sagen, wie dankbar wir dir für alles sind, was du für uns getan hast, Angela. Ich weiß, das haben wir schon mal gesagt, aber wenn es irgendetwas gibt, das wir für dich tun können, dann sag's nur.«

»Du könntest das Catering für ihren Hochzeitsempfang übernehmen«, schlug Dan vor und schüttelte John die Hand. »Wie ich höre, sind Glückwünsche angebracht. Wann soll die Hochzeit stattfinden?«

»Wir haben noch kein Datum festgelegt«, entgegnete John, der unheimlich froh war, dass Dan beschlossen hatte, ihm zu verzeihen.

Dan lächelte die beiden entschuldigend an. »Tut mir ehrlich Leid, dass es dir die Familie während der Anhörung so schwer gemacht hat, John, aber das war für uns alle eine sehr schwere Zeit, besonders für Mary. Wir haben uns Sorgen um das Baby gemacht, das kannst du sicher verstehen.« Er warf einen viel sagenden Blick auf Angela und lächelte.

»Natürlich, das verstehe ich vollkommen. Ich bin bloß froh, dass das jetzt alles aus und vorbei ist und dass du und Mary das Sorgerecht für Matt habt. Ich finde es wirklich großzügig von euch, Sharon ein Besuchsrecht einzuräumen.«

»Ja, das war allerdings großzügig«, murrte Mary und warf ihrem Mann einen leicht missbilligenden Blick zu. »Also, Sharons Mann, das ist echt ein linker Vogel. Ich spiele ernsthaft mit dem Gedanken, Onkel Alfredo hinzuzuziehen.«

»Wieso?«, erkundigte sich Dan. »Braucht Rothburg einen neuen Wagen?«

Mary schlug ihren Mann spielerisch auf den Arm, und alle lachten. Alfredo Graziano konnte weit besser Autos verkaufen, als Leute mit Betonblöcken an den Füßen im Fluss zu entsorgen.

In diesem Moment tauchten Annie und Joe auf. Annie umarmte John spontan, und Joe tat das Gleiche mit Angela. »Wir freuen uns ja so für euch«, sprudelte Annie hervor. »Komm doch dieser Tage mal im Laden vorbei. Ich gebe dir einen kräftigen Preisnachlass auf Umstandsmoden.«

Angela wurde knallrot und wünschte, der Boden würde sich unter ihr auftun und sie mit Haut und Haaren verschlingen. »Woher weißt du …?« Sie blickte John scharf an, der mit den Schultern zuckte, als wolle er sagen: »Gib nicht mir die Schuld.«

»Du kannst kaum erwarten, dass etwas in dieser Größenordnung in Little Italy lange geheim bleibt. *Oy!* Mein Vater hat's zuerst bei Santini's gehört und es nach der Mittagspause mir und noch fünfzehn Kunden, die gerade im Laden waren, brühwarm erzählt. Außerdem hast du in letzter Zeit ziemlich weite Sachen an. Da hab ich einfach zwei und zwei zusammengezählt.«

»Na ja, nach dem Foto in der Zeitung gilt für mich: Ist der Ruf erst ruiniert, lebt sich's weiter ungeniert.« Angela seufzte, und John drückte ihre Taille.

»Was? Macht dir das etwa Kummer?« Annie betrachtete Angela verblüfft. Natürlich scherte Annie sich nicht die Bohne um ihren so genannten Ruf oder die Meinung anderer Leute. Wenn sie das täte, hätte sie wohl kaum einen Expriester geheiratet.

»Du hast eine tolle Figur. Du solltest stolz darauf sein. Eine Frau sollte ruhig herzeigen, was sie hat. Du musst dich doch nicht schämen, bloß weil dein Exfreund ein Idiot war.«

»Das stimmt«, pflichtete ihr Joe bei. »Du hast nichts falsch gemacht.«

»Ich danke euch«, sagte Angela, aufrichtig froh, solche Freunde zu haben.

»Wahrscheinlich würde sich Joe wünschen, noch Priester zu sein«, warf John sarkastisch ein. »Hätte in den letzten Wochen 'ne ganze Menge zu hören gekriegt.«

»Joe hat jetzt ganz andere Sachen im Kopf«, meinte Annie mit einem Augenzwinkern. »Komm mit, Joseph. Sid muss sich irgendwo versteckt haben; wir müssen Gina vor den Goldman-Mädels retten. Sie haben sie in eine Ecke gedrängt, und sie sieht aus, als würde sie jeden Moment in Ohnmacht fallen.«

»So sieht deine Mutter doch immer aus«, meinte Joe nur.

»Wo sind übrigens deine Eltern und deine Schwester?«, fragte Mary Angela. »Deine Mutter versprach, auf jeden Fall zu kommen.«

»Ach, sie werden sicher bald hier sein. Wahrscheinlich musste sich Dad noch die Beine rasieren und sich in einen Hüfthalter zwängen.«

Dan riss die Augen auf. »Was?«

Angela schüttelte den Kopf. »Erzähle ich dir später. Oder

vielleicht siehst du's ja selbst, wenn Dad auftaucht.« Sam hatte sich extra zu diesem Anlass ein schwarzes Paillettenkleid gekauft und sie gefragt, ob er es anziehen dürfe. Angela hatte ihm augenrollend ihren Segen gegeben.

Sie war zu dem Schluss gekommen, dass ihre Eltern auch nicht viel verrückter waren als die anderen exzentrischen Einwohner von Little Italy. Wenn Marys Onkel so tun konnte, als hätte er Verbindungen zu John Gotti, und Donatella Foragi es mit einem verheirateten Totengräber auf der Transportfläche eines Leichenwagens trieb, dann konnte ihr Vater wohl, verdammt noch mal, im Fummel auf einer Party erscheinen.

Als John und Angela kurz allein waren, sagte sie zu ihm: »Ich glaube, es wird mir gefallen, zu dieser Familie zu gehören.«

»Aber nur, weil du meine Eltern noch nicht richtig kennen gelernt hast.«

Sie schüttelte missbilligend den Kopf. »Jetzt hör schon auf damit, John! Du hast gesagt, deine Eltern wären entzückt gewesen, als du ihnen von unserer Verlobung erzählt hast. Ich freue mich darauf, deinen Vater kennen zu lernen. Bestimmt ist er viel netter, als du ihn hinstellst. Du urteilst zu hart über sie. Sie sind doch auch bloß Menschen mit Fehlern, so wie du und ich.«

Er nahm sie fest in die Arme. »Ich liebe dich. Du bist eine kluge Frau. Das weißt du hoffentlich, oder? Ich werde mich ehrlich bemühen, mich mit meiner Familie auszusöhnen, mit allen. Ich will, dass unser Kind in einer Atmosphäre von Liebe und Glück aufwächst.«

»Diese ernsten Gespräche törnen mich regelrecht an. Küss mich gefälligst, aber richtig.«

John zog Angela fest an sich, presste seinen Mund auf den ihren und machte sich mit einer Gründlichkeit, der man fehlende Leidenschaft nicht nachsagen konnte, über ihre köstlichen Lippen her.

In der Nähe unterhielt sich Oma Flora gerade mit Donatella Foragi. Sie stupste ihre Freundin mit dem Ellbogen an.

»Jetzt siehst du, warum Angela schwanger ist«, erklärte Flora in nicht gerade dezentem Tonfall, höchst zufrieden über die Entwicklung der Ereignisse. »Mein Enkelsohn ist sehr viril. Sie werden viele *bambinos* bekommen, und ich denke, sie werden eins nach mir benennen.«

John und Angela, die die Bemerkung der alten Frau gehört hatten, rückten ein kleines Stück auseinander und strahlten sich selig an.

»Oma Flora sagt immer, ›*la famiglia é tutto*‹ – die Familie ist alles«, sagte John. »Ich glaube allmählich, sie hat Recht.«